新世纪
美文读库

给生命一个完美备份

马国福　著

天地出版社

图书在版编目（CIP）数据

给生命一个完美备份／马国福著. —成都：天地出版社，
2012.8
（新世纪美文读库）
ISBN 978-7-5455-0772-0

Ⅰ.①给… Ⅱ.①马… Ⅲ.①散文集—中国—当代
Ⅳ.①I267

中国版本图书馆CIP数据核字（2012）第146796号

GEI SHENGMING YI GE WANMEI BEIFEN

给生命一个完美备份

马国福　著

—— 阅读·成长 ——

出 品 人	罗文琦
策　　划	罗文琦　梁　凌
组　　稿	梁　凌　谭清洁
责任编辑	漆秋香
责任校对	程　于等
责任印制	桑　蓉等
封面设计	一鸣文化
版式设计	李　洁
出版发行	天地出版社
	（成都市三洞桥路12号　邮政编码：610031）
网　　址	http://www.tiandiph.com
	http://www.天地出版社.com
电子邮箱	tiandicbs@vip.163.com
印　　刷	北京海纳百川印刷有限公司
版　　次	2012年8月第一版
印　　次	2016年4月第五次印刷
开　　本	165mm×230mm　1/16
印　　张	14
字　　数	212千
定　　价	28.00元
书　　号	ISBN 978-7-5455-0772-0

/新的美文，心的感受/

　　文学是人类的精神食粮，它以文字展开广袤的世界，触动人的内心情感。尤其自20世纪初"白话文运动"以来，中国的文学焕发出新的活力，"美文"亦随着白话文的推广而生长发芽，开花结果，受到人们深深的喜爱。

　　"美文"一词1921年由周作人从西方引入，旨在提倡"记述的""艺术的"叙事抒情散文，"给新文学开辟出一块新土地"。冰心、朱自清、郁达夫、徐志摩等起而应之，创作了一批脍炙人口的美文经典。经过几十年的发展，到今天，美文已被公认为最具优雅、美丽风格的散文，充分彰显汉语之至美的散文，能给人以极大的审美愉悦。

　　21世纪，人们的生活节奏越来越快，物质丰富的同时，心灵的田野开始长出荒草。正因为此，人们对能够滋养心灵的美文需求越来越大。而美文，因了它先天的叙事性和抒情性，正好可以起到启迪智慧、抚慰情感的作用，成为当下人们不可或缺的心灵良药。

　　此次天地出版社推出"新世纪美文读库"书系，选取的就是这样一批能够滋养心灵、抚慰情感、激发生活的热情和勇气的个人美文随笔集，所有入选的文章，都具有一种达观、积极的人生态度，对青年读者来说如春风化雨，是成长路上常备之良师益友。这些文章，既可平日阅读，亦可做习文之范本。更主要的，当人们在生活中遇到动摇、挫折与风浪之时，读一读这些美文，尽可获得清新感人的心灵疗愈力。

"新世纪美文读库"将分为若干辑陆续推出，第一辑共推出21位作家的21部个人作品结集，这些作家已在年轻读者中具有广泛的影响和号召力，许多作家都是《读者》《青年文摘》《意林》等刊物的签约作家。

　　我们希望这样一套书系能成为一份给读者的美丽、贴心的礼物，能丰富广大文学读者特别是青年读者的精神世界，提升其文学素养和写作能力，锤炼其坚强、乐观的人格品质。愿"新世纪美文读库"能陪伴大家快乐成长，一起向更美好、更自信、更快乐的人生迈进！

"新世纪美文读库"编写组

目录
CONTENTS

第一辑／举起感恩的手

/改变命运的一封信/

前几天和一帮文艺界的朋友聚会，酒酣耳热之际，有个朋友提议大家说说自己最感动难忘的事情。有的人说，自己高考落榜后得到过老师的莫大鼓舞。有的人说，在自己最落魄又遭受疾病的时候，亲朋好友都纷纷伸出了关爱之手，帮自己渡过了难关。还有的人说，某个高官和他一起吃饭时给他敬过酒。一桌朋友畅所欲言，感动的事情五花八门。只有一个很有名气的书法家朋友沉默着听别人的诉说。最后，朋友们发现了陷入深思的他，一致要求他讲讲。他说："感动我的只是一封信。"

一封信？我们对他的回答很惊讶，赶忙问："一封信有什么好感动的，莫不是你的初恋情人给你的情书？还是你的崇拜者给你的表扬信？"他摇摇头，否定了我们的猜测，接着讲了自己的故事。

"我上中学的时候，非常调皮，十分厌学，经常和一些不上进的同学混在一起，偷偷抽烟、给女孩子写情书，甚至还逃学去看电影，可以说是老师和同学眼里的劣等生。那时候学校有个规定，每天我们做完家庭作业后家长要签字，第二天交给老师过目。如果家长不签字，老师就会问原因；如果没有正当的理由，作业没做好，家长不签字，我们只有等着被老师责骂和惩罚。

"因为我学习成绩不好，我的家庭作业做得一直很糟糕，常常不敢拿给父亲签字认可。那一学期，每当晚上做完作业，当父母亲问我作业做完没有时，我就撒谎说老师没有布置作业。等父母休息后，我就一笔一画模仿父亲的笔迹签字。有时候把以前写得好的作业本上父亲的签字拿出来临摹。就这样，我一次次蒙混过关，一学期下来，我的侥幸心理和顽劣做法竟然没有一次被老师发现。长期下来，我的小聪明影响了我的学习，成绩一落千丈。

"第二学期，我们换了一个很严厉的班主任，她不但要认真检查我们的家庭作业，而且还经常给家长打电话，询问我们在家里的表现和学习情况。升入初三后我们的学习压力更大了，每天要做大量的家庭作业，这更加剧了我的厌学心理。那学期我经常故技重演，模仿父亲的笔迹签字，竟然一次次躲过了老师的盘问，老师还表扬我父亲的字写得好。

"那学期期中考试后，学校将成绩单发给我们，让我们带回家请家长签字。我的排名在班上的倒数行列中。那天我怀着忐忑不安的心情回家，令我高兴的是，父亲出差了，母亲不识字。我已经将父亲的笔迹模仿得炉火纯青。我记得很清楚，那天我在家长签字一栏里写了这样的一句话：'希望老师严加教育，使我孩子的学习有所进步，步入上游。'

"父亲出差回来后问我考得怎么样，我撒谎说，学校没有统计名次。后来由于父亲工作忙，他没有再过问我考试的事情。有一天晚上，我在父亲的书房查找一本工具书时，无意中发现了一个学校的信封。出于好奇，我打开信封，里面是一封字体很特别的信，信中写到：

尊敬的家长：

您好！

我们在检查学生的家庭作业时，发现您在孩子的家庭作业本上的签字和上学期有所不同。经过老师们的认真比对，我们一致认为这不是您的笔迹，估计是您孩子模仿您的笔迹。他学习成绩不怎么理想，但是他的字写得很好，很有书法天赋，希望你们加强教育。在他学习之余多让他看看书法字帖，说不准今后他会成为一名优秀的书法家。同时希望您对我们的工作提出宝贵的意见。

　　"当时看到那封信，我羞愧至极，恨不得有个地缝能钻进去。原来我的小聪明早已被老师发现，只是没有当面告诉我而已。看完信，我将信原样放回原位。那天晚上我难以入眠，暗下决心，洗心革面，好好学习。从那以后，我发现平时不怎么看书法字帖的父亲，买了许多古今名家的书帖。父亲说：'如果你感兴趣，可以抽空看看这些字帖，权当给自己放松，减轻学习的压力吧。'父亲的话让我想哭，我的脑海里不由得浮现出老师写给父亲的那封信。

　　"都说兴趣是最好的老师，老师的评价让我对书法产生了极大的兴趣。学习之余我苦练古今名帖，练过的纸足有几袋子。周末，父亲给我找了全市有名的老师教授我书法，这让我的书法水平有了很大的提高。

　　"现在，我从事文化工作，在书法方面取得了一定的成绩，这所有的功劳都归于那封信啊！你们说，这能不让人感动吗？"

　　"是，是，是！确实感动。来，为你遇到这样的好老师干杯致敬。"我们举杯赞同。

　　朋友说："且慢，我的故事还没有讲完。

　　"多年后，有一次我在全省的书法大赛上获金奖后，将奖章和奖金交给母亲，母亲拿出那封信对我说：'孩子，那封信不是老师写的，而是你父亲写的。'当时我百感交集，为父亲的良苦用心，感动得眼泪都流出来了。"

　　朋友叹息道："如果没有那封信，说不定现在的我可能在接受改造呢。曾经和我混在一起的，有的成了街上的混混，后来成为犯人……"

　　我们又产生疑问："你父亲写信，怎么会用学校的信封啊？"朋友说："这还不简单，学校的超市里有的是，尽管买。"

　　我们一致赞叹："来来来，向你可亲可敬的父亲致敬！"

　　那个晚上，我们分享了一个父亲春风潜入夜，润物细无声的爱。

/举起感恩的手/

这是前几年我到西南某省旅游时的经历。

我们一行20多人坐着旅行社的大巴车前往一著名旅游景点。也许是在南方待久了，鲜见高山名川，车子还没有到目的地，我们就隔着玻璃窗急切地欣赏窗外秀美的风光。巍峨的高山被葱茏的草木笼罩，如同披上了新衣服，草木层次分明，呈波浪线状，一层浓绿，一层淡绿，中间夹杂着一排排大朵大朵炫目的鲜花，如同少女头上美丽的簪子。清风吹来，山下的湖泊碧波荡漾，泛起一圈圈翡翠般的涟漪；平静时又像一面镜子，让多日疲惫奔波的心境因此清朗起来。远处青黛相间的屋舍，若隐若现，镶嵌在屋脊上的黑瓦白瓦如同钢琴的琴键，一幅悠远空灵的国画自然生成，让旅途多出了一种静默恬淡的意境。

快到中午时，车子经过一个小镇。车停下来加水，适逢一所小学放学，奇怪的是，三三两两散布在街道上的学生见到旅游车和游客后，都不约而同地停下来，立正，抬头，注目大巴车并举手敬礼。阳光下他们的红领巾显得格外醒目。车内空调凉爽，窗外烈日高照，这一幕让车内的我很纳闷，这些学生为什么会向一辆普通的大巴车以及车内素不相识的游人敬礼？莫非这是他们当地的一种习俗？抑或是他们闹着玩，以引起我们的好奇和注目？

随着疑问的深入，我仔细观察窗外的他们。他们神色庄重，自觉地排成整齐的队伍，手与头顶齐平，像训练有素的战士。太阳火辣辣地照着，也许是高原的紫外线过于强烈，他们的脸庞黑里透红，颜色像成熟的葡萄。没有人嘻嘻哈哈，没有人做小动作，也没有人指挥什么，只是望着车子一直敬礼。这真是一群可爱的孩子！

　　这让我想起小时候贪玩调皮的情景。那时候我们家住在国道边上，每当放学回家走在国道上时，只要大老远看到有车子驶来，我们几个伙伴就放慢脚步，等车子快到身边的时候，缓缓举起手臂，做出拦车的样子。车子减速准备停车时，我们故意将手放到后脑勺，挠痒痒。司机看到我们没有坐车的意思，就瞪了一眼，骂骂咧咧，加大油门开走了。我们对着离开的车子哈哈大笑，享受恶作剧带来的乐趣。这样愚弄司机的闹剧经常出现在放学的路上，时间长了，司机识破了我们的诡计，就停下车来狠狠训斥我们。最后，事情被反映到学校，老师的批评和惩罚自然免不了。此后，再也没有人戏弄司机了，单调的乡间生活少了我们的欢声笑语，渐渐变得沉闷起来。

　　大巴车加好水，一发动就迅速离开了。我回过头，注视那些学生，直到车子走远了，他们才放下手走开。这个礼，他们在烈日暴晒下差不多敬了十分钟。如果是我，手臂早已发酸了。

　　很快我们就到了景点。下车，参观，感慨。一个多小时后，景点参观结束了，我们准备前往第二个景点。大约四个小时的车程，又经过一个小镇。在镇上，又恰逢一所小学放学。我们看到了同样的情景，那些衣着陈旧的孩子，一看见大巴车，不约而同停下来，神情严肃、姿势标准地向我们敬礼。他们的举动让我回想起了中午的情景，难道这里面有什么故事吗？

　　为了证实自己的想法，我问导游其中的缘由。导游说："你们猜猜看，谁猜对了就奖励一个小礼物。"车内的旅客没有了困意，个个打起精神来猜。有的说这是习俗，有的说这是学校的规定，有的说这是学生们的游戏……回答五花八门。最后导游微笑着说："你们都猜错了，他们在向你们感恩！"

　　导游的回答出乎我们的意料。"感恩？"旅客们伸长脖子反问导游，我们觉得这个答案不可理解。"是的，他们是在向你们感恩。"导游再次强调道。我们急切地问："为什么向素不相识的游客感恩？"真不可思议。

导游解释道："因为你们到这里旅游，买了门票，增加了当地的收入。这里经济不发达，教育也相对落后。教育投入不足，这就意味着有些贫困的学生上不起学。于是政府就用旅游的收入来贴补教育，建了很多希望小学，让这里的学生都能上得起学。这些学校就要求学生们凡是遇见大巴车和游人就敬礼感恩。就这么简单，没有什么复杂的原因。"

车内的旅客低下了头。这的确让我们汗颜。我想起了一个杂志社总编辑说过的一句话："世界上最美丽的花朵，往往盛开在无人注目的地方。"

爱是这个世界生生不息的太阳，那些孩子，像向日葵一样信仰阳光和温暖的孩子，他们以稚嫩的手臂感恩，给这个世界架起了一座座向善向美的桥。顺着这座桥，我们看到了清澈见底的心灵，看到了火把一样传递的希望。

感恩大地，感恩太阳，感恩山川河流；感恩父母，感恩老师，感恩社会苍生。涓涓细流，汇流成河，一个懂得感恩的孩子，一个懂得感恩的地方，一个懂得感恩的民族，他们的未来是不可限量的！

/ 小善大爱 /

善良的母亲常常告诫我们：看见人家的墙要倒，如果不去扶，不推也是一种善良；看见别人喝粥，你在吃肉，如果不想给，那么不吧嗒嘴发出声音炫耀，也是一种善良；看见人家伤心落泪，如果不想安慰，那么不幸灾乐祸也是一种善良；看见别人过断桥，如果不阻止，但提醒一声也是善良。

这些话是朴素的，如同泥土，却厚德载万物；这些举动是细小的，如同白雪，细微棱角衬高洁。

　　生活中有许多这样的例子，看见别人践踏规则和公德，如果你无力抵抗，但恪守自己做人的准则，也是一种善良；看见一只小鸟受伤，如果你不能治疗，但是如果把它轻轻放回原野，也是一种善良；身为人师，如果不能桃李遍天下，那么不误人子弟，也是一种善良；建筑一座高楼，如果不能建成丰碑样板，但不偷工减料，保持自警的心，对自己的良心负责，也是一种善良。

　　这些，都是小小的善，就像在夕阳下随风缓缓流动的金色沙粒，尽管渺小，但它们流动的弧线交错辉映出晚霞中最美的波纹。这些小善，其实很简单，琐碎而又平常，世俗而又简单，仅仅是付出那么一点点举手之劳，恪守那么一点点人生底线，容忍那么一点点小过错，保持那么一点点廉耻之心，秉承那么一点点古老传统。许多小善，举目可见，宛如寒冬墙角的朵朵蜡梅，把我们的内心照亮，让我们对温暖的春天保持信仰和力量。

　　古人说："勿以善小而不为，勿以恶小而为之。"古人还说："从恶如崩，从善如登。"这些小善是一种日积月累形成的习惯，如同台阶，一步一步把做人的美德送往高处；那些小恶，亦如隐藏在雪山中的一两块小石头，只要关键部位稍微有所松动，就能乘着"歪风"导致整座雪山的坍塌，心灵底线的崩溃。

　　善恶常系一念间。有时候，恶是看得见的，善却看不见。打个比喻，善与恶如同寒冬里水面上的冰和冰下面的水，尽管冰封锁了水的灵性，但是水从不抛头露面，一天一天，水同样将冰融化，唱着歌谣，走向春天。

　　生活常常是这样，有时候你对一个人做十件善事，他不一定记得住，但是只要你有一件恶举，他或许就记住了你。这是本性使然。所以，一个人若要改变自我形象，当从改变内心开始，积累小善成大善；树立口碑，当从戒恶做起，瑕不掩瑜为此理。

　　乾坤朗朗，芸芸众生，我们不是孤立的个体，生活的每时每刻都与身边的人事、草木、环境有着千丝万缕的偶然和必然的联系。也可以这样说，看得见的小善，是让自己活得快乐的一股涓涓细流，也是让身边的人活得无忧的一种社会责任。自我的小善产生的小快乐，常常带动了周围世界的快乐；周围世界的幸福，又渲染和扩大了我们个体的幸福快乐。

小善是一种爱的衍射，是一个人内心世界的涟漪。善良，其实很简单，如同最简单的那道数学题"1+1=？"，在不同的心灵世界就能产生不同的答案。但是，我始终相信，只要每个人为了形成爱的合力付出"1"的小善，我们就一定能够看到1+1>2的结果所焕发的独特光辉。

/ 忘不了那无邪的眼神 /

2009年，省作协安排我们第十八届青年作家读书班的学员到安徽一个风景秀美的小县城采风。

一到秋浦河，我们就被青山秀水所吸引，河水清清，芳草丰美，青山葱茏，瓦舍青青。我们散漫穿行在当地的古村落，恍如置身于世外桃源。在给同学拍照的时候，我忽然发现，一个看上去十一二岁的小男孩跟在我们身后。我们走，他也走；我们停，他也停；我们走走停停，他也走走停停，总是和我们保持很近的距离，眼睛直直盯着一位女同学身上的背包。

起初，我以为那个小男孩是无意盯我们的。可是走了很长一段路，游了几个景点，他仍然跟着我们。这让我们有点纳闷，女同学的背包里有相机、手机、银行卡等一些值钱的东西，莫不是他盯上了我们的钱财？

女同学也注意到小男孩了，她说："他是不是有什么企图？怎么总是盯着我的背包？""要提高警惕，当心点，我走在前面，你走在后面。这样，如果他有什么不良心计，我会挡着。"我们几个同学有的走在前面，有的走在后面，护卫着女同学背包里值钱的东西，继续往前走。

让我们想不到的是，也许是我们挡住了小男孩的视线，他跟了上来，走到女同学的左侧，眼睛直勾勾地盯着背包，神情怪怪的。

他的反常举动，让我们有点不舒服。有的同学悄声说："这个小男孩，太令人反感了！"这样一说，原本说说笑笑的我们没有了赏景吟诗的兴致。

在一座古桥上，一个同学建议女同学把背包背到前面，这样就可以避免发生意外了。或许是女同学过于敏感，她把包放到胸前后，打开包，查看了一下里面的东西，一样不少。一个同学说："你就放心地游玩吧，一个小毛孩不会干出什么大事情。"

小男孩还是和我们保持一定的距离，女同学把包移到胸前以后，他又跑到前面，眼睛盯着包。背包上的小绒熊随着脚步，在风中一甩一甩。

中午，当我们拐过一个老巷子后，小男孩不见了。我在一家老宅前点了根烟，一支烟的工夫，小男孩不知从哪里冒了出来，而且还带来了两三个年纪和他差不多的小孩子。他们有男有女，衣服有点破旧，看上去有点寒碜。他们说着我们听不懂的方言，间或对女同学的背包指指点点，似乎争论着什么。

胆小的女同学小声说："我经常在媒体上看到，一些落后地区的景点里常有一些小孩子被大人教唆着，乘游客不注意，结伙偷窃游客的财物。莫不是他们跟着我们图谋不轨？"有的同学安慰说："不会的，这些孩子那么小，手无缚鸡之力，哪有胆量干坏事？况且，在大白天，我们人这么多，料他们也没那个胆。别听那些媒体不负责任的报道，蛊惑人心。"旁边的同学附和说："看他们那清澈的眼神，憨憨的样子，应该不会做出格的事情。"

我们交头接耳的时候，他们很快消失不见了。我们表面上没说什么，心里轻松了许多。

我们在一家农宅里吃饭的时候，那几个小孩子提着个布兜，你推我、我推你，扭扭捏捏走了进来，靠近我们。那样子很腼腆可爱，拥在后边的小孩推了一把前面的孩子，欲言又止，似乎让领头的大孩子和我们说话。

我走上前，问带头的小孩："你们吃饭没？今年几岁了？上几年级了？如没有吃饭，和我们一起吃好不好？"

他脸瞬间红了，低下头，揉搓衣服上的纽扣，沉默了一会儿，他似乎鼓足了勇气，说："哥哥，那个姐姐背包上的小熊太可爱了，能让我们摸一摸吗？"

刹那间，电光石火，原来，他们跟了我们大半天，走了那么长的路，就是为了摸一摸背包上的小绒熊啊！

我的脸红了，女同学的脸红了，刚才结伴的同学们脸都红了。

女同学笑着说："是吗？谢谢你喜欢这个小绒熊，那你们来摸啊。"说完大方地把小绒熊摘下来递给他们。

他们紧紧地围拢在一起，眼神里写满了兴奋、高兴、憧憬，像秋后湛蓝的晴空，像清晨草叶上的露水，清澈、无邪、明净。你一下，我一下，他们叫嚷着、笑着，笑声如同风铃。

这可爱的样子，让我们心里有点愧疚。女同学说："喜欢就送给你们吧。"

令我们想不到的是，带头的那个小男孩接过小绒熊，从布袋子里拿出一束花说："姐姐，我们可不能白摸白要你的小绒熊。这是我们从山上摘的野花，很香的，你们带回家插在花瓶里，可以养很长时间呢！"

同学们面面相觑，我看到女同学的眼里有了一丝泪光。

回程的路上，同学们很诗意地感慨。有的说："我们自以为是的坚硬之心、褶皱之心，瞬间被一道道暖阳密密地烫过，面对这些孩子清澈的眼神，我有一种想流泪的冲动。"有的说："这些年，我去过很多地方，看惯了城市的时尚繁华，看多了那些气势磅礴的名山大川，但这次采风，是最受教育的一次，这里的景点是最难忘的。"

我无心看车窗外的风景，脑子里回想着刚才的一幕，我在想：你为小小的他们惆怅、内疚，他们却满心欢喜，没有忧虑和邪念，就像蓝天上的白云一样纯洁地盯着你背包上的小小绒熊；他们花朵一样的心，露水一样的眼神啊，早已将我们成人世故的城府坍塌软化。

爱是天下最美的风景。泰戈尔说："天空没有鸟的影子，我心已飞过。"泰戈尔还说："我只想拥有一片绿叶，你却给了我整个天空。"那天，我们连一片叶子都不想要，却得到了整个春天，自以为是的我们，配吗？

我对自己说：走过，路过，珍惜那路上一双双流淌纯真，盛纳清风蓝天白云的眼睛吧，那眉宇间舒展着尘世间最干净的诗歌；那稚嫩的喉咙里传递着天籁般美妙的音符；那无邪的眼神里写满了最单纯的洁净之爱。

/像兔子一样奔跑/

一般人很可能对兔子遇到危难时的逃生方法不太了解。在这方面，农村长大的孩子了解得多一些。

小时候贪玩的我们每到暑假就跟着大人们下地干活，岁数大一点的学着大人们割麦子，小一点的就捡拾散落在麦田里的麦穗。孩子的贪玩决定了我们对辛苦的农活没有多大的耐心和韧劲。割麦、拾穗过不了多久，我们就会呼朋引伴，三五成群上山采摘野果、掏鸟窝寻找乐趣。有一件事情我记得很清楚。

有一次下地干活干累了，就约上伙伴们上山找野兔。在一道山梁上，我们惊动了在茂盛的草丛中睡觉的野兔。听到我们的脚步声，野兔猛地从草丛中跃出，拼命向山峰更高处奔跑。我们想，如果把野兔向山头赶，野兔会累得精疲力竭，最终成为我们的猎物。于是我们便一鼓作气穷追不舍，从一道山梁追到另一道山梁，从一个沟壑跳过另一个沟壑。跑在前面的伙伴使劲投掷石块，追击野兔，跑在后面的合力大声叫喊着，以震慑野兔，让其减速掉转方向。

气喘吁吁地追了大半天，等到我们越过对面的山梁时，野兔早已跑得无影无踪。这让我们十分懊丧。

下山后把追野兔的经过详细说给休息的大人们听，大人们对我们的做法感到很好笑。他们说："你们犯了一个常识性错误。你们应该向下追野兔，而不应该向上追。因为野兔前腿短，后腿长，善于向高处奔跑，尤其是在遇到险境时。如果它从高处向低处奔跑，会接二连三地栽跟头，后腿使不上力气，不但不能助其逃离险境，反而会让其加速落入困境，最终成为人们的盘中餐。向上奔跑的时候，人容易疲劳，而野兔则恰恰利用身体的特点，把劣势转为优势，脱离险境。"

大人的解释让我们恍然大悟。玩性不改的我们又兴冲冲地上山，从山头向山脚搜寻刚才逃逸的野兔。不久，我们果真在野兔消失的山岭发现了正啃食野草的兔子。我们蹑手蹑脚，并没有急于惊动享受美食的野兔，而是分头站在高处，从不同的方向包抄野兔。野兔迅速发现险情，立即跳出草丛企图向上逃跑，不料陷入了我们的包围圈。我们处于压顶之势，野兔只得向下逃跑。果如大人所言，慌乱的野兔向下跑得越快，栽的跟头越多，我们轻而易举地捕获了野兔。

现在，有时在电视中看到《动物世界》里讲解动物逃生的诀窍，就不由得想起小时候追野兔的情景。推物及人，我们和野兔相比，有时真的很相似，不同的是逆境中的人们向往顺境，把逆境当作绊脚石，在顺境中掉以轻心；而野兔却恰恰相反，在顺境中如履薄冰，向逆境深处走，把劣势化为优势，把顺境当作牵绊的绳索，把逆境当作扭转局面的跳板，短暂的逆境过后求得新生。

我们真的应该像野兔一样奔跑，跳出思维的定式，化劣势为优势，跑出光明的前程。

/ 信仰因爱而璀璨 /

有个朋友，在一家濒临倒闭的化工厂工作。他每天穿着沾着机油污垢的劳动服穿梭在车间，充斥耳中的是车间里机器的巨大轰鸣声、铁锤锻打配件的叮当声。为了生活，他每天超负荷地运转，经常加班，下班后还要照顾自己开的鲜花店和身体衰弱的父母。

然而，无论多忙，他都要抽出时间写作。他经常在车间休息的间隙构思文章，甚至晚上下夜班后熬上一个通宵，把因工作繁忙而落下的文章补上。有一次清晨五点，我睡得迷迷糊糊的，突然接到他的电话。他兴冲冲地说下夜班后睡不着，熬了一个通宵写了6000多字，写完后心情非常愉快，幸福得一塌糊涂。这种信仰的追求如同一只在沙漠里跋涉了很久的骆驼，走过漫漫长路后终于觅得一方绿洲。这种幸福的感觉我理解，并深有体会。我想，支撑这种幸福的就是不懈的信仰和追求。我说："写了一夜稿子身体很累了，不要把自己弄得这么苦。"他说："因为喜欢就不觉得苦，更不觉得累，我追求写作是一种信仰，一种热爱。尽管走在这条道路上我很寂寞，但是对文字的热爱深刻地改变着我的内心世界，信仰因爱而璀璨啊！"

这是一种灵魂的信仰，深入骨髓，改变着人生。

我想起以前在报纸上看过的一则新闻报道。一位母亲在小孩出生两个多月后发现小孩患了一种怪病，随着时间的推移，小孩的肌肉慢慢萎缩，肢体僵硬不能活动。医生说这是一种罕见的病，发病率只有万分之一，小孩这样下去没有多大的希望，最终会成为植物人。有人劝她重新再生一个，还有人恶毒地劝她给小孩断奶或者悄悄扔掉算了。她的回答是："只要我活一天，我就要让孩子享受一天母爱。"

五年后，记者和医生回访了她，她的小孩能够行走，萎缩的肌肉变得丰满，也能说些极简单的话。她的做法是每天不间断地给小孩按摩，小孩的胳臂不能活动，她就在床边吊上两个吊环，将孩子的手绑在吊环上每天不断重复地上下左右活动。她用母爱创造了生命的奇迹。她对记者说过这样一句话："只有给不出去的爱，没有用得完的情，我坚信我的孩子能够好起来。"

这是一种爱的信仰，贯穿日月，熠熠生辉，提升着母爱的境界。

大作家托尔斯泰说过："靠信仰支撑生活的人，就像行人提着灯笼照亮前路，永远不会走到暗处。"因为信仰之光一直处于他的前面。这样的生活也无须畏惧艰难困苦，因为信仰的灯笼会照亮前路，直到人生的彼岸。

一个人必须培植自己的信仰，克服本身的厌倦和懒惰。但是，当心灵没有被坚定的信仰彻底渗透时，也必须这样做吗？我想，一个人可以不去顾及身体的软弱与坚强，但是不能不管信仰的软弱与坚强。

信仰，如同一支在黑夜里寂寞燃烧的蜡烛，即便全世界一片黑暗，它仍然有继续燃烧下去的理由。信仰，像极了地表下运动的岩浆，尽管我们肉眼看不见它内心的疼痛、期待，但是在地表的重压下它没有停止奔腾。当经过岁月无常风云的洗礼，地表崇山峻岭的锻打，总有一天它会找到突破口，在火焰喷薄而出的一刹那，炽热的岩浆在天地之间树起一块绝美的丰碑，上面写着：信仰因爱而璀璨！

/ 一毫米的境界 /

电视里直播着一场国际比赛。对手分别是中国乒乓球骁将刘国正和德国选手波尔。两强相遇，胜负难分，经过六局的艰苦打拼，仍然不分高低，这让观众的心都提到嗓子眼上。到了第七局，也就是决定胜负的关键一局，刘国正以12：13落后，如果再输一分就将被淘汰。观众心里都为他默默捏了一把汗。

在这关键的时刻，刘国正的一个回球出界。波尔的教练见状后，立即起身狂欢，并准备冲进场内拥抱自己的弟子。

戏剧性的一幕出现了，在这一瞬间，波尔举手示意，指向台边——这是一个擦边球，应该是刘国正得分！

教练很惊讶，观众也很惊讶，怎么可能呢？就这样，刘国正被自己的对手从即将淘汰的深渊救了回来，最终反败为胜。

让我们来听听波尔的解释。判断这个球是否擦边只有一毫米的距离，观众看不见，对面的刘国正更看不清楚，即便裁判也不可能精确到毫米，但是，波尔看见了，毫不犹豫地主动示意，将到手的胜利相让对手。记者采访他时问他为什么这样做，波尔的回答是："公正让我别无选择！"

你能不感动吗？作为观众的我，对一个素不相识的外国球员肃然起敬。依我们世俗狭隘自私的心理，是在决定胜负的时候举手明示公正，还是昧着良心为一毫米的胜利而沾沾自喜？这是一个十分现实而又沉重的话题。

尽管波尔输了比赛，但是我觉得他赢了，赢得光明磊落，赢得无私坦荡，赢得无愧良心。很不起眼的一毫米，在我眼里却成为一个至高的海拔，需要仰视才能看到。

有时候在竞争的道路上，我们不是输在比分上，更多的是输在境界和风度上。一个能够在一毫米中直面良心和公正的人是战无不胜的人，是不可限量未来的人。

细节彰显境界，境界成就未来。为人处世，最好处处有这样的一毫米；发展进步，最好人人都尊重这一毫米。

当这肉眼看不清楚的一毫米在人生道路上矗立成一种海拔时，我们就离成功不远了。

/ **最美的彩虹** /

女友是一名中学教师，职业性质决定了她经常要与粉笔打交道。在粉笔灰尘雪花一样把她的世界装点得银装素裹的同时，也悄然腐蚀着她的手指。

几年下来，她的右手拇指和食指结了一层厚厚的老趼。尤其是冬天，天冷的时候，她手上的老趼裂开了缝，一堂课板书下来，疼痛不已。上课前擦的护手霜，不到几分钟就被粉笔灰吸得一干二净。为了减轻疼痛，下课后她就经常用热水袋焐冰凉疼痛的手指。

有一堂课，女友需要板书一黑板教材，写到一半的时候，她手上的裂口流出了很多血，染红了手中的粉笔。坐在前排眼尖的学生发现了老师手上的血。那点点血迹像梅花一样，将白色的粉笔点缀得分外引人注目。

女友拿出纸擦掉手上的血，继续书写。不专心上课、唧唧喳喳说话的学生见状后不再说话。教室静极了，只听见粉笔头在黑板上轻轻发出的沙沙声，就像秋天的叶子一片一片掉落在草地上发出的轻微声音。

　　第二天上课时，女友一走进教室，她发现学生们的眼神和往常不一样，有一种期待、一种激动，那种神情意味深长，就像捉迷藏的孩子希望自己的秘密不被人发现。班长喊起立，全班学生向老师问好，他们并没有把目光放在老师身上，而是全盯着讲台上的粉笔盒。这让她感到很蹊跷，莫非今天是什么特殊的日子？当她从粉笔盒里拿出粉笔准备书写时才发现，那些粉笔整整齐齐全部穿上了外套，一根根粉笔被五颜六色的彩纸裹了起来，像花园里多彩的花枝。

　　女友以为学生们在和她开玩笑，准备撕掉包裹粉笔的彩纸时，学生们异口同声地喊："老师，先不要撕，请你先看看那些字！那纸上面有字。"

　　轻轻撕开纸，纸上密密麻麻写着："老师，天冷了，我们看到你板书时手上流血，就用纸把粉笔包起来。这样你写字时手就不感到疼了！"在那些粉笔中，有一支很独特，没有包纸，被一个硬壳的彩色笔筒包着。女友拿起来仔细一看，原来是一个已经用尽，可以随意拧着伸缩的唇膏筒！这是多么诗意美好的创意啊。

　　几十双眼睛盯着女友。女友的眼睛湿润了，泪水慢慢地流了出来。

　　女友微笑着向学生们道谢，转过身，书写。粉笔灰尘给她的伤害已经飘落到脚下。握着那细细的粉笔，她感觉自己握着的不是一支粉笔，而是一支有力的橹桨，在爱的海洋里划呀划。他们用薄薄的一张纸，在寒冬，给老师筑起了最温暖的墙。此刻，她的心里汹涌着一种说不出的力量。她知道，那些孩子的心，在身后像细微的炭火一样，默默燃烧着……

　　后来女友告诉我说："那一堂课是我执教以来最短暂难忘的一课，也是最漫长幸福的一课。要毕业了，实在舍不得这些学生，总有一天，他们会怀着理想离开校园，走向远方。我相信，没有一种力量能够把他们打败。"

　　我笑着说："那些孩子，用心，给他们的老师画出了最美的彩虹；用爱，给他们的未来交出了最美的答卷。"

/烟盒里的人生观/

　　单位门口是闹市区，常有三轮车夫在此路段等客、拉客。大热天口渴时，他们常常到门卫老头那里要杯水喝。一来二去他们不但和门卫老头成了熟人，而且和常到门卫处拿稿费和书报的我混了个面熟。

　　有一次我到门卫处拿杂志社汇来的稿费，恰逢一位前来要水喝的老车夫。他主动和我搭讪，并从兜里掏出香烟给我。他掏出的烟盒让我很是惊讶，一眼看去竟然是20元一包的"金南京"！在我们的心目中，一天只挣一二十元的他们通常情况下只抽廉价烟，根本舍不得抽这种高档香烟。我觉得这个老车夫很特别。

　　接过他的香烟，我仔细一看，原来是一角钱一支的"大前门"。我笑了笑："老爹，你也很有意思啊，能从两元钱一包的香烟中抽出20元一包的香烟的味道。"他露出憨厚而淳朴的笑容说："想想自己能抽20元一包的香烟，最起码心里感觉不一样嘛。尽管里边的香烟是廉价的，只要心怀20元的感觉，即便再难抽的香烟同样会有很舒服的感觉，这样蹬车就感到浑身有使不完的劲儿。"

　　他的话让我很震撼。我为自己妄自菲薄的猜测而感到脸红。

　　点上他给我的香烟，我有一种异样的感觉。签完字接过门卫给我的百元稿费单，我上楼办公。上楼时，蹬车的老爹向我竖起大拇指，说："小小年纪拿这么多的汇款，了不起！"我赶忙给他一支"金南京"，以表示感谢。

　　后来听门卫老头说那个车夫真不简单，老婆常年卧病在床，还供着一个上名牌大学的儿子。我对他乐观的心态肃然起敬，怪不得他这么有精神，原来在沉重的生活担子下，他有着常人所不具备的资本啊。我萌生了有朝一日见见他儿子的念头。

一天下午，快下班的时候，突然下起了倾盆大雨。路上的行人纷纷跑到单位一楼的楼檐下躲雨。刹那间，大街上积满了雨水，很少看见行人了。我下班后到门卫处拿刚到的晚报，那个蹬车的老爹在门卫处躲雨喝茶。大雨早已淋湿了他，雨水在他像梯田一样纵横交错的皱纹间缓缓流下。我问他今天拉客怎么样，他说不怎么样，凑合。说完他又给我掏香烟，这次他掏的香烟更上档次，是50元一包的"中华"。我以为里面装的还是几元钱的廉价香烟，出乎意料，是真的"中华"香烟。这巨大的反差让我有点纳闷。他自豪地说："儿子放假回来，得了一等奖学金，是儿子买给我的！"那神情十分夸张、骄傲，眉宇间洋溢着喜悦、满足。我说："你儿子真孝顺啊！"他未置可否。

我正在抽老爹的烟，一个穿着雨衣、白白净净、一脸书生气的小伙子走进传达室，对着老爹说："爸，回家吧，今天你不用蹬车，我来蹬车拉你回家。"说完拿出纸巾，给老爹擦去脸上的雨水。老爹拉着儿子的手说："叫叔叔好。"他腼腆地叫了我声"叔叔"，我说："都是同龄人，叫我哥哥好了。你爸爸真了不起啊，培养了你这样一个孝顺懂事的大学生。"

出门时他突然对我说了句让我惊诧不已的话："多年前我爸爸还是个代课教师呢，他说过如果不能拥有美好的人生，那一定要拥有美好的人生观！"

儿子蹬车，老子坐车，望着渐渐消失在茫茫大雨中的父子俩，这感人的一幕让我的心慢慢湿润起来。

那句话深深地烙在我心中："如果不能拥有美好的人生，那一定要拥有美好的人生观。"我终于明白了蹬车的老爹为什么在高档的烟盒里装廉价的香烟：他以一个香烟盒为工具，把人生的减法变成加法，把生活的负数换算成正数啊。

/ 下跪的市长 /

有个在小学当老师的朋友给我讲过这样一个故事。他们学校有个女英语老师，身高不足一米四，但口语教得非常好，在县、市、省各类比赛中获过多次大奖，多次被上级评为教学能手。有一年她作为县里唯一的代表，被派到省里，参加一个教育团去新西兰的外事访问学习活动。在众多业务精湛的老师当中，她是外表最不起眼的一个。

在新西兰访问期间，他们受到了当地市政府的隆重欢迎，访问地的市长也亲自出面接见他们。政府先安排他们参观了当地的学校并和老师、学生进行了互动交流，然后安排他们到当地旅游胜地游览。

在短短的几天访问时间里，日理万机的市长数次接见了他们。这让他们非常感动。临走的那天，宴会结束后，他们想和市长合影留作纪念。但谁也不好意思提出合影的要求，因为市长确实太忙了。出乎意料的是，吃过饭后，市长主动提出合影。当摄影师调焦距选角度的时候，难题出现了。

身高超过两米的市长与这位身高只有一米四的女英语老师相差悬殊，市长像一棵挺拔的大树，而矮小的老师就像一丛灌木，整个画面十分不和谐，无论怎样摆角度调焦距都无法将集体合影完美地表现出来。这让摄影师很窘迫，更让矮个子的老师很尴尬，她红着脸提出自己不想合影，不料被市长微笑着否定了。所有在场的人将目光投向微笑着充满阳光气息的市长，让大家始料不及的是，市长当众微笑着跪了下来！此时的画面正好符合摄影师拍照的最佳高度，画面布局十分和谐。

一个帅气十足、风度翩翩的市长竟然为了一个矮个子的中国女教师完美地进入画面而跪了下来，这真令我们感到吃惊。

老师们的眼里有了泪。

市长下跪并不仅仅是为了一张照片，更重要的是对中国教育的尊重，对中国老师人格和尊严的温情呵护。

据说那个市长在当地是万人迷，全市的男女老少都十分喜欢他。

难怪我们的老师流泪，市长降低身高温情的一跪，既提升了中国老师的自信和尊严，又提升了一个城市的品位和魅力。他是在用润物细无声的温情感动着每一个需要关照、呵护的脆弱的心灵啊，这不光是市长的自豪，也是一个城市的自豪。

市长下跪，这不是一种屈尊，而是一种风度。

/ 以色列感恩的庄稼 /

女友的叔叔三年前到以色列从事建筑瓦工工作，该国经常发生爆炸伤人事件。那段时间，家里人为远在异国他乡的他着实捏了把汗，常打电话让他回来。每次通电话，他总是说挺好的，不用担心，听得出他电话里的口气很幸福，也让家人很安心。

这让远方的亲人很纳闷，明明身在战乱频繁的国度，他怎么能这么知足安稳呢？

三年后，女友的叔叔回来了，家人以为繁重的建筑工作、不同的饮食生活习惯会让他瘦很多，可看到的他气色比以前好多了，体重也增加了。

有一次午后和那位叔叔闲聊，出于好奇我问他那边的工作、生活和当地人的习俗。他说："家里人为我们担心，其实我们在那里衣食无忧，工作报酬都挺好的。"我又问："那边的人吃的和我们这里一样吗？"他告诉我说："差不多，只不过有个现象确实让我们很感动。"

在以色列种庄稼的人，每当庄稼成熟的时候，靠近路边的庄稼地的四个角都要留出一部分不予收割。这个现象引起了那位叔叔的好奇心，他向当地人请教其中的原因。当地人解释说，是上帝给了曾经多灾多难的犹太民族今天幸福的生活，他们为了感恩，就用留出地块四角的庄稼这种方式报答今天的拥有。这样既报答了上帝，又为那些路过此地而没有饭吃的贫苦的路人提供了方便。地块四角的庄稼，只要有需要，任何人都可以来收割，拿到家里，没有人会拒绝、责问、追究你。他们认为，生活在幸福中的人就应该留些麦子给那些处在困苦中的人，这样的生活才是真正的有质量的幸福。

那位叔叔还说，以色列大街上的垃圾不像国内，用过的没有价值的东西扔进垃圾箱就完事了。在那里，即便已经旧了或者破了的衣服，如果要当作垃圾扔到垃圾箱，也要洗干净叠整齐恭敬地放到垃圾箱里，为的是生活贫困的人们能够拿去再穿。

不知为什么，听了那位叔叔的叙述，我的心里暖暖的。从农村走出来的我多了一种想法。按照惯例，我们收割麦子，总要把地里的庄稼割得干干净净，还要一遍又一遍地捡拾散落在地里的庄稼，让自己付出的汗水颗粒归仓。这是一种对自己辛勤劳动的负责，可以色列人的做法却不一样，让人很感动。

不同的国度有不同的习俗，但有一种感情却不分国度、种族、肤色，那是爱，干干净净的人间大爱。爱是这个世界共同的语言、共同的守望、共同的期盼、共同的血液。

试想，当一种爱的血液冲破世俗条条框框的约束和偏见，像那些留在庄稼地角的麦子一样，等待那些需要它的人来收割，让他们以感恩的心态面对这个世界，那么世界怎能不闪耀灿烂的麦芒？

　　如果说生命是一块土地，那么我们每一个人身上都应该留出那么一些庄稼。当你自信的时候，留些自信给身边的人；当你幸福的时候，留些幸福给曾经帮助过你的人；当你快乐的时候，分些快乐给默默关注你的人；当你成功的时候，分些激励给正在苦苦跋涉的人；当你得意的时候，匀些得意给人生失意的人。这些人生中积极的精神元素，并不因给予而减少，反而因为给予而增值。

　　即便在万木萧条的季节，这样宽广的庄稼地也并不因留出的庄稼而荒芜；即便在灾害的侵袭下，曾经肥沃的土地也并不因给予而贫瘠。只要懂得留一些感恩的庄稼在心田，在每一个平淡如水的日子，我们身边流动的总是融融春意和香醇如美酒的芬芳。

　　岁月峥嵘，花开花落，感恩的庄稼教会我们的是一种幸福的加法，只要你心中有爱的种子。

第二辑／请你保持微笑

/
/
/   **／留把钥匙在别处／**

　　有个单身的同事不小心把钥匙丢了，一串钥匙都很重要，其中有两把房间的钥匙，两把办公室的钥匙，一把放重要东西的抽屉的钥匙。丢了钥匙后他坐立不安，十分焦虑。远离父母住单身宿舍的他有家归不得。他为自己的粗心大意懊悔不已。

　　无奈之下他只好请来了开锁的匠人，撬锁、换锁。

　　锁换了，有了新的钥匙，他进门找原来的备用钥匙，没找到。

　　一段时间后，他在办公室的抽屉里查阅一份文件时，无意中发现了原来的备用钥匙。他才想起来当初为了防止丢钥匙，特意把门上的两把钥匙放在了办公室。毕竟同事有办公室的钥匙，他可以用同事的钥匙到办公室拿备用钥匙应急，遗憾的是他忘了。

　　他说平时不怎么在意的东西，到了关键时刻却显得无比重要，看来生活中没有什么不重要的人和事。

　　想想也是，我们平时只把眼睛盯着上面看，忽略了脚下细小的事物；只顾走前面的路，忽略了给自己留一条小小的后路，等到自己吃了亏方才感到后路的重要，但等到真正明白时已经晚了。就好比身上的钥匙，与我们形影不离，但我们不能保证钥匙每时每刻每分每秒都能让我们平安顺利抵达家门。

　　有时我们格外小心自己的某个习惯，总认为那种谨慎的习惯能给自己带来方便。我们太多的时候依赖了这种习惯，就会放松自己对不测境遇的警惕和防备，到头来就是那些习惯让自己深受其害。

没有什么不重要，没有什么最重要，有时不重要的往往最重要，最重要的恰恰不重要。留一把钥匙在别处，也就是留一条退路给自己。让我们绝处逢生的往往是不怎么起眼的琐碎事物，它有可能是一根纤弱的稻草，但足以在特定条件下成为救命稻草；也有可能是一把如影相随的钥匙，当现实把我们逼向黑暗的死胡同时，让我们打开生命的锁孔，让暗淡的日子重见天日，让破败的心房熠熠生辉。

/ 低调，人生的黑金 /

像谦卑的庄稼，在七月的阳光里，低下深思熟虑的头颅；当我们讴歌丰收的幸福时刻，庄稼不语，它只是低调地倒在镰刀的怀里，顺着汗水的脉络，走向粮仓，成为来年春天引爆大地的种子。这是低调的无声之美。

像巍峨高峰上沉默的松树，在大雪压顶的时候，凛冽的寒风狂野掠过，那些秀于森林，笔直地企图凌云的枝干最先被折断，而那些低调弯曲的枝干却承受着生命不能承受之重，积蓄着蓬勃的力量，不被寒风积雪所摧毁。这是低调的力量。

像深秋篱笆院子里的菊花，风霜刀剑严相逼，万木凋零，只见一朵朵菊花握成铮铮拳头，淡泊墙院外的赞美，低调地把一层层霜抖进泥土里，磨炼骨肉，给那些被风霜蒙蔽双眼的人生活的信心。这是低调的魅力。

万丈高台，起于垒土；千里之行，始于足下。你看，进门时忘记低头的人，最先被碰着；风光时得意忘形的人，走下舞台，最容易摔跤；成功时忘记自警的人，最终跌倒在自身埋设的优势陷阱里；辉煌时放松进取的人，享受了短暂的掌声，最后比谁都凄凉。

低调，如同不起眼的煤，没有人会在意它被埋在暗无天日的地下时所承受的重压，然而当它被有力的手臂掘出后，它就点亮了黑夜！

低调，如同脚下的门槛，我们习惯于仰视高处的门顶，漫不经心地迈过门槛，然而当生活遭遇不测的时候，最先抵挡洪流和伤害的却是门槛！

低调，如同丑陋的河蚌，坚硬粗糙的外壳经历了波浪的洗礼，最后孕育出的却是珍珠！在它久病河床苦苦经受煎熬之际，我们看不到它内心的抗争，然而凶波险涛退去，它却给我们生命中最宝贵的馈赠。

低调不是退缩，也不是无为，而是一颗成熟的心经历人生百态后呈现的一种朴素风景；低调不是平庸，也不是无争，而是一种达观的胸怀、淡泊生活所得后展示的一种广阔。这种广阔波澜不惊，宠辱皆忘。

君子坦荡荡，小人长戚戚。一个低调的人，就像一根黑夜里静默燃烧的蜡烛，他是崇高的。

海纳百川，有容乃大。一个低调的人，他不与世界争。正如诗人兰德所写的："我和谁也不争；和谁争我都不屑。我爱大自然，其次是艺术。我双手烤着生命之火取暖，火萎了，我也准备走了。"低调是一种品位，拥有这种品位的人，在尘世间看似降低了自己，却在人格上提升着自己。低调是一种风度、一种魅力，这种风度不张扬、不外显。

或许，低调是一颗沉默的灵魂，在不起眼的角落里发出的淡淡香味，就像那根阳光下爬过墙头、开着淡黄的花儿，微笑着给路人捧出长长果实的丝瓜。或许，在岁月的长河里一切会贬值，一切会慢慢化为尘埃，而低调，这人生的黑金，却以独特的光芒，给我们划开了一道透过人生阴霾而露出彩虹的晴空。我们，揣着这黑色的金属，沉默着走向高处。

/"刺"激人生/

人在一个固定的环境里待久了就有一种逆反、厌倦的心理，在这种情况下许多人总会蠢蠢欲动，想到一个新的陌生的环境里大显身手，另干一番事业，领略新的工作环境所给予的新的感受。

前不久我利用假期到一个经济和文化都领跑全国、风景如画的江南城市去旅游。在那里我受到了朋友的热情接待。他带领我参观了他所在的外资企业，并给我详细介绍了公司里的各种待遇和良好的工作氛围。据说他月薪达六七千，好的时候月薪达一万元，这让在小城市的行政事业单位按部就班、每月拿着1000多元工资的我羡慕不已。同样的专业，同样的学历，差不多的能力却有不同的回报，同在蓝天下就是不一样。我只恨自己，没有这样的环境和待遇。

有一天他带我去游当地一旅游胜地，登山时，我不小心被狭窄的山路边旁逸斜出的一丛荆棘划破了手臂，血流不止，十分疼痛。我感到很奇怪，平时在我工作的地方，也曾被荆棘划破过手臂，不论划破的口子有多大、流多少血也感觉不到疼，可那天却十分疼痛。我把这种心理说给朋友听，他说："这很可能是酸葡萄心理在作怪吧。平时你在熟悉的环境里满足于一杯茶、一支烟、一张报纸看半天的机械式的生活，在那样宽松的工作环境里，你在当地有不错的收入，有还算体面的工作和地位，周围的一切早已将你的心态磨起了一层厚厚的老茧，你对一切漠然处之，怎会感到疼呢？即便是一些小小的伤痛，你也不会觉得有多疼，因为你的心早适应了懒散的工作生活习惯。对你而言，这些小伤小痛无所谓，反正一切都有保障啊。可是换了环境，你的心态就不一样了，新鲜的东西，待遇、环境上的落差此时显得十分锐利，稍微一刺，你就受不了，不叫疼才怪了！看来，你应该让自己多碰碰刺才对。"

朋友入木三分的分析让我十分佩服又惭愧。是的，我习惯于那种三点一线、按部就班的工作生活节奏，忽略了它所带给我的惰性。这种惰性心理已深深根植于我的心里，让人麻木地满足于现状，自我感觉良好，不思进取，故步自封，怎么会取得新的成绩，享受生活的快乐呢？

回来后，我认真地调整了自己的心态，制订了写作的计划，主动地工作、勤奋地写作，把工作当作享受，把写作当作快乐，各方面都有了很大的起色和转变。我想，这也许是一根刺的缘故。

我们经常抱怨生活，抱怨工作环境，犯着这山望着那山高、眼高手低的错误，只被动地适应环境，不主动地去改变环境，让眼睛和心灵一天天老去，再锐利的刺刺在身上也不觉得疼。看来我们应该让自己承受更多的刺，"刺"激自己，"刺"激人生，因为，若想摘得那山的桂冠，必先得抬手搬走拦在这山的绊脚石，方能为自己开辟一条通往成功的道路，培植一株带刺的但是快乐的花。

/ 请你保持微笑 /

和一帮朋友聊天时，有个朋友曾经出过这样一个算不上谜语的谜语。他问："在台湾的博物馆和超市，你会看到这样的标牌：'本馆（或者本店），有摄像监视。'请问后面的一句话是什么？"

按照我们日常所见，里边千篇一律地写着命令式的"禁止吸烟""禁止喧哗""禁止偷盗，违者罚款×元"等，全是让人望而生畏冷冰冰的话语。我们的回答不外乎上述种种，可是我朋友的回答是："请你保持微笑！"

出乎意料的答案，让我们不由得沉静下来，而后异口同声地说："妙，实在是妙！"这一句彰显了人文色彩，既显得从容有风度，又充满善意和忠告。

我想，台湾博物馆和超市里的管理者并不是以自己的立场来要求参观者和购物者做什么、不做什么，他们更多的是以人为本，从他人的立场出发，为参观者和购物者的风度、涵养、品位着想，提醒他们将最美好的一面留在摄像镜头里。而我们身边的摄像镜头，像个猫头鹰一样，捕捉抓拍到的更多的是像偷食粮食的老鼠一样作为"罪证"的阴暗面。同样的镜头却有不同的境界和意味，相比之下，我们的初衷让自己多么汗颜！

"请你保持微笑"，请注意这里用的是"请"，且没有加修饰语"一定"。如果在"保持微笑"前面加上"一定"，我想这种温情的关怀、善意的提醒势必会打折。这是一种春风化雨般的渗透，而不是居高临下的说教，令人更容易接受。这样的语言传递的是一种文明，而"严禁"之类的祈使命令，压制的是一种涵养的彰显和风度的展示。

我不是在咬文嚼字，文字只是一种文化的载体、文明的传承，而人性深处的那部分关爱却是不分贫富贵贱、不分肤色疆域的世界的通行证，无论挂在哪里都不刺目，无论何时都不会褪色。

真正的风度并不仅仅表现在穿着打扮、举止言行上，有的人尽管一身名牌，但是他冷漠僵硬的表情、伪装牵强的笑容却让人反感；有的人尽管一介布衣，但是他流露出源自真实心灵的笑容，你反而觉得他有亲和力和风度。

那些坐在监控室里，桌上放着公文包，跷着二郎腿，手里夹着香烟，眼睛盯着监控屏幕的老板，企图发现某个从摄像镜头前经过的人因一念之差而犯糊涂。他可曾想到：小小的摄像镜头里有大世界、至高境界。谁在温情流向温情、微笑传递微笑的渠道里架设了一道布满荆棘的栅栏？谁将人与人之间原本不脆弱的信任割断？谁将从不同角落流到不同心窝的友爱阻拦？

恶传染恶，善传染善。所以，请你们保持微笑，并衷心希望经过摄像镜头前的人们不会因为大意在你们的空间里丢失什么。我深信当我们因一时的糊涂冲动得到什么而被抓住把柄的时候，更多的人会丢失什么。我更相信，当我们都保持微笑的时候，周围的世界像一面干净明亮的镜子，也保持着微笑，正对着我们。

／润，生命词牌里的一束光辉／

　　和一家杂志社的主编书信交流，谈到润泽，他在一封信中送我这样一段话，他说："'润'是美德。润己，及他，既是自我的丰盈，又是给予和分享。比德于玉，贤达含蓄，温润泽仁，这便是自身练达的修养与财富，不动声色的富足。多一分则溢，浅一分则涩，外在柔滑、细致，内里润泽、温暖，周遭的一人一物无不自在舒适，感其光华。'润'之美德，美在自己，德在及他。"

　　我很佩服和喜爱他的这段话。当时看了，顿觉醍醐灌顶。我知道，这位历经人生风雨的长者，是在与我分享人生的一种独特深沉的体验。

　　像一滴水悄然融入泥土，像一丝风悠然消失在空气中，像一片雪落进大地的掌心，像一树繁花慢慢褪尽艳色，润，以缓慢的姿态，恬然呈现生命的静美。作为动词的"润"，蕴涵着一种力量。作为形容词的"润"，彰显着一种美德。都说"世事洞明皆学问，人情练达即文章"，都说"桃李不言，下自成蹊"。润，一个轻微的动词，一个不轻易被现代人看好，挂在嘴边的音节，却牵动着我们生命里的那些美好情操，比如善，比如和，比如美。

　　润是潜移默化，像三月里随风潜入夜的细雨，润物无声，只见草木抽芽，将时间与草木之间的默契，悄然融会贯通，变成一种含蓄的意会，染成点点朦胧的秀色。春风琐碎细微的脚步，轻轻走过我们的院墙，将那些轻灵的诗句渐渐点亮，悄然触及我们心灵的感动，让我们在尘世之间早已麻木的心灵，被这和缓的气息慢慢渲染浸润，人生，因此美好起来。

润有一种力量。我想用三个成语来诠释润的力量。滴水穿石，可贵在一种坚持，一种水与石的柔韧与刚强的对抗和斗争。精卫填海，可敬在一种弱小者与强势力量的无畏较量。愚公移山，可叹在一种悬殊生命之间的意志超越。润，是一股细腻的力量，不起眼，不张扬，在时间恒久的旷野里流淌，让生命版图中的不可能变为一种现实。润，是一种旷日持久的信念，如同若隐若现的火把，我们举着火把奔跑，远处的人看不见，但是它切切实实在我们生命的每一个日子里悄然传递，改变着自我，强壮着我们的魂魄，让我们在别人看不见的时候，内心强大起来。

润有一种大美。这种大美如同水。古人说，水善利万物而不争，处众人之所恶，故几于道。美好的品格，高尚的情操，应该像水一样。水滋养万物而与世无争；水总是处于人们所不愿处的地方洁身自好，从而达到美好的境界，符合自然法则，让人赞美仰慕。

润有一种韵律。芝麻开花，唯一节节长高。千里长途，唯一步一步丈量。万丈楼台，唯一层层垒起。一节一节，顺着节气，慢慢生长，是润。一步一步，积聚信念，有序丈量，是润。一层一层，夯基培土，稳固建筑，是润。润，融会着自然法则。润，贯穿着人生信念。润，散发着生命的芬芳。

一棵参天大树，人们看到的只是它高大的树冠，而没有人去细细体味自然的风云雾岚是以怎样的恩泽长久地浸润它的根脉茎叶。一个胸怀雄才大略的人，世俗之人看到的只是他所拥有的权势和地位，而没有人去耐心领略他博大超俗的胸襟中温润着多少灵魂的洁净和高雅。他们，身在人世间，心存星空中，以自己的雄才，为世界指点未来，以自己的胸怀和成就，润己，及他，既丰盈自我，又与他人共享生命的成功和辉煌。我想，不论洁净，不论高雅，不论风光，这些生命词牌里闪光的一面，都是我们的心灵在经历岁月长久的雕琢和历练后，慢慢浸润培养的气质。

润是生命词牌里的一束光辉，以玉的灵魂、水的美德、慢的节拍，体现着人生的境界。润是以柔克刚的生动写照。润是上善若水的鲜活演绎。润是我们培育灵性智慧的愉悦体验。它的起点或许并不惊人，但过程和结果却同样绚烂。

最后，我想说，这细微的光束，是生命的一种别样壮观。

/ 人生的两个百分点 /

某成功企业的掌门人曾有这样一段话，他说：51％与49％是父亲教给我的"黄金分割"比例。他很早就告诉我，做每件事情，都要让别人占51％的好处，自己只要留49％就可以。长此以往，可以赢得他人的认同、尊重和信任。

姑且称之为"两个百分点论"。表面上看来，51％与49％的差距只有两个百分点，但关键的时候，这两个百分点却有着天壤之别的结局。这两个百分点像一朵微不足道的浪花，可是日积月累，就汇成了涓涓细流，浇灌细流两岸的花草，世界就多了一树芬芳葱茏；给他人两个百分点的好处，好像是一道减法，减少了自己的所得，但从长远的眼光看，这是一道加法，少了个人所得，但赢得了周围世界的认同、尊重和信任。而他人对我们的认同、尊重和信任，无形中给我们增添了人格魅力。减掉两个百分点，但增加了让人生向积极光明的方向不断迈进、攀登的筹码。

如果说一个百分点就是一个台阶，正是因为我们给别人增加了使其走向高处的台阶，我们自己也同时垫高了生命的基石，拓宽了人生的宽度，提高了个人的魅力，以两个百分点的友爱和大度赢得了人生终极追求的百分百。

或许在让出两个百分点的时候，我们有点计较、不舍，甚至烦恼，但是"爱出者爱返，福往者福来"，一份大度会赢得更多的支持、信赖和友爱。给出爱，得到爱，送去手中的幸福，反馈了更多福气。

我深深地喜欢一句话：痛苦是比较出来的，幸福是珍惜得来的。越是计较，心理越不平衡，烦恼越多，我们因此变得不从容。烦恼像藤条，紧紧缠绕住我们生命之树上原本可以更蓬勃、葱茏的枝蔓，使其不得自然而生，被过分的计较消减掉芬芳和美好。

有个朋友在单位工作表现突出，引起身边一些同事的嫉妒，在工作最关键的时候，他被同事的暗箭利器中伤，他总想以后找机会报复。有人劝他，忍着、让着、顺着，最终没有过不了的坎。他听从了劝告，在利益分配、先进评选、岗位提拔等一些重要问题上，不和那个同事争。时间长了，身边的人反而被他的大度和从容感化，支持他、帮助他的人更多了。最终，他得到了更好的发展平台，而嫉妒排挤他的那个同事却被身边的人疏远冷落。

一次和他喝茶时，他把自己的那段暗淡经历告诉我，末了，他送我古代两大禅师——寒山和拾得的一段对话。他说，寒山问拾得："世间有人谤我欺我辱我笑我轻我贱我，如何处置？"拾得回答说："只要忍他让他避他由他耐他不要理他，再过几年你且看他！"

他的忠告给了我很深刻的人生教义。

胜过对手的最好办法，不是去斗争、报复，而是让自己比对手更强大。这好比一道脑筋急转弯：一条直线如果在不把它的两端任意画长的情况下，怎样才能使它变得更短？初听题目，很费解，但答案很简单：在这条直线的旁边画一条比它更长的直线，这样原来的那条直线就变短了。

联系到"两个百分点论"，做人处世，51%是一条直线，49%也是一条直线。虽然看起来49%的直线短，处于劣势，但正是由于这给出的两个百分点，所得到的别人的认同、尊重和信任反而无形中加长了49%的直线的长度。这是一种做人策略，更是一种成功。

倘若我们尚未实现的目标是一块坚冰，那么给别人的两个百分点就是温度最高的一块炭火，在关键的时候，化冰为水，消融人生的困顿和艰难。从某种意义上讲，两个百分点就是成就人生的百分百。

/慢下来，等等灵魂/

也许，在这个飞速发展进步的时代，我们该给自己一个刹车，慢下来，等等灵魂。我们应该审视一下自我，是否在进步和享受的同时遗失了些什么。

我们只顾着赶路，把灵魂丢在后面，生命里许多美好的事物如同挂在我们脖子上的珠子。我们急于奔跑、用力追逐、渴求收获，绷断了脖子上的彩线，被彩线穿起的珠子一颗一颗掉了，被身后的烟尘湮没，而我们浑然不知。我们快步前进，忽略了路上一朵花对我们的微笑、一棵草默默在身后捧出的芬芳、一只鸟在头顶自由飞翔划下的美丽弧线。灵魂，像蝌蚪，游离到别的水域，找寻新的风景。

在单位，我们被快节奏的效率牵绊；在路上，我们被飞速运转的车轮牵引；在生活中，我们被远处可望而不可即的目标诱惑。看得见的、看不见的规则约束着我们；有形的、无形的鞭子驱赶着我们，我们攀比地位、财富、装饰、收获、拥有，似乎自己慢一拍，就被世界抛弃。一些美好被脚步踹落，一些东西生锈了，一些田园荒芜了。心，因此麻木，这委实是生命的一种悲凉。

一路上，烦恼、不安、苦痛接踵而至，成为心理暗疾，于是，我们的身体和灵魂处于亚健康状态。

一位诗人说："生活是一种慢。"他看透了生命本质。灵魂原本是自己的私家花园，为什么因别人攀比的眼光和幸福的标尺而改变自己花园的颜色，转变自己人生淡定的节律呢？慢下来吧，聆听慢的韵律，领略慢的意境，体悟慢所蕴涵的丰富和宁静。

唯恐落后于别人的人，他的灵魂与自己的距离最远。"快"往往容易让人误入歧途。慢下来，等等灵魂，做自己的主人，看一个丰富的生命怎样身心如一，悠然行走在茫茫天地间，以自己的风骨，给这个喧嚣不安的世界画下一帧独特风景。

快并不意味着一种成就和享受，慢并不代表着落后和疲惫。如果说"快"是一种形的进步，那么慢何尝不是一种"神"的塑造和提升？快展示外在形象和力量，慢凝练内在达观和境界。

快捷、快感、快乐、快活，这诸多的"快"暴露了现代人急功近利、贪图享受的心理。享受无可厚非，只是因为急于进步，处心积虑的快所滋生的攫取、占有、享受心理让我们的灵魂孤单地游走在身后，我们把它弄丢了。这么多的"快"如同一晌繁华、过眼烟花，当繁华、烟花散尽，风光不再，一切归于寂静、平淡、缓慢时，灵魂才以"慢"的姿态直抵生命本质。

我们为什么要"快乐"呢？"慢乐"不是更好吗？慢，拉长了生命的体悟历程，让人在体悟中丰富内心，享受宁静。所以，节日里，我不祝亲朋好友快乐，我希望他们慢乐，以慢的心态，把"乐"的时光拉长，而不像烟花般绚丽的"快"，转瞬即逝，更容易让人从巅峰跌落到低谷。

一次旅途中，有个导游和我们开玩笑说："来来来，快快来，慢慢走，如果遗憾就回头。"是的，人生所有的美好就在那慢慢的一回头之间。他说出了人生的某种真谛。我们一辈子被固定在某个环境、某种职业、某条线路、某个位置，我们从此以为这些固定的椅子、轮子、位子就是自己的腿脚，在岁月的浣洗中，心因此倦怠暗淡，灵魂和我们离散。我们很有必要走走神，慢慢到另一度空间访问游走一下，去擦亮一些火花，领略一番慢趣，看云卷云舒、花开花落、人来人散。

慢下来，等等灵魂，让它回到我们的内心，亲密无间，一起上路慢慢品尝生命的欢喜忧伤、苦乐时光，多好！

这样的人生，才是最无悔的。

/ 敬畏卑微 /

有个亲戚家养蚕，没事的时候我经常到他家里观察养蚕的过程。五月正是蚕发种的最佳时节，针尖般渺小的蚕种，密密麻麻躺在专用的养蚕纸上，亲戚们将采来的桑叶切成雪花般的碎片，均匀撒在养蚕纸上。那些幼小的蚕体在细碎的桑叶上轻轻蠕动，肉眼看不出它们是怎样进食桑叶的，但过不了多久，嫩绿的桑叶就会被它们吃个精光。

蚕种每天的成长速度十分惊人，一天一个样，三天大变样。一个星期之内，就能长得像火柴梗那么细长，十天左右蚕已经长得有筷子那么粗了，颜色也由淡黑色变成草绿色。每当一袋袋桑叶撒在蚕床上时，硕大的桑叶片刻间就被吃得只剩下茎脉。外表秀气文静的蚕已经出落得像一个大方的姑娘，在桑叶上款款而舞，吞噬桑叶，只听见沙沙的声音，如同初春的夜雨。

在蚕室中适宜的恒温下，蚕长得十分迅速，等长得有手指那么粗的时候，已经很健壮了。这时的蚕体有些透明，又微微发黄，像勤勉的母亲，不再留恋蚕床的润软舒适，而是专注地爬到方格蔟（一种让蚕结茧吐丝的工具，也称蚕蔟）一圈圈吐丝结茧，一副胸有成竹的样子。辛苦的亲戚支起架子，将一块块方格蔟放到室外通风见光，两三天时间就能结成一个鸽子蛋大小的白色的茧。阳光下，成形的蚕茧玲珑晶莹，如同冬日里明净闪着光芒的瑞雪，让人浮想联翩。

收获蚕茧的时候，我曾以闹着玩长见识的心态帮助亲戚从方格蔟上拾过蚕茧。亲戚让我用手撕撕蚕茧，看能否撕得开，然而无论我怎么用力，厚实的蚕茧丝毫不损。亲戚解释说："你别看蚕弱小，它的茧用手是撕不开的，除非用刀或者锐利的工具。"

我问："这轻飘飘的茧有多少丝？"亲戚笑着说："尽管茧的长度不到四厘米，说出来或许会吓你一跳，一个蚕茧可以抽出长达1400多米的丝！"

亲戚的解释让我很震惊。我没想到，这外表羸弱的蚕，竟能吐出如此绵长的丝。我陷入沉思：蚕在黑暗的茧内孕育这1400多米长的丝，究竟蕴涵着多少忍耐？倾注着多少恒心？绵延着多少韧劲？

我不由得敬畏起这卑微的生灵。起初，它们弱小得如一粒在风雨飘摇中落地的不起眼的火种，到了生命的尽头，它们弱小的躯体吐出的却是一种柔韧、灿烂。它们展示的是一种生如夏花般的灿烂，死如秋叶般的静美。

人可以为某一种牺牲而遗憾，而我不知道这卑微的生灵是否为生命的短暂而遗憾。白色躯体、绿色桑叶、黑色排泄物组成了蚕生命的三原色。它们以绿色桑叶为画板，以柔软嘴唇为画笔，把生命最后的黑暗挥洒成恒久的灿烂，把柔弱的躯体蛹变成另一种华贵和壮美。我更不知道，当那些身上穿着华美丝绸织就的名牌服饰、嘴上不断抱怨生活的人，可曾想过，那一根根细密的丝究竟蕴涵着多少蚕经受黑暗煎熬后的执著讴歌？

倘若简朴的方格蔟是一座幽静的寺庙，那么一个格子就是一间僧舍，结茧吐丝的蚕就是在宁静中修行的僧人。它们在黑暗中参悟得道。艰难困苦，玉汝于成。蚕的品质就是玉的品质，就是禅的境界。心若在黑暗中呐喊，那爱必将在执著中灿烂。那纸质的狭小方格蔟不是囚禁蚕一生一次美丽的囚室，而是它为生命华美复活的窗口。

/ 把握前三分钟 /

　　有个刚从三流大学播音专业毕业的朋友到一家他心仪已久的著名电视台去面试。出发前他担心自己没有英俊的外貌、没有坚实的关系网、没有很高的学历、没有骄人的成绩而不被看好，为了防止面试被淘汰，他想了一个主意：如果考官问到这些问题就撒谎。

　　面试时那家电视台的台长问他："你喜欢看中央电视台的一些名牌栏目吗？在日常交际中你是否很在意自己的形象和外貌？作为一个主持人，你认为形象重要还是能力重要？请用五分钟时间回答。"

　　台长几乎没有太多地涉及朋友事先想好的问题，这大大出乎他的意料。

　　他显得有点自卑紧张，心里十分矛盾，一直在思考到底怎样回答台长的问题才能使自己胜出。他不自然地整理自己的衣着，一低头才发现，由于出门太急，他扣错了西装的纽扣，把下面的纽扣扣到了上面的纽眼。他脸红了，有点窘迫，慌乱地重新扣纽扣。扣好纽扣后他回答道："我上学时经常在宿舍的电视里看中央电视台的一些名牌栏目。我很注意自己的形象，但我认为能力比形象还重要。"

　　答完台长的问题后，他还阐述了自己对播音工作的一些看法及观点。

　　他的回答与实际的表现相差太大了。最后的结果是他被淘汰了。台长对我的朋友说："前三分钟我在看你的表现，后两分钟我在给你打分。我打分的标准是你的前三分钟，你的纽扣是第一形象，你的谎言是第二形象，你的能力是第三形象。据我所知，你们学校的学生宿舍并没有电视。我曾经在进入电视台的时候也有过和你一样的心理，尽管我经常在电视里露面，外貌也不怎么样，但我现在的压力不是希望观众接受我的容貌。我觉得一个整形医生说得好：'整容只给你三分钟。任何一个人和陌生人相处，前三分钟特别重要，以后的事情全靠你自己了。'如果我们连这三分钟都把握不好，还能把握后三分钟，甚至一生吗？"

尽管那位朋友没能如愿，但是他学到了在平日里三分钟内学不到的东西。

几年后我的那位朋友成了那家电视台的著名主持人，他主持着一档收视率很高的王牌栏目。

有一次聊天时，他对我说了这样一段话：在做人处世和与他人交往的过程中，前三分钟很重要，第一分钟我们向陌生人展示形象，第二分钟我们展示诚信，第三分钟我们才展示了风度。这三分钟以后所发生的，才是显示我们的能力和陌生人是否愿与我们深交或合作的事情。

细细思量，有时人生真的很短，不过三分钟的时间；有时人生却很长，仅仅三分钟远远无法度量。

第三辑／生活不在别处

/没有弯一次腰/

我曾经参加过一次野外体能训练比赛，至今记忆犹新。

那次比赛的主题是"挑战自我、挑战极限、走向成功"。比赛的项目为每个人背负一定重量的砖，从山下背到高度达300多米的山顶。背砖一共要进行三趟，先从二点五公斤背起，再把砖的重量从二点五公斤递增到五公斤，第三次把砖的重量递增到七点五公斤。

平时整天坐在办公室的我们很少锻炼，一到野外放松了很多，马上对这项活动产生了浓厚的兴趣。背第一趟时大家都跃跃欲试，认为区区二点五公斤重的砖没什么可怕的，刚好乘这次机会锻炼锻炼，减减身上的赘肉。教练给我们讲述完注意事项后打响了发令枪，并把上山的时间限定在20分钟之内。背着捆绑成形的砖，我们开始有说有笑地登山。教练跟在我们身旁。爬到半山腰时，我们开始喘气，走走停停，停停走走。教练提议大家唱一些曲调激昂的歌曲。说唱就唱，这一招果然让我们倍感轻松。

第一趟我们基本上在规定时间内完成了教练布置的任务。第二趟背上的砖加到五公斤，还没走几步就明显感到体力不支。有的人开始说笑话，有的人唱歌，有的人抽烟，有的人像虾一样弯着腰、喘着气，埋头登山。跟在身边的教练一边观察着每个人的表现，一边在本子上记录着什么。我们还没爬到半山腰，有的人就叫苦说不想爬了，气力跟不上，太累了，请求退出。教练笑笑，同意了他们的要求。等爬过半山腰，有的人不停地弯着腰爬行，教练提醒他们说："路不是很陡，最好不要总是弯腰。"有的人不同意教练的观点，说："尽管有一段弯曲不陡的路，但弯着腰不费劲，很舒服啊。"教练笑笑，没有作任何解释。第二趟只有四个人到达了目的地。第三趟开始的时候，又有一个人宣布退出。这样一来，刚开始的十人队伍只剩下了三人。这一趟限定的时间是30分钟，难度很大，体力消耗更多。在山下休息的队员喝着水听着音乐等那三个队员。那次比赛最后的结果是，只有一个人在规定时间内，不走任何捷径的前提下到达目的地。教练宣布，只有他获胜，取得成功。

在最后的总结中，教练要求每个人都说说自己的体会。获得冠军的那个朋友的体会得到了大家的一致认可和好评，他的体会是："有时候弯着腰走一次可能会好过一些，但是弯腰走过了一次，就会有第二次、第三次，最后就会习惯于弯腰。习惯于弯腰只顾低头走路，不顾抬头看路，说不定最舒服的时候前方就会有一个峭壁让你走投无路。所以，尽管走得精疲力竭，但三次下来我没有弯过一次腰。"教练总结说："如果你不弯腰，有希望的地方痛苦也会变成快乐；只要你弯了一次腰，有希望的地方快乐也会变成桎梏。我们要学会择高处立，就平处坐，向宽处行。没有弯一次腰不成功才怪了。"听了教练的话，我们叹息、感慨，甚至有点惭愧，愧对活动的主题。如梦初醒的我们对教练报以雷鸣般的掌声。

行到水穷处，坐看云起时。没有弯一次腰，胜似一千次的坐；一千次的弯腰尽管舒服，给我们暂时的轻松欢快，但它可能会变成无休止的屈从，成为一种看似美丽花朵的病毒，软化我们的意志和信念。而一次的挺拔，尽管艰难，但最有可能赢得一千次的成功。

/ 这个世界上落满尘埃的感动 /

一

　　寒冬。正午的大街上尽管阳光灿烂，但天气仍然很冷。从书店出来，一个十一二岁的流浪儿引起了我的注意。

　　他满脸污垢，穿着一件宽大得如同麻袋一样的旧衣服。这衣服和他瘦弱的身材极不相称，看上去十分具有戏剧性。他的头发乱得像冬日原野上枯萎得失去精气神的野草，一撮一撮黏在一起。他手里拎着一个破旧的蛇皮袋子，停在一家面包店的门口。

　　面包店门口随意地停着几辆自行车，在两辆自行车的空当处放着一个黑色塑料袋，里面装满了垃圾。面包店的店主坐在门口晒太阳。那个流浪儿怯怯地望着店主，慢慢走到自行车中间，蹲下身子，将那个黑色塑料袋捡起来，往里面看了看，然后放进自己手中的蛇皮袋子。

　　我站在不远处注视着他。其实，那个塑料袋里并没有什么值得他搜集的，我以为他会把有用的废纸捡进蛇皮袋子，把没有用的扔在原地，但是他没有。

　　面包店的店主也看着那个孩子，然后掉头走进店里拿出一块金黄的面包，用纸包了起来，走出门递给他，接着竖起大拇指对他说："你真行！"

　　那个孩子缓缓地接过面包，低下头，傻傻地笑了，很腼腆，憨厚中多了一点可爱。

　　尽管天很冷，但我感觉因为这小小的一伸手，正午的阳光多了一份金色，街道上多了一份美丽。

二

还是与生活在社会底层的人有关。

有天晚饭后外出购物。在一家大型商厦门口，一个失明的男子坐在地上拉二胡，旁边紧靠着个六七岁的男孩。地上铺着一块白布，白布上面放着一个生锈的铁盒子。白布上面写着失明男子家庭遭遇的种种磨难：上有年迈体弱多病的父母，妻子病故，儿子因为贫困上不起学。

那位盲人父亲聚精会神地拉着阿炳的《二泉映月》，儿子则紧紧地依偎在父亲身边，用胆怯而又期待的眼神打量这个繁华而又浮躁的世界。大街上流光溢彩的霓虹灯，熙熙攘攘的人们谈笑风生，与这对父子的落魄形成鲜明对比。

二胡的琴声悠扬起伏，诉说着他们命运的悲凉和生活的艰辛。进出商场的人们有的围观，对白布上歪歪扭扭的介绍指指点点；有的小声嘀咕说："肯定是骗子，不要上当，这年月这样的例子见多了。"还有的人将不多的硬币扔进那个铁盒子里。

我听了一曲那位盲人父亲拉的《二泉映月》，往盒子里放了两元钱就走了。

第二天上午在去图书馆的路上，路过一个广场，广场上人很多，也有几个身体有残疾的人趴在地上乞讨。他们讨到的只是不多的零钱和人们的冷漠以及轻声的斥责。

就在我离开广场的时候，我看到了昨晚在商厦门口的那对父子。父子俩牵着手缓慢前行，路过趴在地上的乞讨者时，那个小孩子看见了趴在地上露出残肢的那个乞讨者，径直从自己手中的铁盒子里取出三个一元的硬币，蹲下来轻轻地放进他手中捧着的饭钵里。

双眸生辉，十指生花。我为昨晚那些嘀咕那对父子的人而感到悲哀。只要有爱的种子存在，我们就没有理由不对春天抱以信心。

坐在图书馆里，我对自己说：任何一种爱都有它存在的神圣理由，不要以狭隘的心胸揣度这个世界的深浅，也不要被世俗的云烟遮蔽双眼，睁大眼睛吧，世界上最美丽的花往往开在无人注目的角落。

三

　　我相信：世界因爱而改变，人生因爱而美丽。

　　红尘之中，有一种感动落满尘埃；茫茫人世间，有一种金子沾满泥巴。世界冰冷的时候，只要你心里暖着，拾起尘埃之上的柴火，点起一堆篝火，去温暖自己也温暖世界。当心灵被浮躁和繁华腐蚀，变得坚硬时，请微笑着向那些心存爱意的人竖起大拇指，给他们小小的善举肯定和敬意，我们的点点爱意像黑夜里不起眼的星星之火，必将在爱的吹拂呵护下，燃成燎原之势。这样的爱是一种永不消失的融融春意，这样的拇指是一杆永不降落的猎猎旗帜。

　　这个世界上落满尘埃的感动昭示着我，也昭示着每一颗冷漠的心：没有一种冰不被阳光融化，没有一棵草不会发芽。有爱在，春常留。

/生命似水德如泥/

　　水，魂有多变之态，魄具壮美之境。泥，容有宽广之胸，量无浩瀚之限。水泥相容，遇种发芽，让一粒种子用积攒一生的力气，把生命的秀美从地下古朴地顶出来，让一片叶子在泥水的支撑下长出一朵花的脑袋，从生命的版图上抽出芽苞，一骨朵一骨朵的花蕾经时间的抚摸，开到我们胸前，让我们享尽生命的芬芳和妩媚。

　　孔子这样总结了水：长流不息，惠及万物，好像有德；流必向下，不逆成形，或方或长，必循理，好像有义；浩大无尽，好像有道；流百丈山涧而不畏惧，好像有勇；安放没有高低不平，好像守法；量见多少，不用削刮，好像正直；无孔不入，好像明察；发源必自西，好像立志；取出取入，万物洗涤洁净，又好像善于变化。水有这些好德处，所以君子好水。

上善如水。水善利万物而不争，处众人之所恶，故几于道。水滋养万物而与世无争；水总是处于人们所不愿处的地方洁身自好，从而达到美好的境界，符合自然法则，让人赞美仰慕。美好的品格，高尚的情操，应该像水一样。"人往高处走，水往低处流"，充分体现了水的与世无争、低调的一面；"抽刀断水水更流"，彰显了水柔韧的一面；滴水穿石，反映出水坚硬的一面；瀑布的壮观是水在没有退路的时候形成的，繁星的璀璨是在黑夜到来后弥漫的。

"地势坤，君子以厚德载物。"大地以宽广、深厚承载万物而无所不包，君子应该像大地一样以宽广、深厚的好品行来承载万物、包容万物、滋养万物、造福万物。泥土敦厚不虚伪，内敛不张扬，谦虚不傲慢，丰富不单调。它不拒绝，以宽广的胸怀接纳大地上的一切事物。随便丢一粒种子在土中，只要被泥土抱在怀中，它的体温就能焐暖种子冰冷的身子，在阳光的鼓励下，为大地爆出春天的诗行。

纷繁尘世，欲望很多。计较得太多，痛苦随之增多；而忽略得很多，则幸福如潮水般蓄满胸腔。保持一颗泥土般的心，是多么珍贵。生命似水德如泥，水和泥，是书，是师，我们应该处世如泥土般低调，性情如泥土般内敛，为人如泥土般虚心，对待成败得失亦如泥土般自然、平静和从容。在我们的周围，友善的手臂必将林立成葱茏的森林，陌生的断桥必将联结成旖旎的景观，成功的光芒必将交织成夺目的锦旗，信赖的目光必将聚拢成明亮的灯塔。

生命似水德如泥，以泥的秉性站立，以水的骨头行走。长路漫漫，如果有水一样的纯净，泥一样的谦虚；水一样的澄明，泥一样的厚道；水一样的源远流长，泥一样的柔韧坚毅；水一样的大智若愚，泥一样的举重若轻，这样的人必是心性至善至深的君子，用空灵潇洒的风姿，在这个世界上留下绰约的背影，让我们仰视着不断走向人生的高处。

/ 生活不在别处 /

　　法国作家布落瓦在小说《不愉快的故事》中描述了这样一群生活在小城市的人。他们相约着一起走出自己生活的城市，到别处过一种新的生活。打定主意后，他们分工，收集了大量的列车时刻表、行李箱、地球仪、地图和旅行所需要的用具。可悲的是，他们活了一辈子，老了，死了，也没有能够走出自己生活的城市。原因在于，他们无休止的拖延、争论和推迟。

　　他们只活在自己肥皂泡一样的梦想中。也就是他们并没有很好地活在当下，一辈子过去了，他们并没有挣脱各种牵绊、桎梏，内在的、外在的。

　　诗人兰波说"生活在别处"，曾经，这样的诗，让多少胸怀大志的人热血沸腾，壮志满怀。这诗性、浪漫的精神突围梦想，让多少沉浸在青春岁月的人迷恋、向往。可是，在今天，当下的生活中，有几个人真正能让自己从肉体和精神上生活在别处呢？

　　我想说的是，一个人不论风光与否，不论外在的拥有和内在的所得有多少，如果连当下的生活都"活"不好，何论生活在别处？一个人，如果连当下的地都种不好，何论别处花园里的风光？连手中的庄稼都侍弄不好，何论采摘别处果园里的果实？

　　生活在别处，固然需要勇气，但生活在当下更需要底气，承受当下生活种种如意、不如意的底气。

　　当下与别处隔着一条流动的河。

五彩斑斓的理想生活固然令人迷恋、向往，可连穿越一条河流的勇气、底气、隐忍都不具备，那闪着光彩的别处生活顶多是猪栏里的肥皂泡梦想，温床上的梦呓。

放在篮子里的一把青菜，远比别处缥缈的一大束绚丽耀眼的玫瑰更具有生命力和价值。当下的一寸光阴胜似别处的365个日出，重要的不是光阴的长短，而是如何让这有限的一寸光阴变成让生活不断刚毅、坦然、无悔行走下去的一份能量。

人生的种种无常和可能有时让人不免悲凉，这不是因为我们有多少大志没有实现，而是我们有太多的小志被碎瓦片一样随手丢弃。无志者长立志，有志者立长志。就像小说家布落瓦所描写的那些想生活在别处的人群，如果不从灵魂的行囊中拿出一支引领自己刚毅前行的烛，再宏大美好的愿望，终归被岁月无常的风云淹没，暗淡下去。

或许，认真而又坚实地活在当下，就像一棵咬定青山不放松的树，也能在孤寂的原野站成自己不可复制的风景。这才是对生命最负责的态度和热爱。

在生命的坐标系上，有时候，思想有多远，我们并不能走多远，如果不搬走脚下的绊脚石的话。我不去奢想自己如何风光地生活在别处，我只是从自己的信仰和热爱中捧出一点热、一点光，洒在那刻着生命长度，缓慢延伸的线段上，让自己像一把尺子，缄默地丈量这个澎湃时代精神的广度。

/ 人生八得 /

每天争取抽空写一篇日记。这是思想的粮仓、情感的密室、精神的暗道，更是一个人的舞台，不用化装，你可以把全部的喜怒哀乐原汁原味地挥洒在这方只属于自己的神圣舞台。在这个私家花园，用文字信守自己的信仰追求，培植自己的幸福花木。一篇日记就是一树春色，春华秋实，当秋叶落尽，繁华不再，当回首往日，生命的财富因此丰盈，精神的家园因此熠熠生辉。

每个星期给自己放一天假，独处。古人说，"穷则独善其身"。独处是一种修行，或登高望远，或独居一室，或静思片刻，或把盏浅饮。孤独是人生的过滤器，你会发现，因为独处，你就离自己很近，离喧嚣很远，心，因此澄明安怡，悠然自得，忘却尘世烟云，月圆天心，得天独大。

每半个月和父母团聚一次，父母不在身边时至少给他们打一次电话问好，分享你的欢乐和收获。这个世界上，真正能够全部接纳你人生的悲喜苦痛和生命的幸福风光的，只有父母。尘世中辛劳奔波的你不能忘记，父母的爱，就像树根，默默在地下，在无人注目的地方关注了你的一生。

每个月都能看一本书，哪怕是一本杂志。深刻思想陶冶情操，感人故事引起心灵共鸣，优美意境淡化烦恼，心底波澜感动你我。像一条鱼沉落水底，像一只鸟回归山林，这个世界上最美好的享受并不是美酒佳肴，也不是权势地位，而是以自由之心栖落艺术之林。艺术润心、大美养颜，尽管光阴如烟云沉落散尽，但有了艺术的支撑，生命因此增添一种气质，可叹可赞。青春依旧、韶华还在，生活，就多了一份自信和美丽。

每个季度都能和朋友们聚一次，实在没空，彼此打个电话，发个信息也行，交流一下思想和情感，那是你为自己的情感银行存进了一份厚实的储蓄。朋友是一所银行，存储一份真诚得到一份珍惜，珍惜一份友善得到一份快乐。友谊如同流水，流水不腐，户枢不蠹，但这道流水也需要你常常投进一枚干净的"石子"，掀起一道道涟漪。爱是一只可爱的老母鸡，你给它多少饲料，你就会得到多少鸡蛋。

每年抽时间到一个陌生的地方，即便是你所生活的城市，走一条陌生的胡同，或者到市郊的小镇、村庄旅行，不多的花费会给你许多新奇的发现。清风明月不要钱，一段小道可宜人。因为陌生，所以轻松；在陌生的地方和那些鸟雀、花草、长满青苔的建筑打个招呼，小小的发现会给你小小的惊喜和愉悦的享受。

岁末作一次真实的自我总结。行走在时光的阡陌上，我们需要不间断地清点身后的脚印。你看，浅薄的脚印最容易散失在岁月大漠，而深刻的脚印无意间成为一个朴素的花盆，落进风吹来的种子并生生不息，长成旖旎风景。蓦然一回首，一路花香顺风而来，这汗水的结晶、心灵的香味啊，让你不由得坦然挥泪。

元旦制订一套可行的计划。一年之计在于春，没有方向的努力是无岸之河、无帆之船，没有智慧的追求是镜中之月、水中之花。计划决定未来，方向决定成败，智慧决定命运。

／墨汁瓶里的酒香／

墨汁瓶里怎么会有酒香呢？这真是一个问题。

年少的时候喜欢画画，总觉得那些绚丽的颜色就是天上的云彩，把年少的心渲染得一派朦胧、新鲜、好奇。如果说油彩是一畦油菜花，那么墨汁则是一道田埂，只要一点一笔，就使色彩斑斓的油菜地与单纯的麦地泾渭分明。

那时候画画全由着性子，有了兴趣就在宣纸上涂涂抹抹，如果能够得到家长和老师的表扬，兴趣更浓，如涨潮一般，把年少的虚荣蓄得一浪高过一浪。

后来，画画的兴趣渐渐淡了，开始写一些为赋新词强说愁，无关痛痒的文字。年少的兴趣如同一只刚出航不久就搁浅在沙滩上的小船，摇摇晃晃，在光阴的河道里停泊，直至斑驳，失去光彩和朝气。

用过的墨汁瓶随手丢在窗台上，落满灰尘，年华水一样流走，墨汁瓶就那么孤独地看着日升日落，月圆月缺。有一年春节，写春联，需要墨汁，才想起那个早被遗忘的墨汁瓶，恍如久未联系的老朋友。

盖子早就牢牢地粘在瓶口，怎么也拧不开，盖子里的螺纹牙齿一般紧紧咬住瓶口，似乎达成某种默契，一副不愿分开的样子。父亲说在瓶口浇些开水，或许能烫开。

最后，瓶口打开，一股恶臭扑鼻。墨汁早就过期了，原本是一满瓶的墨汁，在太阳的助威下被时间一口一口地吮吸，浅了很多，让人想起水位下降的河流和搁浅在河床上无法航行的孤单船只。只好作罢，重新买了墨汁写对联。

前些日子，一个忘年交拿着一幅书画作品到我办公室让我欣赏。画卷铺开，一股墨香扑面而来，墨香中飘溢着酒香，沁人心脾，画卷氤氲着一股淡雅之气。一卷山水因为几点墨汁，活色生香，几个汉字全凭遒劲章法而风情万种。

我问老者："用的什么墨汁，怎么如此之香，令人心胸陡然明媚？"老者淡淡一笑，说："是很普通的墨汁啊，无非是加了几滴酒。"

一语惊心，如醍醐灌顶。我突然想到了多年前用过的那瓶墨汁。

我想，那不多的几滴酒，莫不是墨汁瓶崚埂深邃的心？吸纳大地之精华，日月之精髓，沉在时光深处，使原本恶臭扑鼻的一摊死水，活色生香、芬芳飘溢。

老者淡定地说："别小看这廉价的几滴酒，它同样能够让暗淡的墨汁发出幽香，为画卷增色添辉。"

我无语。几滴酒，拯救几近失效的墨汁于时光的水深火热之中。几滴酒，是那个小小墨汁瓶的芳魂吧，它浓缩所有的光辉于幽暗的瓶底，让一颗暗淡的心有了春的颜色，火的气质，雾的内涵，云的风韵，雨的洒脱。我们的瞳孔因此不再暗淡，我们的视野因此不再狭窄，人生，因此多了一种底气。

推物及人，很多时候，我们就像那只被冷落的墨汁瓶，被拒绝、遗忘、淡漠。困惑的时候，迷茫的时候，落魄的时候，孤单的时候，甚至失败的时候，就给自己有限的心胸注入几滴"酒"吧，那不是信仰的沉落，而是心灵秀美的绽放。

时间无情地吞没一切，包括那些生命中美好的一面。我们所做的仅仅是不输于时间，用心和全部的力量，酿几滴"酒"。或许，在山重水复疑无路的时候，几滴"酒"就能让我们进入柳暗花明又一村的至美境界。

/ 给生命一个完美备份 /

有个朋友在电脑公司一个关键的岗位工作，几年来他给公司创造了不少效益，公司董事会准备提拔他为总经理助理。

一天下班后，他接到总经理的通知，第二天上班前必须按给他的策划案连夜制作好一份重要的投标文件，那个项目直接关系到公司今后的发展，也关系到他的提拔重用。下班后他顾不上吃饭，坐在电脑前就开始编制标书。他丝毫不敢马虎大意，对每一个数字、图案甚至标点都一丝不苟，唯恐有个闪失。到了午夜，就在他即将大功告成的时候，意想不到的事发生了，公司所在的地区突然停电。由于他的电脑没有自动保存备份功能，突然的断电使他精心编制的标书和文件全部丢失。他在电脑前整整等了一夜，还是没有来电。等第二天恢复供电后他赶忙按昨夜的创意编出标书时，招标方确定的时间早已过了，他们已失去了投标的资格。

朋友的一时疏忽给公司带来了巨大的损失，后来他不但没有得到提拔，反而被公司以责任心不够强为由辞退了。他怀着悔恨的心情离开了公司。临别时，总经理语重心长地对他说："按能力、学识我们都信任你，但在这个瞬息万变、竞争激烈的时代，光有能力和学识是远远不够的。假如你多一份责任，在编制标书的中途备份那些重要的资料，结果会完全不一样。我们不得不遗憾地作出这样的决定，希望你以后不论走到哪里，都多给自己备份一个心眼、一份责任，这是非常重要的！"

　　自然界中许多弱小的动物为了御寒过冬，在风平浪静的日子里给自己储备了平安过冬的食物，实际上这种储备是一种未雨绸缪的物质备份。推物及人，得意的时候给自己备份一份警惕，长路漫漫，我们不能否认鲜花与荆棘共生，而警惕之心就像一把锋利的刀，助我们披荆斩棘，一路花香；风光的时候给自己备份一份谨慎，即便前方一路坦途，我们也要保持如履薄冰的谨慎，我们不是跌倒在逆境中而是陷落在掌声中；幸福的时候给自己备份一点提醒，对于一颗容易满足的心来说，暂时的满足会侵蚀长久的进取；幸运的时候，给自己备份一些清醒，没有谁能永远幸运，也没有谁能一直不幸，只有那些清醒驾驭命运之舟的人，才能顺利抵达成功的港湾。

　　我们给人生加了很多"如果"。而"如果"只是将来式，重要的是现在，现在懂得为人生备份的人，才不会因将来疏于备份而遗憾。在命运深不可测的湖泊棋阵，"如果"是人生的马后炮，备份则是命运的马前卒，一个微不足道的前卒，抵得上十个马失前蹄后的隆重响炮。前者是欠账，透支生命银行中太多的精神财富，使其历尽生活的风风雨雨后坍塌崩溃；后者是进账，将生命的粮仓储备得丰盈充实，即便乌云压顶，也不觉悲凉。

　　给生命一个完美备份，在生命之电不济时，对付意外和厄运的最好办法就是备份人生，在人生的死胡同里给自己留一条打开成功之门的出路。

/ 只抽一张纸就够了 /

在泰国、马来西亚、新加坡旅游时，每当到景点或者公众场合可以洗手的地方，我总会在洗手池旁看见这样的贴纸，纸上用中文写着："只抽一张纸就够了，谢谢合作！"

这醒目的提示，深深地让我汗颜、难过。汗颜的是这是针对中国游客的；难过的是，这委婉的提示没有用英文，也没有用法文、日文、韩文或者其他国家的语言，偏偏用了凝聚灿烂中华文明的中文！

在国外的几天时间里，用自助餐的时候，国外的导游不止一次提醒我们："少取多拿，先少拿一点，看自己是否喜欢，如果合口味，再多拿也不迟，请你们不要浪费！"我还注意到，不论在高档宾馆还是在普通饭店，吃饭时总是把中国人和外国人分开。我问导游："这是为什么？"导游说："你们吃饭时总爱喧哗，挑选食物的时候不排队，西方的那些游客刚开始还能忍受，时间长了就有意见，要求分开用餐。"

他的回答，让我更加愧疚。尽管我用餐时自觉排队，也在心里暗暗提醒自己："这不是在国内，这是在国外，要自觉遵守规则，不给国家丢脸。"我有这样的想法，丝毫没有卖弄自己的意思，也并不想证明自己的情操有多高尚，只是，我觉得如果不守规则，就在风度上比别人矮了一截。

记得出国旅游在国内机场登机时，在办理国际航班手续处，有很大一块宣传板，上面用特大号的字体很醒目地写着有关中国公民出境旅游的详细要求。国内带团的导游让大家仔细看看，并要求我们到国外后严格遵守。对此，大家深表赞同。

可是，到了国外，这些要求就部分地失效了。在马来西亚，我看到了自己的同胞在洗手间洗完手擦手时不止用了一张纸，有的一下子抽了三四张纸，手上的水珠还没有被纸吸收，就很快把纸扔进垃圾桶里，接着抽更多的纸。当时，一个西方的游客看见这个举动，摇摇头耸耸肩，走开了。我知道，他是在厌恶这种浪费的做派。更让我汗颜的是，就在洗手池的上方，很明显地写着：“珍惜资源，保护环境，从只抽一张纸做起。”可是，我们的同胞根本没有注意。

　　我仔细观察过，擦手的纸有16开大，如果先甩甩手上的水珠，一张纸足够擦干手。可是这最基本的要求，个别人就是做不到。

　　在回国的飞机上，我在想，我们不能再躺在老祖先开创的文明古国、礼仪之邦的大枕头上沾沾自喜，也不能再为泱泱中华地大物博资源丰富的陈旧思想而故步自封。到了国外，不论你我，不再是单纯的“你”和“我”了，我们不仅代表自己的形象，而且代表自己的母亲，如果连“只抽一张纸”的要求都做不到，我们还能展示什么样的文明和风度？说小一点，这损害的是自我形象；说大一点，是伤害着祖国母亲的尊严。

　　什么时候“只抽一张纸就够了”的提示不再用中文来书写呢？这一张纸不仅会改变一个人的人格，而且会影响一个民族的国格和未来！

　　我祈愿，我们在嘴上说烂了的“小处彰显境界，细节体现品位”，不再苍白空洞。我更希望，我的同胞们，视规则为泥土和大地，以个体的厚德载物，支撑民族和国家的脊梁！

/幸福是一块黑面包/

　　一次电视台的专访节目，记者向一个成功的商人提问：“现在你已拥有亿万财产，生活幸福美满。在你的一生当中，你经历的最幸福的一件事是什么？"商人的回答是："幸福是一块黑面包。"这个答案出乎所有人的意料。商人笑笑，平静地讲述了他亲身经历的一件事。

小时候，他家里穷，从小学到初中，他一直生活在封闭落后的乡村，从未出过远门，也没见过城市是什么样子。有一天父亲带他进城，他看见许多城里的孩子吃着刚烤制好、散发着香味的面包，他馋得直流口水，央求父亲给他买一块。父亲用身上仅有的五角钱给他买了一块又黑又干的面包，这块面包已经放在面包房橱窗底层好几天而无人问津。吃完那块面包，他觉得自己是世界上最幸福的人，从此他暗下决心，好好学习，为将来能天天吃上黑面包而奋斗。

30多年后，他成功了。当拥有上亿的财产后，他吃遍了山珍海味、中西大餐，但仍觉得童年时吃的那块干黑的面包，以及吃完面包回味面包滋味时的那段日子最幸福。

商人讲到这里，眼睛里闪动着幸福的光彩，他接着说："幸福只是我们眼中确定的一个目标，真正的幸福应该是为实现这个目标所付出努力的过程。我们习惯将幸福视为穷力难及的事物，高于我们的存在。其实，许多幸福就在日常世俗里，它们具体而又生动，如同那块干黑面包。我们只顾仰着头向高空捕捉幸福，就像橱窗内的两层面包，没有底层黑面包的衬托，就没有高层白面包的诱人气息，也就没有拥有黑面包后为得到白面包而奋斗的动力和信念。大部分幸福就像黑面包一样，它们就在生活的底层。"

清心寡欲，无所贪求，知足常乐，幸福常伴。其实，幸福就是一种为实现人生目标而自我奋斗的过程。当我们把幸福定位为一种物质的满足时，幸福距离我们很远；当我们把幸福当作心灵的一种满足、愉悦、惬意的感受和状态时，它就像空气一样轻而易举地进入我们的心肺。

没有什么比不懈的奋斗和超越更让人感到幸福。没错，幸福就是一块黑面包。

/ 美好的相遇 /

　　春夏之交的日子里，我经常清晨四点多醒来，是鸟声把我唤醒的。醒来了，就不再赖床，推开窗子，看树上的鸟儿、小区里的草木。小区的透绿墙上丝瓜花藤蔓一点一点向上攀着，如同攒足了劲、憋住气，吹起号角的少年，鼓着腮帮子，将年少的梦想吹向远方。朝霞朦胧如纱，笼罩在头顶，微风荡漾，轻缓薄纱，一点一点飘散开来。风如水，轻轻荡开，如纯净的嘴唇，把最初的爱和吻印在朝霞这多彩的纸上；这唇痕如印章，落在清晨湛蓝的天空书页，做一次提纲挈领的完美收场。世界静极，只有一根根藤蔓，柔柔地举起黄色的喇叭，对着蹲在枝头的鸟雀，轻轻诉说春天里的那些美好。

　　一只只鸟，像极了一个个逗点，标注着清晨虚静世界里的那份画卷。这些朴素的生灵，固守着自然界的宁静，以自己的声音表达对树木、花朵、清风的感恩。

　　活在城市，我们被汽车喇叭、声屏广告、娱乐八卦、垃圾信息、股市涨跌声、市场吆喝声"围剿"，多久没有倾听鸟声了？多久没有注视过一朵花从肺腑里捧出芬芳，向天空献诗？多久没有放慢脚步，看泥土间的虫子，弱弱地迈着米粒般的脚步，丈量美的距离？

　　向鸟学习朴素，向植物学习安静，向天空学习丰富，这应该是一个行走在文字阡陌的城市人每天的必修课。这些声、色、光、物构筑的美学元素，是一块最自然的画布，是一颗宁静的心灵皈依尘世静美的精神机理。

　　长期的文字浸染，让我养成了敏感地留意凡俗点滴的习惯。有一次在早晨上班的路上，我看到一个捡拾废品的人将上身探进垃圾箱里，用手中不长的铁钩翻来覆去翻箱子里的垃圾。他踮着脚，身子弯成一张拉满的弓。可以想象得到，他深入垃圾箱里的脸，因为身子的倾斜、弯曲而涨得通红。于他而言，箱子里的恶臭、腐朽、糜烂之气完全不存在，因为他眼里只有有用的，可以再利用的，从而换来另一种价值的存在。很快，他捡到了几个饮料瓶子、几块废纸板。就在我准备离开的时候，看到了令我心头一热的一幕。另一个蹬三轮车收拾废品的人路过，看到他蛇皮袋里鼓鼓的物品，向他伸出大拇指，点点头，夸他起得早。他羞涩地笑笑，样子憨憨的，看着同行堆满废品的三轮车，也慢慢伸出了大拇指。

大拇指遇到大拇指，这是心底的坦然对坦然的欣赏，这是把生活的负数变成正数的默契交流，这是把尘世的艰辛打磨成人间的至味幸福的简单诠释。我相信，很多人对那些生活在社会底层的拾荒者嗤之以鼻，甚至绕而远之，唯恐那一丝丝异样的气味，浸染他们身上的体面。可我看到的却是一种内心的宁静秩序，那一刻，肮脏不存在，卑贱不存在，丑陋不存在，只有一种力量从尘埃里升起，将一种信念缓缓点亮。因为，美的存在，不是因为身上披了多少光彩荣耀，而是因为内心的宁静秩序如定海神针，把我们对生活的爱和热磨砺成一种在激流狂涛前岿然不动的强大。美的相遇并不是因为掌声对掌声的回应，也不是因为荣耀对风光的映衬，而是一颗心对另一颗心的体恤、欣赏、懂得。

记得张爱玲曾写过一句话："于千万人之中遇见你所要遇见的人，于千万年之中，时间的无垠的荒野里，没有早一步，也没有晚一步，恰巧碰上了；那也没有别的话可说，唯有轻轻地问一声：'噢，你也在这里吗？'"

在我眼里，这句话所蕴涵的元素既是情感层面的懂得，也是精神层面的美好相遇。美是内心悠然的秩序，是无言的默契，是一束目光对凡间事物的坦荡欣赏。许多美，犹如不起眼不知名的花，静静地在无人注目的角落里兀自开着，只等着一颗丰富而又敏感的心去抚摸。

第四辑

在有限期里享受人生

/上善如桥/

有个朋友要申报高级职称，他将所有的评审材料和证件原件装进一个信封袋，准备邮寄给上级主管部门。这次职称申报评定直接决定着他今后的工作岗位、级别和事业发展，重要性可想而知。他丝毫不敢大意，有用的文字材料、表格、证件，他一样不落。准备邮寄出去的前一天，他和家人复查了好几遍。

第二天他填写好详细收信地址和收信人，将申报材料封口、贴足邮票后夹在了自行车后座上。他居住的地方正在修路，道路坑坑洼洼，自行车颠颠簸簸地在街道上拐了好多弯，终于到目的地。到邮局时他傻眼了！夹在车后座的材料不见了。这让他心急如焚，非常不安。他立马掉头，沿着当时行走的路线仔细寻找，不放过任何一个容易颠簸掉东西的地方。他找来找去，找遍了每一个角落，还向许多行人和施工的工人打听，还是没有找到。

他沮丧地回家，为自己的大意懊悔不已，同时抱着侥幸心理，希望哪个好心的人捡到后按照上面的地址给他送回来，他更希望好心的人能将信投入邮筒。等了两天，望眼欲穿的他始终没有等到福音。于是他打印了许多寻物启事，张贴在大街小巷。保险起见，他还在电视台、报纸上花重金登了启事，并申明如果谁捡到他的材料他定会当面重金酬谢。最终，他没有等到任何消息，他为此茶饭不香寝食不安。

　　一个星期后他接到上级打来的电话，说他的材料收到了，请他放心。接到电话时，朋友激动得眼泪都流出来了。不久他心想事成，评上了职称，职务得到了升迁。有一次，他和我聊天时不无感慨地说："是陌生的朋友的善举成全了我。当时那个素昧平生的朋友完全可以将材料据为己有，甚至可以按地址到我处拿一笔酬金。正是这轻如鸿毛的善举，成就了我重如泰山的事业。我的心被长久地感动着，我知道以后该怎样对待陌生人了。从那以后我养成了对每一个擦肩而过的陌生人微笑的习惯，我常常在心里提醒自己，多对他们微笑，尽可能地友善一点吧，说不定，其中就有为我邮寄材料的朋友。"

　　这让我想起多年前的一件小事。有一天夜里，我和父亲乘着夜色到村庄边的田里给麦子浇水。在浇完水回家的路上，我们经过一座独木桥，还没走多远，就听到身后独木桥断裂的声音。"不好，肯定是年久失修，腐朽的桥断了，我们得想办法赶快把桥修好，不然后面浇水的人会跌伤的。"父亲庄重地说。我说："这么晚了到哪里找木头修桥？还是回家休息吧，反正后面浇水的人是邻村的，谁也不认识谁，况且桥不是我们走塌的。"父亲用不容置疑的口气命令我打着手电筒在断桥那里不要离开，并提醒可能路过的行人。他回家拿块木板来把桥搭好。

　　夜深了，我遵从父亲的命令，坐在断裂的独木桥旁。坐着坐着，我竟然睡着了。迷迷糊糊中我被一阵铲沙石的声音惊醒，只见气喘吁吁的父亲拆掉断桥，准备将一块厚实的木板搭在原来的位置。由于搭桥心切，父亲不小心滑倒，跌了一跤。他没有叫疼，爬起身继续铲土、垒石、用力夯台子，接着用脚踩支撑木板的台子。夯实台子后，他将木板稳稳当当地搭了上去，又来回走着试了试。桥不晃动后，我们父子俩才拖着疲惫的身子回家。

　　在路上父亲说："我们多付出点，后来的人就不会遭遇到意想不到的祸；实际上，我们不是在为别人搭桥啊，我们是在为自己修路。"我觉得平时不多言的父亲在夜色中一下子高大起来。

第二天我发现，父亲把家里准备做家具的一块最好的木板拿去搭桥了。我明白了没钱没势的父亲为什么会在村里有好人缘，处处受人尊重。

生活中有些善良我们看不到，有时它微小得像一粒沙，但是如果积累多了，就变成一级台阶，助我们登高，步入幸福的殿堂；有时它直观得如一座桥，铺展了就变成一条路，不同的脚步就有了相同的回声。心存善良这粒种子，再卑微的心灵也会闪烁太阳般的光芒。一路花香走在生命的两旁，随时播种，随时开花，将这一长途点缀得花香弥漫，使得穿花拂月的人，踏着荆棘，不觉痛苦，有泪可挥，但不觉得悲凉。

/清淡出尘/

某夜，独坐窗前，孤寂之时，翻看以前的读书笔记，无意中看到清代学者朱锡绶在《幽梦续影》中的几句话："素食则气不浊，独窗则神不浊，默坐则心不浊，读书则口不浊。"好诗如清风，佳句似佳茗，细细玩味，顿觉心清气爽。遂把这几句箴言发给一个很要好的朋友，他很快给我回了八个字："从容入世，清淡出尘。"

好个"清淡出尘"，恰似一轮窗前明月，朗朗我心；宛如一剪河堤绿柳，映辉蓬壁；就像一缕三月清风，一扫胸中烟尘。

在尘世中奔走追逐的我们，从容入世不易，清淡出尘更难。练就这样的胸襟和淡定之气，需要多少豁达啊！每天，我们在纷繁的生活中困顿着、烦恼着、矛盾着、徘徊着、计较着，越是计较烦恼越多，烦恼越多牵绊越多。不少人希望自己生命的底色有大红大紫的那份绚丽荣耀，有大富大贵的那份体面奢华。殊不知，生命这株莲花越是荼蘼艳丽，越接近凋谢零落。唯有清淡如菊的生命之花，才淡然于人生花园的角落，为平凡的生活增添一份持久的芬芳和色彩。

绚丽之色、富贵之气、理想之光，说到底是人的一种或近或远的欲望。常常觉得，生命就是一场为了终极目标而不断前行的船只，远方的岛屿、路上的渡口、理想的彼岸，蕴藏着许多诱惑。人，就像一只船，我们中间，大多数人是一只被劫持的船，被自己的欲望劫持的船。我们眼里只有目标，只有彼岸，只顾及实现目标的可能性，而全然忽略了岸边弱柳扶风的闲情雅致，天空飞鸟裁减云朵的曼妙情怀，远山峰峦叠嶂的磅礴气势。人生的初衷一旦偏离方向，被虚荣掩饰，让浮华蒙眼，很可能我们到头来收获的是一把眼泪，一声被暗礁伤害的叹息。有时候，常常听有的人感慨自己活得很苦很累，我想，苦也罢，累也罢，都是咎由自取。因为，一个人如果受到太多诱惑，心境就会变得很复杂，最终收获的只能是疲惫、困顿、劳累。所以，我们最终的结局就孕育在生命这场无常的航行当中自己对人生所抱持的态度。

素食、独宿、默坐、读书，都是淡的；繁华、烟云、幸福、财富、目标，都是浓的。炫目诱人的东西最容易沾尘蒙灰，清淡疏朗的空间很利于除尘去灰。在沾尘蒙灰与除尘去灰之间的距离中，蕴藏着人性的许多色彩，或炫目或平淡，我们痛苦的根源在于为了那些缤纷炫目而逾越了清淡和浓烈之间的距离。很喜欢赵朴初老人的一首诗："七碗爱至味，一壶得真趣。空持千百偈，不如吃茶去。"

我觉得赵老的这种胸怀就是一种清淡。返璞归真的一把素壶，足以领略乾坤风云；气定神闲的一杯淡茶，足以让人忘世。七碗生风，一杯忘世。这是禅，是清淡，是超然。

清淡上路，心中的烟尘少了，没有过多的心机，胸怀因此变大了，一切因为放不下、得不到的物什引起的重负变轻了，步履因此轻松，心胸因此豁朗。

得天独大，天马行空，我心自由，生命从容。

在自然界，千帆过尽，繁花过眼，草木山川枯荣自如，只剩下水天一色，这是大地的超然淡定；在我们的内心，千金散尽，光阴远逝，生命由薄变厚、由厚变薄，这是生命的淡定超然。

清水洗尘，淡菊养神。我们的周围，散布着许多看得见、看不见的灰尘，或物质的，或精神的。奢华生虚浮，心灵容易蒙垢；清淡滋超然，性情长久洁净。一粥一饭是清淡，健康、温暖、熨帖；一瓢一箪是清淡，随意、自在、安心。奢华也罢，绚丽也罢，生命终究归于平淡。淡到极致，尘世的历练让我们的内心不断贴近本真，让灵魂归于成熟、稳练、超然。这未尝不是活着的一种至高境界。

清淡是生命的内定力，仰仗这股超然之气，我们内心的岛屿必将是一番劲风过后碧空如洗、云白风轻的曼妙气场。

就让清淡出尘成为生命这只航船最从容的姿态，最洒脱的背影。

/ 别被一棵草绊倒 /

有时候我觉得人就像一只渺小的蚂蚁，默默无闻地在黑暗的地下寻求通向阳光的通道，在忙碌的一生中享受简单的食物。一片叶子、一粒米、一只空虚的昆虫壳、一滴树洞里溢出的水就囊括了它一生的幸福。

当然，蚂蚁的幸福在于它终日忙碌的路线中，从一个洞穴到另一个洞穴，从一棵树到另一棵树，从一片叶子辗转到另一片叶子，从一条溪流漂泊到一块河滩。真的，卑微的蚂蚁的命运有时很像我们。

为了得到一块人们掉落在草丛中的琐碎的面包渣，它刚刚爬上一棵草，就在接近目标的时候，突然来了一阵风，将草翻了个身换了个位置，琐碎的面包渣被风吹远了。理想与现实拉开了距离，毫不气馁的蚂蚁，并没有放弃希望，转身、缓慢地寻找，有点执著，有点吃劲，最终它还是牢牢地将渺小的面包渣抱在怀里。

每当想起这细小的一幕，我常常会对被草绊倒的蚂蚁肃然起敬。

想想也是，我们静静地活着，在没有定数的世界里，经营着自己的日子和生活。为了一个目标，我们常常遇到一些挫折、失意以及命运不济的遭遇，这些遭遇就像众多横亘在我们面前的草，绊倒我们，使我们的梦想破碎。有的人很可能因此一蹶不振，把这棵草当作伤害自己的锋利的刀；有的人把这棵草扛成一面大旗，寻找人生的另一个转折、另一种机遇；有的人把这棵草栽成路标，昭示自己如何从一棵草开始培植生命的风景。

与伟人比，与名人比，与大人物比，我们平凡的灵魂就像一只蚂蚁、一条蚯蚓，在暗无天日的黑暗泥土中，无时无刻不在寻求着通向光明世界的通道，内心的追求不因暂时的黑暗而熄灭。尽管寻找一块面包、一滴露水的道路曲折、漫长，但当我们柔软的触角勇敢地与从我们头顶踩过的脚步对抗，我们柔弱的身躯将拦挡人生幸福、灵魂自由的堤坝洞穿，当堤坝浑然倒塌的瞬间，当大象被绊倒的时刻，世界也会为我们动容！所谓的英雄也会为我们卑微的灵魂挥泪！

推物及人，这让我想起矮个子的拿破仑。他以他的意志改变了法国的历史。他说过："如果你笑我个子矮的话，那么我将砍下你的头颅！"这不是霸权，而是一种卑微身躯焕发出来的强大力量和自信。

尽管他矮，尽管他遭遇了滑铁卢，但是至今我们仍旧仰视他，我们仰视的不是他的身高，而是他的魂魄！

别被一棵草绊倒，迈过那道坎，越过那道河，竖起来的草是一面移动的旗帜。尽管前面的面包干瘪了，但是俯在草旁边的河仍然在流动，拦挡在前面的墙总有一天会向我们——会思想的卑微的蚂蚁倾斜。

一棵草遮不住蚂蚁的眼睛，一条河割不断蚂蚁脆弱的腿，一棵草被蚂蚁连根拔起时会丢下这样一句话："卑微的蚂蚁有时会使铜墙铁壁的大坝崩溃。"

/ 在有限期里享受人生 /

每个人肯定在没有定数的生活中有过这样的经历。

曾经买了一件很喜欢的衣服却舍不得穿，除非参加什么应酬或者出远门时才穿上身。许久之后当我们再看见它的时候，发现衣服已经过时了，显得有点老土、落伍。所以我们错过了原本可以带给我们很多好心情的那种朴素、体贴的感觉。

曾经喜欢过一个人，喜欢那个人的一丝一缕、一举一颦，我们总想表白这种感情，可是由于种种忌讳和世俗的无形约束，我们总是羞于启齿。在心里一直藏着这种感觉，每天安慰自己等有机会和那个人接触时一定表白，可是机会真正来临时我们又不敢直面。最终，这感觉就像一粒播在不起眼的角落里的种子，只能窒息在没有太多阳光、雨露、微风的土壤里。

青春和感情就这样在等待中细沙一样从指缝间悄无声息地流失了，等白了头发，等老了岁月，等枯了感情。有一天我们偶尔遇见已满面沧桑为人父或为人母的那个人时，无意中的一个玩笑说出当初的心声，那个人也会说："当初我也是这样想的，可是……"

美好的岁月就这样被"可是"掉了。如果当初给这棵感情的合欢树苗一缕叫勇气的阳光，一壶叫执著的雨露，一根叫魄力的支柱，也许这棵合欢树是另一番理想的景致了。

曾经买过一块很漂亮的蛋糕却舍不得吃，郑重地供奉在冰箱里，投身于没有头绪的生活中。许久之后，当你再看见它的时候，它早已过了保质期，所以只得扔了。

没有在最喜欢的时候穿上心爱的衣服，没有在最美丽的时候与心上的人牵手，没有在最馋嘴的时候享受那块蛋糕，就像没有在最想做的时候去做想做的事情，都是遗憾。

生命也有保鲜期，想做的事情就该趁早去做。很简单，我们的头脑长在自己的肩膀上，别人只能左右我们的视线，不能决定我们的思想。如果只把心愿珍重地供奉在理想的桌面上而未行动，只能让它落满灰尘，然后变质，错过，一如那件衣服、那个人、那块蛋糕。

曾经你搭火车打算到A地去，中途却临时起意在B地下了车。也许是别致的地名吸引了你，也许是偶然一瞥的风景触动了你，也许是同车临时认识的朋友劝导了你，总之就这样改变了原来的行程，然后经历了一场充满意外、新鲜和乐趣的旅行。你发现陌生的地方原来有这么多的收获。A地是原来的目标，B地却让你体会了小小的冒险，回忆起来，你说那是一次人生中很难忘的出行。人生何尝不是如此？心无旁骛地奔赴唯一的目的地，不过是履行了原本的行程而已；离开预设的轨道，你才有机会发现别处的风景。于别处的风景而言，你的临时起意酝酿了另一种缘分，人与风景的缘分、人与人的缘分！有那么多的美好风景和面孔等着你去发现欣赏呢！

这些都是再平常不过的例子，再简单不过的道理，可我们偏偏熟视无睹，甚至执迷不悟！生命是用来经营的，人生是需要享受的。经营每一天的思想，享受每一天的工作；经营每一天的日出日落、潮起潮退，享受每一季的花开花落、云卷云舒。

　　"可是"像一把顽固沉重的桎梏，常常在我们即将享受人生的时候横亘在我们的脖颈，让我们住口、回头、缩手缩脚、缩头缩脑，原地踏步、按部就班，我们怎么能领略被"可是"画地为牢而界定的自我世界之外的景致风情呢？还好，思想有多远，我们就能走多远，人的思想是不可限定和约束的，活动的手脚会挣脱桎梏。

　　别再犹豫，穿上新衣服，享受那块冰箱里的蛋糕吧，勇敢地牵起心上人的手，中途下车冒一次小小的险，在有限期里慢慢品味无限风情。

/ 总有人记得我的名片 /

　　曾经，我乘火车前往深圳参加一家杂志社的一个笔会。我在卧铺的下铺，坐在我对铺的一个旅客一上车就打开笔记本电脑开始工作。刚开始我们谁也没有主动和对方打招呼聊天，只是彼此对视微笑了一下。一两个小时后，他主动和我打招呼。

　　刚开始，我和他随便聊了自己的工作和业余爱好，聊着聊着相谈甚欢。他给我讲了他自己的人生故事。

　　"大学刚毕业，我找工作四处碰壁。我只有大专学历，且不善于和人沟通交流，许多用人单位不是嫌我学历低，就是嫌我表达能力差。一家公司勉强同意我在他们公司试用三个月，如果业绩突出就和我签合同，如果业绩不突出就不再录用我。公司给我的任务是到南京主干道的一些公司散发产品传单，宣传公司的产品。

　　"为了加深客户对我的印象，我印制了许多名片，名片上我的职务只是一个业务销售员。刚开始，我到南京路、湖南路、珠江路等一些繁华的主干道两边的公司挨个发传单、名片。每当礼貌地敲开一家公司的门，许多人一看到我手中的传单，还没等我开口，他们就让我出去，说不要打扰他们的工作。有的公司门卫不让我进去，有的进去了，还要查我的证件，层层盘问，弄得我像嫌疑犯似的。从东到西，从西到东，顶着盛夏的高温和毒辣的烈日，我每天早出晚归，希望那些陌生的公司能够接受我的传单和名片。尽管大量的传单散发出去了，但是每天回到住所，我没有接到一个客户的电话。这让我很失望。

"无论第一天遇到多少冷落，第二天出门前我还是振作精神工作。有一天我走进一家公司，向他们的主任详细介绍了我们产品的性能。他没有说话，只是笑笑，然后当着我的面把传单和名片扔进了桌下的废纸篓，然后对我说：'现在你可以出去了吧？我要工作！'当时我的泪快要上来了，我强忍着内心的不平，依然微笑着离开。到了第二家公司，我又谦卑地请求他们的市场经理能够接见我。经理的秘书告诉我说：'经理不在，请你到别处去。'说完很不客气地把门关上了。我说：'经理不在，我可以等待。'她头也没回，开始喝茶。我坐在走廊的椅子上等待。片刻，一个人从门里出来，碰巧另一个拿着文件夹的人见到，问他说：'经理好，那个文件你批了没有？'他说：'批了，在我桌子上，你去拿吧。'我主动走上去，满脸堆笑地对他说：'经理你好，能打扰你几分钟时间吗？'他说：'对不起，我要出去办事。''那我给你一张名片吧。'说完，我很快把名片递给他，并对他说：'希望你今天出门办事有好运！'他对我笑笑，说：'谢谢！'就扭头走了。

"我落入低谷的情绪像炭火一样，被他的微笑点燃，一股暖流升腾心胸。这，给了我力量和鼓舞。

"在第三家公司，门卫趾高气扬地拦住我说：'我最讨厌你们这些苍蝇一样的推销员，烦死了，以后不要再来了，到别处去。否则，我们不客气。'他以领导的口吻教训我，我心里很生气，但还是满脸堆笑，说：'谢谢你的指点，希望你能记住我。'我还是微笑着给他发了名片。一连几天，我面对的都是嘲讽、拒绝和冷漠。

"整整一个月，我发出去了几千份传单、近百张名片，但我没有等来一个电话。公司的领导已经表现出对我的不满，许多同事也在私下里议论我的能力。

"有一天，我到另一条街发传单。一个人向我问路，他说：'你知道××电脑公司在什么位置吗？'我一看，觉得他很面熟，我说：'我记得你，我曾经到你们公司发过传单和名片，你给了我一个微笑呢。××公司在68号，旁边有个很大的肯德基。这条街的每一个门牌我都记得，你还要去哪里办事？不熟悉的门牌我告诉你。'他说了声谢谢就走了。

"或许命运有意在考验我，快三个月了，我的业绩没有任何起色。看来，我选错了方向，我打算辞职另外找份工作。当夜，我写好了辞职信，准备第二天交给经理，让自己体面地离开。怀着复杂的心情，我走在上班的路上。快到公司门口时，手机响了，电话里的人说：'我是××公司的经理，就是那个拒绝你并向你问过路的人，我要采购价值十万元的产品，你的名片我还留着呢，总有人记得你的名片。'泪水涌上心头，我撕掉了辞职信。

"我的人生从那时有了转折。从那以后，尽管还时常遭遇冷漠和拒绝，然而那个经理的那句话却一直激励着我。我一步一步，从销售员干到销售经理的位子，我发出去的不仅仅是一份传单和一张名片，而是一次次自信争取来的机遇啊。"

他讲着，我听着。我打开两听啤酒说："来干杯吧，我父亲说过，十日打猎九日空，一日赶上十日功。你的一张名片补上了你十日的功啊。"他笑了，笑得那么自信。

这个世界，没有多余的汗水，只有不足的自信。当人生的阴霾笼罩我们时，我们为什么不去想，一片一片的阴霾后面究竟躲藏着多少灿烂的阳光呢？山一程，水一程，风雨一程，阳光一程。自信是人生最好的名片，尽管有时候这名片会被风吹去，雨打落，但是，总有人记得我们的名片，而被记住的名片就是命运最丰厚的馈赠。

/ 转念一想 /

网易首席执行官丁磊有这样一句话："跌倒了并不可怕，重要的是懂得，站起来时手里能够抓到一把沙。"

这句话很有意思。跌倒了本来是一种伤痛，可转念一想，手中收获了一把沙。尽管这把沙细微不起眼，可是积累多了就有可能堆成一座塔，甚至一个海拔。

俄国作家契诃夫有一段更为精彩的话："要是火柴在你口袋里燃烧起来，那你应该高兴，而且感谢上苍，多亏你的口袋不是火药库；要是你的手指被扎了一根刺，那你应当高兴，多亏这根刺不是扎到眼睛里；要是有穷亲戚来找你，那你应当高兴，幸亏来的不是警察；要是你的一颗牙疼，那你应当高兴，幸亏不是满口牙疼。朋友，按照我的劝告去想吧，你的生活就会欢乐无穷了。"

生活永远是这样矛盾的、辩证统一的。

比如我们在晴天里赶往一个旅游景点，到了半途，天突然阴下去了，有人会说真晦气，怎么遇到了鬼天气，让人原本快乐的心情糟糕透了。可如果我们转念一想，天真热，老天真是照顾人，刚好能够凉快一下。同一种遭遇就会有不同的感受。

比如用新米煮饭时，等米煮熟了，却忘了将电源关掉，结果新米煮糊了，锅底结了一层厚厚的焦黄中有点发黑的锅巴。有的人可能会说怎么这么倒霉，一时的粗心竟然将一锅好好的饭煮成了锅巴，真是太难吃了。转念一想，真好，刚好可以吃到一顿免费的原汁原味的锅巴。

比如刚买了一件新衣服，穿在身上不小心给绷裂了。有的人可能会说，质量太差了，没来得及风光就出了问题。如果转念一想，真有意思，这样可以让阳光和肌肤亲密接触，好好地享受日光浴了。

比如失败，有的人可能把它当作前进路上的绊脚石，有的人可能把它当作奋起的垫脚石。这样的例子太多太多。翻手为云，覆手为雨。在同一环境下，不同的心境有截然不同的风景，可以成为一把遮风挡雨的伞，也可以成为一块乌黑的抹布。

是的，我们应该给生活一个假设。假设失败就是成功，假设跌倒就是站起，假设沮丧就是欢愉，假设疼痛就是健康，假设不幸就是幸运……

水声亦作琴声听，黄连可当蜂蜜品。转念一想，我们可以让生活化弊为利，让苦变甜，让恨生爱，让单调变得丰富，让呆板变得活泼。从某种意义上讲，这是一种精神的追求和期待，是一种心境的胜利和收获。

还是以我父亲常挂在嘴边提醒我的一句话结尾：孩子把手握紧，里面什么也没有，转念一想，把手放开将会得到一切。

/幸福的那些时刻/

那天中午我到邮局取稿费，将汇款单交给邮局工作人员时，我旁边一位正在埋头填写汇款单的人引起了我的注意。他戴着安全帽，穿着沾有白灰的厚厚的工作服，脸上的胡须很长，看起来好久没有剃了。他粗糙的手指很用力地握住纤细的圆珠笔，我担心他稍微一用劲圆珠笔就会折断。他的指甲留得很长，指缝间黑黑的污垢清晰可见。

　　我顺势看了看他的收款人地址，是江西的一个乡村。这让我想起了远在家乡的曾经也是民工的哥哥。也许是由于急躁，也许是因为不怎么写字，他写的字歪歪扭扭，像爬行的蚯蚓。在不到两分钟的时间里他填写了三张汇款单，填了撕，撕了又填。看到我在注视着他，他的耳根瞬间红了起来，脸颊上慢慢地渗出了一层细汗。忽然他抬头问我："可不可以帮个忙？"我说："行啊，能帮你什么？"他说："在汇款附言里写句话，不要多，字多了收钱哩。"我问："写什么？"他羞涩地捏着手指说："我很好，勿念，种好庄稼，祝你们幸福。"我很快帮他写好附言。他双手捏紧汇款单，郑重地交给邮局工作人员，眼神中噙满了期待。当邮局工作人员把汇款凭证交给他时，他笑了，笑得很质朴、灿烂，仿佛完成了一件十分有意义的事情。回头时他连声对我说："谢谢，谢谢兄弟。"说完他给了我一根廉价的香烟。

　　出于写作的敏感，我问他："你觉得幸福是什么？"他说："简单得很，就是我平平安安地干活不生病，家里的人顺顺利利把庄稼收进粮仓，孩子好好学习，考出好成绩。这就是最大的幸福。说了你别笑，我汇款时附言里少写几个字，就能节省几毛钱，用这几毛钱，我的妻子可以打一斤酱油，我的孩子可以买一根冰棍。一想到我能按时拿到工钱，他们能有滋有味地过日子，有时我做梦都能笑醒。你说得知我拿到工钱的消息，我远方的妻子能不高兴吗？用我节省的几毛钱买根冰棍，我的孩子能不幸福吗？"说完他赶紧转身走了。我目送着他走出邮局消失在川流不息的闹市，心，被揪了一下。

　　他的话就像泥土，素面朝天，没有任何修饰；他眼里的幸福就像一粒草叶上的露珠，晶莹剔透，没有任何杂质。

　　我接过邮局人员从窗口里扔出的稿酬，平时不怎么在乎的轻飘飘的稿酬，拿在手里却有了一种异样的分量。连我自己也感到有些纳闷。与他相比，我每月有着固定的工资，享受着单位不错的福利，既没有田种，又不用经受烈日的暴晒，更没有他所忍受的风吹雨打，可我眼中的某些幸福总是那么高高在上，像风捉摸不定，像云缥缥缈缈。

我们眼中微不足道细如沙的拥有，却是他人眼中贵重如珍珠般的幸福；我们手心里复杂如乱麻的生活，在他人心里却简洁如一根线。

他们把生活的减法计算成加法，把人生的重负当作温暖的行囊，用感恩的心灵缝补幸福的漏洞，那些幸福的时刻，才是生活对他们最纯粹的至高奖赏。而我们却做着生活的减法，甚至除法。

许多幸福就像泥土一样粘在我们的鞋底，只是我们熟视无睹，把不起眼的泥土漫不经心地磕掉了。他们，才是我们最好的老师。

/失败者也能成为偶像/

第一年高考他以两分之差落榜了。他成为村里人茶余饭后讥笑的对象。

第二年他重新收拾书本加入复读的千军万马之中，在独木桥上和命运赌博。高考结束后他又以12分之差落榜。走在村里，许多人在他背后指指点点，说他在学校不好好学习，逃课、上网、玩游戏，如果他能考上大学，村里放羊的孩子早就成为大学生了。有的甚至恶毒地吐唾沫，见了他就远远地绕开。他成为许多家长教育孩子的反面教材。

对此，他只是一笑了之。后来他悄悄地南下深圳打工，从此杳无音信。这更加助长了村里人讥笑他的风气，说他没有骨气，不知道为家里人争一口气。

一年里他没有给家里打一个电话，更没有写一封信。春节期间，村里许多在外地工作、打工的人纷纷带着大把大把的钞票衣锦还乡，唯独没有他的任何消息。村里人猜测他在外面干了坏事被抓起来判刑坐了牢。

这让他的父母亲非常难过，走在人前经常有抬不起头来的感觉，认为不争气的儿子给他们脸上抹黑。许多人冷漠了他家。

第一年没有他的任何消息，第二年还是没有他的任何消息。他的反常举动更加助长了那些无事生非的人的妄自猜测，有的人甚至传出谣言说他早已死了。望眼欲穿的家人常常为他掉泪，年迈的母亲生了一场大病。第三年开春的时候，家里人突然收到一大笔汇款，整整一万元！这让活了大半辈子从没见过这么多钱的父母着实吓了一大跳，整天寝食不安，为他默默捏一把汗。尽管父母嘴上什么都不说，心里也在猜测，他是不是像村里人说的那样在干什么违法的事情。

不久他写来一封信，信上说他在一家电脑公司打工，年薪四万。他的信和汇款在村里炸开了锅，让为他担心的父母有了扬眉吐气的感觉。他家率先安上了电话，买了彩电、冰箱等电器。有的人开始羡慕他，也有的人仍然在怀疑他。

有了电话后他经常给家里打电话，问询有多少人外出打工，有多少人赋闲在家。他让父母亲挨家挨户问询有谁愿意到广州打工，每月工资不少于1500元。如果有人愿意南下，他可以介绍工作，不过要一次性收取500元信息费。村里许多人正为没地方挣钱而发愁，且在当地打工的人一个月最高工资也不过六七百元，他的许诺很有诱惑力。他的信息无疑给他们找到了一条致富的道路。

当确定有30多人愿意南下打工后，他乘飞机回到家乡，与愿意外出的人签了合同，保证每月管吃管住月薪不低于1500元，等他们拿到薪水后一次性付他信息费500元。尽管有的人说他精明不够义气，但丰厚的待遇确实让他们眼红，都乐意跟他南下。

一年后，跟他南下的人都发了财，一年内挣到了在老家几年都挣不到的钱。当然，他也从中赚了一万多元信息费。精明的他仔细比较了南方和西部的差异，南方劳动力紧张且待遇高，西部待遇低且找不到工作。如果把那些赋闲在家的人全部介绍到南方，收取一定的信息费，既解决了劳务难题，又互惠互利。很快，他辞掉了电脑公司的工作，成立了一家中介公司。他成为方圆几十里家长教育孩子的正面典型，他们说得最多的一句话是："瞧，人家不上大学照样成为老板。"

在短短的三年时间里，他把劳务输出的业务从家乡的小镇普及到全县，输出劳动力近千人。他也成为百万富翁，在南方买了房，买了私家轿车。他把赚的钱捐出20多万，更新改造了家乡的学校，当地政府表彰他为致富明星、经济发展功臣。

新校落成典礼那天，他作了一个简短的报告，有一段话是这样说的："人就像一个气球，使劲往上抛时可以把球送上高处；狠狠往下砸时，利用反弹力，同样可以把球送到高处。"只要正确看待别人的打击和取笑，失败者也可以成为偶像。

/生活微小的锁孔里有一方天/

那天准备外出办事，刚走出单位门口，好好的天气突然下起了大雨。我很犹豫，回单位找同事借伞吧，他们都没有带伞；继续去办事吧，天下大雨，且这件事情非当时办好不可，只好到单位旁边我暂住的宾馆借伞。

到了宾馆，向总台服务员借挂在门口被锁起来的伞。服务员让我交出房卡，遗憾的是，房卡被我同住的同事带走了，他当时不可能赶回来。我解释说房卡不在身上的原因。她说："那你交出证件，不然我怎么相信你？"我说："和你下午换班的同事认识我，她可以证明啊。我没有随身带证件的习惯。我保证一个小时后把伞还给你！"她很怀疑地打量我，紧接着说："你没带证件，我怎么相信你呢，如果你把伞带走了，不还给我们，那我不就得自己赔了？"我说："凭我的真诚人格和对你的信任。"她说："你信任我，我还不敢信任你呢！"她冷冷的眼神和表情让我的心比外面的雨还凉。

最终她拒绝了我借伞的请求，我望着那些被锁在伞架上的伞，失望地走出宾馆，冒雨到附近的超市买了一把伞。

那些原本可以给人遮风挡雨的伞落上灰尘，在墙角里成为一种摆设。

想起大学里听从国外讲学回来的老师讲的故事。有一次，他从国外的驻地宾馆外出，出门时天气看样子要下雨，宾馆的服务员提醒他带上放在门口的伞。老师说不用带，不会下雨的。服务员劝他："你最好带上，这里的天气变化无常，免得下雨淋着你。"最后在服务员的再三提醒下，老师带了伞，走到半路上果然下起了大雨。当时经常在国外出差的老师想，那个宾馆里的伞不但没有上锁，反而很显眼地放在门口供顾客用，根本不要缴纳押金或者出示证件什么的。回去后那个服务员已经换班了，老师将伞交给另一个服务员。他开玩笑地说："你们不怕我把伞带走，不还给你们吗？"出乎老师意料的是，服务员说了这样一段话："我们相信你不会的，对你的不信任就是对你的不尊重。在你们作出入住我们宾馆的决定时，你已经给我们投出了尊贵、信任的一票。正因为你们信任我们，才住到我们这里，这是我们的荣耀，我们没有任何理由不信任你。在我们这里，如果一个人有一次不诚信的行为，那么以后就没有人会相信他，给他方便了。你没有淋雨就是我们最好的消息，如果需要以后尽管随意用就行了。"

走在去往超市买伞的路上想起老师讲的故事，我心里酸酸的又暖暖的。

让人感慨的是：我们周围的伞总是被锁起来，或者付出一定的代价才能使用。真的，生活中我们周围有好多把锁，锁孔里填充了猜疑，就打不开信任；填充了冷漠，就打不开热情；填充了仇恨，就打不开友爱；填充了邪恶，就打不开善良；填充了丑陋，就打不开美好……

面对无所不在的"锁"，我们所做的仅仅是用真诚、善良、友爱、温暖去打磨一把钥匙，直透人性深处的钥匙，剔除阴暗晦涩猜疑，让微小锁孔里的一方天地云淡风轻，阴霾洞开，阳光灿烂。种植玫瑰收获芳香，种植荆棘收获毒刺。我们缺少的不是一把遮风挡雨的伞，而是一把信任的钥匙，仅此而已。

/ 我只拍背影 /

单位组织我们到郊区的监狱里参加警示教育。随同我们去的还有一家媒体的摄影记者，他曾在国内的摄影大赛中获过不少奖项。

在监狱的会议室里，监狱宣传部门安排了几名曾经位居处级却因在位时贪污受贿而锒铛入狱的服刑人员给我们现身说法。

他们站在讲台上神情凝重地给我们念忏悔书，介绍自己如何从权倾一时的干部沦为今天的服刑罪犯的经过和原因。

给我们作介绍的几个服刑人员的忏悔书写得十分深刻、感人，他们后悔不已地说自己对不起党和人民，对不起家庭。念到动情处几乎要掉泪，让台下的我们心情沉重而又感动。

我注意到那个随行的记者和监狱里负责宣传的干部摄影时有所不同。监狱里的干部将摄像机的镜头直直地从正面对准念忏悔书的服刑人员，而随行的记者却多次从不同角度将镜头对准服刑人员的背后，却从不正面拍摄。我感到纳闷：这就是大报记者摄影的水平吗？他拍的照片能让读者看清楚吗？能起到警示的作用吗？

休息的时候，我问那个摄影记者："你怎么不从正面拍摄呢？"他说："不知你注意听了没有，当那些服刑人员念到自己犯罪后许多亲朋好友远离他，以他为耻，他们对不起年迈的父母，对不起妻子、孩子时，眼里几乎要掉泪了。如果从正面拍，警示的效果肯定会很好。可如果照片发出来让他们的亲戚家人看见了，他们该有多伤心难过啊。我一方面为了维护他的尊严，一方面为他的家人着想，只从后面拍摄，那样效果反而会好些。人无完人、金无足赤，没有不犯错误的人啊！"

我佩服于他的细心和高明。

温情的呵护、尊重远远胜于尖刻的说教和点拨。我一直认为，生活微小的锁孔里有一方天地，好比一枚透明的琥珀里包裹着一段沧桑厚重的历史，好比一根麦芒上闪烁着丰收的阳光，好比在无人注目的地方一眼幽深的泉里流淌着一股清澈的泉水。如果我们用狭隘、自我、冷酷的肉眼给它们蒙上一层阴霾，那么再耀眼的琥珀也会变成一枚丑石，再饱满的麦穗也无异于一棵杂草，再清澈的泉水也会变成一潭恶臭的死水。

如果因为一念之差而失足、挡住阳光照射在自己身上的朋友，与你擦肩而过时，请你从背后注视他，用你的信任给他温情的搀扶，用你的尊重在他跌倒的地方给他垒起自信、自省的台阶，这是世上最具生命力的站起。他，肯定能够感觉到。

/ "审计"人生 /

孔子的传人曾子说："吾日三省吾身：为人谋而不忠乎？与朋友交而不信乎？传不习乎？"他的意思是每个人每天应该从三个方面反省自己的行为：为交办人的困难问题认真思考，是否为他尽心尽力，而不欺骗他？与朋友交往的时候，是否所承诺的事绝不自食其言而准时兑现了呢？孔夫子所传授的圣人之道是否从理论到实践，又使觉悟升华了呢？

从情感和精神层面上讲，曾子的这段言行就是一种为人处世和心灵的自我反省和审视。现在，从经济角度讲，每到年中岁末或者事中事后，每个单位、每个重大项目，都需要那么几次审计。这种审计是一种经济监督活动，具有很大的独立性。通过审计就能查出存在的问题、不足和需要整改的地方。人生也需要"审计"。

美丽需要审计。一个人在这个世界上行走，他并不是孤立的，需要和周围的世界紧密关联在一起，哪怕微不足道的一缕风、一滴露水，甚至一只卑微的麻雀都与我们有着千丝万缕的微妙联系。我们需要审计的是，在瞬息万变的节奏中，是否驻足感受过一缕清风带来的凉爽，是否感恩过一滴露水投射出的晶莹光芒？是否在意过一只麻雀平凡热烈的歌唱？这些琐碎的事物，常常蕴涵着容易忽略的美，都是我们修炼情操和人生审美的必需品。

当漫天的夕阳醉倒在峡谷，落入黑夜的怀抱时，试问，你是否遗漏了什么？

爱心需要审计。一个人的智慧和能力是行走世界、丈量生命的决定性因素，但是，如果没有爱心，即便我们每天都被捧在鲜花和掌声堆里，我们的生命仍然是残缺的，不完整的，没有质量的。可以说，爱是生命的钙，缺钙的骨头迟早会导致生命摔倒在自以为是的花园里。一个缺钙的生命即便赢得了整个世界，充其量也只是一副有着风光外表的骨架，无益于社会和周围的世界，也无益于自己的心灵。这样的骨架，稍微遭遇一点风霜，肯定会轰然倒塌。

倘若你手中有一盒火柴，请你别吝惜那星星点点的磷，分一根火柴给那些行走在黑夜中的旅人吧，很可能，得到你不起眼的一根火柴，他就能点亮这个世界。星星之火的威力并不在于它如何燃成燎原之势，而在于它为这个世界释放出了爱的力量和信仰的光芒。

诚信需要审计。孔子说："民无信不立"，诚信是尊严的"脚丫"。缺少诚信，人生无以起步，何以致远？诚信，能使人变得受人尊敬。诚实是力量的一种象征，信用是魅力的一种展示。诚信，显示着一个人的高度自重和内心的安全感与尊严感。生命不是在谎言中开出灿烂鲜花，而是从诚信中提升境界。每个人心中应该有那么一杆秤、几颗做人的准星。人生就像走钢丝，而诚信则是手中的平衡杆，失去诚信，就失去平衡。诚信，缩短了陌生心灵的距离，拉近了心灵的共鸣距离。诚信之弦，奏响和谐之曲，美妙音符，熏陶大千世界。

现在，诚信几乎成为一种稀缺的资源，珍贵如铀，脆弱如冰。诚则凝聚力量，信则赢得天下。万丈高台，起于垒土。诚为柱，支撑高台；信为土，巩固地基。我们需要审计的是：是否守住了立正了诚的支柱，是否夯实了信的垒土。

很多生命和生活中美好积极的因素需要审计。看它们是否像秀美水土一样被侵占而流失，是否像和谐环境一样被污染破坏，是否像公正规则一样被扭曲颠覆，是否像优良传统一样被摒弃异化。

"审计"人生的时候，我们生活的舞台在净化！生命的境界在升华！心灵的原野在绿化！

／生活的叶片上流过岁月的风声／

如果文明沦为一种表演给社会和世界观瞻的道德自觉，那么这种自觉无异于童话世界里"皇帝的新装"。这样的表演无非导致两种结果，麻木或者麻醉：要么麻木看客的心灵，要么麻醉文明倡导者的灵魂。

有质感的阅读是这个时代的一方镇静剂。全民浮躁的时代，这方药剂是多么难得又可贵。我向所有服用这方镇静剂的人致敬。我理解的有质感的阅读如同定海神针、大厦桩基，无论多大的波澜和力量也无法撼动其稳固、持久的耐力和精准地扎向大地深处的定力。

文化的孕育和发展就像雨水缓缓渗入大地，然后变成泉水汩汩流出的过程，而不是泉水直接被水管接进冷饮车间，灌装成冷饮品的过程。愚以为，文化就是酿酒，绝不是给佳酿贴上耀眼标签的过程。文化可以打造吗？无形的文化幻化为物态的商品就变成了制造。文化是"神"的力量，而不是"身"的标签和外衣。文化孕育的过程就是蚕结茧吐丝的过程，丝绸制品是文化的结果，享用丝绸产品的人，很少能体悟化蛹为蚕，吐丝结茧的苦痛和涅槃。

孤独和无聊有时候在相对独立的空间就是一对孪生兄弟。无聊就像一种传染病，时间长了，极易病变为从身到心逐渐沦丧的癌症。无聊扼杀的是人的独立精神和进取心。孤独空耗时光，像个神偷，不知不觉间偷走你精神田园里最美的食粮。我有时候渴望孤独，有时又害怕孤独，我自己拥有驱除无聊的药方，可有时候就是不愿意拿出药方服用。"我"是多么矛盾，这一切都是人性的，太人性的。

浮躁、安逸、茫然，不是宿命，这是我们对生命和人生所保持的一种不负责任的态度。浮躁是因为没有信仰、追求或者理想缺失、急功近利的心态所滋生的一种霉斑。我们之所以浮躁，是因为物欲的攀比、计较、争取，让信仰偏离方向，独立人格失去重心。举个很简单的例子：没有汽车、手机或者汽车稀少、通信不发达的时代，我们骑着自行车出行，心态自在安然，心无旁骛，而在汽车便捷和通信发达的时代，我们普遍焦虑、浮躁，汽车和手机的出现让自行车和我们失去自信。可悲的是"自我"在物质面前蜕变。环境改变着时代的普世价值，速度改变我们信仰的方向。很显然，物质的多寡容易让人的自信变成软面团，加速追赶的脚步很容易让精神的铜墙铁壁坍塌。内心的安宁秩序被破坏，自然的青砖黛瓦必然被摧毁，结果将导致灵魂的庙宇荒芜。

我越来越发现，宁静这内心的井然秩序在这个一切都有可能变成商品的时代，随时面临频乱的危险。相比于洋溢着人间烟火气息的热闹、喧嚣、风光、辉煌，宁静更具有钻石的品质。钻石恒久远，一晌胜数世。回到"自我"，保持宁静、充沛、丰盈的信仰是多么幸福的事情啊！

/来，问候天空/

一个朋友把她的QQ签名改为"问候天空"。我被这久违的诗意情怀感动。看了她新修改的签名，顿觉自己眼前有一大朵一大朵百合花似的白云，在天空中淡然地绽放。清风从远方飘来，捎来一缕缕淡淡的香。我知道，这芬芳，是百合花灵魂的香味。属于婉约派的白云，让那个下午的我一直被诗意感动、氤氲，不免自问：身在尘世奔波，我有多久没有问候天空了？

有一天夜里，因为家里得一喜讯，半夜三点多，我失眠了。起身，净手，烹茶。想看书，怕看不进去，于是写字。我一改往日在电脑上直接写作的习惯，改用笔在纸上书写。

笔尖在纸上游走，像一个部落的首领，为了谋得更多的福祉，带着这个部落的子民，不断扩展自己的疆域。一个个汉字毕恭毕敬，追随着首领向远方行军，不计较如墨的夜有多浓，未来的路有多曲折遥远，只要上路了，幸福不再是缥缈的云烟。笔尖轻抚着纸面，发出沙沙的声音，我想起了马蹄踏在故乡雪野的声音；想起了大风抚摸沙漠，沙粒翻滚着颂吟岁月的声音；想起了长寿的老人拄着拐杖每天清晨走进田园，接纳地气的声音；想起了种子落进地里，抱着泥土扎根的声音。这样想来，手中的笔何尝不是我的马蹄，我问候风霜伸出的手掌，我立足尘世缔造幸福的根须，我的灵魂在夜晚孤单前行的手杖。

我按亮的台灯，何尝不是一条河流的源头？如水的灯光，像山涧的瀑布，泻在纸上，浸润纸上不停变化的线条和笔画。这些笔画何尝不是一株株雨水丰沛的草木，围拢着我，和我一起问候这个万籁俱静的夜空。

是的，是该问候天空了。在尘世间为了生存和理想奔走的我，很久没有这样的情怀。属于我的天空已经荒芜了很久。当一个人的灵魂不满于尘世的纷繁、骚动、狂躁、计较而悄然出走时，心灵的天空真的已经荒芜，精神的密室早已生锈腐烂了。

这一刻，我是宁静的、幸福的、踏实的、安然的。我握紧笔杆，如同旗手握紧信仰的旗杆。我知道多日来出入酒肆闹市的另一个我回归了。我没有远离自己的信仰和热爱，信仰之旗因为宁静和思考而缓缓升起，慢慢抵达天庭。

我泡了一壶铁观音。紫砂壶在灯光下发出的光泽，如同一个智者在夜晚向我投来深沉的一瞥。这源自土地的器皿，以谦虚的胸怀，把自然的草木的精华悉数纳入腹中，然后以另一种形式给我草木最本质的醇香。这壶、这茶，犹如一个熟稔的知性女子灵魂深处由内而外不经意间散发出的那份高雅，格外令人心醉。今夜，我和它们一起问候天空。

我走到阳台，点了一根烟，然后仰望天空。月亮像一只祖传的银手镯，它最配历经人生磨难后心无杂念的外婆。可是外婆已经去世四年了，我只能在纸上感念她的恩情。此刻，这只银手镯高悬天庭，是不是我的外婆感应到我的思念，在遥远的天国向我挥手问安？

天与地之间总有那么一种力量接通着我们与斯人的某种神秘联系。这银质的手镯以物的形态，让我对生命始终保持一种庄重、美感和感恩。

思绪浪花般跳跃。如果在秋天，秋霜是天空的眼影，薄雾是她的面纱，朝霞是她脸上的胭脂，在这个季节里渐趋冷静理性的草木就是她的长发，那些南飞的大雁就是她别在发髻上的蝴蝶结。这样的比拟、想象只配《诗经》里的那些女子，只配历史的天空中高贵、自由的灵魂。我想起了《安娜·卡列尼娜》。对，这个夜晚，在我的天空，我所有的赞美和比拟只属于她的高贵。她像荒草丛中的奇葩，她不是一般的美，而是惊人的美，她的聪慧、典雅、质朴、活跃，她的单纯、沉静、从容、高贵，使得她在各种场合下出现都是美艳绝伦的。安娜的形象在我脑海里复活，让我真诚的颂词飘向几百年前那个遥远的国度，飘向那个高贵、自由、奔放、无羁的灵魂。

前几天，一个哥们儿给我发来这样的一条手机短信："当你珍惜自己的过去，满意自己的现在，乐观自己的未来时，你就站在了生活的最高处；当你明了成功不会造就你，失败不会击垮你，平淡不会湮没你时，你就站在了生活的最高处；当你修炼到了足以克服一时的不快，看重自身的责任而不是权力，关切他人的不幸而专注于拯救和安慰时，你就站在了精神的最高处；当你能以无憾之心向后看，以希望之心向前看，以宽厚之心向下看，以坦然之心向上看时，你就站在了灵魂的最高处。"

是的，怀着一颗澄明达观之心，我们就站在了灵魂的最高处。想必，创作这短信的人，必有一颗问候天空的纯真之心、结友大地的赤子之心、拜师山川的谦逊之心、关爱凡间的仁慈之心吧？

我想起了已故诗人昌耀的那首《斯人》：

静极——谁的叹嘘？

密西西比河此刻风雨，在那边攀缘而走。

地球这壁，一人无语独坐。

昌耀老师被授予1998—1999年度中国诗人奖时，有评委在授奖词中说："昌耀是不可替代的，如青铜般凝重而拙朴的生命化石，如神话般高邈而深邃的天空，我们深深感谢他，留给诗坛一个博大而神奇的认知天空。"曾经，我很迷恋诗歌，经常将一些大诗人的作品抄写在日记本上，有的过目难忘。今夜突然想起这首诗，我再一次对能写出这样天人合一造就的悲壮美，一波三折造就的跌宕美，时空转换造就的空灵美，动静交错造就的壮阔美的诗心肃然起敬。

我问候天空，问候驾鹤西去的大师般的诗心。他们自有天空般的胸襟，揣着赤子之心，早已站在了灵魂的最高处，文字的最高处。

白天的天空是纸币，而夜晚的天空是金币，而今夜我握着这沉甸甸的金币，与星月促膝，和云中花朵交谈。我不去交易，我只想把这些纸币、金币一一藏起来，丰盈我精神的粮仓。

天快亮了，我会选择一个风和日丽的日子，一个阴云密布的日子，一个雷鸣电闪的日子，一个碧空如洗的日子，一个星光灿烂的日子，一个月高风静的日子，给我的朋友们发一条简短的信息："问候天空，安享宁静，坐拥幸福。"

风和日丽的日子，天空是广袤草原，白云是游走的羊群，风是天空甩动的长鞭。阴云密布的日子，阴影是天空的雀斑，浓云是天空即将过期的眼霜，而不久即将出世的太阳就是她最可信赖的美容师。雷鸣电闪的日子，雷是天空的呐喊，电是天空的鼓点，电光火石，尘世间短暂的不如意过后，必将是雷电之力联手助我们迈出的超脱脚步。

不论怎样的日子，阴也罢，晴也罢，好也罢，坏也罢，保持问候天空的诗意情怀，不负我心的庄重信仰，从容入世、清淡出尘的达观，这样的日子每天都是丰富、悠远而幸福的。

如果我头顶的天空被乌云遮挡了，我会骑在一行大雁的背上，追随它们飞向远方，问候天空；我会跨上一阵清风，跟着它们穿过山川河流，问候天空；我会采撷一束秋菊，捧着它们，孤独行走在秋日旷野，问候天空；我会掬一捧清泉，披着月色，静坐仰望，问候天空。

雁的轻盈、风的从容、菊的芬芳、泉的清澈，将我在尘世间疲惫的心荡涤得如天空般广阔、明朗、淡然。

来，问候天空，问候天空！

第五辑／不是谁都能抵达天路尽头

/
/
/　**请不要祝我万事如意** /

　　每逢节假日，总会收到很多朋友或师长寄来的贺卡、发来的手机短信，他们的祝福不外乎"祝你节日快乐、万事如意、心想事成、好运发财、天天开心"等。

　　收到这样的祝福，我已经没有太多温暖和感动的反应了。这是一个群发的年代，群发的手机短信、转发的翻版祝福、电脑打印的贺卡信件已经缺少我内心渴盼的温度和真情了。这让我怀念起手写的书信，这古老的感情载体。现在，电脑、手机等科技设备替代了人的情感器官，成为我们身上不可缺少、须臾不离的电子器官，而书信，在这个电子时代无奈地沦为一块不合时宜的发黄的补丁，渐渐地退出了节日的舞台。多年前，传递着心灵的温度，写满来自肺腑不可复制的问候、祝福、真情的书信，像一个老人，披着夕阳的余晖，蹒跚行走在黄昏的巷口，远离尘世的喧嚣，缓缓消失在炊烟弥漫，飘着稻香麦香的拐角处。

　　朋友，你们祝我万事如意、心想事成，出发点是好的，收到这些祝福，我谢谢你们还记得我牵挂我。你们的心情，我也理解，你们希望我通过"万事如意""心想事成"这条捷径，直接抵达人生不同阶段的某个目标。可是，如果万事如意，经常性走在一条捷径上，只去追逐结果，而不去体验过程，我怎么能领略"万山红遍，层林尽染"的那份曼妙？我怎么能体会"山重水复疑无路，柳暗花明又一村"的那份欣喜？我怎么能欣赏"飞流直下三千尺，疑是银河落九天"的那种大气磅礴？我怎么能亲历"千淘万漉虽辛苦，吹尽黄沙始到金"的那份艰辛？我怎么能领略"事非经过不知难，书到用时方恨少"的那份缺憾？

我们来到世上，就是为了体验生命的各种遭遇。如果肤浅多一分，深刻就会少一分；快乐多一分，伤悲就会少一分；幸福多一分，痛苦就会少一分；如意多一分，失意就会少一分；坦途多一条，坎坷就会少一分；幸运多一分，挫折就会少一分。席慕蓉说过：生命原本是不断受伤的过程，而我的世界是仍然期待我温柔成熟的果园。是的，深刻、伤悲、痛苦、失意、坎坷、挫折这些不同的心境和遭遇是生命的钙元素，无论我外表有多风光，如果缺少了这些钙元素，我的体格就不会健壮，我的魂魄就会软弱，我的历程更不会丰富。这样的人生，是经不住推敲的，不完整的人生。

所以，我不想万事如意，心想事成。真的，我只希望，我理想的天空，有阳光，也有阴霾；我脚下的道路，有泥泞，也有坦途；我每天的生活，有欢乐，也有伤悲。这才能让我接近生命的本质，而不是肤浅地去讴歌阳光，自负地去忽略风霜，单调地去咀嚼你们"祝福的口香糖"。

这些短信祝福和贺卡，祝福内容雷同，模式相同。但在几十个祝福和几十张贺卡中，我最难忘的是河北一家全国著名的报纸编辑给我手写的贺卡，她在贺卡中写到："一直想着和你多说几句话。我喜欢你的文字，不敢说透彻，但自认为懂得你文字背后深深的，欲说还休的情感。你是我所有的作者中最真挚的写作者，真诚的写作很苦，但很可贵！呈上我的敬意，请坚守这宝贵的精神！"

她编发了我很多文章，其中很多被转载。我们没有见过面，也没有聊过天，彼此在时空上很陌生，但是，在内心深处我一直把她当作知心朋友。她的祝福，像一堆高纯度的"煤炭"，没有华丽的色泽、夸张的修辞、急功近利的虚假，在这寒冷的季节里，燃烧在我心灵的旷野，激励我不耽于追求表面，让我久久温暖、感动。

　　我所需要的就是这样的"煤炭"，远远地躲在繁华背后，默默地积淀在喧嚣远处，温暖着、感动着，让人前进着。这样的"煤炭"也最能历经岁月无常风雨，升华友谊的境界。而那些急功近利、夸张的祝福，是几秒钟就凋谢的"昙花"，我会轻按手机的一个删除键，让它们进入情感的"冷宫"，黯然凋谢化为虚无。那些带着体温，包裹着真诚、知心的祝福，我会像珍藏一粒春天的种子一样，静静地储存，使其不因岁月的变化而凋谢，不因人生的无常而枯萎，不因彼此财富地位的差距而疏远。我相信，它一直像一棵寒冬里蓬勃的青松一样，伫立在我心灵的原野，经受这个时代形形色色的考验。

　　所以，请你不要祝我万事如意，那是一种对生命本质的亵渎，减轻了生命深刻属性的分量；那是对真挚友谊的伤害，加速了情感的模式化，让友情沦为田间地头的稻草人。

/ 让我们疼痛的那部分 /

　　一般情况下，我们生病的时候，如果身体的某个部位不舒服，我们就感到反常，机能不如以前强，经过一番病痛，等身体恢复健康以后，我们会微妙地发现，生病的器官机能比以前强多了。一个叫阿费烈德的外科医生揭示了这个谜底。他在解剖尸体时发现一个奇怪的现象：那些患病的器官并不如我们所想象的那样糟糕；相反，在与疾病的抗争中，为了抵御病变，它们往往代偿性地比正常的器官机能要强。阿费烈德由此总结出"跨栏定律"，即一个人的成就往往取决于他所遇到的困难和程度。正是在与困难的拼搏中，人才一步步强大起来。

看过这样一个火灾报道。一个工厂的宿舍区半夜发生火灾。当时许多工人在上夜班，仅有几个人在宿舍里，其中有一个是在工厂的食堂里帮忙烧饭的老人。灾难袭来时，大火封锁了消防通道。现场一片混乱，为了求生，没有上班的几个人都争着外逃，也包括那个老人。等到救援的人赶到现场时，发现那些快逃到门口的人早已昏厥在地，有的被大面积烧伤，有的被倒塌的梁柱击中要害，当场死亡；救援人员扑灭大火，清理现场时才发现在厕所后边一扇破了的窗户下躺着一个人，他是唯一的幸存者。幸存者不是年轻力壮的青年，而是那个老人，他只是受了点轻微外伤。

这让救援人员十分惊讶，他们根本不相信体弱年衰的他能够逃生。更让人惊讶的是，他有一只眼睛已经失明！且腿部稍微有点残疾，平时走起路来一瘸一拐的。

有人问他："当时你怎么想的？"他的回答是："我没有多想，我只是在最短的时间里想到了自己平时最留意的地方。因为我只有一只眼睛，平时我就努力记住容易被健全人所忽略的地方，比如厕所后面那扇矮矮的窗户，那是一般人不重视的地方，我正是从那里爬出来的。"

有个发现场报道的记者追问他："逃生时你不感到身体疼痛吗？"

"当然，但是根本顾不上了，正是因为疼痛，我才不走和他们同样的求生道路，我只想早点摆脱这种疼痛，没想到爬出窗户就不疼了。"

在场的人竖起大拇指，连声说佩服。

这个报道和阿费烈德医生得出的结论十分吻合。原来，让我们疼痛的那部分，其实是个宝，如果我们把它砌成登高起跳的台阶；有时是服药，如果我们能够汲取其中的养料。

我们不是跌倒在自己的健康上，恰恰相反，我们是跌倒在自己的"疼痛"上。身体再健康，如果没有"疼痛"，我们也会摔跟头啊。让我们疼痛的那部分是上帝赐予我们的一只手，在关键时刻拉我们一把，扭转局面，实现目标。

/ 每天变笨一点点 /

古人说："大智若愚，大音希声。"在这个电脑取代人脑、键盘取代手指，高度信息化的时代，人人都希望自己每天变聪明些，再聪明些。于是有的人削尖脑袋往官场里钻，有的人往书本里钻，有的人往钱眼里钻，但结果是越聪明的人越活得疲惫。

我想，我们应该变笨一点点。笨不是庸庸碌碌无为而作，不是故步自封，不是不思进取，而是一种简朴的个性回归，一种聪明的极致，一种拙朴的收敛。

猴子在月光下彼此抱着打捞水中的月亮，地上奔跑的狗追逐着天上的云彩，我们笑它们笨拙，然而，这种笨本身就是一种执著追求的乐趣。地下埋了数万年的陨石外表看起来丑陋笨拙，等科学家发现它的价值后，它竟是那么光彩照人！

笨不可笑，可笑的是我们以世俗的眼光对待它的态度。笨并非不可取，可取的是蕴藏于其中的那份潜力。笨并不卑微，卑微的是我们因为"笨"而对人生丧失信心的躯体。

笨就像取火的燧石，只要持之以恒地打磨，它必定能发出火光，照亮人生的漫漫黑夜。笨就像不起眼的煤球，尽管没有钻石般的光泽，但是它却在燃烧的过程中散发出光和热。笨更像羞羞答答藏在花蕾下面的叶子，修饰着花绰约的风姿，但是最先枯萎的不是叶子，而是花瓣！

人人都喜欢聪敏，唾弃笨拙。聪明处处得到宠爱、尊重和支持，但笨拙并不见得没有丝毫风采。生活中往往存在这样的现象，笨拙的人最不容易受排挤、嫉妒和打击。古人说"君子讷于言而敏于行"，木讷是表象，而敏捷则是这个表象结出的果实。试想，如果人人都聪慧，而看不见笨拙的影子，那么这种聪慧还有存在的意义和价值吗？就像外表粗糙坚硬丑陋的核桃，如果不剥掉壳，我们也就无从领略核桃仁的甘美。

万丈高塔起于垒土。倘若人生是一座在岁月的风云中不断提升自我海拔的高山，那么，笨就是基石。一座高大巍峨的高塔不仅仅需要钢筋水泥和美观的外墙做装饰和支柱，还需要用厚实稳固的石条做基础。

笨是我们血管里的一种矿藏，既要开采也要保护。因为保持了一种笨的禀性，我们就会变得坦然，对名利纷扰不去追求，不去争夺，让自己心胸变得达观豁达，同时也让自己避免了聪明的伤害和挤压。笨就是这样一种精神："立根原在破岩中，咬定青山不放松；任尔东西南北风，千磨万击还坚劲。"这种精神通常在不动声色中让我们的生命之树挺拔成一道独特的风景。

每天变笨一点点，就是让自己保持一种"世人皆醉我独醒"的清醒；就是像愚公移山般，明明知道太行、王屋两座大山不可撼动，但仍以恒久的耐力和信心向岁月的风风雨雨昭示一种傲骨和坚韧；就是像卑微的精卫鸟一样，虽然大海浩瀚无边，但仍然以小小的唇齿里微不足道的泥土向大海展示一种笨拙的胜利。

每天变笨一点点，快乐幸福多一点。我们需要为笨拙喝彩，因为笨拙本身就是一种聪明！

/ 孤独是生命的后花园 /

倘若把生活分成前庭和后院，那么满足我们基本生活的吃喝拉撒、交际应酬、喧嚣热闹，则位于前庭，而诸如痛苦、伤感、孤独则是后院里只供自己玩味的偌大世界。这个后院面积不需要太大，只要能放一把椅子、一把茶壶、一盏茶碗、一张桌子就行，有时甚至什么都不需要，只需要一缕清风、一弯瘦月、一卷白云。

孤独是上帝赐予我们的神圣权利，即便作为人生导师的父母，与我们朝夕相处的爱人，乃至掌握我们工作待遇的领导，无一例外，没有人可以剥夺，更没有人可以侵占。在这个带有私密性质的空间里，人的思想是裸露的、真实的，唯裸露才显得弥足珍贵，唯真实才显得独一无二。

孤独常常焕发灵魂的磷光。就像一座专供自己自由出入的宫殿，里面的一草一木、一颦一笑、一风一月无不神圣。诗仙李白说过："人生得意须尽欢，莫使金樽空对月。"闲适时的清风明月一壶酒，失意时的"明朝散发弄扁舟"，是一种诗意的孤独。还有南唐后主李煜"独上高楼，望尽天涯路"，是一种无奈怅惘的孤独；陈子昂"前不见古人，后不见来者。念天地之悠悠，独怆然而涕下"，是一种灵魂的孤独；"遣情伤，古人何在？烟水茫茫"是一种伤情别离的孤独；李清照的"一枝摘得，人间天上，没个人堪寄"是一种爱情的孤独。

壮志难酬，抱负难施，精神失意，爱情愁苦，孤独像猎猎秋风，让我们在岁月无常的轮回中瘦成一枝淡菊，也难怪"人比黄花瘦"。

在万象喧嚣的背后，在一切语言和表达消失之后，隐藏着世界的秘密，享受孤独就是享受灵魂的静逸和闲适。喧嚣的生活是无边无际的汪洋大海，有声的世界只是很少的一部分，只知道热闹而不懂得让灵魂走进自己后花园的人是被声音堵住了耳朵的聋子。这好比在饭局上高谈阔论口若悬河的人溅着口水星子，他旁边的人附和着他的言辞，而不知他沉在喧闹之下心灵的孤独。

古人说："人生到处知何似？应似飞鸿踏雪泥。泥上偶然留指爪，鸿飞那复计东西？"我们的孤独就像飞鸿，它不会眷恋自己留在泥上的指爪，它的唯一使命是让心灵归于成熟、安静，自由自在地飞翔于只属于自己的国度。

有时候许多人的世界很小，一个人的世界很大。尘世热闹而又实在，我们在得到什么的时候也在失去什么。我们一直寻找着，苦于没有归宿而苦闷、叹息、不满。但我知道，我们必定以某种方式把自己丢掉的东西藏在了一个安全的地方。我们穿行于喧闹之中，有时忘了自己置身何处，忘了藏宝的地方，但必定有这么一个安着厚实大门和密码的地方，否则我们就不这样苦苦寻觅了。或者说有一个心灵的密室，其中珍藏着我们丢失的全部宝藏，只是我们竭尽全力也回想不起开锁的密码，然而可能会有一次偶然地踏入很少光顾的后花园。我们热闹的时候记不起密码，而当我们孤独地闲庭信步时，意外地想起了遗忘很久的密码，于是密室自动开启，我们找到了自己——在那个名叫孤独的后花园里。

我们丢失的不是财富，而是财富换不来的孤独！

一个人仰仗人力获得的喧嚣和财富并不是真正的富有，而只有仰仗灵魂的力量让自己经常性出入于生命的后花园获得的财富才是真正的富有。前者使人空洞，容易得意忘形；后者使人丰富，能够及时找回自己。

物质的富有让人自大，而灵魂的富有却让人自足。孤独正是这样一种至高无上的富有。

/从容是金/

　　有个禅师叫白隐，他被人们尊奉为"一个过着纯洁生活的人"。一天，住在白隐寺庙附近的一个还没出嫁的美丽女孩被人们发现怀孕了。女孩的父母非常生气。起先，女孩不肯说出孩子的父亲是谁，费了好多周折，她说出了白隐的名字。女孩的父母愤怒地找到白隐，白隐面不改色，他并没有作太多表白。面对无理的责骂，他唯一的回答是："是这样的吗？"

　　孩子出生后女孩的父母要求白隐抚养孩子，讥讽、谩骂、诋毁雨点一样向他袭来，他仍没说一句为自己开脱的话。

　　几年后真相大白，孩子真正的父亲是一个在渔市工作的年轻人，而当女孩的父母向白隐道歉时，白隐说："是这样的吗？"

　　好一个"是这样的吗"。我国古代禅师寒山和拾得有这样一段对话，寒山问拾得："世间有人谤我欺我辱我笑我轻我贱我，如何处置？"拾得曰："只要忍他让他避他由他耐他不要理他，再过几年你且看他！"

　　闲听庭前花开花落，笑看远山云卷云舒，是一种何等的从容；壁立千仞无欲则刚，海纳百川有容乃大，是一种何等的达观！我们在为人处世过程中避免不了别人的误解、指责和诽谤。每当面临这种情况，我们往往急于表白，结果却适得其反，有时候越表白情况越糟糕。我们何不说句"是这样的吗"，也许结果可能会好一些，一句从容达观的话可化干戈为玉帛，化敌意为友情。

　　从容是金，需要人生磨难和不幸的锻炼。误解和诽谤就像黄沙，常常会掩盖金子的光芒。"千淘万漉虽辛苦，吹尽黄沙始到金。""世事洞明皆学问，人情练达即文章。"人生的许多人道理朴素得如同一抔泥土，无须用太多的鲜花来点缀，绿叶来衬托。

花开花落去留无意，蜂来蝶去宠辱不惊的从容，是人生的一种境界。当我们陷入被误解的泥沼时不妨说句："是这样的吗？"我们最好能保持一种平静的心态，就像一座活火山，内心的从容岩浆并不因地表的重压而停止流动奔腾。只要活得有度量，人生的本色绝不会因误解而消损，反而会因此增色不少。

/ 不是谁都能抵达天路尽头 /

青藏铁路通车了，举世瞩目的伟大工程引来了许多国内外的记者。媒体给青藏铁路赋予一个诗意大气的名字："天路"！悠远、厚重的铁路跨越世界屋脊，"挑战极限，勇创一流"的青藏铁路精神震撼着我们的心。我是从青藏高原走出来的人，对故土有着特殊的感情。电视直播通车仪式的那几天，我一直关注着青藏铁路的每一档新闻节目。

在一档节目里，记者在青藏铁路沿途采访，遇到一老一小两个朝圣者。他们俩穿着一身厚厚的藏袍，在两个膝盖上分别捆绑着两块从汽车轮胎上剪下来的橡胶皮，双手握着一块厚厚的木板。记者问："橡胶皮和木板是干什么用的？"老者回答说："绑橡胶皮和握木板，是为了减少与地面摩擦时所产生的肉体的痛苦。"

镜头对准了他们磕长头的画面，那是一个特写。他们先是十分庄严地站定，然后跪下去，再将整个身躯扑倒在路面上，双臂尽可能地往前伸，一直伸到不能再伸了为止。这时候，他们就用额头在地上磕一下。完成一组动作后，他们的整个身躯就往前收，从手掌触及的地方站起来。之后他们双手合十，十分虔诚而神圣，接着又跪下去，又扑倒在路面上，周而复始……

我注意到他们俩的额头已经磕得结起了一个十分突出的黑紫色老趼。老者解释说这是由于额头长期磕碰地面产生的。记者问："疼吗？"老者说："习惯了就不感觉到疼。"

通过节目，我看到一路上有很多朝圣者，许多来自几千里之外的地方。他们结伴而行，推着一辆已经风尘仆仆几近烂散的人力车。车上装的是成袋的糌粑、容积达几十升的水壶、备用的木板、橡胶皮，还有衣服。还有的朝圣者赶着羊和牛朝圣，他们解释说用羊毛换取东西，用于朝圣路上的吃喝，用牦牛帮人载货，换点钱捐给喇嘛庙。结伴而行的朝圣者中，由年幼的为年长的做后勤工作，烧饭、搭帐篷、开路。

记者问："凡是朝圣者，人人都可以抵达圣地拉萨吗？"老者摇头说："不是谁都能到天路尽头。一路上要经历无人区、高寒区，高寒区的气候变化无常，时而是风暴，时而是飞雪，时而又是泥石流和山体垮塌等，同一天当中能够经历四季的气候。"除去气候的恶劣因素不说，朝圣的人还要翻越许多座高山。那些山的海拔高度，平均在4000米左右，上面终年是积雪，非常寒冷，氧气也很稀薄。渴了，就捧一口山泉；饿了，就啃一口冰雪；困了，就就地躺下。一路风餐露宿，当晨光再次来临，继续虔诚而无畏地用自己的身躯和灵魂，一步步接近天堂，接近心中的圣地。

年轻的朝圣者补充说："如果男人没有到神山朝圣，那就会被人瞧不起；如果女人没有去神山朝圣转山，那么就会嫁不出去。转山一圈能抵消一年的罪过，转三十圈就能抵消一辈子的罪过。"记者很不解，接着问："从家出发到圣地需要多久？"他说："差不多三年时间。"

节目到尾声的时候，电视里播放的背景音乐，是一首简短的藏族民谣：

"黑色的大地是我用身体量过来的，白色的云彩是我用手指数过来的，陡峭的山崖我像爬梯子一样攀上，平坦的草原我像读经书一样掀过……"

节目结束了，我的心还沉浸在画面中。茫茫朝圣路，长长信仰线。一个又一个虔诚的朝圣者走在那条路上，消失在天与地之间，好久好久。那木板和额头触地的啪啪声，敲击着我的心灵。

我们来到世上，就是一个为了终极人生目标而不懈努力的人，只是有的人信仰被风吹雨打去，像一粒尘埃一样，消失在茫茫尘世中，庸庸碌碌苟活一生；有的人却举着信仰的火把，生生不息地传递下去，让原本平淡的人生在老趼中开出花来，在难以超越的海拔上亮出自己的名字。

在这个信仰容易溃散的时代，老者的那句话铭刻在我心：不是谁都能抵达天路尽头……

/被拒绝的财富/

常常到书店和设在闹市的书报亭翻书、买书。我发现，现在一些出版社和杂志社在封面的包装上动脑筋做文章，许多时尚期刊被塑料膜包装起来，有的还在塑料膜里附带小小的时尚饰品、卡通画、小化妆品、碟片等精致的小东西，以吸引读者的眼球，提高发行量和市场份额。

每次买书刊时，我总会看到这样的情景：一些读者兴致勃勃地来买新近上市的期刊和书籍，当他们拿起包装着塑料膜的书刊时，店主人立马以警示和不满的口气大声制止："请不要拆塑料膜，你拆开后不买就没人要买了，还容易弄脏书刊。"

听到这样的话，那些读者很是扫兴，脸色立马变得很不愉快，无奈地放下手中的书刊走人。

出版（杂志）社给书刊套上塑料膜，读者拆封很不方便，给阅读带来了不必要的麻烦。如果拆开了并不购买，再装回塑料膜时，塑料膜上的胶稍不慎就会粘皱书刊。不套塑料膜读者翻阅反而很方便，如看到自己喜欢的文章或者信息，购买欲肯定会增强。

这个现象让我很是感慨。我想读者拆塑料膜，目的无非是为了了解其中的信息和自己喜欢的栏目、文章，这种殷切期待的心情却被一句冷漠的话语给抹杀掉了。而这种期待中蕴涵着持久的商机，有着很大的财富潜力，但是最终这种潜力和积少成多的财富却被拒绝了。

智者千虑，必有一失。精明的出版（杂志）社忽略了从细节处关注读者内心的切实感受和需要，一层薄薄的塑料膜拉远了读者与书本的距离，同时也截断了通向财富的道路。这是出版社和杂志社的一处败笔。

塑料膜在直接隔绝读者内心通向书刊的桥梁的同时，也间接设置了一道制止消费的栅栏。读者损失的是好心情，而出版社和杂志社损失的却是财富！

有时候简洁就是财富，我们何必做烦琐的表面文章，而因此拒绝能带来财富的心灵，截断通向财富的道路呢？

/ 一窝批判主义的燕子 /

我担心的事情终于发生了。

出差两天，回到家，我并没有急于进门，我关心的是门前公用露天阳台上刚刚建好的燕子窝是否安在。我看到的场景是：阳台天花板上的燕子窝荡然无存，只零星地粘着几粒数得过来的泥巴和一两根细细的草梗；地上落满了蚕豆大的泥巴、凌乱的草根、几块破了的蛋壳。这场面让人不由得想起窃贼作案后留下的现场。这让我很悲伤，而且十分愤怒。我是在四月明媚的阳光下，一天天看着两只燕子从远处一趟一趟衔来泥巴、草根、动物的毛发，和着自己的唾沫，一点一点地建起那个燕子窝的。

当湿润的泥巴脆弱地筑起单薄的弧形壁垒，希望的稻草刚刚铺就爱的暖床，泥巴和稻草在四月的暖风下即将演绎一对善良夫妻的厮守和缠绵时，谁能想到它们会遭此横祸呢？幸福的时光还没有来得及完全分享，梦却被现实碰碎了。

失去家园的燕子站在电线杆上，蜷缩着，像两个乌黑的逗号，让我诗意的想象停顿，我每天的守望因此中断。它们不停地鸣叫，我无法破译其中的感情，也看不清它们的眼神中究竟蕴涵了多少悲凉和愤怒。但我可以肯定，它们焦灼不安，为明天的去向担忧。这让我想起电视里那些因为战争和饥饿失去家园的非洲难民，那些被洪水和灾难夺去快乐童年，颠沛流离的儿童。这样一想，失落、担心像潮水一样涌上我的心头。

四月的时候，每天早上一起床，我就到门口欣赏燕子用灵巧的嘴一下一下，一粒一粒，一层一层，一口一口建造自己的家园。纯真、无邪的燕子像个绣花的小姑娘，专注于泥巴之上的风景，从不倦怠所钟情的事业。我注意观察过，它们分工很明确，谁干什么一点都不含糊。一只专门负责衔泥，一只专门衔草梗，各司其职，不超过三天时间就能完成白手起家的神圣使命。从无到有，从小到大，漏斗状的燕子窝如同一个小小的金字塔。也许在燕子眼里，一根稻草就是一块垒石，只要有爱，每一粒泥巴就是足金的财富。

我想，它们最初是怀着浪漫主义的心到城市的屋檐下找寻一个安稳的角落，然而，在尘世凶险无常、钢筋水泥筑就的楼群中找寻这样的角落谈何容易啊。现实出乎意料的残酷，一根细细的竹竿或者一块石头瞬间就能毁灭它们温馨的梦。这可怜的生灵，多么让人爱怜又心疼。

经过调查，我知道了捣毁燕子窝的"凶手"，是楼上邻居家的小孩。他在重点小学读四年级。知道结果的那一刻我十分愤怒，心里叫骂着，准备去找他父母，父亲劝住了我。他说："小孩子好奇心强，不懂事，原谅他吧。告诉他以后不要再犯错误就行了，没必要动肝火。"

但我又不忍心，一个好端端的燕子窝就这样化为一团泥巴。或许他是为了满足年少的征服欲吧。燕子向我们投出了信任的一票，在家门口给我们增添生活的情趣，在天空自由飞翔，裁剪白云，给城市单调的生活增添了无限诗意的畅想。可我们呢？它们用歌声平息着城市人的浮躁，而我们的口袋里却装满了屠刀。

燕子可能不会想到，它们天天在家门口用歌声感恩的人却给了它们致命的打击。它们想不到的事情太多了。那个孩子在我眼里变得十分可憎。他为了一时的快感，葬送了燕子一年的温暖。他的瞬间举动，在我眼里上升为一种暴行。燕子把一些小小的昆虫和遗落的麦粒作为口粮，用翅膀和尾巴梳理着天空中凌乱的风云。最让我感动的是，它不小心把衔来的种子掉在地上，落进阳台上的水泥缝隙间，雨水浇灌后，慢慢地长出了一簇簇小小的绿苗，使得这狭窄的公共阳台春意融融。

在儿歌中进入我们童年的燕子，让我们从小就懂得了去亲昵、呵护。保护鸟类，人人有责。老师的教育像种子一样，从童年起就扎根在心间，可现在，一个小孩的举动让我对当下的教育陡增了一种担忧。

无辜的燕子手无寸铁，不然它们可以投出报复的匕首，或者可以拉出一摊嘲弄的粪便，然而，我们的阳台始终是干净的。卑微的燕子眼睁睁看着暴行在阳光下继续，它们没有坚硬的拳头可以还击，只能用无奈的鸣叫表达自己的抗争和无奈。

那几天我和家人、朋友谈论最多的就是燕子窝被捣毁的事情。在讲述这件事时，我并没有把它当作一个简单的儿童游戏来看待，而是当作一个十分严重的事件来分析。我猜测遭重创的燕子可能会迁徙他乡，将伤痛的回忆留在我的住所门口。然而，我低估了它们的力量，两天后我发现，它们重振旗鼓，在同一层阳台另一间屋子的檐下勘察、选址。它们开始了新一轮的家园重建计划，狭窄的阳台又恢复了往日的忙碌。燕子飞来飞去，我看见了稻草，也看见了湿润的泥巴，更看见了希望。当天我找到邻居，告诉了他孩子所犯的错误，同时郑重交代他的小孩：如果以后再发现类似的事情，我就要告诉老师和学校！邻居表示不解，一个小小的燕子窝不值得如此大惊小怪吧。我说："如果你不重视，更严重的后果在后面。这不仅仅是教育的问题，而是事关孩子人格的问题。"

晚上，我一直在思考，这个世界上最大的能量到底是什么，最恒久的物质到底是什么。活下去是最基本的原始力量，那么活得更好更有风骨就是最具魅力的信念吧。

我在仰视新建成的燕子窝时，找到了问题的答案。这种能量不是仰仗人力、脑力和科技手段的武器，也不是支撑基本生活的物质储备，而是一种说大也大，说小也小的能量，名字叫"爱"。这种爱就是一种活得更好的信仰。

我们与燕子之间隔着那么一段距离，它们之所以比我们高，是因为它们总以爱的眼光打量着这个慌乱的人间，而不是以刀的锋刃来权衡这个世界的软硬。我在构思这篇文章时酝酿了几个题目：一窝受伤的燕子、阳台下的愤怒、四月的担忧等，最终我还是用了现在的这个题目。我想用英国诗人拜伦的一句诗来结尾，权当给那窝燕子的一点心理安慰吧："你有人类的全部美德，却丝毫没有人类的缺陷。"

/ 挖土豆 /

　　土豆的一生都在地下度过。关于土豆的一生，茄科的花为它作了序，而成熟后、枯萎后成为土灶里燃料的茎秧就自然成了它的跋。从破土而出的芽，到饱含汁液的茎，最后枯萎成一团匍匐在地里的柴火，直至成为灰、成为肥，土豆从不抛头露面。这卑贱的出身决定了它一生都登不上大雅之堂，成为象征身份和地位的佳肴。它只能在寻常百姓家的餐桌上就着暗淡的光温暖一些平淡的肠胃，或者躲藏在逼仄巷子里的小吃店内，以"青椒土豆丝"的名义，化作漂泊他乡的人们思乡的最好口味，成为他们乡愁里一枚抹不去的情感胎记。

　　这些年，土豆被一些精明的商家看中，将它加工后起上一些动听的艺名：薯条、薯片，让这些产自乡间的植物在油锅里来一次脱胎换骨的华丽转身，变成麦当劳、肯德基里用硬纸盒包装的薯条，源源不断把城里人口袋里的银子转移到商家的银行卡上。

　　而乡下的土豆还在地窖里，没有光，也没有耀眼的包装。它们围拢在地窖里，一堆堆，默契地静静守候，守候冬天的第一场雪静静地到来，然后一天一天、一个一个走出地窖，走进农家的火炉或者餐桌上，成为冬日里没有新鲜蔬菜的餐桌上唯一的主角。

　　我的出身决定了我一生都是土豆最坚定的爱好者，也是土豆最忠实的爱怜者。对于土豆我还是有发言权的。在家乡，九月以后，土豆基本上成熟了。成熟了的土豆，青黄相间的叶子上满是黑色的斑点，像极了老人脸上的老年斑，有一股暮气，有一股风霜阅尽的笃定之气。黄，黄得彻底；黑，黑得从容。有的叶子卷了，卷起的叶子真的就是村里那些艰难度日的老人的额头，皱巴巴的，一道道褶皱里藏着的是难言的岁月，以及逐渐老去，扳着指头度日的那种漠然。

挖土豆是一件技术活。不会挖的，就会把地下的土豆削坏。会挖的，顺着茎的根部，稍微扩展一点范围，轻轻地将铁锹插下去，稳稳地端起来，拎起茎，抖掉根部的泥土，哗啦啦，泥土掉下，根须上的土豆脱掉身上的泥，露出黄黄的肌肤。一个、两个、三个、四个，有时一条根上会挖出五六个大小不一的土豆，有的大如拳头，甚至更大，有的小如小笼包，甚至如小番茄。土豆是极富有团结精神的，不论大小，紧紧地抱着一条根，就像一个母亲一生哺育的几个孩子，按次序扯着母亲松软的乳头长大。爱的接力就在地下开始了，大的学会养料的谦让，小的珍惜年长的给予，吮吸乡野的气水，咀嚼泥土的营养，守着一个共同的承诺，不要抛头露面，不要去追逐表面的风华，就在地下，把自己长成一种力量，一种泥土练就的信仰。这么多年来，乡土的经验始终告诉我，凡是长在地下的果实，有一种无可匹敌的洁净和定力，它拒绝一切人为欲望的篡改，拒绝膨大剂、催熟剂；它孕育着一种不可亵渎的忠诚和义气，对土地的忠诚。这种忠诚，就像和你生死与共的兄弟一样，值得终身托付、信赖。

每逢挖土豆，年少的我的任务，是把父辈挖出的土豆剥掉泥土后一堆堆聚在一起，晒在太阳下。九月的天空，很空，而九月的土地却很满。时间在土地上做着一道算术，我们以"挖"这种动作，做填空题，做加法。给土地加上种子，我们就收获了温饱，当然也额外收获了诗意和艺术。给每一个日子填上汗水和苦力，我们就收获了信心，因为好日子总是在后头。剥掉土豆上的湿泥，鼻孔里是草和泥的混合气息，土豆带来的食欲在胃部翻腾，味蕾上开始有了口水在跳动。已经枯萎的茎秧曲曲折折，盘根错节，像渐渐脱去皮的蛇。蚂蚱在秧上无所事事地跳着，断断续续地弹一些含糊不清的曲子。也有耐旱的青蛙慌乱地钻到远处的草丛中寻找藏身的洞穴。老鼠从田埂边的洞里逃出来，企图躲过铁锹的锋刃。一个自然界的部落，在土豆地里相安无事。人的到来，发出的一丝轻微声响，对地上的蚂蚁、蚂蚱来说，无异于一声惊雷。当然，还有一些在泥土里吞噬土豆的蚯蚓、蛆虫，享尽不劳而获的美食后，把家安进土豆里。它们企图延续一劳永逸的美梦，却因收获季节的到来而惨淡地宣告终结。或许，灵敏的蚂蚱给它们通报了信息，铁锹让泥土一松动，许多蚯蚓、蛆虫就迅速地摇晃着身子，蹿出地面。对付它们，我们有两种办法，要不捡起来装进塑料袋里，带回家喂鸡，要不杀无赦，让它们身首分离。场面是残酷的，也可以说是惊心动魄的。

　　父辈们从地的这头挖向那头，身后是一堆堆土豆茎秧、一堆堆土豆。薄凉的秋日阳光让地上的土豆明晃晃的，远远望去，一窝窝、一窝窝，像鸡下的蛋。到了冬天，我们不愁没有菜吃了。

　　秋天的太阳总是给人以恍惚的感觉，被淡云托着，好像生了一场不大不小的病，将愈未愈的样子，让人怀疑太阳有没有力气迈开步子了。我们挖着土豆，商量着今晚到底是吃炒土豆丝还是煮土豆。天黑前，我们把土豆装进蛇皮袋子里，拉回家。在院子里放上几天，在霜降之前等水分蒸发得差不多了，就把土豆储藏进窖里，等着过冬。

　　多年过去了，在地里挖土豆的场面却不曾忘记，现在身处城市，但根仍在乡野，经常做梦，梦见自己在地里挖土豆。土豆的形状就像胃的形状、肾的形状。有时候，我真的觉得土豆就是我们身上的一个胃，消化着生活的困苦、生命的酸甜苦辣，分泌着一些想不到的幸福胃液。这胃，实在是平凡得伟大了。

／火在木头里／

　　前些日子，回到十年前曾经居住过的宿舍，搬运放在里面的书籍。整理书籍信件时，翻到上海三联出版社1997年2月出版，西川编的《海子诗全编》。

思绪一下子回到了12年前，那时候我读大二，狂热地迷恋上了诗歌。我沾着一脚泥土从偏远的青海农村到繁华的大都市求学，家里境况不太好，我一个月的生活费仅200到300元。从课外书籍中阅读到海子的部分诗歌后，我一下子迷上了他，如同朝圣者对圣人的膜拜。我很想拥有一本海子完整的诗集，在西安市区的汉唐书店、新华书店等几家书店遍寻不得，心有不甘。有天中午，在校园书社一个不起眼的角落里，我无意间发现了《海子诗全编》。捧着厚达934页的诗集，我的心狂热地跳动起来，顿觉血液流速迅速加快，心情不亚于穷孩子突然获得了一块金元宝。我看了看定价，47元！心微微地疼了一下。当时，47元，差不多就是我一个星期的伙食费。这意味着买了这本书，我就要把伙食费降到最低额度。家里不可能有多少闲钱让我买如此奢侈的书。我捧着书，在书店里来回徘徊。最终，咬咬牙把书买下来。

或许是由于过于激动，我同结账的营业员说话时，声音有些颤抖，腿似乎在抽筋。我紧张得不知该说什么，营业员惊讶地看着我把书抱在怀里，脸涨得通红。她根本无法体会，一个穷孩子怀着朝圣的心，庄重地膜拜一本视为圣物的诗集时内心汹涌着多少难言的幸福。

时间定格在1998年10月8日，买到那本诗集后，出了书店，我的眼泪缓缓溢出。我不知道我是迈着怎样的步子回到宿舍的，我只记得那天中午我没有吃午饭，一回到宿舍先给书包了光洁的书皮，唯恐被弄脏。然后，如饥似渴、迫不及待地读了起来。回想起来，我当时走向宿舍的心情，丝毫不亚于磕着长头，从远方一步一步匍匐着迈向圣地拉萨的朝圣者。我清楚地记得，那段时间系里把我作为入党积极分子，选送到学校的党校参加培训。晚上在教学区七区271教室学习马列主义知识。为了便于阅读，我特意坐在阶梯教室的最后一排。教授在讲台上讲着枯燥的理论，我含着泪读《海子诗全编》。读到有关麦子、父亲的诗，想起远方的麦地里将身影俯向大地的父母，我的泪水一滴一滴，缓缓流下来，落在书页上，落在我的听课笔记本上，笔记本上的墨迹被泪水洇出一朵一朵的朦胧墨花。一朵一朵的墨花如微风掀起的幸福涟漪，一圈圈一层层荡漾开来，闪着波光，那么耀眼，又那么静谧，将我迅速淹没。我在诗集第五页的空白处用碳素笔记下了当天的日记。

　　今天，我狠下心来勒紧裤腰带挤出这个月的伙食费的近1/4买下了这本书。捧着这本书，我心里涌起一阵狂喜，如同手里捧着一块金子，血液再一次如同火山爆发前的岩浆奔突，我激动。我拥有诗歌，我幸福。让汉字的光芒彻穿肺腑，让诗歌的琼浆洗亮头颅，让太阳之子温暖我瑟瑟发抖的身躯。真的，我太激动了，因为我拥有了一笔无价的财富。海子，请允许我以诗歌的名义向你倾诉一个乡下孩子对麦子的热爱以及对农业的忠诚。接纳我吧，诗歌不分地位和身份，让我的灵魂和你的灵魂融在一起，独对苍天守望我们的麦田。

　　在日记的最后一段，我记下了时间、地点。
　　现在，这本书已经发黄。我抄录写在书上的日记时，一只小虫子爬过打开的书页，我知道，它无意中爬过了一段旧时光，爬过了我的青春。它以毫米计算的脚步丈量着我清澈的青春。这段路我走了12年，而它仅仅以不到三分钟的时间回溯了我的青涩时光，它快速浏览了我的感伤、苦涩、幸福、膜拜。我感到一股莫名的痛自心间缓缓升起，那是俗人理解不了的幸福。
　　工作以后，我写了三年的诗歌，后来转型，写一些无关痛痒的文字。机关生活的修行，让我露水一样清澈的诗心渐渐蒙尘。渐渐地，我适应了饭馆酒肆的喧嚣，我出没于你来我往的浮华。在推杯换盏之间，我那颗为诗歌流泪的心不再柔软。生活安逸了，我不再写诗，也不再订阅诗歌刊物。对诗歌的顶礼膜拜，渐渐坍塌。
　　搬新居时，我将一些书籍陆续从旧居所运到新房。我特意请了一位在大学里教书法的朋友为我写了一幅字，装裱后挂在客厅。我让朋友给我写的条幅内容是："满室清风满几月，坐中物物见天心；一溪流水一山云，行处时时观妙道。"闲暇的夜晚，我习惯于坐在阳台上看书、写作、发呆。我多么希望居室充满清凉的风，几案上洒满皎洁的月光，我坐于其中，就各种物件参悟天地精神；我也希望我在红尘中喧嚣的心灵，透过精神世界里一泓溪流和盈满山谷的浮云，来洞察它们行进之处时时刻刻隐含的精妙道理，心因此飞翔起来，很远很远。

晚上写作累了，我就泡上一壶铁观音，仰望星空，审视自我。在这个喧嚣时代，我们必须回归内心的信仰，用宁静给自己缔造一条朝圣的路，用文字给自己筑砌一堵精神的墙。甘于平淡，但拒绝平庸；可以入俗，但远离庸俗。身在人群中，心存星空间。仰望星空，洗练诗心，得天独大，心物超然。只有在这样的时刻，我是丰富的。我借着文字这堵墙，保持一分俗，两分宁静，三分诗心，四分执著，五分毅力，六分豁达，七分坚守，八分淡然，九分热爱，这样已经十分幸福了。

这些年，尽管不再写诗，但我一直在心底喜欢诗人树才的一句诗，他说："诗在生活中，就像火在木头里。"

精神的水土不流失，对美的向往和执著不熄灭，对生活的诗心不泯灭，每一段俗常的生活如同12年前的那个中午和夜晚，每一滴泪都能闪耀诗的光泽，为诗歌感伤跳动的心灵因此成为一片幸福的雨霖。就这样，在生活的木柴堆里，像一粒火种，慢慢地深入进去，深些，再深些……

那悄然升起的火苗，必将你我麻木、暗淡的心灵壁室瞬间照亮。

第六辑／受苦的人没有悲观的权利

/
/
/ **总有出头的日子** /

    命运有时候就像一场牌局，一张牌出错了，或许整个牌局面临的就是"山重水复疑无路"的暗淡结局；一张牌出好了，整个牌局就是"柳暗花明又一村"的阳光画卷。我的人生履历当中，为了痴迷的文字，父母曾给我出过这样一张牌。

    上高二那年，我在一份报纸上看到湖北咸宁的一家杂志社举办全国性的征文比赛。我花了八分钱的邮票，将自己一篇题为《村姑》的文章寄出去了。大概一个月后，我收到这家杂志社寄来的通知，这是我平生第一次收到杂志社的来信。当时撕开信封，我的手有点发抖，心跳明显加快，只觉得周身的血液全都一个劲地往头上涌。在课堂上，我无心听老师讲课，一遍又一遍，一个字一个标点地读杂志社寄来的信。信上说："你的大作《村姑》已经编号通过初审，为了便于进一步评审，请在15日之内汇六元终审费，我们将及时把你的大作修改后编辑成书，在全国发行。"这卑微的幸福，让我兴奋得忘记了课堂的存在。我足足把信看了十几遍，感觉自己成了世界上最幸福的人。现在想来，获得诺贝尔文学奖的大作家也不一定有我当时的兴奋和幸福。

    周末，从学校回到家。还没到家门口，我早早地把信拿出来，准备给父母看。一进家门，我大声对正在屋檐下剁猪食的父亲说："大，我的文章要发表了。"父亲放下剁食的铲子，抖了抖身上的草灰，接过信，一个字一个字地念给纳鞋底的母亲听。念完后，父亲说："娃娃快有出息了，写的作文还能上杂志，这是大好事啊。说不定有一天，娃娃真能靠这个吃饭哩！"听了父亲的话，母亲很激动。她尽管只上过两年夜校，只会写家人的名字，但看到信上的大红印章，她的眉头开了花，连声说："好，好，好，你再给我念一遍。"父亲又给母亲念了一遍。我注意到母亲的眼里噙着泪花。母亲说："以后，要让娃娃少干点活，多看点书。我们就指望他有出头的一天。娃娃，你争口气，以后肯定会过上好日子。"父亲点头附和说："无论家里再紧，这六元钱的终审费一定要给，要让娃娃的文章早点发表出来。"

当时，我真不知道该怎样形容那份荣耀和得意，似乎我的地位一下子因这封信上升到了村长、支书。

返校时，父亲破例给了我15元钱，他让我一到县城就把终审费汇过去。

终审费汇出后不到一个星期，我天天到学校的传达室看有没有杂志社给我的回信。

一个月后，我收到那家杂志社的来信。信上说，我的文章经过修改已经通过终审，即将编印成书，为了确保书及时出版，每个作者需要缴纳50元钱出版费包销五册。

这封信无异于一盆冷水，将我燃起的希望一下子浇灭了。我知道，我们兄妹五个，有两个在上高中，50元钱就等于我一学期的学费。父母供我们上学已经很不容易了，怎么可能拿出多余的闲钱来包销这五册书呢？

我很犹豫，到底要不要把这封信给父母看，让他们看吧，只会加重生活负担；不看吧，我又不甘心自己的文学梦想就这样枯萎。那一个星期，我天天盼望着时间过快些，不管父母愿不愿意，到了周末我就可以早早回家把这不算喜讯的喜讯报给他们听。

我清楚地记得那是十月，青海高原的天气已经很凉了。回到家，父母不在，邻居说他们到地里去挖胡萝卜了。我到地里时，寒风中的父母和哥哥正在挖胡萝卜。我把收到的信拿给父亲。父亲看了信，低头不语，把母亲叫了过去，悄声说话。我不知道他们和我拉开一段距离后，商量了些什么。我走到远处帮哥哥往拖拉机里背已经装进蛇皮袋的胡萝卜。一会儿，母亲走到我身边，长长地叹息了一声，说："娃娃，这是个好事，可是家里的条件已经不容许我们拿出这50元钱买书。我看还是算了吧。你以后就参加不收费的大赛，只要本事大，哪里的青山不养人？只要肯吃苦，哪里的麦地不长庄稼？人往高处走，水往低处流，我相信，总有一天你会出头的。"

父亲用力握住铁锹挖胡萝卜，头也不抬地说："不是我们不支持你，你看，我们种一亩胡萝卜，辛苦几个月也卖不了两百元钱。这卖胡萝卜得来的钱不但要供你们上学，还要供家里零碎开支。为了你们念书，我和你妈已经很省了。你就打消这个念头，好好念书，把文章投到不要钱的报纸发表，这才是真本事。"

我的眼泪再也忍不住了，一滴一滴掉下来，落在用钢笔写有我名字的信封上。碳素墨水渗进泪水，瞬间，在信封上缓缓洇成被霜打过的花的样子。我看到母亲转过身，用头巾擦了一把眼泪，然后低下身背起一大袋胡萝卜，走在已被翻起的高低不平的地里，走向停在路边的拖拉机。冷风吹起她已经洗得发白的衣襟，她踉跄的脚步和身影看上去那么力不从心。

我把信撕碎，抛向空中。纸片像卑微的羽毛一样，被风吹向远方，消失在秋叶飘黄的田野里。天上一群群大雁飞向南方，我站在胡萝卜地里，看着在冷风中越飘越高、越来越远的碎纸片，跟着雁群渐渐模糊成一个个白点、黑点……

从那以后，我就暗自发誓，以后不花一分钱在报刊上发表文章。我坚信，只要怀着炭火一样的热和爱，总有一天我会用我卑微农家少年沾满泥巴的双手摸到缪斯女神那圣洁的翅膀。

大学毕业后，我到江苏南通的一家机关从事文字工作。业余时间坚持写作，几年时间内在国内外报刊上发表了大量文章，而且出了五本书，成为国内一些报刊的签约作家。独在异乡，孤独的时候，写文章写累了，我就想起年少时收到的那封信，以及它所给予我的力量。

工作后我数次把父母从2000多公里外的青海接到我居住的城市生活。三年前，海安人民广播电台做一档文艺访谈节目，要多方面采访我。当得知我父母在海安的消息后，他们先采访了我父母。当时父母很激动，记者问我母亲："你儿子现在写作有了这些成绩，作为父母，你们有什么感想和希望？"我母亲用很不标准的普通话对记者说："我老早以前就给我娃娃说过，人往高处走，水往低处流，只要好好写，总有出头的一天。我希望我娃娃以后写得更加勤快，更好更多。这样，我们做父母的脸上也有光彩。"

采访完我父母后，记者又采访了我大学时的中文老师和我远在辽宁的一个铁杆编辑，让他们谈对我作品的看法。记者提前告诉了我节目播出的具体时间。到了节目播出的那天晚上，我们正在吃饭，多年没有听广播的我，拿出了上大学时校党委宣传部奖给我的收音机。父亲特意把音量调得很大，耳朵贴在收音机上听，生怕漏掉一句话。当广播里传来他们的土话，父母的眼泪不约而同地流了下来。我拿了纸巾给母亲，母亲哽咽着说："娃娃，我们没有白供你上学啊。"

听完广播，我和父母忆苦思甜，谈到当年胡萝卜地里读信的情景。父亲说："当时，我和你妈起初决定，哪怕家里钱再紧也要给你，让你的文章早点发表。但后来一想，用钱发表的文章，说不定你就会自满骄傲。轻易得来的成功很容易压住你进步的心。不给钱，说不定你会更加用功。当时我们就没有满足你。你不会恨我们吧？"

我给父亲倒了一杯酒说："感恩都来不及呢，怎么会记恨？当时如果没有你们的主意，说不定，我还没有今天呢！"

父亲一仰头，把一杯近一两的白酒一饮而尽。

/ 一只驻足在我梦境里的羊 /

　　羊群是田野里游走的云，温柔、脆弱、善良。从宿命的角度讲，羊是很苦命的，为了吃饱肚子每天不辞辛苦翻山越岭，甚至为了一簇并不怎么鲜美的青草还要在人迹罕至的地方走出一条名叫"羊肠小道"的艰辛之路来。更有甚者，无辜的羊成为部分人功利和斗争的牺牲品，一辈子戴上了"替罪羊"的沉重帽子。残忍的人为了生活，将羊的皮毛剥了，吃肉喝汤，还要将毛皮制成衣服、饰品，换成钱满足生活的某种愿望。

　　印象中，年少时村里几乎家家户户都养羊。平时家里忙，没有人照顾这些柔弱的生灵。大人们按照自家所养羊的数量的多少将几户人家的羊合成一群，按一只羊放牧半天的规矩轮流放羊。暑假的时候放羊的任务就落到了自家孩子身上。

　　上初中的时候我家里养过十只羊，对贪玩的我们来说放羊是一件极其美好的事情。十只羊里面有一只年纪大了，身上的毛都脱了，走路总是走在后面，让人见了格外心疼。别的羊可以跑很远的一段路，可以轻松跳过沟沟坎坎，吃上鲜美的青草，而唯独那只老羊落在后面，吃剩草。那时我们通常是三五成群，将羊赶进山里，然后在山口打牌、下棋、吹笛子。时间长了，我发现老羊从不远离我们，就在离我不远的地方来回吃草，而其他的羊早已跑得不见踪影，莫不是它对我有特殊的感情？

　　麦子收割以后，我经常在麦地里捡拾一些散落的麦穗，在回家的路上悄悄喂给老羊。每当那时，老羊显得很温驯、安详，慢腾腾地咀嚼。吃完了便伸出舌头，舔我的手掌，这也许是它对我的报答吧。有时打牌打得不耐烦了，我就用镰刀割一些水沟边的青草倒在地上，赶走那些年轻体壮的羊，给老羊开小灶。老羊吃一会儿，然后抬头看看我，咩咩叫上一两声，似乎在表达某种谢意。

我发现羊和人一样也有默契。回家的时候，其他的羊早早地跑在前头，而老羊却像个忠实的侍卫跟在我后面，我走它也走，我跑它也跑，我停它也停。同伴们发现了这种默契，他们说："你家的羊像你的弟兄一样，会跟你呢！"为了验证这种猜测，他们提议蒙上老羊的眼睛，让我藏起来，看看它会不会找我。我弯起腰藏进一个岩洞里。等我做好隐蔽工作后，同伴放开老羊，片刻我听到老羊的叫声，咩——咩——咩，急促、不安、焦虑。一声比一声长，一声比一声急。

我在岩洞里听见老羊跑来跑去的蹄音，忽远忽近。也许是找不见我的身影，老羊急了，就站在岩洞不远处不停地叫。同伴喊我："出来吧，羊真的找你呢。"我出来后，老羊一下子看见了，一改往日拖沓的步伐，飞快地向我奔来，边奔跑，边喊叫，咩咩，咩咩，声音有点委屈，像个被母亲遗弃的小孩突然见到母亲后，被母亲抱在怀里的抽泣。眼神里有一丝伤感，那时形容不出来，现在想来，那种感情应该是久别重逢的欣喜和感伤。我动情地摸摸它的头，它伸出舌头，以为我会给它麦穗什么的。可我手里空空的，但是它并没有一点失望的样子，仍然舔我的手掌，那种亲密、默契、细腻如同旱地之上突然冒出的一股清泉，直透心灵。

羊和人一样有重感情的一面，我受欺负时，它会为我挺身而出。记得有一次放羊时和伙伴们在田野里打牌，我和一个比我长三岁的伙伴因为他偷牌的事吵了起来。吵着吵着，乘我不注意，他突然一用力将我推了个底朝天，我重重地仰面倒在地上。还没等我爬起来，我只听见他发出"哎哟，疼死了！"的尖叫声。起身一看，是老羊一下接一下地用锐利的角顶着。他向我求饶："快，快，叫住你家的羊，疼死我了，以后再也不和你打架了。"最终我和我家的老羊以胜利者的姿态站在他面前，警告他以后不要随便欺负我们。

平时看似柔弱的老羊，在关键时刻挺身而出，捍卫了弱小者的尊严。这让我对老羊又多了一份感情。

考上高中后，我到县城上学，已很少有机会放羊了。然而，每逢周末回家，乘父母亲不注意，我就会偷偷拿出一个馒头悄悄在羊圈里喂给它。老羊已经很老了，虽谈不上瘦骨嶙峋，但每况愈下，毛脱得更厉害了，腿比以前更细了，细得能看见血管和筋。自从出生到成为母亲，老羊已为我家生了五只小羊，使我家的羊圈"羊丁兴旺"，从它们身上剪下来的羊毛可以给我们交部分的学费了。这也是老羊对我们的恩泽，它已成为名副其实的功臣。

后来，我们兄妹相继有两人上大学，一年要缴纳一万多元的学费，家里的经济负担越来越沉重。记得大二的第一学期，东凑西拼后我的学费还差六百多元。实在想不出办法了，父亲决定卖掉两只羊。尽管有点不忍心，但为了儿女的前程，父亲作出了无奈的选择，以六百多元的价格卖了老羊和它生的一只羊。可怜的羊、无辜的羊，帮我们渡过难关后成为我命运和前程的牺牲品，尽管它总有一死，但死在别人的屠刀之下，而不是生于斯长于斯的家园里，这让我们心里十分愧疚。

现在我已工作五年多了，每当在电视里看见白云下、碧草之上的羊群时，我的思绪就会回到放羊的年少时代。有时触景生情，也许是日有所思夜有所梦吧，我竟然经常梦见那只老羊，它静静地站在我身旁，有点哀怨地看着我，然后奋力绵长地叫上一声："咩！"它似乎在说：记住吧，你的每一点幸福里都有我的一滴泪水，你的每一滴进步里都有我瘦弱身躯的支撑。

那只老羊，像一截插入我梦境的楔子，让我对人生有了另一种看法：清白的皮肤之下必有滴血的呐喊，走向明日忘了昨日苦痛的人，必定站不了多久，走不了多远。

/ 一把扫帚的距离 /

刚搬到这幢楼房时，他的对门还没有人居住，下班后，门一关，没有车马喧哗倒也清静自在。闲暇之际，爱清洁的他把上上下下的楼梯扫得干干净净，每天踩着干干净净的楼梯上下，他感觉自己好像踩在琴键上一样，心情因此变得明朗愉悦。一进家门，桌子上的那盆兰花如同一个优雅的女子，默默地给他的生活增添了不少情趣。

可是好景不长，对门邻居的搬入打破了往日的清静。到了晚上，由于房间的隔音效果不好，邻居家打牌的声音、音响的声音、喝酒喧哗的声音，常常响到深夜。这严重影响了他的生活，令他坐卧不安。刚开始，他还能忍受，时间长了不免产生一些反感。让他难以忍受的是，有好几次邻居家的小孩子不怀好意地嘲讽他年老的母亲，说她是穷乡下人丑八怪。有时候在楼梯上碰面，对门的邻居见了他总是冷若冰霜，一副气势汹汹的样子。更让他难以忍受的是，邻居常常将垃圾抛撒在楼梯上，上下楼时不小心就会踩到变质的果皮、肮脏的纸屑。有一次他母亲不慎踩到瓜皮，摔了一跤。他心里想：既然这样，我为什么还要扫楼梯？

时间长了，楼道里落满灰尘，堆积了零散的垃圾。他本想将这些垃圾捡起来，丢到楼下的垃圾桶。可是手刚碰到垃圾，就缩了回去，他想，我凭什么给他做义务工？要脏就一起脏，看谁能扛得住。

他的举动被母亲看见了，母亲什么话也没有说，默默地捡起垃圾，送到了楼下。他要劝阻母亲，母亲说："举手之劳，何必呢。"

他去上班的时候，母亲总是自觉地打扫楼梯，把楼梯收拾得很清爽。有一次下班回家，他发现母亲正在清扫楼梯，扫完了自家门口，又主动去扫邻居家的门口。他一把拉住了母亲，揶揄道："你真是个活雷锋啊，人家又不领你的情，你竟然做起了义务工！"他夺下扫帚，进了家门。母亲不听他的劝阻，仍然拿起扫帚，清扫邻居家落满灰尘的门口，扫完后，还用拖把仔细把两家的门口拖了个干净。

她拖地的时候，恰好被邻居看见了。邻居不但没有说一句感谢的话，反而冷冷地从牙缝里挤出一句："活雷锋在世啊，不错不错！"对此，他憨厚的母亲笑笑，没有做声。屋内的他听见了，冲了出去，准备和邻居理论一番。母亲一把拉住了他，说道："这孩子，一句话就把你气成这个样子，一把扫帚的距离就给我们一个清爽的环境，这不是很好吗？和别人生气就是和自己过不去。算了吧！"

晚上吃饭时，母亲说："你还记得童年的一件事吗？有一年从外地来的要饭的到我们家来乞讨，我用家里仅有的粮食和馒头接济了他们。你们都不理解，说就是接济也用不着给那么多啊。我说，这些人你对他们好，他们会露出好的一面，是好人；如果对他们不好，他们就可能铤而走险，到那时损失更大。"他点头称是，被口中正要下咽的饭噎了一下。

从那以后，他不再抱怨母亲义务打扫楼梯的举动。时间长了，邻居见了他不再出言不逊，变得客客气气，报以微笑，热情问候。有时候，他们顾不上扫楼梯，第二天早上起床时，自家的门口已被人扫得干干净净。还有的时候，他准备去扫楼梯时，碰巧能遇到邻居拿着扫帚，扫他家的门口，他笑，邻居也笑。

他们之间的壁垒一天天，一天天，被一把扫帚瓦解。

一天他下夜班回家，在门口，他发现门锁被撬，不祥之感让他意识到家里发生了什么意外。赶忙进门后，母亲哭了起来，说："多亏邻居啊！我睡觉的时候，门锁被撬开，小偷刚要进门时，被邻居发现，他冲出来吓走了小偷，不然我可要受罪了！"他被感动了。母亲说："儿啊，不论啥时候都要记得别人的好，即便他是恶的，但是，你比他还善，他就没有理由不善。"

有一天他在门口遇到邻居，邻居说："兄弟，不瞒你说，我曾经是个坏人，犯过事，对陌生的人没有什么好感。我知道你看不惯我们，我也看不惯你，直到有一天，在你家门口听到你和你妈关于送粮食救济要饭的那段话，我的心被感化了。你母亲这样对我，我还有什么脸要无赖呢？"

邻居之间就像左心房和右心房，只要互相理解关心，多爱少恨，无论遇到什么样的难关和困苦，都会听到爱的回声。

他把这事情讲给朋友听，朋友说："绝大多数人，都在人性的两极之间摇摆不定，在不同的时间显露不同的品质，在不同的场合有着不同的面相。对于善与恶的选择，往往会因一念之差有所偏向，这正像一枚硬币投掷到地上，露出正面还是反面，可能取决于偶然，而我们的行为毕竟不像投掷的硬币那样无法支配，基本的品性筑成我们做人的基准。"

他的母亲，用一把扫帚延长了爱的距离，扫除了恨的尘埃，印证了这个朴素的道理。

/ 受苦的人没有悲观的权利 /

人的一生有很多往事就像树一样，长在我们生命的原野。有些树木随着岁月的漫长变迁，慢慢枯萎老去，化为烟尘无影无踪，而有些往事却将根系越扎越深，在我们内心的各个角落默默活着，长成一种趋于成熟稳健的风景。15年前，我上高一。我所就读的高中离家有30里路，我成为几百个住校生中的一员，每个周末回一次家，回家主要是为了带足一个星期的口粮。我们的口粮很简单：母亲蒸的馒头、烙饼，还有一玻璃罐炝了油的咸菜。作为一个乡村少年，到了县城，未免有些自卑和敏感，写日记和一些为赋新词强说愁的所谓朦胧诗成为我消解自卑的最好方式。

记得是夏天的一个周末，我骑自行车从学校回家。一回到家，父亲就让我跟着去割麦。尽管内心深处我十分不情愿干这受罪的活，但是又不好违抗父亲，只能硬着头皮答应。

我们顶着烈日来到铁路边的麦地。父亲割得很快，用不了几分钟，一个结实的麦捆就割好了。父亲割五个麦捆，我还割不了两个，而且我割过的地方，麦秆凌乱不堪，麦茬高低不一，十分难看。而父亲割过的地方，麦茬整整齐齐，如同一把标尺量过。两三个小时后，父亲已经割了两排麦捆，而我割的还不及他的1/5。

父亲像一个舵手一样，弯着腰挥着镰刀，向麦田深处驶去，镰刀挥下去，麦秆纷纷倒下，发出咔嚓咔嚓的声音。麦浪起起伏伏，父亲的头时而从麦子中间抬起，时而俯下去，惊得躲在麦田中央的麻雀、蜻蜓、蝴蝶纷纷起飞。父亲远远地把我甩在后面。

晌午的时候，父亲和我坐在铁路边的白杨树下歇息。突然，我有一种想写诗的冲动，立即从兜里掏出笔，可是摸遍了全身的口袋，找不到一张纸。我走到铁路边上找纸，希望能够找到一片从火车上扔下来的废纸或者报纸的边角。失望的是，铁路边上全是从火车上扔下来的快餐盒、饮料罐、塑料袋和瓜皮。

父亲见状后问："你找什么？"我说："我想写诗，找不到纸。"父亲笑着说："早说嘛，我这里有纸烟盒，我把烟拿出来，烟盒给你写。"说完，父亲把烟盒里的烟全部掏出来，一根一根放进口袋里，然后小心翼翼地把锡箔纸摊在膝盖上，再用手把锡箔纸上的褶皱一遍一遍地抹平后交给我。接过纸，我便埋头写了起来。父亲点了一根烟，看着我在巴掌大的纸上写着。火车轰隆隆从旁边驶过，坐在里边的人扔下来一个塑料袋，袋子里的东西被风吹散开，撒了一地。从塑料袋里散落的啤酒瓶落在地上碎了，有几个空易拉罐翻滚着掉进铁路边没有水的渠沟里。父亲起身把易拉罐捡起来，放进背篓里。我看了他一眼，没有做声，继续埋头写。父亲也没有做声，倒了一杯茶瓶里泡得很酽的茶，放在我身边。等我把一张纸写完了，他才说："天热，喝口水，解解渴。让我看看，你写的啥。"我把写满字的纸递给他。父亲看了看，皱着眉头，笑笑说："有的句子看不懂。你喜欢写，就一直写下去，不要三天打鱼两天晒网。"我记得当时写的所谓的"诗"，无非是一些农民很苦很累的沉重感慨。

看完后，父亲又点了一根烟和我聊天。我感慨地说："农民一年到头面朝黄土背朝天，太不容易了。城里人的生活就是比我们农民好。"父亲说："我这辈子就这个样子了，就指望你念书念出一条好路子来。你抱怨有什么用呢？我们受苦的人，没有抱怨、悲观、叹息的权利。娃娃，只要你肯用心读书，总有一天，你会像火车里的人一样到远方，过上舒坦的日子。你歇一会儿，我再割上二十几个麦捆，我们就回家。"说完，他又握起镰刀下地了。

我把写在烟盒纸上的诗装进口袋，慢慢腾腾走进麦田。我心里诅咒头顶的烈日走得太慢，走快些的话，我就不用再干活了，可以早点回学校了。

没割几个麦捆，我又坐在树荫下的田埂上，抱着膝盖看着火车从远方驶来，消失在大峡口的拐弯处。我想，什么时候我也能和坐在火车里的人一样到很远的地方去呢？但是农家子弟的烙印像一根看不见的绳索一样，套在我这个生活在狭小乡村的少年身上，让我的奢望不可能脱离麦田，像火车里的人一样到远方去。这样想着，一丝苦涩涌上心头。身上的汗把衣服都浸透了，我恨不得把手中的镰刀砸碎。太阳越来越毒，如同长了火辣辣的舌头，舔在脖颈上，钻心地疼。一个上午，我的脖子、手臂全被晒黑了。汗珠如同一条条蚯蚓，从身上不断钻出来。走进麦田，我实在不想割麦了，但又不好意思向父亲说出口。于是我装作不小心用镰刀在无名指上稍微用力划了一刀，鲜血瞬间流了出来。我大声对着捆麦捆的父亲喊："大，我的手被镰刀割破了，特别疼。"父亲扔下镰刀，跑了过来，他用力捏住我冒血的手说："不碍事的，很快就会止住的。我们回家，下午你早点回学校去。"

回到家，母亲已经给我准备好要带回学校的馒头和咸菜。

下午四五点的时候，天慢慢凉了起来，父亲乘着天凉背着背篓又去割麦。他和我一道出了门，在门前的路上给了我五元钱，说："早点去吧，路上车多，骑车小心点。这钱省着点花，不要和有钱的人家比，要比就比谁的成绩好，不要比吃穿。想多给，家里也没有。你要知道我们的苦，农民就这个样。好好念书吧，争取念出个样子来。"我红着脸点点头，接过钱上了车。骑了一段路，我回头看父亲，他背着背篓低头走路的身影消失在路的尽头。父亲的话一直回旋在脑际里，我的心顿时酸涩起来，泪水再也忍不住了，一颗颗掉在胸襟上。

三年后，我果真坐上火车到了古城西安上大学。在大学里，我读了大量的文学作品和一些国外哲学家的著作。有一天，坐在图书馆里，读到哲学家尼采的"受苦的人没有悲观的权利"，猛然间，我想起了四年前父亲在麦田里给我说过的那句话。

我的父亲不知道哲学家尼采是谁，只有初中文化的他没有机会也不可能去读一百多年前那个遥远国度里伟大哲学家的著作，但是他说的那句话却让我记了很多年。对于庄稼和命运，我的父亲很懂，但对于哲学他是陌生的。但，这么多年来，经历了人生百态和世间的历练，我觉得从某种意义上讲，身为农民的父亲和哲学家有着相似之处。

╱楼道父子兵╱

前几天，家里买了一台洗衣机。商场工作人员告诉我，周末将有专人把洗衣机送到我家。周末早上，我打电话给送货人。他说："先生，不好意思，我在城东送货，还有近20户人家的电器要送。估计要到下午才能将洗衣机送到你家，耽误你的时间了啊！"他说得很诚恳。我说："我本打算上午出门办事，怕你来了家里没人，一直在家里等你。那我下午联系你。"

下午我在家里看书，等了两个小时，送货人还没有上门。我打他电话，他说正在从城东往城西送，还有七八户人家就好了，估计还有一个多小时。

我看了时间，已经四点多了。一个多小时后我又打他电话。我急躁地问："我等了一天还没有送来，你们的时间不是北京时间吧？"他喘着气断断续续地说："快了，快了，实在不好意思，请你多多包涵。我抓紧给你送来。"听得出他在上楼梯，说话时有楼道里的回音。

快到六点的时候，天基本上黑了。我接到电话，他说已到了我居住的小区，但是找不到我家的楼。我问他在什么方位，他说在菜市场旁边。几分钟后，我到了菜市场，把他们带到我家楼下。

车上下来三个人，一个是商场管理人员，另外两个负责装卸。年纪大一点的人把洗衣机用绳子捆了起来，背在身上上楼，另一个看上去只有十六七岁，他帮着托住洗衣机的后部。我负责给他们打手电筒。我住在六楼，平时空手上楼梯走到家门口已经气喘吁吁，可想而知，他背着近60公斤的洗衣机上六楼有多么吃力。到了三楼，他已经气喘吁吁，头上开始冒汗。我说："歇歇吧。"他说："习惯了，还有两家的电器要抓紧送。送晚了要挨骂的。"由于楼道狭窄不好转身，转弯时小伙子弯腰钻到洗衣机下面用双手和头顶住洗衣机。我想帮着托，但空间狭小，插不上手，只好跟在后面。

到了四楼，他们大口喘气。我说："快歇歇，快到家门口了，也不在乎这几分钟时间。"他憨憨一笑说："谢谢！"他小心放下洗衣机，脸涨得通红，衬衫领子全湿透了。歇了不到两分钟，他又起身。在四楼转角处，他低着头说："孩子，小心点，不要弄破了手。"

原来，他们是父子。到了我家门口，我开了门，他们把洗衣机放在地上，长长地叹了口气。看到我家铺的是木地板，小伙子从口袋里掏出事先准备好的四个塑料鞋套，递两个给他父亲，两个准备套自己脚上。父子俩弯下腰，准备套鞋套。我赶紧拦住说："没事的，我也是农村出来的，很理解你们的心情。用不着套鞋套，直接进来就行了。"父亲说："这不好啊，会弄脏你家的地板，人要自觉。"我说："地脏了拖一下就行，进来吧。"

他们执意要套鞋套，被我拉住了。洗衣机搬进家，灯光下他们头上冒着热气，嘴唇看上去很干。我赶紧递给他们两个苹果，说："你们辛苦，吃个苹果解解渴。"他们慌忙摆手说："不吃，真不吃，谢谢你。我们还要给别人家送货。"趁我收拾地上的包装袋时，他们立即把苹果放在我家桌子上，匆匆出了门。

我很快拿起桌子上仅有的一瓶矿泉水追了出去，他们已经下到了五楼。我拉住那个父亲的手，把矿泉水塞进他的手里："你别客气，拿着吧。"见我这样，他只好接了。我上了楼，听到那个父亲把矿泉水拧开后说："孩子，你先喝。"孩子说："爹，你比我累，你先喝。"他们彼此推让着。

我快进家门时，听到小伙子对他父亲说："爹，矿泉水没有味道，我以为矿泉水是甜的呢！"

原来，年少的他竟然没有喝过矿泉水。从一楼到六楼我家有120多级台阶，每天他们在这个城市背着沉重的电器要上上下下多少级台阶啊。他们风雨无阻坚持着那份承诺，汗水洒遍城市的很多角落。他们在上上下下的楼梯上体味着人世炎凉、生活酸甜，尽管长期的重负让他们的脊背微微有些驼，一梁万钧重，双肩两道痕，他们不抱怨、不叹息，更像一对铮铮战士。

我站在阳台上，看着他们上车子了。夜色像一张网，网住了他们，很快，他们消失在这个夜色凝重的小区。

/淡淡少年红/

13岁那年，在那个学校，他长得就像一截路边无人注目的枯木头。在班上，他的学习并不好，他的相貌更不出众。每年过六一儿童节前一个月，学校都要排练节目。老师挑选那些学习成绩和相貌都好的学生组成舞蹈队，编排舞蹈节目，而他只能敲锣打鼓。当那些被红绸带、绿腰带打扮得像桃花一样妖娆的同学在高高的舞台上手舞足蹈时，他只能提着一面泛着黑绿色铜锈的锣，在台下听老师的指挥。只有老师说"敲"的时候，他才能配合舞台上排舞蹈的同学们敲敲打打。他只是一个陪衬，不起眼的角色。他多么想上舞台和那些同学一样说说笑笑，扭来扭去，那有多风光啊！

每次排练结束，排舞蹈的同学总是聚在一起讨论舞蹈的细节，并分享学校派发的冰棍。他只是站在篮球架子下，抱着那面破锣，将头深深地埋进锣里。年少的自卑荒草一样茂盛地疯长在心底，戳得他心疼。每次排练节目，他的目光不在手中的锣上，而在舞台上那些化了妆的同学身上，好几次他敲错了节拍，被老师训斥。只要排练一次节目，他就感觉受了一次刑，敏感脆弱的心并不因锣鼓激情的节拍敲出的欢快而得到丝毫安慰。他多么想和台上的同学一样，脸上抹上彩霞一样美丽的红粉尽情摇摆，挥洒舞姿，赢得老师和同学们的掌声喝彩。可是，这一切不属于他。

当他把学校里的这一切告诉母亲时，母亲抱怨他没出息，只会敲锣打鼓，干不起眼的活计。他心里难过、羞愧、苦涩。这年少的虚荣、憧憬又有谁能懂呢？

那时候学区里规定，每个学校在六一时都要选送两个节目到城里参加比赛。如果比赛获奖了，那是多么荣耀而又高兴的事情啊！更为隆重的是，参加比赛的前一天，学校要给参加舞蹈比赛的同学们化妆。参加比赛的同学个个施以粉黛，经过化妆气质非凡，就像电视里的明星一样耀眼。后来临近比赛时，老师说他的形象不好，有可能影响结果，就换了别的同学顶替他敲锣。

　　那个周末，在露天的化妆台子上，老师们给参加比赛的同学们精心化妆，涂眉抹脸。化妆完毕，个个像换了个人似的，如同童话里的王子、公主，自己都不认识自己了。而他静静地靠在台子边上，看着他们穿着华丽的新衣服照镜子、涂粉、画眉，心里期盼着老师也能够给他化妆。他默默地看着，眼里火焰升腾，脸上霞光漫天、光辉灿烂，嘴里口水泛滥，一股一股涌上来，淹没他的憧憬。他尽力咬住嘴唇，等他们化好妆，他的嘴唇也裂了，嘴皮也咬破了。

　　比赛的队伍敲锣打鼓盛装出行。他站在空荡荡的校园里，眼里蓄着泪水，望着渐渐远去的队伍，泪水缓缓落下，渗进嘴里。他用舌头舔了舔，是涩的，像盐。他在放过化妆盒的台面上仔细搜寻，令他惊喜的是，台面上落下了老师们没有用完的胭脂粉，散发着桃花一样灿烂的红晕。他怀疑自己是否看错了，走近一看，没错，就是残留的胭脂粉，娇羞、灿烂而又妩媚，仿佛涂上一点，自己就能瞬间变成王子，变成围绕在公主身边保护公主的王子。他瞅了瞅四周，没有人，很快，他用手指轻轻蘸了一点脂粉，慌乱地涂在自己脸上，用手指一点一点学着老师的样子涂抹。要是有一面镜子该多好啊，他低头在台子周围寻找，没有镜子。他有点失望，抬头那一瞬间，风吹着打开的玻璃窗子，窗子随风晃动，反射的阳光射在脸上。这不是天然的镜子吗？他走近窗子，对着窗玻璃审视自己脸上的脂粉。他笑了，陶醉在这一抹红晕带来的安慰和欢乐中，心像花瓣一样，在这夏日的暖风里飘荡，明亮灿烂起来。

　　他又连续蘸了几次洒落在台子上的脂粉，然后一个人到离学校不远的树林里掏鸟窝。等到下午去参加比赛的师生们快回来时，他才从树林中钻出来。锣鼓声由远而近，他慢慢地走向学校，跟着散场的师生回家。一进家门，他就高兴地给母亲说："妈，老师也给我化妆了，我们今天的比赛获奖了，老师说我配合得好，明年让我跳舞蹈了。我再也不用敲那破旧的锣鼓了，我可以上舞台了！"母亲把他揽进怀中，一个劲地夸他说："我儿子真争气，像个明星，真像个明星！以后好好表现，肯定会有大出息！"他低下了头。

节日过去了，王子和公主回到了现实中，他们之间再也没有区别了。只是那个涂上脂粉舞蹈的梦，像一粒顽强的种子，一直留在心中。他努力学习，努力做一个乖孩子，努力向梦想靠近。

后来他考初中，升高中，上大学。那个舞蹈的梦渐渐远去，现在他不再迷恋舞台上的舞蹈，那时的梦想已演绎成文字王国的舞蹈。只是那年少的梦，年少的愁，年少的谎言，还有那淡淡的少年红，却一直飘溢在他向梦想靠近的路上，激励他不负青春，不负未来。

/ 手机里的母亲心 /

前段时间，父母从青海到远在深圳工作的三姐那里住了两个月。在深圳时，姐姐给父亲买了一部新手机，父亲以前用的手机就淘汰了。从深圳回到青海后，父亲就把这部手机给了母亲。母亲说，她没必要用手机，即便有了手机，也没有人会给她打电话，她坚决不要。在老家工作的二姐背着母亲给她缴了100元话费，办了一个号。母亲知道后，责怪二姐浪费钱，责怪归责怪，最后她埋怨着接受了这部手机。当天，二姐就教会了母亲怎样使用手机。

知道这个消息后，我立即拨通了她的手机。手机接通后，我没有急着叫她，故意逗她："你好，请问你是不是袁经理？"母亲很激动，赶忙问：

"你是谁呀？"我不停地笑，没有说是我。很快，母亲听出了我的声音，说："哦，是儿子啊，你在上班吗？"我故意拖长鼻音说："我找袁经理。"母亲停顿了一下说："哦，我不是袁经理，那你打错了。"听得出，电话不是找她的，她有点失落。我笑着说："是我，你儿子，和你闹着玩的。"母亲说："刚才，我就听出了你的声音，你说找袁经理，我是个农村的女人，怎么是经理呢？我就以为你打错了嘛。"

电话里，我和母亲拉起了家常。聊了一会儿，母亲可能意识到我用手机打长途电话费钱，就赶忙说："你打家里的固定电话，不然话费太贵。"我说："没事的，和你用手机聊天真好。"我话还没有说完，母亲就把电话挂了。我只好拨打了家里的座机。

前些日子，我所在的南方阴雨连绵，下了近一个月。有一天晚上，大雨下个不停，睡觉前，我把手机关了。第二天早上，我收到近20个移动公司的短信呼叫提示信息，信息说昨天夜里12点多的时候，有十几个电话拨打我的手机。我一看，全是母亲的手机号、家里的电话号码、父亲的手机号。是不是家里有什么急事找我？我赶紧拨打母亲的手机，母亲说："天气预报说，你们南方天气将变冷，昨天夜里家乡下了一场大雪，你们那里肯定也下雪了，不知道你有没有盖厚被子？我担心你和还不到一岁的孙女冻着，一直放心不下，先用家里的电话打你手机，打不通，再用我的手机打，还是打不通。我怀疑是不是我的手机坏了，最后用你父亲的新手机打，还是打不通。我心里那个急啊，一夜都没有睡着觉。"

我听了，心里不是滋味。缺乏自然常识的母亲以为全国的天气每天都是一样的，只要家乡下雪，别的地方也要下雪。我安慰她说我们一家挺好的，这里没下雪，也冷，请她不要牵挂。

从那以后，我的手机24个小时开着。

自从母亲有了手机，我上班时经常会接到她的电话。接到电话我问她：

"妈，你有事吗？我在开会。"母亲说："没事，没事，刚才走在街上，看到走在我前面的一个小伙子身影特别像你，我就想给你打电话。没事我也要打电话，听听你的声音。听到你的声音，我就心安，如同你们在我身边一样。"说完，很快挂了电话。

前几天我和三姐聊天，她说她也经常接到母亲的电话，接通后，说不了几句话，母亲就会把电话挂掉。我知道，母亲其实在想念远方的我们。我和三姐约定，以后不再往家里打固定电话，就打父母的手机，即便没事的时候也打。有一次，父亲告诉我："没事的时候，你妈就把手机捧在掌心，一遍又一遍地念你们的电话号码。虽然她记性不好，只上过两年夜校，只认得几个简单的汉字，但是你们兄妹的电话号码，她已记得滚瓜烂熟。有时候，她一天能拨几十遍你们的电话，只是电话即将接通的时候，立即摁掉。你妈说，只要拨一次电话，她就好像牵了一次你们的手。"

父亲的话，让远方的我泪上心头。

11个数字是简单的，母亲的电话是凡俗的，可是这种简单凡俗的感情会有各种各样的结晶，如同一粒盐，但因为有了爱，它可能比一颗钻石还要珍贵。因为一粒盐的孕育过程，其实比造就一颗钻石更加漫长。虽然它只用了一秒钟就溶化在我们的舌尖。

生命是那么无常，我们出生时的脐带已经剪断，像一只风筝，越飞越高，越飞越远。但是，无论儿女身处何地，远方的母亲一直没有松手，尽管她手里握住的不是我，而是一部旧手机。就是这不起眼的手机，像一个电子器官，牢牢地固定在她柔软的内心，在背后默默牵挂着我们的冷暖酸涩。

没事，也给父母打个电话，让我们彼此听到对方的声音。爱的气息通过一道道声波，如丝如线，缠绕在我们身边，无论我们走到哪里，这爱的丝丝缕缕就缠绕到哪里，把每一个平凡的日子包裹得温暖、幸福而又安心。

/ 拾穗者 /

　　一顶顶草帽在麦田里起伏着，齐腰的麦秆将弯腰割麦的人们淹没。如果从高处的山上俯视下去，你可以看到每块金黄的麦田里都移动着一块块"干墨"，这"干墨"不是别的，而是套在割麦人身上的黑色粗布衣裳。墨迹过处，麦田就裸露出红色的肌理，齐整的麦茬像一把仰放着的刷子，站上去，戳得脚踝生疼。

　　在我们老家，割麦时节，时间变得格外金贵，尽管嘴上不说，但很明显，大家都在"抢"了。你看人们走路的脚步，挂在脸上焦灼的表情，握在手里明晃晃的镰刀，组合起来就有了一种迫不及待的味道。这个时候，"抢"就是村子里唯一占统治地位的语言。只有把粮食稳稳当当地抢进仓里了，人们才会放慢脚步，放松表情，挂起镰刀，心才能完全踏实下来。这个时候，麦田就变成了战场，一户人家，不分男女老少，只要有力气能干活的要全部上阵。如果手脚不勤，辛苦了一年的粮食，淋上一场雨，被毒日暴晒过度，或者遭遇一场冰雹，就要落入老天爷的虎口了。所以，人们铆足了劲，从虎口夺食。

　　收麦要持续近一周，这一周，时间仿佛都起了火，有种焦黄的颜色和味道。这味道熏得村子里男女老少的皮肤变黑、变粗、变糙。我发现，农民的肤色与土地的颜色保持着惊人的相似，这里面肯定有着某种神秘的关系。我断定这关系是一种"气"，这气钻进种在地里的谷物的脉管茎叶，在农民俯身种植、收割的时候，一点一点渗透进他们的指纹、脚掌、肌肤，经年累月的耳濡目染，使他们的皮肤变红、变黑、变粗。

　　到了这个时节，大人们割麦，小孩子们也不能闲着。本该乘阴纳凉，纵情玩耍的儿童要给大人们从家里烧了茶，携壶送浆到田头。

20年前，我正是携壶送浆的年龄。麦收时节，我们不会割麦，也要拾穗。父亲一镰一镰向麦田深处割去，镰刀碰到枯黄的麦秆发出的"咔嚓"声，由近及远，慢慢变得微弱。我在父亲割过麦的地方，来回捡拾割麦时折断、脱落的麦穗。父亲起身，攥住用麦秆编成的腰带子捆麦。他的背被汗水湿透了，一团团、一团团的汗迹，干了又湿，湿了又干，同形状的汗印褶皱叠加着褶皱，在后背的衣服上凝结成一层层深浅不一的薄盐。那形状看上去就像一朵朵枯萎了的油菜花，叶边卷曲着，逶迤的轮廓似乎是一针一线绣出来的，而不是印出来的。

八月的太阳，毒，辣，蛮，狠，凶，一束束光，惨白、坚硬如一枚枚钢针。低头、弯腰、挥镰、割麦、起身、捆绑，每一个环节都扎着密密麻麻的钢针，针落在我们裸露的手背、草帽遮不住的脖颈处，瞬时就有种火辣辣的疼，格外钻心。这疼似乎不是扎进去的，而是剜进去的。这看不见的针尖，遍及麦田里的每一寸土壤，以及土壤上收获的人们。麦芒扎在手臂上，扎出一道道凌乱的口子、印痕，扎得深的地方，能隐隐约约看到血丝。这疼是尖锐的，双重的。

面朝黄土，脚下暑气熏蒸，烘得脸上汗流如注，如同进了蒸笼。背上烈日烘烤，如千刀万剐。热火朝天升，大汗自头落。站在麦地，就能听到烈日暴晒后的麦壳"啪啪"的清脆开裂声，弥漫在麦田里的除了暑气，还有持续不断的麦穗爆裂声。向麦田深处望去，土地因为干涸，早早地裂开了龟纹，麦秆已经由黄而白。有的麦穗被晒得惨白，这白刺眼、浩瀚，在麦芒上随着镰刀的挥动迅速流转，升腾。麦穗一律保持低头的姿态，仿佛个个都是深思熟虑的思想家。它们是被太阳烤得低下了头，仿佛经历了一场大考，在土地上验算了一道纷繁多义的题，麦粒最后以饱满的形态捧出了足金的答案。

有个诗人朋友曾把五月的麦芒比作竖琴，把十月的稻穗比作琵琶。我怀疑生活在江南城市里的他究竟有没有割过麦，收过稻。当麦芒戳在身上，所有的被我们刻意想象的美感只能变成最现实尖锐的疼痛和存在。我是吃过这苦头的。在我眼里，八月金色的麦壳是麦子最古老的嘴唇，它含着一部最厚重、古老的大典。一粒麦子，脱口而出就是一个转换疼痛和幸福轮回的词。这些词，把我们父辈挺拔的腰杆压弯，把他们茂密的黑发染白，把他们的青春年华催老；这些词，逶迤着从土地深处耕出来，演绎成为农业中国最令人安详的一张脸，尽管这张饱经风霜的脸隐藏了很多的疼痛和无奈。

　　麦田旁的水沟里种着一棵棵白杨树，烈日暴晒下，每一片蔫头耷脑的叶子闪着苍白的光。它们集体翻着白眼，不知是在诅咒太阳的毒辣，还是在埋怨断流水渠的无情。大人们在不同的方位向麦田深处挺进，身后站立着一个个捆起的麦捆。我从东头到西头，从南边到北边，在大人们刈过麦的地方捡拾麦穗。每捡起一个麦穗，我都要站上片刻。我的腰已经很酸了。我把捡来的麦穗一个个放进背篓里。一个下午的时间，我已经捡了小半篓麦穗了。

　　我站在田埂上，已经看不见父母了。他们像舵手一样，握着镰刀，深入麦田中央。镰刀落下去的刹那，我只看到麦秆纷纷倒下，发出"沙沙"的声音。捡麦穗没有割麦那样累，父母舍不得休息，他们实在太累了，就站直了，用镰刀柄捶几下自己的后背。我知道他们的背心里，淤积着多少酸痛，那些酸痛在体内翻滚着，寻找突破的出口，而我的父亲、母亲、哥哥、姐姐就一直挺着，硬是不让这酸痛涌出来，豁出全身的力气，积攒到镰刀的刀刃上，割倒一片又一片的麦子。他们就这样重复着低头、弯腰、起身、捆麦的动作，迎来了暮色。

　　暮色像一张网，被晚归的那些鸟雀衔着，从不同的角落慢慢地撒了下来。大峡口那一带的晚霞弥漫着，如同一桶被风吹翻的葡萄酒，泼溅开来，劲力十足的晚风将这桶酒吹成幕帘，撕成片，揪成块，酱紫色的泡沫和碎片跳跃着，从山尖向山谷缓缓滴下去，向远方散去。

　　那一刻，我的亲人们还在地里割麦，他们的脸上也是绛紫色的，只是这颜色不是高雅的葡萄酒的颜色，而是泥土的颜色。

　　他们的身后挺立着一个个麦捆。排在身后的麦捆，像沙场上的一个个战士，稳稳地立着，有的被风吹倒，有的还挺着，等着检阅。不用指认，我们就知道被风吹倒的肯定是哥哥捆的麦捆，因为他把生活中稀里糊涂的习惯带到了收麦当中。父亲多次说过，麦捆的芯子一定要紧，要厚实，而哥哥总是听不进去的。这个时候，我们一家人，谁也不说话，大家已经累得不想说话了。父母和哥哥、姐姐把自己割的麦捆，按照"人"字形排成麦垛，一排十对20个捆子。每用两臂夹起一双麦捆，扶正，并成一排麦垛后，他们都要目测一下，绕在麦捆上的三道腰子的结是否保持同一个高度和同一个方向。如果没有保持整齐和一致，父亲就会把倾斜过度的麦捆立起来，重新排。排好后，用两手摸摸并成一字形的麦捆头，然后驻足，凝视两三秒。我无法猜测此刻的父亲正在想什么，我想到的是影视剧里将军检阅排好队形的部下，纠正某个仪容仪态不规范的属下的小错误后，亲昵地拍拍他们的面颊，彼此会心一笑，一种由衷的自豪和爱洋溢在脸上。

我抓紧在天黑之前把地里散落的麦穗拾起来，即便是我已捡拾过麦穗的地方，父亲趁着喝水的时机也要走过来再次审查一遍，看是否还有因粗心而遗漏的麦穗。父亲说，每一支麦穗都是不能浪费的，浪费粮食就等于作孽。父亲对一支麦穗的感情，就是对土地和儿女的感情。

暮色越来越浓了。天已经凉了下来，夕阳一个跟头摔进峡谷中，只等着峡口的山巅收尽最后一点残存的霞光。母亲说："回家吧。"我把自己捡起来的断头麦穗交给母亲检查。母亲挑了一支大一点的麦穗，放在掌心里轻轻揉了几下，片刻摊开手掌，吹了一口气，金色的麦壳纷纷扬扬，像金箔，像飞鸟。顿时，不多的余晖下，一只只金色的鸟，在麦田里飞翔。

我一直觉得，农业中国的天下，城市和农村、劳力者和劳心者的二元世界中，劳力者总是保持匍匐和弯腰的姿态，做着随时奔赴脚下的土地的准备；劳心者总是保持端坐和挺腰的姿态，一副出席典礼的姿态和赶往楼堂会馆的身姿。

多年后我在一本画册中看到了法国大画家米勒的那幅著名油画《拾穗

者》。我看到这样的画面简介：画面上晴朗的天空和金黄色的麦地显得十分和谐，有三个农妇穿着粗布衣衫和笨重的木鞋，体态健硕，说不上美丽，更谈不上优雅，只是躬下身子，在麦地里寻找零散、遗漏的粮食。扎红色头巾的农妇正快速地拾着，另一只手握着麦穗，看得出她已经捡了一会儿了，袋子里小有收获；扎蓝头巾的妇女已经被不断重复的捡拾动作累坏了，显得有些疲惫，将左手放在腰后来平衡身体的重量；画中右边扎黄色头巾的妇女，侧脸半弯着腰，手里握着一束麦子，正巡视已拾过一遍的麦地，看是否有漏捡的麦穗。她们怀着对每粒粮食的感情，为了全家的温饱，不辞辛苦地拾着麦穗。

这样的场景让我一下子回到了从前。这样的场景在我们故乡，在农业中国的任何一个乡村还在延续。这画面让我看到疲惫的时候也看到忧伤，读到艰辛的时候也读到幸福。是的，红尘中的每个人都是一个拾穗者，只不过拾的形态和内容不一样，对脚下土地的感情和粮食的珍惜程度也不一样。尽管现在我脱离了麦地，尽管我也经常出入于酒肆，但我骨子里一直把自己当作一个拾穗者，并且在世俗的生活中保持一个拾穗者的某些秉性。因为，每一颗掉在地上的麦粒，都是父母生命中的一个细胞，每一支掉在地上的麦穗都是他们光阴中的一天。

这是我一生都不能忘记的。

/橘子酸，橘子甜/

冬天的时候，母亲生病了，城里的一个亲戚拎着一兜橘子来看望。物质匮乏的年代，对于乡下的孩子而言，能吃到一颗水果糖就已经幸福得流蜜了，如果能吃到甜甜的橘子，那更无异于过一次盛大隆重的节日。

将近20年过去了，我仍然记得那一幕。

亲戚走后，睡在床上的母亲让哥哥拿来那一兜橘子。我知道，她要给我们兄妹分橘子。人小心大，排行最小的我，贪婪地盯着那盘放在瓷碟子里的橘子，昏暗的灯光下，橘子光芒四射，引诱得我的馋虫一阵阵在胃里翻江倒海。我是多么希望母亲把那最大的橘子给我啊。我用舌头舔着因为冬季的干燥而起皮的嘴唇，一会儿望着橘子，一会儿望着母亲，祈求的眼神如丝一样，越扯越长。

母亲慈爱地摸摸我的后脑勺，给了我一个很小的橘子。我小心翼翼地接过橘子，委屈的眼泪掉了下来，我是多么希望得到一个很大的橘子啊。我没有立即吃掉那个橘子，我想把它带到学校。晚上睡觉时我把橘子紧紧地攥在手心，舔着冰凉的橘子皮，不知不觉睡着了。

那时候上学很早，天还没有亮就要早早起床到学校。没有人给我们煮早饭，我们的早饭就是两个放在蒸笼里的馒头。厨房里的灯坏了，在黑暗中我将手伸进蒸笼，我摸到的不是柔软的馒头，而是一个冰凉的大橘子！这让我无比欣喜，我想是母亲特意给我们留着带到学校吃的。我将手又伸到里边，摸到的是一个小橘子，再摸，是一个馒头。拿大橘子还是小橘子，我犹豫不决。在兄妹当中我的地位并不高，学习并不好，大橘子肯定是留给经常帮着干家务活，学习成绩特别好的姐姐吃的。内心的贪婪使我将大橘子装进书包。

在课堂上我无心听老师讲课，满脑子全是诱人的橘子的味道。我盼望着早点下课，心里默默数数，一秒、两秒，数到60秒，又从一秒重新数到60秒，周而复始，以此计算下课的时间。睽睁中那只橘子如同长着翅膀的燕子，飞向我空洞的胃部。

终于等到下课了，我迫不及待地拿出那个橘子，躲到无人的角落，像科学家从显微镜中审视肉眼看不见的化学物质一样观察橘子。我想吃，但又舍不得吃，不敢吃。我怕回到家中挨母亲的斥责。味蕾上涌起一股股酸水，舌头如同一只钩子，恨不得一下子把那个橘子钩进嘴里。最终，我把那个橘子放进书包，带回家，又悄悄放到蒸笼里。

晚上，母亲把我们兄妹五个叫到跟前，她表扬姐姐，说她懂事，爱怜弟妹，把大橘子留给弟妹，而自己却舍不得吃。母亲的话还没说完，姐姐和哥哥把各自的橘子全部捧了出来，说："妈，你身体不好，还是留给你吃吧。"就这样，他们把带有手心温度的橘子交给了母亲。

母亲把大橘子切成几瓣，把很大的一瓣给了我，把其他的给了哥哥姐姐。我们分享着冬夜里的温暖和甜蜜，仿佛自己成了世界上最幸福的人。大橘子酸酸的，根本没有我所预想的那么甜。母亲看穿了我们的心思，又接连切了几个小橘子，我只顾自己，接连吃了几瓣，果汁从嘴里流了出来，那个甜哪，仿佛渗到骨头里了。姐姐吃得很慢，她说："妈，你也吃吧，小橘子可甜了！"等到盘子里的橘子只剩一瓣时，我才发现，母亲一点都没有吃。昏暗的灯光下，我们兄妹为橘子到底是甜还是酸而争得面红耳赤。妈妈说："别争了，好好念书，长大了你们天天有橘子吃，想吃多少吃多少。"

我暗暗发誓，努力学习，长大了考上大学，有了钱让全家人天天吃上又大又甜的橘了。

第二年姐姐考上了一所师范。三年后她有了工作，领到第一个月的工资后，她买了好多橘子。就在我们一家人围在一起吃橘子时，姐姐说："如果拿橘子来比喻人生，一种橘子大而酸，一种橘子小而甜。有的人拿到大的就抱怨酸，拿到甜的就抱怨小。还记得几年前我们吃橘子的情景吗？当时我拿到小橘子，我就庆幸它是甜的，拿到酸橘子就感谢它是大的。"

顿时，我明白了姐姐的用心。此后，我不再抱怨，也不再贪玩，我知道自己该干什么了。

现在，有了钱，可以随时吃到新鲜的橘子，但是我总吃不出多年前的味道。我不再迷恋橘子，但多年前的那盘橘子一直闪亮在我的心灵深处。我过着幸福安宁的生活，用不懈的追求采撷着生命枝头上的"橘子"，不与他人争执，也不太在意得失。我只是默默感激，格外珍惜。

橘子甜，橘子酸。甜里头裹着酸，酸里头流着甜……

/ 从清晨出发的盐 /

前不久高达35℃的气温持续了近20天。每天早上在上班的路上，我总会看到一对夫妻紧张而又忙碌地推着装有煤气罐的小车子卖鸡蛋饼。被改造成简易操作台的三轮推车上写着这样两行字："武大郎鸡蛋饼，中国式比萨。"这个广告语与简陋的推车形成明显的对比。摊主的个子并不矮，足有一米七，像一朵花摊开在油锅里的面饼，并没比萨的厚实。我驻足，耐心地等待一锅鸡蛋饼芳香出锅。

薄饼在油锅里煎得发黄，随着温度的升高，发酵后的面饼凸起指甲大的面泡，面泡微黄，如同刚成形的花蕾。油花在面饼上跳跃着，有如微风掠过荷叶，滚落一颗颗饱满晶莹的露珠，于无声处挟着缕缕清香。摊主熟练地打烂一个鸡蛋，浇在面饼上，撒上切碎的葱花。瞬时，巴掌大的面饼上，蛋黄被铲子均匀地旋开，蛋清随着铲子的移动，荡漾开来，一点一点浸染在面饼上，犹如微风中荡起的涟漪。黄绿相间、彼此交融的面饼像国画一样，既有留白，又有主色，铲子挥舞着流畅的线条在墨盒一样的大油锅里绘出一幅俗世的风情画，我的味蕾随着缕缕面香，绽放开来。

我仔细看了看卖饼的夫妻，男人在高温下裸露出来的脖颈，被太阳晒得发紫，那些浓缩着盐分的汗珠在夏日的酷暑中出发了，顺着他的额头、面颊、耳根、袖臂不停倾泻而下，仿佛被追赶着仓促赶赴一场盛夏之约。很快，他的领、袖子、前胸湿透了。他挥着铲子搅拌和好的面，额头上浅浅的皱纹里淌着一股股细流一样的汗水。清晨的阳光下，他的额头闪着光泽，那一定是盐的光泽。

我问他，早上卖出了几个饼。他一边忙着摊饼，一边笑着回答说："78个了，再做一两锅，就不做了，收摊回家。"围着面锅等候着的人，听到他的回答，有的人失去了耐心，催促他快点快点，不然上班迟到了；有的人听说他再做一两锅的回答后，看了看手腕上的表，犹豫着，皱了一下眉头，走开了；有的人或许受到别人情绪的感染，跟着走开了，一脸的不满和埋怨。

我说："你看，你的饼不够卖，等候的顾客都走了，这就是损失啊！你为什么不多做一些呢？"他反问我："为什么要多做呢？一天能卖出这么多，已经足够好了呀。"他的回答出乎我的意料。我又问："你们住在哪里？一个月房租多少？"他指了指不远处的低矮破旧民房说："就在那里，房子不大，十多平方米，房租不高，一个月两百来块钱。"

我注意到他说这话的时候，表情自然、知足，藏着一种看不透的轻松和欢欣。我不是一个高尚的人，问这话的时候，我脸上挂着一张"周一综合征"倦怠心像的表情。

周一的清晨，在上班路上，这个城市的大街小巷、十字路口、红绿灯下，每个人似乎挂着一张统一的脸，这脸不分性别年龄、高矮美丑，都是一副焦灼不安的职业表情。这表情僵硬、倦怠，隐着不快和茫然，仿佛一堵陈旧墙上画框里的油画的颜色，时间的飞速流逝让这颜色斑驳、隐晦。这颜色里，肯定没有盐分，似乎稍微一触动，就可以使斑驳之色随时掉下来，摔成粉末。而摊主夫妇的脸上的表情如同树上的一抹绿色，那可是由内而外绿到骨子里的养分呀。

还是在一个盛夏的早晨，我在一家拉面馆里看到过这样一个顾客，他头戴着安全帽，估计是附近建筑工地上的工人。他从塑料袋里拿出几块厚厚的饼，他在等候拉面的时间里，一口一口喝了两碗免费的牛肉汤。喝一口汤，他就一嘴坚硬的饼，或许是嫌汤淡了，他用小勺子舀桌子上盛着的油辣子，再把盛得很满、几乎堆起来的辣子涂抹在饼上，辣酱像一团火焰，在面饼上燃烧。他咀嚼饼的时候，腮帮子鼓起两个小球，而在没有空调的拉面店里，热风野蛮地流窜，汗水肆意从他两鬓间、身上流下，他丝毫没有擦汗的意思，咬着牙，咀嚼着，享受一勺辣酱燃起的滋味，看上去他吃得很香。看着他落满水泥浆、钢管铁锈的衣服，指甲缝里的黑垢，很久没有刮的茂盛胡子，凌乱的头发，破旧的胶鞋，再看着他大口大口咀嚼涂抹了辣酱饼的样子，不停擦汗的我突然有一种想哭的冲动，我觉得我的体内有千万粒盐在奔腾着、翻滚着，寻找出口。我想逃离这面馆，内心迸发的盐粒，让我不忍再看这在我父辈、哥哥身上长久经历的场景。

在对生活的无意解构上，我可以断言，那些脸上凝着盐分，伴着灰尘，奔波在路上的人，丝毫不比坐在空调房里，殚精竭虑研究课题的思想家肤浅。

这个酷暑盛夏，我看见在城市浩瀚的表情中，一粒粒从早晨出发的盐，滚动在生活的轨道上，像一列火车，守着某种秩序，在一颗恬淡、安详、从容、刚毅的心里缓缓潜行。我坚信它们是不会晚点的，等着风尘过尽，幸福靠岸。

/父亲最后的盛宴/

一

父亲在电话里很惆怅地说："村里又一个老人走了，才60岁出头，可惜得很啊！我今年已经63了，也该盖老房子了。老房子盖好了，我也就放心了。人活着，说不定哪一天就被老天爷收走了。唉！人世间的变故太多了。你说他前天还好好地在地里干活，昨天竟然突发脑出血，说没就没了。他走了，几个儿子还没有给他盖老房子。唉……"

电话里，父亲不停地叹息，让人听了，悲凉，沉重，不安。

我安慰他："你和妈身体还行，没有什么大病，能多活十几二十年不成问题。你们健康地活着，就是我们儿女最大的福气。你就不要乱想了。该打牌的时候就去打牌，好吃的好穿的尽量吃穿，不要省，一切都由我们来管。"

"这孩子，难道你忘了？在不到四年的时间里，我们村里先后有13个人去世了。不知道，接下来该轮到谁走了。人活着，以后的事情谁也无法预料啊！我们活着，活着，说不定，哪天就真的走了。"

电话里父亲的话让我心情越来越沉重，一股凉气自脚底升起，如寒冬腊月走在故乡的冰天雪地中。

我打断父亲的话，说："你多心了，活得好好的，胡思乱想什么？你们需要的，我们兄妹们会给你们考虑到。平时你们心情放轻松些。没事的时候，就到广场上和那些老人打打牌，消磨消磨时间。"

"你才30出头，有些事情你不经历，是不会明白的。"父亲很低缓地说。

那段时间，在南方的城市里工作的我，空闲的时候，脑子里突然会想起父亲的话。按照我们西北故乡的风俗，人过了61岁，就要开始考虑后事，请木匠做寿材。条件好一点的人家用的是松柏木，一副寿材的材料、手工加起来不过1000元出头。条件差一点的人家用的是白杨木，一副寿材的总费用不会超过600元。松柏木结实，入土后十几年都不会腐烂，而白杨木则不行，入土后几年时间就会腐烂。

印象中，在村里，凡是到了岁数仍健在的老人，子女们都要早早地为他们打好寿材放在家里。有的人家还把寿材当粮仓，把谷物放进寿材里。不放粮食的人家每年都要趁着天气好的时候，把寿材抬到院子里，打开棺盖，晒上几天。

人还活着，但是面对不知何时到来的死亡，他们很坦然，以宗教般的情怀早早准备自己的后事。这是何等的胸襟啊？这对活在城里的人来说，又是一件多么恐怖而又不可理喻的事情。哪有做好棺材等死的人呢？我曾经生活的村庄就是如此。那些上了年纪的老人常常攀比自己的材木价格，对此津津乐道，每天靠着这种攀比念叨打发光阴。我深深地记得爷爷在世时和邻居因为攀比棺材而怄气的情景。

二

那年爷爷73。盛夏的一个中午，太阳很毒，父亲和四叔按照爷爷的要求把他的棺材抬到院子中央。爷爷端着积满茶垢的茶杯，坐在屋檐下，喝一口茶，然后将一捋留了几十年的长胡子，眼睛紧紧盯着涂满油漆的棺材。画在棺材上的龙凤，在阳光的照射下，闪着油漆的光芒，刺眼、醒目。茶喝完了，爷爷起身走到棺材前，一边用手重重地拍打散发着木香和油漆香的棺盖，一边将头贴在棺盖上倾听。"咚咚"的声音从里面传来，声音厚重有力，爷爷脸上露出自然的笑容，说了一声"好"！语气很有力。他脸上松松垮垮的皱纹，像一块老树皮。他敲打棺材的样子让人看起来感觉他敲打的不是一口棺材，而是一面鼓。他的心情轻松、愉悦，样子是那么满足、得意。

我那时只有15岁，对爷爷的举动很惊讶。心想，一个健在的人，怎么能以喜悦的心情去面对一口让人心悸的棺材？死亡，离别人世，是一件多么可怕的事情啊，而我的爷爷，却如此坦然，似乎他面对的不是不知何时到来令人悲伤痛苦的丧事，而是一场即将赶赴的喜宴。

从那年起，这个场景深深地烙在了我的脑海。

还有一件事情让我记忆犹新。记得有一年麦子收进粮仓后，爷爷又让父亲和叔叔把他的棺材抬出来晒太阳。那天，邻居家的成祝老人来串门。爷爷向他炫耀自己的松柏木棺材，他很得意地说自己的棺材如何坚固结实。末了，他问成祝老人："你的材木是啥料子？"成祝老人低下头说："白杨木。"爷爷更加得意了。他露出满口的豁牙，放声笑了起来："你的材也太差了吧！儿子们有钱却舍不得给你做好材，哪有这样的儿子嘛？白杨木用不了几年就烂掉了，你的材哪有我的好？还是我的儿子们孝顺。"爷爷以胜利者的口吻笑成祝老人。成祝老人心有不甘地辩解："人死了，哪知道白杨木好还是松柏木好？哪怕你睡的是金棺，总有一天会烂掉的。白杨木和松柏木对于入了土的人来说没有什么区别。反正人死了，眼睛一闭，啥也不知道了。有什么好比的？"

他们在院子里脸红脖子粗地争论起来，彼此不服气。奶奶和父亲拉开了指指点点的他们。成祝老人没喝一口水气呼呼地转身出了门，出门的时候，把门狠狠地甩了一下。

爷爷的得意并没有因为成祝老人的拂袖而去有所减退，他对奶奶说："老太婆，我们有个好的老房子，到阴曹地府也有炫耀的资本啊。"

对爷爷言听计从了一辈子的奶奶随声附和："那是，那是。我们老了，为这样的事情和别人怄气，不划算嘛。"奶奶的话让爷爷听得不舒服，他狠狠地瞪了一眼给他续茶的奶奶。

从那以后，成祝老人不到爷爷家来串门了，即便路上遇到爷爷，仍然是一副势不两立气呼呼的样子。

现在想来，人老了，就变成小孩子了。我们惧怕死亡，忌讳一切与死亡有关的字眼时，他们却为怎样才能办得风风光光的后事争上风，并以此自我陶醉。那口气、那神情、那自得，仿佛死亡这件事情与他们无关。

现在，我想说，棺材是时间凝固的钟。老人们就是那个外表坦然内心落寞的守钟人。

三

这年七月，我从江苏南通到青海高原的老家乐都去探亲。先回到县城父母居住的家，再回乡下的老家。在县城的那几天晚上，我和父亲每天晚上都要喝上几口酒。有天晚上，父亲很高兴，多喝了几杯，喝高了。父亲借着酒兴说："你这次回家，刚好是个机会，你要把我最后的大事办了，把我的老房子盖好。这样你走了，三四年不回来，我也放心了。"

按照我们那里的风俗，老人们的老房子应由兄弟们共同出资。考虑到哥哥在务农，经济不宽裕，我对父亲说："这小事一桩，你就不要担心了。我给你2500元钱，买松柏木。我哥就不要出钱了。"

听了我的话，父亲有点不悦，他反问我："什么？这是小事一桩？对我和你妈来说，这是大事，天大的事情！不要以为你们现在成家立业了，自己可以做主了，就把这些事情想得太简单。这是我们今年再重要不过的事情，也是我这一辈子最后的大事。"

或许，我轻描淡写的话惹父亲不高兴了。我对自己的浅薄感到惭愧。当晚，我把钱给了父亲，为了弥补当时的不是，我说："大，你不要生气，过两天我陪你到木材市场，买你看中的好木头。"

父亲高兴了，说："行，好！"一个"好"字，让我怔住了。我猛然想起了爷爷在世时拍打棺材盖，棺材盖发出清脆的声响后他感叹的那个"好"字。他们父子是以同样隆重、豪迈的心情面对自己无法预料的后事啊。

第二天吃了早饭，父亲让我找出给他从南方买的名牌衣服，他把自己从上到下收拾了一番。他在镜子前刮胡子，我说："你把自己收拾得这么光鲜，好像乡里的干部要去省城大会堂开会啊。你要去哪里？"父亲笑了，笑得不好意思。他说："即便穿再好的衣服，我还是农民嘛。我要出一趟远门，办一件大事情。"

他说话的口气很庄重，表情又很轻松，有一丝神秘。

我不知道现在脱离农田的父亲，除了每天在县城的广场上和老人们打牌，接送外甥女上幼儿园外，还有什么重要的事情。

父亲出了门，我到亲戚家去了。

下午，太阳还没有落山。五点多的时候，父亲回来了。他一进门，显得很不高兴。还没有等到我们问他，他就说："今天白跑了一趟。到了60里外的平安县木材市场，看中了两副材木，老板不在，价格伙计做不了主，没有买成。"

我顿时明白了，原来父亲所谓的大事情就是去买材木。

接下来的几天，父亲又去了一趟平安，我要陪他去，他不让。他请了村里的木匠和他同去。父亲说："木匠识货，而且前不久木匠也买了两副好材木，价格适当，木料结实。他去了我放心，你去了不识货，白花车费。"

按照父亲的心理，我这样的年纪是没有资格也没有经验去和他办他的大事情的。只有那些经历了人生风雨，看透了生死，和他年龄相当的人，才配和他一起去。

时间过得很快，转眼间，我的假期快满了。我回单位的前几天晚上，父亲很正式地和我谈了一次话。他说："儿子，假如有一天，我和你妈不在这个世上了，你们不要难过，也不要淌眼泪。说得近一点，即便明天我和你妈都离别人世，我们也不后悔遗憾。你们兄妹有出息，托你们的福，我们这几年享了福，好房子住了，好吃的好穿的也享受了，我们很心满意足了。走得再匆忙，没什么可后悔的，一点也不遗憾。你看，村子里和我们年纪差不多的人，活着的时候，不是生病就是在田里受苦。我这大半辈子为了你们上学，确实受了不少苦。这十年过的日子，和那时候比起来简直不敢想象。这几年在你们的照顾下，我们飞机也坐了，火车卧铺也坐了（父亲的需求是多么浅啊），深圳、南京、广州、南通也逛了。村里的那些老人，有的一辈子也没有走出过村庄，没出过县城。和他们比起来，我们真是太舒坦了啊！"

喝了酒的父亲，话特别多。我估计他又喝多了，不让他再说话。我劝他休息，然而，父亲谈兴正浓，他很不高兴我打断他的话。

"好，你不让我说，我少说几句。这几年，我一有空闲就和你妈唠叨，我们没有白供你们念书上学。我们真的没有白活。如果有一天，我真的走了，你们就当我和你妈携手去赴了一场喜宴。这样，你们就不会难过。我已经和李木匠说好了，过几天他陪我去买松柏木，然后给我做老房子。老房子做好了，我就放心了。"父亲又说了一阵，我耐心听他唠叨。

父亲是真的喝醉了，我们把他扶到床上，他很快打起了呼噜。

回到单位后我写了一篇文章——《故乡，心灵的疼痛来自何方？》。我把文章贴到博客上，一个不久前失去父亲的同学看到后留了这样一句话："什么是故乡？父母就是故乡，父母在，故乡就在。父母不在了，再美的乡景，再大的疼痛也就没有意义。"

我知道，这是同学经历父亲病逝悲伤后的肺腑之言。他这样讲，有他的道理。

假如有一天，父母真的不在世界上了，我活着将是多么孤独和空洞啊。当我们跪在他们的坟前，哭得肝肠寸断，住在泥土深处的老房子里的他们肯定看不到儿女们所流的泪水和伤悲。白杨木也好，松柏木也罢，总有一天会腐烂。金房子也罢，银屋子也罢，没有了父母的气息，我们何以去感受人世间那凡俗而又绵长的温暖？总有一天，时间锐利的牙齿会不动声色地粉碎人世间一切的物质材料，时间的口舌也会让人世间的苦痛哀愁、幸福快乐，慢慢失去滋味。昂贵的材料也罢，廉价的材料也罢，或许，对于人的灵魂而言，一切金银细软不再重要，重要的是生命活着时的那份坦然和淡定。金银铁器、木料油漆总有一天会生锈腐烂，而灵魂会生锈腐烂吗？我想，父亲赶赴喜宴的心情不会在岁月无常的风云烟尘中生锈。

我有幸在这个尘世间活了30年，书本里的知识并没给予我多少深刻的精神体验，但是这个七月，我在泥地里生活了60多年的父亲给我上了生命中最重要的一课。

父亲一生中赴过多场宴席，有简单的，也有复杂的；有乡间的，也有城市的；有喜庆的，也有悲伤的；有重大的，也有普通的。我想，在父亲心里，没有哪一场宴席比他今后某一天辞别人世，在老房子一直安稳睡下去这场宴席更重大。

没有恐惧，没有遗憾，以轻装上阵的心胸，把死亡当作赴喜宴，这需要何等的达观和超脱？我不得不说，和我父亲一样依赖土地存活的老人们，是农民，也是哲学家，真的。

第七辑／一群花木的疼痛

/ 一卷成春 /

　　立冬以后，在苏北平原的田野里，一排排静默的桑树，像即将出征的部队一样，整整齐齐与寒风对峙。它们把对春天的期待压在根部，似乎在等待春天的风说出一个有趣的笑话，把这股寒冬腊月的期待引爆成一簇簇新叶。桑树下面，一簇簇的荠菜趴在地上，悠然自得。它们随遇而安，命运的风随手一扬，随便哪个角落就有它们立足的地方。只要你走进苏北的原野，桑田里、水沟旁、田埂上，甚至破败的墙角下，都有这些野生荠菜的影子。

　　荠菜是平和的、柔弱的，它用太过平常的面目混迹在野外满地的绿色之间，似乎不希望让人轻易分辨出它藏在身子里的那种自然生我的与世无争的样子。它是真正属于大众的草根蔬菜。以我有限的食味知识，我还没有在哪个饭店光彩照人的菜谱中看到荠菜应有的席位，只是偶尔在一家不起眼的巷子里某个小吃店里看到冒着热气的荠菜包子。有时我也在酒席上看到，它以被包装过的姿态出现，不过名字已经改了，叫春卷。这颇像刚出道的艺人，只要稍微有了些名气就喜欢给自己起个艺名一样。这样说来，被油和糯米皮隆重包装过的春卷就是荠菜脱胎换骨之后的一个艺名了。

　　在我的印象中，荠菜常常与苦难连在一起（20世纪60年代闹饥荒时，它是人民的救命菜），似乎苦就是它命运的属性，只是这苦中总有那么一丝甜意。时代不同了，现在，肚皮上隆起一层厚厚的脂肪的人们眼睛盯着财富、美食，苦难岁月的那层伤疤早已脱了皮，还有谁愿意忆苦思甜，回味荠菜曾经给予的温暖和滋润呢？

但，还是有人惦记着荠菜。毕竟在过去的岁月里，荠菜和那些历经历史苦难的大众还有那么一种水乳交融的情感渊源。荠菜永远在民间，是民间的一部分，也是故乡的一部分。到了冬天，每个周末从城里回到乡下，岳母经常会挎着竹篮，走进桑田，给我们铲来一篮篮荠菜，洗干净，切成碎片，和上肉末或者鸡蛋卷，剁碎后，用薄如纸的糯米皮包成春卷油炸。一盘盘黄葱葱的春卷冒着热气端上桌，让我这挑剔的肠胃不觉城市生活的疲惫和纷扰，心因此安稳踏实下来。

春卷是家常的，当你远离故乡，在尘世中奔波追逐，尽管你脸上风光耀人，但内心还是空虚的，充斥你肠胃的是他乡的蔬菜，而真正让你渴望并得到满足的，并不是那一盘盘丰盛的大鱼大肉，而是滋润你味蕾的那一碗碗荠菜豆腐汤，一个个外黄内绿的春卷。

大雪纷飞，冷雨敲窗的南方冬天，尽管田野里一片片绿色勉强支撑着阴冷的冬天，看上去冬天不再荒凉，也不再单调，但是你无法改变季节的属性，冬天就是冬天。可是只要有春卷和包春卷这诗意的劳动，惬意的享受，你就觉得与春天的距离近了。在这阴冷的冬天，铲来一篮篮荠菜，一卷成春，春天的气息，春天的味道，瞬间进入你的心扉，日子一下子明媚起来。

春天不再是一个遥远的梦和期待，荠菜凭借它的平和、柔软，让春天这抽象的时间概念躺在糯米皮包裹的美食中，让你的味蕾，跨过时空，穿过寒风走进那和煦的阳光中，让你格外留恋这安静、恬淡的时光。这是冬天里的春天啊，是味蕾上的春天，心腑里的温暖。

荠菜的味道是故乡的味道，荠菜是味蕾上的故乡，无论你在哪里，荠菜在，故乡就在。你离开故乡，荠菜还在故乡的大地，它不急躁，也不张扬，像一个历尽沧桑的老人，蹲在故乡的某个角落，把一段段沾着寒霜、覆盖着冬雪的时光披在身上，等着你回来。它容光焕发，捧出藏了一冬的绿，让你不觉人生悲凉。

/ 雪地里的鸟儿 /

天气预报说将有大雪，第二天起床后，推开窗，雪松、槐树、屋顶、汽车、草坪上堆满了厚厚的积雪。雪还在下，密密麻麻凌乱地随着风飘落，像书法家笔下的狂草。下楼买早点，几乎每条人行道旁都有树枝被压断，树枝连着树皮悬挂在树干上。往日绿油油的树一夜之间变成了骨折的病人，它们承受着生命不能承受之重。这让人不由得想起一个浅显的哲理，树干是硬的，能承受很多的重量，树皮是柔软的，不能承受太多的重量，树枝、树干却断了，再也没有继续生长的可能，可柔韧的树皮却连着树干，延续着生命。或许这就是自然界以柔克刚的法则吧。

雪后的小区格外宁静。我注意到许多鸟儿烦躁不安地鸣叫着飞来飞去，惊起树枝上的雪扑扑落下。买了早点上楼，站在阳台上看雪，几只麻雀穿梭在雪松丛中，不停地鸣叫，呼朋引伴。一些麻雀从不远处飞来，它们站在雪松没有积雪的树枝上，唧唧喳喳，似乎商量着什么。这声音和往常好天气里的不一样，充满了焦虑，全然没有了往日晴空中欢快的旋律。突然间，我想起来了，它们肯定是为雪后的食物惆怅鸣叫。

打开电视，新闻里说，这雪是50年未遇的暴雪，积雪厚度达20厘米，许多地方停水、停电、停气，交通中断，人民受灾。政府正竭尽全力积极领导人民抗雪，减少暴雪带来的损失。我走到阳台上，看窗外的雪和鸟儿。此刻的雪完全没有了瑞雪兆丰年的喜庆，鸟儿们有些慌乱，它们完全没有想到大雪会带来如此严重的后果。我注意到不远处一棵树被大雪压断，一个鸟巢掉在雪地里，成为白茫茫雪地里一个醒目的标记。几只鸟儿围着这棵树起起落落，往日温暖的家园毁于突然而至的灾难。在茫茫雪地里，一只鸟儿将头埋进翅膀中，仿佛在筹谋着重建家园的计划。大雪掩埋了一切，它们失去家园，找不到食物，这些孤单的生灵那么无助。我在想，这一切后果除了自然气候因素，有没有我们人类因为过度开发利用自然的"暴力"因素呢？

在暴雪中，我们家中没有食物，只要口袋里有钱就可以不费力地到饭店、超市购买食品渡过难关。可它们呢？雪那么厚，它们不可能用纤弱的脚拨开厚厚的积雪寻找食物。我想起朋友查一路对我说过的一句话："每次表达，都是一次灵魂的裸露，我背负着自己的十字架，去亲近自由纯净的天空，像鸟儿用眼瞳检阅云朵，像风用脚趾捕捉岸和波涛。"它们只能无助地躲在屋檐下、树丛中，大雪寒风找不到的地方，寻觅一些短暂的温暖，用焦虑的鸣叫表达内心的无助，用惆怅的眼神搜寻可以落脚的锥地，用微薄的力量抵抗这越来越猛的风雪。

我对这些鸟儿充满了敬意、怜悯。它们是尘世间最干净的灵魂，不像我们人类，不停地向大自然攫取，让欲望撑破有限的头颅。它们对生命、对生活、对自然的需求简单至极，一些昆虫、秕谷、露水就能让它们满足。我们从自然界不停攫取自身需求的能源、乳汁、力量，而回报自然的只有污染、垃圾、噪声和伤害。它们用干净的羽毛梳理云朵，用简单的歌声缔造天籁，用小小的头颅叩拜感恩大地。它们用人们遗弃的丝麻、碎布、棉花造就的巢是自然界最干净、温暖，接近生命本质的家园。我们用钢筋、水泥、砖头筑起的家园以及家园里的一切物什，有哪一样不是从大自然索取的呢？我们向自然的过度索取造成的间接后果带来的惩罚，牵连着自然界那些无辜的生灵。我们脚下的大地、河流、山川、树木被那些鸟儿像神一样守护、爱恋着。我们耳边喧嚣鼎沸的交易声、计较声、斗争声被那些鸟儿用天籁一般的声音过滤着、净化着。相比之下，真让人惭愧。我们是该向自然以及自然界那些无辜的生灵叩拜、谢罪、忏悔、感恩了！

雪还在下，家里的冰箱里有鸡鸭鱼肉、蔬菜大米，我不担心一日三餐，但我不知道那些鸟儿的早餐、午餐、中餐在哪里。我只希望雪早点停下来，太阳早日出来，让那些鸟儿不必为今天愁，也不必为明天忧。我更希望雪停后，我们能真正安静地坐下来，低下头深深思考，然后从容而又感恩地走在充满阳光和鸟鸣的大地上。

/ 卧在春天的门前 /

卧在春天的门前，泥土默诵着人生美好的箴言，流水洗濯着生命嬗变的容颜，草木演绎着岁月浩瀚的经卷，鸟类鸣唱着天地琴瑟共鸣的爱恋。

泥土厚德载物，大美不言。水善利万物而不争，处众人之所恶，故几于道。水滋养万物而与世无争，水在低处，总是处于人们所不愿处的地方洁身自好，从而达到美好的境界，符合自然法则，让人赞美仰慕。你看，水顺着四季分明的脉络，伸出柔软的手臂，轻轻按摩着春天的每一寸土地和草木。它流动着，遇到坚硬的土层，不经意间，借着时间的力量，打通每一个被冻结的关节。草木吐蕊，那是水的语言，阳光的注脚，泥土的笑脸。草木有大智慧，故《诗经》开篇以咕唱的鸟儿、恋爱中的美丽女子、有短有长的草木开卷，活脱脱一副春天的开篇。

春天是流动的、润软的，像一个从冬天的困顿中醒来的光鲜女子，以桃花为胭脂，以流水为镜子，以风做梳子，款款行走在大地的每个角落。春天又像一个画家的大仓库，一点一点掏出储藏在画室里的油彩，给油菜花一点黄，给桃花一团红，给梨花一簇白，给天空一抹蓝，给杨柳一树绿，给客舍一瓦青。"客舍青青柳色新""万紫千红总是春""春来江水绿如蓝""人面桃花相映红"。这些古典的诗句，在春天醒来，明媚在每一面鲜亮的书页上，于是，每一个日子里都氤氲着花的芬芳，鸟的浅唱，虫子的低吟。

白云透明似一滴眼泪,轻轻飘落在天空的衣襟上。一树一树的花朵,像一双双无邪的眼睛,盛满对美的期待。一只只鸟,像一个个逗点,蹲在电线上,把春天的篇章分解成一段段押韵的诗行。水被水草缠绕着掀起圈圈涟漪,放大内心的清澈,这是多么令人心醉的季节啊!

我们到郊外去,卧在春天的门前,每一个脚指头都长出了一张张湿润的嘴唇,亲吻润软的泥土。每一棵草木都彬彬有礼,谦和地站在田野里,迎风鼓掌,欢迎每一颗走出城市羁绊的心灵。似乎,田野变成了酿蜜的蜂场,空气里飘着一丝丝馨香,鼻孔里痒痒的,骨子里酥酥的,尘世的疲惫被春风过滤掉了,生活的牵绊被一声声鸟鸣追赶到很远的地方。这柔软的美好时光,让我们忘记了生活的沉重。总有一些时刻属于自己。比如,当脚指头亲吻大地,当眼眸检阅春风,当心灵归于安详,当我们在春天的院落里品尝因为发现自然的美而带来的那份恬淡。

我一直认为,人对大自然的尊重爱恋是一种宗教,一种对美的宗教,对善的信仰,对一些洁净事物本真的依赖和好感。在春天,我们回归自然,皈依内心的宗教。远离规则,远离牵绊,远离那些固定的环境里制造固定思想的桎梏,心清如风,性纯似玉。之所以这么说,是春天给我们袒露出了生命的真面目,解释了人生终极的追寻。

春天,像一个洁净的过滤器,使人生的种种杂念、奢望,因为一丝风、一朵花、一棵草,乃至一只鸟而变得单纯起来。这符合人性的本质,真、善、美。真,让人容易信赖,善让人容易亲近,美让人容易依赖欣赏。春天,不再是一个浅薄世俗的季节概念,而是一个终极的生命概念。一个人对真、善、美的态度,往往反映了其灵魂的洁净程度。

我喜欢一个人走进春天,这生命的大仓库。这里面没有腐朽的陈迹,也没有过于错综复杂的关系。用一个俗气的比喻,它新鲜如一个刚出锅的冒着热气的蛋饼;用一个文雅的比喻,它澄明如一块晶莹润软的美玉。我情愿它是我对人生保持美感的仓库，对生命保持庄重的庙堂，对世界保持友爱的桥梁。因为，只要你内心纯洁、善良、庄重、友爱，就很容易让自己活得从容、幸福、美好。

卧在春天的门前，向一只鸟问好，向一棵树请安，向一弯流水致敬，这就是我多年来始终让自己精神愉快的全部秘密。

/ 向一些卑微的物种敬礼 /

家里养了兰花、文竹、万年青、南山竹等植物。我以养花弄草的方式与自然草木保持一种密切的关系。单身的时候，有一年暑期我回老家探亲20天。南方夏天气温高，如果没有充沛的水分，它们势必会干枯。为了防止这些植物干死，回家前我给它们浇足了水，并且把每一盆植物都放在盛满水的盆里。

探亲假期满后，回到南方的住所，一进门来不及整理行李，我就迫不及待地看那些植物。南山竹盆景已经死了，花盆里的土表面裂了缝，一片片卷起来，就像田野里被烈日暴晒的泥片；原先层次分明的竹叶子一片片掉了下来，有的发黑，有的发黄，竹枝已经干枯了，看上去像极了病床上骨瘦如柴的重症病人。这让我很难过。一株植物的枯萎如同诤友的远逝，斯人不在，枯枝依旧，心，因此未免悲凉。

尽管离家前，我打开了窗子的一道缝隙，但盆景还是枯萎。我知道，这是因为室内通风不足导致的结果。

南方进入雨季后，我把枯萎的南山竹搬到阳台上了，期待它能爆出新芽。一个星期后，我忽然发现阳台上的盆景里长出一簇簇碧绿的草，这让我震撼不已。大自然神奇的力量无所不在，一阵大风让这些远方的草种像鸟一样飞翔，偶然栖息在我阳台上的花盆里，然后静默生长。只要有一滴雨水，一片湿润的泥土，偶犟的它们不放弃哪怕任何一次与雨水亲吻、与泥土拥抱的机会，然后迅速扎根。

这是多么凶险艰难的历程啊。我住在六楼，几十米的高空，任何一股大风，都有可能把这些种子吹向远方，落在坚硬的水泥楼板上，丧失扎根繁殖的机会；任何一个鸟群都有机会把它们当作腹中美食，饱餐一顿；任何一场大雨都有可能把它们冲刷到城市的下水道，流向远方的河流、湖泊；甚至在它们即将落入花盆的时候，大风稍微改变风向，都能让它们生长的希望化为灰烬。

可它们还是稳稳地落在了我阳台上的花盆里，长成高空中不起眼的风景。生命充满了变数，岁月以无常的形式呈现人生最残酷的一面。在时间无垠的荒野里，在岁月无尽的变迁中，在造化的种种无常变数中，它们的根须深入泥土，生长、开花、结子。

这是怎样艰辛的过程啊。这的确令人震撼，我向这一簇簇高空中的植物鞠躬、致敬。

它们没有苍松坚挺、锐利的根须，可以植入坚硬的岩石层；没有翠柏那样伟岸、遒劲的身姿，成为人们颂典时的吟唱；没有水杉那样稳固、高大的躯干，成为人们仰望的高度。它们，仅仅是一些不起眼的种子，凭着原始的生命力量，历尽千辛万苦、千山万水、千难万阻找到了一方面积有限的土壤，卸载它们生长的信念。

我也曾在上下班的路上驻足，向一棵棵梧桐树注目敬礼。

梧桐树的根部被水泥和瓷片砌筑的花池围拢，或许是它们被囚禁得太久了，不断生长的根须不安于这种现代文明的驯服，它们不愿循规蹈矩，成为人工培育的风景。野性的力量，张扬的美感需要肆意地挥洒。我看到牢固的花池被粗大如胳膊的梧桐树根胀破了。被树根胀破的花池，瓷砖掉落，水泥、沙石成为碎渣。梧桐树的根裸露在外面，一根根新生的细小枝干在花池的裂缝那里，探出头蓬勃地生长。那些葱茏翠绿的叶子是一双双眼睛吧？是时间的眼睛，生命的眼睛，不安于被改造、驯化的眼睛，穿透尘世的壁垒，成为无人注目的地方最美的景致。这是多么撼人心魄又令人感动敬佩的事情啊。

　　柔韧的树根是软的，水泥、沙石是硬的。我在想，无论落在我花盆里的草种，还是冲破街心花池的树根，在生存的樊笼里，它们"不以物喜，不以己悲"，秉承着生命不息的信仰，经受着岁月变迁中无常风雨的洗练，默默地在地下扎根，随遇而安，有时能屈能伸，有时不屈不挠，不仰仗外界的恩惠，不关注是否有多彩的赞美，孤单地、寂寞地超然物外，慧通天地，通灵日月，或粗犷，或秀美，袒露出了这个世界上最博大、最坚韧的胸怀。

　　这是信仰的力量，是天底下最美的风景，在我致敬的目光里。

　　我向这些卑微的物种致以最崇高的敬礼。

/清晨四点的鸟语/

　　在南方，一进入夏天，天就亮得很早，不到清晨四点的时候，天已经亮了，如同淬火后即将出窑的青瓷，透着光亮、新鲜。

　　那段时间，我的生物钟乱了，每到清晨四点的时候，就要起夜方便一下，而后，再也睡不着。于是坐在阳台上发呆。窗外，天快要亮了。这个南通市最老的小区很安静，由于老，小区里有大片的雪松、广玉兰、法国梧桐、毛竹、水杉，还有一些叫不出名字的树木。这些树木有的年龄比我还要大，我应该叫它们长辈了。

　　推开窗子，窗外看不到行人、车辆，一切还沉静在后半夜的梦境之中。前半夜，夜色像一团墨，给人们不尽相同的梦着色。到了后半夜，天渐渐放亮，人们的梦渐渐变薄，亮色像一层纱，覆盖着黎明前的小区。鸟儿们已经出来活动了，它们站在雪松枝上、电线上、楼房顶上，或站在脓包一样挂在楼外的空调外机上，三只一窝，五只一群，"啾啾，啾啾，啾啾"叫个不停，声音或悠扬，或激烈，或急促，或舒缓，在这个寂静的清晨，在这个斑驳的老小区久久回荡。这更加映衬了古人那句"鸟鸣山更幽"的诗。鸟声如水，缓缓流动在小区，我感到一滴滴清露正缓缓从梧桐叶子间滑落，清幽、晶莹。

有的鸟儿落在电线杆上，齐声鸣叫，一只个头大一点的鸟将头对着落在电线上的鸟儿，一闪一闪地扑棱翅膀，那架势如同剧院里的音乐指挥。电线上的鸟儿们和着它的节拍，有旋律地叫着，看上去，酷似一支交响乐队。一楼的住户把门前的空地围成一个小院子，种上丝瓜、豆角、大蒜、芹菜。丝瓜长长的藤蔓盘在墙角的电线杆上，顺着杆子，毫不畏惧地向更远的地方蔓延。一条条还没有完全长熟的瘦丝瓜挂在电线杆上，像电信局悬下来的一个个野外话筒。不知道，这碧绿的丝瓜是不是为了和小区里的鸟儿自然而又亲密地在这个夏日的清晨通话。这么多话筒从瓜藤上悬下来，从土地里抛撒出来，是不是一心想告诉在城市生活中疲惫不堪的我们，别忘了倾听来自鸟儿的天籁？有的已经成熟的丝瓜，弯曲得像一个个问号，醒目地吊在电线杆上，是不是在提醒我们：即便庸常的生活，也需要融入一些来自草木、鸟类洁净胸腔发出的旋律和音符，生命才有一些本真的意义。遗憾的是，我们脚步匆匆，眼光茫然，却从来无人接听这天籁。

"啾啾，啾啾，啾啾"，遮天蔽日的雪松枝丫间，屋顶上，天空中，电线杆上，鸟儿们各自为政，似乎在发号施令，又似乎在开一个早晨的例会，像机关里的办公会议一样，布置当天的工作。我陷入遐想，或许它们在研究一天的行动路线，或许它们在商讨群体的分工事宜，或许它们在彩排一个舞剧，或许它们在斟酌夏天的某件红白喜事。

一会儿，有的鸟飞走了，猛地蹿入遥远的天空，在远方成为一个朦胧的墨点。有的鸟在电线上跳来跳去，把几根电线当作琴弦，以自己轻巧的爪子，弹奏灵动的琴键。或许是落在电线上歌唱的鸟儿，感染了梧桐树、雪松中的鸟儿，它们也从不同的方向和阵营飞落到电线上，组成一个合唱团，形成一种气势。这气势，没有波澜壮阔的场面，却有丝竹入耳的清脆；没有大珠小珠落玉盘的跌宕，却有弱柳扶风的婉约。

"呜——呜——呜——"远处的江边上传来汽笛声。这来自钢铁机器的声音，仿佛发出了一个信号，鸟儿的歌唱发生了很大的变化。刚才的清脆婉约此刻变得整齐划一，有抑有扬，有顿有挫，莫不是它们换了曲谱，变歌唱为朗诵？我想起了西方电影中唱诗班在教堂里虔诚朗诵的画面。

它们的声音庄重、虔诚，像教堂里的钟声，一声一声敲进我的心里。我想，世间最美妙的音乐不是用昂贵的乐器在豪华的厅堂里弹奏出来的，也不一定是某个明星在镁光灯下吼出来的。草木是大地的琴弦，鸟儿是天空的音符。我固执地认为，世间最洁净、最能够直透肺腑的美妙歌声来自自然。比如，一群鸟在晨曦中朗诵的声音，一滴露水在草尖上悄然翻滚的声音，一阵风在树丛中徜徉的声音。

太阳出来了，天完全亮了。我也该吃了早饭去上班，开始庸常的一天，但是因为倾听了清晨四点小区里鸟儿的歌声和朗诵，我知道，今天肯定不是庸常的一天。我悄悄对自己说。

/ 念念小青菜 /

小青菜，明眸皓齿，茎白得发亮，叶碧绿欲滴，是一块活着的玉，闪亮着玉的品质。我一直认为小青菜是玉的一种，只是这块玉被坦荡的泥土捧在手里，而不是被巍峨的大山像装饰胸针一样挂在胸前。

立冬后，小青菜上市了，如同涉世不深的农家小女子，怯怯地坐上爷爷奶奶的三轮车，一路风尘，从乡间挤进城市的菜市场。水灵碧绿的小青菜，以玉的眼光打量城市喧闹而又繁华的街市。城里人的肠胃蓄满了脂肪，如同泥沙淤积的河床，他们多么需要一棵棵清新的小青菜，像一把把磨得发亮的铁锹，进入他们的河床，将多余的泥沙一一铲除，让自己欲望的船只能够畅行无阻，满面清爽地抵达幸福健康生活的彼岸。

桃红柳绿的季节随大雁远去了，小青菜披着寒风，站在原野上，房前屋后的自留地里、桑田的行间，一簇簇，一簇簇，挤在一起，仿佛谁说了一个谜语一样，竞相猜测，急于说穿谜底。冬日午后的阳光，薄薄地、懒洋洋地照在菜地里，小青菜从中得到了鼓舞。你看，田野里已经没有其他蔬菜为虚弱的冬日撑腰了，只有小青菜恋着脚下的泥土地，绿得一片汪洋，精气神被人们的青睐一下子调动起来了，格外风光。

这个时候，家家户户的饭桌上少不了那么一盘小青菜、一盆青菜汤，加上几块豆腐，撒上切碎的生姜屑，绿是绿，白是白，黄是黄，冬日生硬的日子因为这三色的加入，一下子鲜嫩起来。一碗生姜菜汤下肚，肠胃格外暖和，脸上的颜色红润多了，细细的汗珠从额头悄悄冒出，日子竟是那么惬意。

小青菜，充满了人间烟火的温暖气味。小青菜，这民间的作物，始终固守着那份泥水深情。它不做作，不显贵，原本就是属于泥土的阵线的，是农业这个大家族里极为重要的一员。它上不了华贵餐厅，只在平凡厨房里将凡人的日子调剂得鲜亮、实在、安稳。

当我们下班后拖着疲惫的身躯回到家中，青菜香让你挑剔的味蕾一下子变得乖巧温顺，就那么一棵，足以让你对明天充满绿色的期盼。远走他乡的人，念念小青菜，念念这充满灵性的邻家小妹妹，当青菜的色泽气息瞬间将你的乡愁席卷入故乡的原野时，谁还深情留恋城市那生硬的台阶？

小青菜，小青菜，捧一棵青菜在手，故乡的轮廓渐渐清晰，母亲的容颜忽然美丽，当温柔的炊烟自自家烟囱曼妙升起，还有什么能使我们热泪盈眶？

/ 刘家村的核桃熟了 /

　　寒露过后，刘家村的核桃熟了。树上的叶子失去水分，一片一片在秋风中凋落，就像父母的头发，一根一根在光阴里悄然凋落。寒露似乎下了一道温柔的命令，一夜之间，树上的核桃说出藏了很久的心事一样，厚厚的青皮先是裂开一道道绿色的缝隙，一点一点说出春花秋月里的那些往事，然后一块一块掉下来，被落叶覆盖，被泥土吸收。秋风一天天凉了起来，秋日的阳光也一天天像刀锋一样变薄，落在脆弱的核桃皮上。秋的薄凉准确地传达了这温柔的命令，像一场盛大的赛事，使挂在树梢上的累累核桃争先恐后地开口，吐出果实。于是，一个个核桃在秋风中自然凋落。裂开缝隙的核桃，让我想起了故园里那些布满皱纹的额头和那些干裂的嘴唇，他们经历过很多风雨，最有资格说出生命的某种深刻和真相。父母额头上的皱纹也一天天多了起来，像田野里的沟壑。

　　风在空中画了一个苍凉的手势，树冠上得到寒露、阳光最多恩惠的核桃像秋风发出的一个信号弹，最先掉了下来，击穿树上青黄相间的叶子，让一片片硕大的叶子静静落下。一阵凉风吹来，树上的核桃一个一个跟着风没有规律地，悄然落在园子里。叶子一片一片在秋日的院落里飞翔。那些被枝干无力地握在手里不肯掉落的核桃，似乎格外贪恋秋日的薄凉，高高地站在树梢眺望。一群大雁从村庄飞过，飞过故园的核桃树头顶，飞过老家的屋檐，它们要去远方了。

　　核桃熟了，我的父母按照惯例开始筹划他们秋日里重要的心事了。

　　秋日的薄凉，容易让人莫名伤感。那段时间我晚上经常给家里打长途电话，询问村庄里的家长里短、瓜果蔬菜。尽管我在南方的城市每天能吃到瓜果，可我还是格外惦念老家院子里的核桃、梨子、苹果。

母亲说："快了，快了，你们很快就会吃到家里的核桃了。你父亲隔三差五就会从县城赶回老家，看老家的核桃，然后掰着指头预测核桃成熟的具体日期。今年天运好，结的核桃要比往年多了近两倍，估计国庆过后，核桃树上的核桃就全熟透了。等收了核桃，我们给你晒干后邮寄过去。"

国庆过后，上班没有几天，我打电话给母亲拉家常。母亲说："今年的核桃收了一袋子多。这几天老家连续阴雨，核桃干得慢，我和你父亲等得急了，就把核桃背到县城的家，放在阳台上窗户外的空当里晒。这几天天气不好，又怕湿核桃闷坏了，会表皮发黑、核桃仁带涩味，我们又把核桃从阳台的窗子外拿进来，摊在地上晾。等天气好了，核桃完全晒干后，把还没有脱尽的青皮剥干净后给你们寄去。"

我说："南方的大街和市场上来自山东一带的核桃已经上市了，不知啥原因，市场上的核桃白白净净，似乎在水里洗过一样，没有一丝干核桃皮黏膜的黑色。我看到这些核桃就想起老家，尤其是周末的下午，心情莫名伤感，就想回到老家和你们一起坐在院子里聊天，晒太阳，喝茶，打核桃，摘果子。"

母亲说："你和我们隔得那么远，回来一趟都不容易，我走在街上看到和你一样身材的小伙子就想起你，有时候想着想着就掉眼泪。人家的儿女在本地工作，过了节就能经常回来，你们一两年才回来一次。过节的时候，我就一个人淌眼泪，心里难受得很。有时候明明知道你们不会回来，快过节了，我还是忍不住到车站去等。等到晚上车站的门都关了，见不到人影了，我就号啕大哭，一个人回家。人老了，心就格外软弱。"

前两天晚上，我在外面和一帮朋友喝酒。喝得耳酣面赤的时候，我收到了父亲发来的手机短信："福儿，核桃给你寄出了。"我给父亲回短信说："谢谢阿大，我晚上回家后给你们打电话。"过了好久，父亲才回短信："这娃娃，谢啥谢。你看你说得多难听。"

晚上我打电话到家里，父亲不在，母亲说："你父亲到广场上锻炼去了。

核桃我们今天上午给你寄了，十斤核桃汇费花掉了45元，是快递。下午给你深圳工作的姐姐汇了七斤，用的普通包裹，花了23元。"

我说："你们不必快递，普通包裹就行了，省二三十元你们可以买些菜。"母亲说："快递到得快，你们可以早点吃到家里的核桃。为了给你们汇核桃，刚开始，我自己缝了个布包，那么多核桃装不下，我又到市场重新买了一块大白布，缝了一个大兜。核桃装好了，到邮局后被邮局的人扯开了，倒出来检查。我又重新缝了一遍。"邮局里的人说："老阿奶，你们的汇费差不多够买一半的核桃了。"母亲说："给儿子花再多的钱也值。"母亲还给邮局的人抓了一把核桃让他们尝。

我替母亲心疼那些汇费了。尽管我们每月汇去生活费，他们省吃俭用舍不得多花，可汇一次核桃差不多100元。这可是他们从牙缝里省下来的菜钱酱油醋钱水电费啊。

我说："以后你们汇东西时用普通包裹，那样省钱。我的新书马上出来了，拿到出版社的那笔巨额稿费后，我给你汇几个月的生活费。"母亲说："不用了，你在装修房子，用钱的地方太多了，我们省省没事的。汇核桃的前天，你父亲凌晨五点就起来了，他把我喊起来，用铁丝刷子刷核桃壳上的黑皮屑子。你说过南方的核桃白白净净，我们一个一个翻来覆去地刷，刷了一遍又一遍，就想刷得比你说的南方的核桃还白还干净。后来，你父亲刷，我就用干净的布一个一个擦，擦净了，天也亮了。我给你父亲说，我们把核桃刷得和你们那里卖的一样，这样看起来好看，我们心里也踏实。"

顿时，我心里难过起来，没想到我几天前的一句无心之语竟然被母亲放在心上。其实，他们完全没必要这样做。要知道，这可是我67岁的父亲、63岁的母亲原本不需要做的事情啊。我眼前浮现的是母亲对着秋日的阳光，坐在阳台上眯起眼睛穿针引线缝布包的情景。她捏着针，举过头顶，在稀疏的头发上划一下，针钻进头发，如同船桨划过银河，密密麻麻的针脚在洁白的布包上翻起浪花，一朵一朵追逐着，将她的心愿引向远方……

这几年，母亲的视力越来越差。我知道，她对着阳光穿针的眼角肯定有鱼尾纹在抖动，泪水肯定从眼缝里溢了出来，一滴一滴，落在她膝盖上的布包上，浑浊的眼泪迅速渲染开来，像一朵花的开放。于是，氤氲着母亲泪水的布包上有了核桃的醇香，有了母爱的绵长。

母亲说："去年这个时候，家里天气也不好，连续阴雨，核桃干不了，你父亲着急你们吃不上家里的新鲜核桃，就想了个办法。他烧热锅灶上的铝锅，把核桃放到热锅里烘，烘干后才寄给你们。娃娃，现在我们身体还行，还能每年给2000多公里外的你们寄核桃，我脑见（'惆怅'的意思）的是，有一天我和你父亲不在这个世上了，谁还会给你们寄核桃？"

如果树有灵，有一天我的父母真的不在这个世界上了，它会不会因为没有那两双曾经给它施过肥、浇过水、松过土的手而黯然失色，不再开花？它会不会因为没有两颗苍老的心的亲近而香消玉殒，拒绝秋风、寒露？

电话里的母亲在和我拉家常，一股薄凉的气流从远方呼啸而来，我的心里早已翻江倒海。

就在父亲给我寄出核桃的前一个月，我给父亲写了一封两页纸的信，顺便汇报了一下我的写作情况（很惭愧，懒散的我四年没有写过一封信），我还在信中随手附带了一家报社采访我时多寄来的两份样报和别的杂志社寄来的几本样刊。收到信的那天晚上，父亲给我打来电话。他很激动地说："娃娃，你的信我足足看了十几遍，我还念给你妈听，看到你的相片登在报纸上，读着读着，我的眼泪就往下淌。你妈就和我一起淌眼泪。我总是控制不住眼泪，看到你的笔迹、照片、稿子，我就想好好淌个眼泪。你的文章我总是看不够，尽管经常接到你们的电话，可见了相片，见了文章，我就感到我娃娃就在我跟前。我的娃娃上进、争气，我就感到我这把老骨头活着有个奔头。人老了，思量得格外多，你们有今天，我和你妈有今天的好生活，这是以前想不到的事情。你给我们家争了气，你勤快些，以后写得还要好。闲下来的时候，我就经常翻出你几年前给我写的信和寄来的几百篇文章复印件。十年了，你的信和文章复印件完好地保存着，我按着时间顺序扎了起来。有了你们，我走在乐都大街上，回到刘家村里，格外有精神，似乎自己年轻了几岁。"

再过几天，父母寄的核桃就要到了，我不知道，我该以怎样的心情去敲开坚硬的核桃壳，享受留有父母粗糙指纹的香醇果实。

挂了电话，我陷入悲伤之中。母亲的话再次回响在耳边："有一天我和你父亲不在这个世上了，谁还会给你们寄核桃？"

这话，像一根针，隔着时空扎在我心上，我的心疼了起来。一天天走向暮年的父母已经没有多大能量去抵抗无常的岁月可能带来的变故了。他们就像夕照下站在田野里的老黄牛，彼此依偎着，反刍年轻体壮的那些岁月养育五个儿女的韶华。而今他们慢慢走向暮色深处，疾病、衰老随时都有可能让他们过早地向黑夜靠拢，永远地成为泥土的一部分，成为大地上一个个孤寂凸起的土包。

想到这些，我就感到在时间面前，自己格外脆弱和无力。

刘家村的核桃熟了，我的父母一天天老了。他们的骨头如薄薄的核桃壳一样一天天疏松了，他们的头发也如这秋天失去水分的树叶一样，慢慢地少了，他们的皮肤如裂开口的核桃皮一样一天天松了。我担心，无常的岁月随时有可能像一把锤子一样，砸在他们一天天矮下去的脆弱身躯上。当核桃被时间敲开一道细缝，我们的灵魂肯定会溢出一道悲伤的河流。

悲凉如今夜的寒露，渐渐从外而内，无声地渗入我今夜的孤独。我在远方，父母在故乡。露从今夜白，月是故乡明。今夜，月光下，一袋用故乡的丝麻织就的布匹裹着核桃的醇香在某个线路上颠簸。夜已深，想必我的父母正在梦里算计明年的核桃收成，又忘却了包裹的成本吧。

前不久我参与了南方乡下的一场蚕事。我见证了一个柔软生命在农家院落的坚硬决绝，也见证了育蚕的人以怎样的隐忍负重，将耀眼如雪的蚕茧交到市场（他们一年到头身上舍不得挂一根蚕丝）换得不多的票子。生命如茧，岁月如丝，抽丝剥茧，我的父母从自己的生命里抽出一根根丝线，挂到我们身上，他们一天天隐去，就像躲在里面的蚕，成为暗淡的飞蛾，又像浓缩醇香的核桃，成为我们尝尽甘甜后的一堆残渣。我们身上一天天披满了锦罗丝纱，体内积满了脂肪赘肉，谁能深入一个茧的内心去审视生命没有光华的暗淡和隐忍？谁又能捧着一个不起眼的果核去体悟它所经历的不为人知的风霜和艰辛？

当秋风过尽，寒露风干，谁来把父母尝过的那些酸涩安静收藏？谁又能把无情岁月洒向父母的风霜从容阻挡？

寒露过后，南方的蚕茧被送到车间里进入锦罗生产线，贴上标签成为日后大街上某些人身份的象征和荣耀的体现。

寒露过后，刘家村的核桃也熟透了，它们从西北的泥土地翻山越岭跋山涉水，成为南方一个家庭消遣时光的某种茶点。

蚕的形状和核桃的形状多么相似，外表坚硬，内心柔软。而普天之下，父母的心又是多么相似！

我情愿刘家村的核桃就那样在枝头倔犟地绿着青着，永不成熟，永不掉落；我更情愿那些作茧自缚的蚕，为不属于自己的灿烂和荣耀拒绝吐丝，拒绝经历炼狱般的困苦，而在生命尽头捧出它们毕生的心血。

今夜，就让我的魂魄化作一群大雁，回到刘家村那泥土围就的庄郭，围着一棵棵桃树、梨树、杏树、核桃树吟唱、诵经，祈祷暮色里的父母乐观健康，岁月恬静安详，光阴了无风霜，生命甘甜久长。

/ 一群花木的疼痛 /

　　每次经过国道边上的花木交易市场时，我的心就要疼上那么一回。不为别的，就为那些一车车被运往四面八方的花木。那些花木，接近于成年，却被一根根黄色的粗壮绳子一圈一圈牢牢地捆绑起来，尤其是树冠，被捆得一道又一道，让人不由得想起《西游记》中勒在孙悟空头上的紧箍。

　　运送花木的车子发动了，车屁股一冒烟，意味着这些民间的花木就要流落他乡，成为别的城市广场上孤零零的风景。它们只能忍受充斥耳目的喧嚣嘈杂，水泥混凝土禁锢手脚的苦痛，高楼大厦遮挡风月的无奈，甚至那些以浅薄的雕刻在树木身上发表爱情誓言的男女的疯狂和轻浮。从此，它们将别离自己的故乡，别离曾经熟稔的清风，远离曾经血脉交融的水，在时空深处与故乡划开距离。这样想着，我似乎听到了花木的呐喊声和疼痛声："我要回家，我要故乡，我不愿离开灵魂的原址！"

　　善良的花木，具有人类一切美德的花木来到城市，成为喧嚣城市的减震器，成为市民免费的肺，成为人们休闲的庇护伞。那么多闪光的玻璃橱窗，映照着人们慌乱的内心，但是只要照在背井离乡的花木身上，看到的只是它们内心清澈的泉，明亮安详的眼。城市顶端防雷的高塔可以提防雷电的袭击，却无法庇护住在楼塔下面的人们面临的灾难。那些花木，极其敬业，不以物喜，不以己悲，用它们干净的肺腑淡化外界的喧嚣，让绿色的安静减少人们多彩的焦灼。

　　白天，他们沉默如洞明世事的哲学家，以自己不断长高的头冠丈量着尘世的深浅，它们固定在城市最喧嚣的地方，一些花木枯了，新的花木又运来了，来去之间它们的疼痛不断加深。夜晚，它们是最尽职的守夜人，城市睡去的时候它们醒着；人们忙着交易的时候，它们只能远远地站在价格隔离线之外，目光无法抵达自己曾经熟悉的家园。它们是有境界的，孤独是它们的境界，宁静是它们的境界，从容是他们的境界，沉默是它们的境界，忧伤是它们的境界，这多元的境界高过城市上空，高过城市每一个沸水一样不安的白天黑夜。

没有人会看见一棵棵来自他乡的树木内心深处的泪水，它们的泪水开成相思的花朵，在枝头对着故乡尽情地笑着，它们的笑容像银杯一样盛着月光下缥缈淡淡的芬芳，清醒着自己，也清醒着在滚滚红尘中每一个用爱体悟生命的灵魂。对于一棵深谙生命、看淡荣辱得失的花木，太多的赞美只是包袱，最终只能成为泥的一部分，成为花瓣上的尘埃。

那一棵棵树木是活着的烈士，尽管忍受着水土不服的煎熬，却吐出了人间最洁净的诗行；它们是受难的英雄，固守着对家园的眷恋，它们伸出手臂，给城市里无家可归受惊吓的鸟儿敞开了最温暖的怀抱。

每个周末穿梭于两地，只要经过那个地方，我总是害怕看见被运走的花木。我怕我的眼里流出莫名的水来，我怕我的疼痛冲破我和一群花木的空间距离，模糊它们在远方回家的视线。我更想成为它们中的一员，手拉着手，根连着根，缩短它们的孤独，分担它们的疼痛，把身躯留给别人的城市，趁着夜色，打点自己的灵魂，借助露水的双眸，点着星星的灯盏，骑上月亮的白马，回到故乡那温暖的土壤，卸载内心汹涌的眷恋和守望。

/ 草木智慧 /

一

　　曾经养过一盆白兰花，时间长了就对它产生了感情。这种感情刚开始是初恋，然后是热恋，最终变成亲情。如果不定期给它浇水、松土，就觉得亏欠了它什么似的。我常常天真地想，它洁白的花朵就是对我的微笑，它散发出的沁人的幽香，就是和我亲密的对话，每天飘溢在我的周围，让我在尘世中疲惫的心，因这些单纯的语言，而不觉人世复杂和劳累。

　　一年冬天，那时候我还单身，春节我要回家探亲一个月。临走前的几天让我放心不下的是，如果没有充足的水，白兰花枯萎了怎么办？如果真这样，这是一件令人很伤心的事情。

　　后来，我想了个办法，临走前先给花盆浇足了水，然后按照平时的浇水量，打来半盆水，再把这水放在花盆旁边，找来一块毛巾，将毛巾的一头浸在水盆里，一头铺在花盆里。这样毛巾就发挥了空中管道的作用，只要花盆里的水干了，它就会源源不断地将水盆里的水吸收过来。尽管我这样做了，白兰花能不能吸收，还是让我有点担忧。

　　带着不舍的心情，我回到西北的老家。在家里尽享久违亲情的同时，我在千里之外的地方牵挂着南方的花，它是否吸收了盆中的水？活得还好吗？我猜想，或许它有些孤独寂寞，或许它也牵挂着我，或许它还黯然神伤。我好几次梦见远方的花了，梦里的花婆娑竞放，仿佛在写着绿色的诗歌，作着白色的画。

　　探亲假满了，回到南方的宿舍，一进门，放下行李，顾不上洗脸，我先看花。令人欣喜的是，它长得好好的，发出新叶子，如同婴儿的娇柔小手。盆里的水被吸收尽了，毛巾也干了！

这聪慧的植物，它这样努力生长、开放，是为了不辜负我的一片冰心吗？它把绝境化为生机，把危机化为转机，努力地，抓住一切机会，抗争着，生长着，开放着。

它给我上了一堂课，这弱小的植物也是有灵魂的，对于一个不甘于命运的魂魄，只要抓住一把泥土、一缕水分，不放弃爱的信念，再大的困境也会变成命运芬芳的馈赠。

二

家里有盆剑兰，买来一年多了，春天的时候小小的花盆爆出了许多新叶。新发出的枝叶已经在有限的花盆空间里长不下了，看来要换花盆，给它们置换新的房子。

于是，换盆，小心翼翼地把花拔了出来。它的根已经一圈一圈密密有序地盘结起来，一直盘到花盆底部，整个根部的造型，俨然是一个花盆。更让我惊讶的是，有一条根，已经顺着盆壁长到底部，从花盆底部的透气孔里面长了出来。花的根，没有眼睛，但却能在黑暗中发现光明的缝隙，这不得不让我佩服。

我买来新土把花移到一个大花盆里，两个星期的时间，那些在小花盆里被盆壁禁锢的根呈现出蓬松奔放的姿态，有的根露出花盆，延伸到了大花盆的盆壁，比以前长得更加茂盛了。

我想，如果我再换一个更大的盆子，它们肯定能够将根延伸到更广的空间。

喜欢一句广告词："思想有多远，我们就能走多远。"草木也是有思想的，它的思想就是根，它的智慧既可以随遇而安，又可以凭借强大的穿透力，抵达更广阔的地方，让生命中的不可能成为可能。

看来，这个世界上没有什么不可能的事情。在我们为了某个目标，苦苦追索，尚未抵达成功边缘时，被我们夸大和畏惧的"不可能"往往存在于我们的头脑之中，关键的是，我们有没有勇气，像花一样，用柔嫩的"根"去穿透障碍，赢得广阔的生存空间。

草木有大智慧而不言，可爱，可叹，可敬！

/ 被草吃掉的路 /

住所后面的邻居搬走了，此后，他曾经居住的那个属于单位的小院子空了，通向小院子的路像一枝枯干的枝丫，把人去房空的院子鸟巢一样举在风中。院门敞开着，风可以毫不顾忌地自由出入，人更不例外。

我住在院子的前面，夜晚安静的时候，被冷落的院子如同一个空瓶子，只有大风吹来的时候，它干裂的嘴唇才能发出一些响动。有天从花市买回一盆花，需要换土时，我才想起了院子里不大的空地里可以挖些泥土。我们需要某个人的时候，才会想到他的好，人和自然也一样。当我们需要从自然攫取点什么的时候，才会念及它的存在。比如，我只有需要一点土的时候，才想起后院。

于是我兴冲冲找来一把铲子、一个塑料袋。让我吃惊的是，走到院子门口，我已经看不到往日的一点痕迹了，令人触目惊心的是，院子里的小路被野草埋没。甚至屋檐下的水泥缝里都蹿出一簇簇的野草，这些草已经到了无孔不入的地步。破损的台阶上，裂缝的水泥地面上，潮湿的院墙上，乌黑的屋瓦上，甚至连一个废弃的破盆子里都长满了野草。

这些野草可以淹没膝盖，凶猛、野性、张扬，就像在争斗中占上风的一方，气势汹汹、斗志昂扬，毫不夸张地说，它们已经武装到牙齿了，它们吃掉了院子中的小路。不知为什么，我的脑子里出现这样一幅画面：月黑风高的夜晚，一棵棵野草团结起来，手握着手，肩并着肩，从容而又坚定地迈着只有军人才有的步伐挺进院落，那条路还没来得及看清它们的面目，野草像发射子弹一样把种子扫射在路上。于是，一条原本清洁的路上，一夜之间长满了野草，路像受伤的蚯蚓一样，奄奄一息躺在地上，残喘着呼救。来了一阵雨，掐住路的脖子，使其不得呐喊呼救，然后野草迅速吞没无助的小路。野草似乎从风雨中得到了鼓舞，一个劲地在路上安营扎寨，气势锐不可当。

这场草与路的战役最终以草的胜利而告终。

眼前的景象让我很为难，到底是铲草还是挖泥？不铲除草就挖不到泥，铲草又要花很大的工夫。凶猛的野草踮起脚伸长野性率真的脖子，微风吹来，婆娑起伏，俨然是一副醉酒后狂草书法家的做派。这强劲的生命啊，想想作罢，最终我空着手回到居所。

一条路就这样被野草吃掉了。

鲁迅先生说过："世上本来没有路，走的人多了就有了。"先生有先生的道理。而现在，我得到的结论是，世上本来有很多路，只是许多人放弃了坚持和抵抗，这条路就金属一样生锈后，烂掉了，变成了绝路。

那些野草雄姿勃发，举起一支墨绿的笔，把我们曾经走过的路抹掉了。大地是它的画板，时间助长了它的任性，集体的力量宣泄了它生命中最强劲的那部分。人这一生就如同野草的一生。每一个人在时间的沃野里都有那么一方地、一条路，只是有的人走着走着就把路走丢了，走绝了，把地翻荒了，直至本来种谷物的地成为野草的乐园。而有的人却把路越走越宽，地越种越肥，野草得势的时候，路就落寞；路得势的时候，野草就叹息隐退。

人的一生与路无法分开，走过一条路我们今生很可能再也不会去走了，那条路就像一只不合尺码的旧鞋子被我们扔掉了，最终风扯断它的针脚，雨吃掉它的条纹，野草挑断它的筋骨，使其无法动弹，旧鞋子就化为腐土，成为野草安居乐业的立足之地。而新的陌生的路如同一枝带刺的玫瑰，诱惑着我们靠前，把它酿成岁月的香水。

被野草吃掉的路和院子完全有两种结局，其一，弃置不用，任凭风吹雨打，野草生生不息，一派荒芜；其二，打上农药，驱除野草，种上庄稼瓜果，一派生机。然而在这个喧嚣的街市，没有人有这份闲心到一个人迹罕至的小院落，去种花养草，讴歌生活。

人也一样，倘若想让自己生命的院落桃李芬芳、瓜果飘香，只能勤勉地审视自己，是否有野草窜入与害虫结盟，侵蚀通往秋天的小径。我们永怀爱美之心，在汗水中找到幸福发酵的光芒，用爱和信仰筑起生命的篱笆，使自己所选择的路脚底留香，看不见野草的眈眈目光。

第八辑／每一粒麦子里都栖居着故乡

/一条路的飞翔/

　　一条路，拉直了，就是一条鞭子，赶着我们从母亲的胎盘这生命的源头出走，哭着笑着走向下游。一条路，伸长脖子竖起来，就成了一座高山，把我们抛在脚下，或许，我们穷尽一生的力量，也无法企及它的高度。一条路压扁了，就变成了一条航船，摇摇晃晃，我们泅渡在光阴的河流中，凶险与风光同在，波涛和涟漪共存。

　　更多的时候，我们疲于一条惯常的路，我们追赶一种充满诱惑的东西，那条路像苍蝇拍子一样，在周围拍打着我们。

　　年少的时候，有个问题一直困扰着我：路的尽头到底是什么？直到现在，我还是不明白这个简单而又深奥的问题所蕴涵的浩瀚内容。这比医生用手术刀解剖人体内部构造复杂多了。对于路，我总是觉得，它实际上就是一棵躺下来生长的树，人只不过是上面的一只飞鸟而已。路给了我们暂时栖息的枝丫，让我们借用泥土的温软歇脚、生活。那么，我们为了生活的某种目的所取得的一切，就是路馈赠给我们的花蕾和果实了。

　　或许，路是我们脚上的鞋子。一天天，一年年，随着脚上尺码的增大，我们像扔掉一只旧鞋子一样，把走过的路扔了，再也回不到老地方，继而生活在别处，开辟另一条路。一条条路走老了，我们也就老了，流失的光阴像花出去的碎银，再也赚不回来了。我们怀着温习初恋情书一样的情怀怀念走过的路，那些路如同信上的字迹，已经发黄模糊斑驳。我常常陷入遐想：那些路会寂寞吧，长满斑斑绿苔，在光阴深处像人一样老去，然后回到泥土中间，被大地收回，而我们也向大地深处缓缓走去……

说得玄一点，路就是大地伸出的一根根手指，人在其中，无论我们怎么奔跑，也跑不出它的掌心。这样想来，脚下的路就成了如来佛的掌心，法力可大着呢。

路在和时间赛跑，时间把路留在脚下，路成了时间的尾巴。时间和路达成联盟，路把时间抱在怀里，孕育了一个人人生的长度。人把路握在手心，就变成了命运的纹路。人们在改造路的时候，路也在塑造着一个人。脚下的路、手心的路、头脑里的路、平面的路、立体的路，交织成一张网，赶路的人一生都在那么一方有限的空间里，蜘蛛一样经营着有限的光阴，在黑夜里咀嚼梦想，在阳光下反馈生命。生于斯，灭于斯，生生不息寻求命运的突围。

导演王家卫有一句经典台词，大意是这样：你知不知道，有一种鸟，叫不死鸟，生来就没有脚，一辈子不停地飞翔，它停下来的一天，就意味着不再飞翔。是的，我们脚下的路就是这样的一只鸟，大地是它的天空，它以匍匐的方式飞翔，等到了路的尽头，它就化成泥土，让我们的生命如夏花一样灿烂，秋叶一样静美。

一条路把人送到远方，那个人或许再也不会回来了，他或许转换方向，走上另一条路。而最初的路，完成使命后圆满如一个句号，许多还没有来得及走的路，只是句号后面无休止的顿号、逗号，像埋伏在草丛中的一只蛐蛐，在光阴的草丛中浅吟低唱，等待生命的辉煌轮回。

最诗意的比拟莫过于，一条路在脚下化蛹为蝶，起身飞翔，我们只是追逐蝴蝶的孩子，流出的汗水和着盐粒，落在地上无意间长成种子，蓦然回首，一路花香，满目生辉，竟将这天地装点得格外难舍难分。

一条路的飞翔就是一个人的成长，一个人的成长就是一条路的风光。

/掌心里的故乡/

　　每个人的手掌都是一片土地，这片土地里住着宁静的故乡。掌心里的纹路就是回家的路，它把最遥远的距离变成最近的牵挂。在时间无垠的荒野里，风雪可以封锁我们的脚步，雨雾可以遮挡我们的视野，冰霜可以降低我们的体温，可是掌心里的故乡，如捧在雪夜里的一盏灯，燃烧着明亮着温暖着。

　　多年来，我始终对故乡怀有一种浓厚的情结，在传统的重大节日里净手、焚香，以静默的怀想朝拜，用最朴素的文字感恩故乡的恩赐。常常在夜里，皓月当空、星辰无眠之时，一个人静静地坐在城市的阳台上，故乡的轮廓沐浴着月色，圣母一样清晰起来。这种情感是多元的，又是单一的、抽象的，也是具体的。抽象如一抹浩渺淡云，具体如一缕轻柔炊烟。我始终认为，爱故乡是一个人最基本的修养，因为故乡本身就是我们的一种情感信仰。一个人可以仰仗人力在尘世中获得名声、地位、财富和权势，可是背叛了故乡，他的情感只是一个架在树枝上的空巢，空巢里那垫底的丝麻烂叶再也触摸不到故乡的温暖和厚重了。

　　我们生命的第一声哭泣，就与故乡建立了一种血肉联系；生命的最后一滴泪水凝结成一粒盐，被故乡仁慈地收藏于脚下的土地。一个心中没有爱的人是流不出真诚的泪水的，一个不曾体会故乡的变迁带来的疼痛和感伤的人，他永远无法体悟乡愁的尊贵和温暖。

　　每个人的体内有一个情感雷达，我们对故乡情感的深厚与否全被这个雷达探测到。人生路上，你有了甜蜜幸福，最先想传达的肯定是故乡的人。或许这种探测被一只大雁背在翅膀上，然后载到故乡的屋檐；或许这种眷恋被一股穿越时空的大风反馈到故乡的山川河流；或许这种疼痛被从你脚下流过的河流带到远方，最终以大气的形式降落到你生命的发源地——故乡。因为你的牵绊和甜蜜感伤，故乡的草木在春天以花朵的形式热烈地灿烂一回，在秋天以凋落的结局为共同的爱恋殉情。

世间有那么多的路，有的路尽管错综复杂，但走过了，就再也不会去走了；有的路千回百转，路过了也就忘了；有的路风光无限，但我们没有多少情感寄托；有的路仅仅是短短的一段距离，以厘米毫米计算，但与自己的故乡有着血肉关联，足以让我们梦魂牵绕。这条路伴随我们一生，这就是自己掌心的纹路。

故乡如佛，尽在掌心，拢起来的手掌就是一座莲花殿堂啊。真情如蕊，款款绽放，缕缕泥香，萦绕胸腔；思念就如荷底清风，明媚生辉，心灵每一个细小褶皱的部位溢满清香。

迢迢回家路，拳拳赤子心。因为故乡住在你的掌心，被你温暖的手一直握着，即便疲惫之际，亦有泪可挥，但不觉悲凉。

掌心里的故乡啊，那神圣的心灵殿堂；我们就这么远行啊，每一次忧伤回头，总是母亲深情的脸庞。

/ 一双2600多个针眼的鞋 /

收到母亲从老家邮寄来的布鞋时，我并没有急于穿上。我把鞋捧在手掌，仔细数了几遍鞋底上的针眼。芝麻般渺小的针眼一排一排，密密麻麻有序排列，布满了整个鞋底。数着数着，我的眼圈湿润起来，一只鞋底上有1300多个针眼，两只鞋底加起来有2600多个针眼！2600多个针眼在我眼前，就如同久违的母亲在2600多个日日夜夜，注视了远方的我2600多次。如果说母亲的布鞋是一片浩瀚的天空，那么这些针眼就是星辰，就是满天的繁星。我想远方的母亲在给我纳鞋的时候，把手中的鞋当作了脚下的土地，2600多个针眼就是2600多粒种子，她把爱和希望一粒一粒种在千层底布鞋里，希望她的儿子安稳、踏实，每天的日子像种子一样冲破城市坚硬的水泥路面，去接纳属于自己的那份希望。母亲纳鞋底时手心里所流出的汗就是土地保墒的湿润之气，让我沾着地气行走好每一步路。

我想起美国作家梭罗说过的一句话：我宁愿坐在一个南瓜上，也不愿坐在天鹅绒坐垫上。我在天空垂钓，钓一池晶莹剔透的繁星。我给布鞋从不同的角度和配以不同的背景翻来覆去拍照后，穿在脚上，不大不小，正合尺码。按照梭罗自然的观点和生活信条，母亲的布鞋让我更加接近自然、天空、星辰和大地。今后，这双鞋必将支撑着我在城市的水泥路面上独立行走。街道上没有布鞋的影子，而母亲的心早已穿过。繁华的霓虹下，找不到母亲的目光，而我的心已经穿过霓虹飞回母亲身边。堂皇的殿堂里没有母亲的位置，而母亲的高度已经超过它的高度。

回到单位，我向同事炫耀母亲纳的布鞋，他先是有些羡慕地说："你真幸福，还能在酷暑时节穿上母亲亲手纳的布鞋；而我有十几年没有穿过布鞋了。"而后，神情有些淡淡怅惘，若有所思。

母亲的布鞋伴我度过了小学和中学。到城里上高中后，我嫌母亲的布鞋难看，灰头土脸，如同乡下林间不得宠的麻雀，我羡慕那些穿着皮鞋的城里同学。毋庸置疑，和他们站在一起，他们脚下的皮鞋先声夺人，早已向我们这些乡下来的泥腿子的后代展示了一种物质的外在优越和尊严。那时为了穿上一双皮鞋，以此摆脱乡村给我的自卑，我曾暗地里偷偷用铁丝在母亲的布鞋上划破几道口子，回家要求母亲给我买一双皮鞋，理由是布鞋不耐穿而且容易沾灰。母亲给我的回答是："皮鞋哪有布鞋耐穿舒服？"母亲拒绝了我的无理要求，也逐渐消散了我年少的虚荣心理，让我从此深陷自卑的旋涡，不和城里的学生来往。

那个晚上,母亲在瓦数并不高的灯泡下穿针引线,她从压在箱底的包袱里拿出早先准备好的千层鞋掌,一针一线做起鞋来。我趴在炕上,看着母亲先用针锥在鞋掌上戳一个针眼,再将线随着针穿进鞋面,然后一针一针固定在鞋掌上。针领着线,线随着针,在母亲瘦硬的手掌的引导下,穿过昏暗的灯光,穿过我的目光,穿过我眼中晦涩的夜色。也许是鞋掌太硬了,母亲用力拉动穿进鞋掌的针,却岿然不动。母亲用牙咬住针的一头用力拉,脸上的肌肉拧成麻花状,眼睛眯成一道波线,整个脸几乎变了形。母亲用顶针一点一点使劲顶穿进鞋掌的针,针和线在紧张的穿越后,颤抖着抵达另一面,这是它们的驿站,稍息之后,它们又将深入生活沉重的底部,然后再返回来。夜晚静谧的时光在针尖上进进出出,不谙世事的我,注目着这人间最朴素绵长的情感动作,心里矛盾重重。母亲的脖子酸了,她稍微靠在窗子上喘息片刻,又将针尖在头发中划一下,以头发上的油作为润滑剂,使迟钝的针充满灵性,敏捷地进入鞋掌上的针眼,走向黎明。

现在想来,顶针和母亲穿针引线的姿势也是一颗忠厚隐忍的心的造型。当命运的针线无数次穿过来,母亲的心,该留下多少密集的针眼?当她的儿子奢望充满光华的生活时,顶针上,母亲的手指关节上留下了多少无言的伤?这深沉朴素的情感让我的憧憬慢慢变得模糊而又清晰起来。到了半夜我睡了过去,迷迷糊糊之间,只觉得母亲针线的声音,"哧溜,哧溜",还在继续。

第二天早上起床时,枕头旁放着母亲做好的布鞋。她一夜没有合眼。当我将鞋穿在脚上时,擅长用比喻教育子女的母亲说:"娃娃,你到城里上学不是为了去穿皮鞋,而是为了求学,改变你的命运。你今日穿布鞋是为了今后不再穿布鞋。你要知道我们做父母的辛劳和不易。布鞋和皮鞋就像地上的草,你有没有注意过,从松软的泥土里拔杂草很容易,而从沙石缝里拔一棵野草多么费劲啊！从沙石缝里长出来的草远远比从松软的庄稼地里拔出来的草更富生命力。你不是城里松软的草，你应该是一棵从沙石缝里长出来的草。沙石缝里的草为了更好地活下去，就要努力向深处扎根，松软地里的草有优越的水土，当然不会使劲向深处扎根了，所以只要稍微用点力气，就会拔出来。要改变你的命运，就看你怎么扎根哩！"

我无语，苦涩的眼泪悄然涌上眼眶，骑上那辆破旧的自行车到30里外的学校。自行车的脚踏板一上一下，一路上我一边看自己脚上的布鞋，一边细细咀嚼母亲说的那番话，心里酸酸的。

那个夜晚一直定格在我30年的人生履历中，从那时起，我不再向父母提任何关于皮鞋的要求。

参加工作后，我穿鞋的档次随着收入的增加而提高。然而皮鞋给我体面的行走的同时，也让我饱受了磨脚和汗臭之苦。于是格外想穿母亲纳的千层底布鞋，想起那个静谧而悠长的夜晚。

一个月前，南方的盛夏早早来到，我的脚更加难受了，给远在2000多公里外的母亲打了个电话，说想穿她亲手纳的布鞋。妻子说："妈身体不好，你就别再给她增添劳苦了，还是买双布鞋吧。"我说："从城市工厂里流水线上批量生产出来的布鞋没有母亲的气息和味道，我不仅仅是要穿布鞋，而且要的是和母亲的一种骨肉相连之情啊！"

现在，这双母亲一针一线纳出来的布鞋就在我脚下，我脑中又浮现出那个夜晚。现在母亲的心如同她曾经用过的那根针，在岁月的风尘中老去，那根具有金属秉性的针，慢慢变得柔软起来，像一团棉花铺在我的脚下。它贯穿着母亲的力量、期盼和人生信念，让我为了明天而不放弃自己的追求。真的，我今天获得的一切，实际上就是母亲的布鞋给予的莫大恩泽啊！

/每一块地都有一个名字/

每一块地都有自己的名字，只是我们不知道，那些庄稼啊、草啊、鸟儿啊，它们知道。

离开老家的土地已经十多年了，但是那些地的名字仍然熟稔于心，上荒滩、下荒滩、上沟、石猴儿、过草儿、磨湾、湾地、羊赶滩、磨把头、祁家旱地、沙滩……写到这里，这些地名如同一块块云彩，掠过心头，故乡的气息随着这些名字，浪花一样在心底里翻腾。村子里的地名，被一条条河流、水沟、田埂、树林分割到不同的地方，表面上看起来，它们离得很远，实际上它们悄悄在地下握手，你中有我，我中有你，亲昵着呢。

这些土地上发酵起来的名字，卑贱、俗气，有的几乎是村子里那些多病多难的小孩子的乳名。凡是名字里带有水字旁而且向阳的地，庄稼谷物要长势就有长势，要收成就有收成，占足了风水，似乎得到了高人指点，颇有点村子里懂经营善理财人财两旺的大户人家。那些被树林、山坡遮挡着的地，一年四季看上去病了似的，地里的草啊、庄稼啊，一副面黄肌瘦营养不良的样子，用世俗的眼光看，很像村子里那些光景困难、多病多难的人家，一年到头皱着眉头，愁云满面，让人不由得生出一些怜悯来。

年少时，我曾经长久地注视过一块块地。我发现许多鸟儿喜欢在肥沃的地里啄食、栖息、梳理羽毛。它们不时地拉一泡粪在地里，然后呼啦一下，带着胜利者的姿态飞到远处的丛林里、高山上。我不知道，被鸟儿拉了粪的土地会不会生气。过不了多久，它们又飞回来了，彼此扑闪着翅膀，互相啄着羽毛，亲嘴、交配。土地成了它们谈情说爱的舞台。肥沃的土地坦然面对这一切，只有一阵阵的风吹过，麦浪一波一波地起伏着，似乎在安慰土地。

有的地里一天也见不了一只鸟，是不是因为它记恨了在它头上拉粪的鸟儿，惹得它们不开心？时间长了，再也没有鸟雀光顾那块土地。我想，这土地就和人一样吧，肚量大的人，别人和你开个玩笑，搞个恶作剧，也不会放在心上，而肚量小的人对此斤斤计较，耿耿于怀，身边的人谁还愿意和你交往，分享生活的乐趣呢？你只能孤单地活在自己的影子里，就那么一个人地老天荒。

或许，宽容的土地会把鸟儿的一泡粪当作朋友的一种友情馈赠，这馈赠在人的眼里尽管含有敌意和蔑视的成分，但说不定在土地的眼里就是一种扶持和关爱的情怀。小心眼、心胸狭窄的人，接受不了别人哪怕针尖一样渺小的不好，而胸怀广阔，肚量大气的人，哪怕你给他一头冷水，他说不定会当作一杯甘露呢。

名字，凝聚着一块地的主人，以及围绕这块土地繁衍生息的动物、植物所有的期望和气场。一个人的名字经常被别人念叨，这是一种福气，说明你在别人心目中有地位。而一块地，经常有鸟雀光顾、植物生长，说明这块地和它们之间有一种天然的情分。一个人活着，最可怕的是无人问津，顾影自怜。他的名字因为人缘、性格、癖性所致而没有人气，最后只能像一块掩埋在黄土地下的废铁，生锈烂掉。而一块地，因为有了谷物、蔬菜、草木、花朵、鸟雀，就有了热闹而又富含价值的气场，四季轮回，花开花落。土地成全着所有因它赖以生存的人类、动物、植物，它的名字如同一块永不生锈的钢，一天天，一年年，风来雨去，依然生辉发光。人活在世上，实际上就是活的一场"名字"，而土地活着，活的就是一种气场。

我们在土地上生老病死，而土地呢？它承受着一切，又以佛的心态接纳成全着一切，人会老去，土地却不会老去，它被我们一代代、一辈辈翻耕着，我们的名字最终被时间遗忘。人们企图以自己的有限的智慧丈量脚下无限的土地，殊不知有名字的土地是无限的。有的人为了让后代和别人记住他，特意嘱托后人给他立个石碑，刻上名字。可是，任你质地再坚硬的石碑，碑上再俊秀深刻的字体，最终都会在时间无垠的荒野里被风雨腐蚀，化为虚无。而柔软的土地，没有石头的硬度，划过它身体的犁铧生锈了，烂掉了；踩过它头顶的人群、牲畜老死了，埋葬了；飞过它胸襟的鸟儿远去了，消失了，而它却一直像一尊卧佛，超然地以哲学家的眼光看着这个不停变化的世界。

祖父葬在那块土地上，祖父的祖父葬在那块土地上，几百年过去了，包括我在内，没有人记得他们的名字，他们的名字被后人和村庄遗忘，但是村庄里的人现在还记得那些土地的名字。这些名字是淡定的、超然的，它们以自己的心态延续着生命，延续着一个村庄的历史。留在我们生命版图上的土地却永不老去，它们的名字一直鲜活着，活在那些草木、鸟雀心中，活在那些谷物心中，活在那些蓝天白云心中。

大地以宽广深厚承载万物而无所不包容，它包容万物、滋养万物、造福万物。泥土敦厚不虚伪，内敛不张扬，谦虚不傲慢，丰富不单调。它不拒绝，以宽广的胸怀接纳大地上的一切事物。随便丢一粒种子在土中，只要被泥土抱在怀中，它的体温就能焐暖种子冰冷的身子，在阳光的鼓励下，为大地爆出春天的诗行。

一个实力再强大、风光的人，也活不过一块地。一个名字再红再紫的人，时间会褪去附加在他名字里的颜色和名字所蕴涵的一切，时间会教会我们：人，永远是土地的一部分，更是土地永远的臣民。

/消失/

春日的一个下午，我约朋友们到家里喝茶。我们坐在阳台上，就着茶，透过落地玻璃窗，观赏着不远处的一片农田，田里的油菜花肆意汪洋，在春日的阳光下无羁奔腾。大片的油菜花，仿佛戴上了王冠，穿行在春天的检阅台，视察眼前的仪仗队，浓艳中有一股王者之气，凛然、亲和而又不可侵犯。

有个朋友说："用不了多久，这油菜花，这块地终将消失。"

一年后，还是在一个春天的下午，我约了朋友到家喝茶。还是在同样的阳台，透过窗子，我们再也看不到去年那片汪洋的油菜花了。去年的那片土地四周已经被围墙围起来了。麦田中央插着十几架打桩机。几辆挖掘机蛮牛一样，霸气十足，冒着黑烟挖掘着泥土。不远处已经有数十幢高楼拔地而起，主体工程已经结束。被围墙围起来的农田里没有打桩的地方，有油菜花孤零零地开着，分布在打桩机的周围。

朋友说："油菜地果然消失了。"太阳还是那个太阳，土地却不再是往日的土地。不多的油菜花没有了往日的王者之气，很容易让敏感的我想到一个词——残喘。这个词，总是用来形容那些弱势群体，但我用这个词来形容一片土地，形容一片土地上无辜的花，实在有点残忍。我很清楚，用不了一个月时间，油菜花还没有完全结出饱满的菜籽就会夭折，取而代之的将是钢筋、水泥、电线杆、机器、噪声、商铺。想到这里，我有点伤感，有点沉重。

商业的触角伸到哪里，哪里的美就会被扼杀。机器的轮子转到哪里，哪里的安静就会被戕害。房子越建越高，自然的美就越来越矮；现代文明的铁塔越树越多，天籁和安详就越来越少。

春天里，我和朋友们喝着新茶，谈论美好的事物和不美好的事物。内心波动的那份静谧因为一串串沉重的打桩声而支离破碎。油菜花谢了，我们的心也跟着慢慢空了。新生的事物取代往日的美好，我不知道今后我们留给这个世界的是墓碑还是挽歌。

春天去了还会再来，而被机器的铁蹄践踏过的土地还能萌生诗意和美感吗？时代仿佛就是一个飞速运转的轮子，我们追求快节奏、快感、快乐，这轮子呼啸而过，挟裹着我们骨子里所向往的自由、美好、宁静，我们已经慢不下来了！诗意被剥落，美感被戕害，宁静被驱逐，工业的快速兴旺如同得势的帝王，统领现代人的步履冲锋陷阵，一些东西正在消失。商业的遍地繁荣，如同流水线上那刻板的程序和标签，将一些朴素的事物和本真的品质打包、归类、作价。

　　土地被侵犯，美被物化，自然的教母再也不可能捧出足金的花朵。生命里一些良好的秩序被机器遗弃，血液里良好的基因被工业的能量、商业的气息、物质的诱惑所摒弃。一转身，那块土地不见了；一转眼，那片油菜花不见了；一转弯，那份心境不见了。我不知道这是时代的悲哀还是内心的悲凉。

　　作为这个时代机器上的一枚不起眼的螺丝，我尽可能地让自己的心，慢一点再慢一点，让自己的脚步慢一点再慢一点，我只想用自己蚂蚁一样柔弱的双唇，亲吻一朵花天真的容颜；我只想用蜗牛一样的步履背着自己精神的粮仓，悄悄将春天里正在消失的美折叠成诗行，藏进背上的躯壳，深入泥土腹部，用一生的时间来温习春天，温习生命里最柔软的时光。

╱ 闻到几声鸡鸣 ╱

　　上班时推开窗户，没过多久就从楼下传来几声鸡鸣。这让我很纳闷，处在闹市区的办公大楼，整天被喧嚣的车辆声、鼎沸的交易声、流动汽车震天的广告声包围，这鸡鸣声实属罕见，到底是从哪里传来的呢？印象中的鸡鸣声只在乡下，我有点纳闷，走到窗前张望，寻找声音来源。但是楼下没有闲庭信步的鸡，这倒怪了，莫非是从天上飞来的？这猜测不成立，很简单，鸡不可能飞上天，否则鸡就不叫鸡，那要叫鸽子、叫鹰、叫飞鸟了。

　　鸡断断续续叫着，鸣叫声像闪电，在各种喧嚣中十分刺耳悲切。这声音让人很亲切，似乎回到了老家。

上午，我好几次走到窗前寻找鸡鸣的来源，但是没有找到。似乎这鸡有意和我玩捉迷藏。下班时到单位后面的饭店吃饭，下楼的时候我给科长说到上午听到鸡鸣的事情，我说："在城市里听到鸡鸣声，还挺有诗意的。"科长笑笑说："想听鸡鸣声，你到菜市场去，多的是。"

我突然想起菜市场里待售和被杀戮的鸡。我曾经仔细观察过它们。它们从乡下运到城里，在城市的交易和屠刀下，已失去了鸣叫的信心，它们怯怯地将头缩进脖子里，胆战心惊地收拢羽毛，以悲切失落的眼光打量这个沸腾的菜市场。它们有苦难言，有悲难叹，已经被钱币的碰撞声、讨价还价的计较声、你争我嚷的吵闹声浸淫得失去了申诉抗争的勇气，即便想抗争，也只能在铁笼子里不安分地扑腾几下翅膀，无奈地鸣叫上几声。肉食者是鸡最大的消费群，也是最本质和终极的冤家。如果我是鸡，宁可面前多走过几个素食主义者，也不愿看到一个肉食主义者肥厚的笑脸。想必，鸡把素食主义者当作了救星，在素食主义者身上感受到了温暖，看到了希望。可是，现实很残酷，事实很遗憾，这个世界上，素食主义者毕竟是极小部分人群。

刚走到饭店，我又听到鸡鸣，转头一看，在饭店的墙角放着几个生锈的铁笼，里面圈着几只鸡。很显然，鸡鸣正来自于此处。我的心情一下子沉重起来，看样子过不了几天，这几只孤独无助的鸡就要成为饭店里的盘中餐，成为食客的口福和响亮的饱嗝。可怜的鸡！我心底里暗自叹息。

我想起了乡下的鸡。公鸡像个腐败奢靡的帝王，在肉体上享受三宫六院众多妃子的特权不说，在食欲上还享受着主人给它的丰厚食物，什么剩饭、剩菜、秕谷、糟糠之类，最先享受到的必然是公鸡。在农家，公鸡的地位最高，它肩负着传宗接代的使命，但生活作风实在是太糟糕了。凡是它看中的母鸡，没有一只能躲过它的魔爪，它心安理得地享受着泛滥的性权利和食物，别的鸡谁也不敢监督它。

　　年少时我家里养鸡，喂鸡的小事情落在我身上。每天，当太阳出来了，我将一钵秕谷撒在院子里，再打开鸡圈，最后在鸡槽里倒上一碗水。老公鸡带着老母鸡最先出来，慢慢地踱着方步，将火红的鸡冠晃得一摆一摆，翅膀一闪一闪，威风凛凛，趾高气扬，不慌不忙地享用眼前的食物。别的小鸡们与它们保持一定的距离，先看着它们夫妻吃，谁也不去抢。等老公鸡老母鸡吃得嗉子胀起来了，它们才争先恐后地扑上去，你争我抢，场面十分壮观。吃饱了，喝足了，那些鸡一只只伸长脖子，将头抬得高高的，引吭高歌。我不知道，它们是在赞美腹中的秕谷呢，还是在赞美这弱肉强食的秩序和规则。在院子里转上几圈后，鸡就钻到鸡窝里睡觉、交配、下蛋。

　　天快亮的时候，公鸡开始发挥自己的报时作用，在晨曦中鸣叫上一阵，人们开始起床，穿衣，做饭，喂猪喂鸡，收拾干活的农具。从打更这个角度讲，公鸡是活着的时钟。雄鸡一唱天下白，天白了，就意味着新的一天开始了，一切秩序因这一"唱"开始运转，下地的下地，做饭的做饭，上学的上学。只是总想偷懒赖床的我每天一大早听到鸡叫，总觉得雄鸡和包工头大清早喝令工人们干活没有什么两样。这让我十分反感，恨不得教训它一顿。于是趁着大人们不注意，我就用棍子抽老公鸡撒气，.谁让你叫得这么准点呢？

　　不过话说回来，如果一个村庄里没有鸡鸣狗吠牛哞马嘶的声音，这个村庄就没有了声息，单调乏味得很。说得雅一点，这个村庄就没有了美感和诗意。我是听着鸡鸣狗吠牛哞马嘶的声音长大的，从中得到了人生最初的乐感，也正是在这种乐感的熏陶浸染之下，我建立起了对故乡的情感，对农村的爱恋。尽管我现在脱离了土地，在城里混饭吃，但是在城里听到久违的一声鸡鸣，就深深地牵动起我思乡的神经，扯动开我这个游子最脆弱的那份情感。

　　卑微的鸡在人的面前没有抗争的权利。在时间面前，人最终没有抗争的权利。谁也抗不过生命最终的宿命。想来，从终极意义上讲，人和鸡一样可怜。

　　村庄的美感因鸡鸣狗吠牛哞马嘶而升起，因庄稼蔬菜节气炊烟而被渲染。

在城市里闻到几声鸡鸣，这声音像一枚子弹，瞬间穿过水泥、钢筋、招牌、防盗窗，迅速将我击中，我问自己：一派欣欣向荣的繁荣景象后面，牺牲掉了多少诗意？你可曾知道当鸡的泪水被钱币掩盖，鸡的鸣叫被屠刀终结，有多少美感因此陨落？有多少惆怅因此而变得漫长？有多少繁华还让人留恋？

在城市，人们住高楼大厦，不可能养鸡养鸭。只是我天真地妄想，如果鸡能在城市的某个角落安然生存，只要城市中还能听到一两声清脆的鸟鸣鸡鸣，我就会对这个城市保持足够的信心。

／所有的雪都扑向故乡／

那是多年前的一个冬天的夜晚。

屋内的火炉烧得红彤彤的，我和父亲围着火炉，火炉盖上的搪瓷茶壶烫得不能挨手，我们父子彼此不说话，一口一口地喝着茶，茶色浓如被残阳染红的晚霞。壶嘴里的热气袅袅，尽管是粗茶，但也有一股野性的茶香。虽然是寒冷的冬天，但有了火炉，室内氤氲着一股春日暖阳的气息。

室外，雪花一缕一缕，宛如棉絮，宛如羽毛，宛如被撕碎的棉布，铺天盖地，织出一张张天罗地网。风随性刮着，忽东忽西，时而急促，时而舒缓；雪花追随着风，像极了没有力气身子酥软的醉汉，一片片跌倒在院子里的柴垛上、果树上、鸡窠上、矮小的羊圈上、细细的电线杆上。风小的时候，雪随着风向有韵律地旋转着，让人想起镁光灯下舞池里风度翩翩的华尔兹舞者，踩着鼓点忽快忽慢，或轻微屈膝或猛然起身，舞动时产生的气流掀起舞者的裙子，旋转的裙子似一朵被大片叶子托起的荷花。舞池没有水，却让你分明感觉到他们舞动在水中央，顿觉流光溢彩的池子里有荷香随微风飘来，裙子上镶着的花朵随着起伏飘动的裙摆一闪一动，如同夜空中的星星。声光电艺术化的世界里，裙子如星辰，舞池如河流，只见暗波涌动，荷苞绽放，星辰闪烁，天地在这旋律里忘我沉醉。

院子里墙角边的白杨树恭恭敬敬地任雪飘零起舞，永远是一副谦恭不语的姿态。尚没有落尽的干枯叶子顽固地居在高处，风起劲了，雪花还在舞动，院子里传来哗哗的叶子声，片片枯叶耐不住沉寂，在舞曲中间不合时宜地鼓掌。雪落无声，风吹树响，黑白世界里，一静一动的二元空间，排列有序的枝干如同一个个琴键，被风拨弄着，发出时而粗粝时而温和细腻的声音。

经常主持村里红白喜事的父亲就着茶，翻着一本有关民间文艺、地方风情的杂志。火炉里毕剥燃烧的炭蹿出一朵一朵的火苗，如长长的舌头，从炉盖缝里钻出来，瞬间熏黄了书的封底。父亲慌了，抓起书本一甩，打翻火炉上冒着热气的茶壶，茶汤泼在炉盖上，发出哧哧的声音。茶汤在通红的炉盖上烫出一个个高低大小不一的水珠。水珠跳跃着翻滚着，很快化为一团白气，没了。我笑了，父亲也笑了。

夜渐渐深了，壶里的茶续了一壶又一壶，而雪仍一朵一朵争先恐后地扑向大地，仿佛为了完成某个约定一样，不管不顾地飘落，有点蛮，有点任性。我想起夜幕快要降临的时候，村庄里那些从山野里觅食回来的羊群急匆匆奔向自家的门口，巷子里传来咩咩的羊叫声，而圈在家里的小羊听到母亲的呼唤声，在院子里撒着欢，迫不及待地扑向门口。门被拴着，尚在哺乳期的小羊用稚嫩的头角顶撞木门，急切地咩咩叫着，那声音如同被撕裂的棉帛。门外的母羊们晃着肿胀的红彤彤的奶子，一边用头有力地顶门，一边咩咩回应着里面的小羊。饥饿的小羊不停地甩着尾巴，将头伸向门缝，望着门外的母亲，回应母亲的宽慰。声音穿透并不严实的木门，母亲的气息、奶水的气息就这样流进院子，小羊安静下来，等待一次酣畅的哺育。

望着窗外的雪，想着那些温馨的场面，我渐渐睡去……

　　现在，我远离了故乡，远离了父亲。身在终年少雪甚至不见雪的南国，我总有一种饥渴，对雪的饥渴，对故乡气息的饥渴。曾经的场景再也不会重现，因为遥远的距离，我再也不可能或者很少有机会和父亲围着冬天的火炉喝茶、遐想、冥思。曾经如花的雪光，也常常覆盖我清凉的梦境。

　　一个人的爱有时候是一座沉默的冰川，而有时候只有一朵雪花般渺小。身处异乡，我的衷肠沿着雪花的棱角，化为水，一生只能膜拜一个方向。故乡只有一个，而我们的爱如同河流，会有很多支流和走向。我何尝不是那一朵流浪的雪花？那被困在乡愁里面的小羊？多么希望自己攒足一生的力量，扑向故乡，扑向那印着光阴痕迹的柴门，在故乡的胸脯上肆意呢喃，任泪水流淌？

　　故乡远去，我再也回不到从前，我借着文字的犄角，阻挡红尘中纷繁的诱惑，在南方的世界里写下爱，写下一朵雪花扑向故乡的眷恋和柔情。

∕ 跟着炊烟回家 ∕

　　父亲说："孩子，疲惫的时候，你就跟着炊烟回家。"父亲说这话的时候，一脸的恬静、安详，似乎炊烟成了一个个乡间孩子的导师，让那些懵懂的心灵找到情感的慰藉，人生的方向。

　　我们的村庄，被炊烟引领着不断走向岁月深处。而我，为了自己的幸福，漂泊到村庄之外很远的地方。在南方的城市，我再也看不到炊烟了，只是，内心深处，村庄里的炊烟像一棵大树，牢牢地将根扎在我生命的原野，郁郁葱葱，悠然美好。这炊烟吸纳着柴火的味道、五谷的馨香、泥土的气息，一缕一缕，萦绕在村庄上空。像一块黛青色丝巾，围在村庄的脖颈上，把村庄这个安详的母亲打扮得庄重、朴素而又美丽。

记忆里的村庄，每天清晨、中午、傍晚，炊烟和着日升日落的节拍，发出开启新生活的信号。烟囱里，没有风的时候，一束束炊烟像一个个浓墨重彩的感叹号，提醒着我们，繁忙的一天又要开始了。黄昏的时候，我们从地里干完活，走在回家的路上，大老远就能看见一束束炊烟，慢慢地穿过林梢，林梢上洒着夕阳的余晖，像涂上了一层层金粉。鸟儿们从远方衔来虫子和谷粒，满心欢喜地栖在树枝上，给那些张大嘴巴嗷嗷待哺的孩子喂食，母性的光辉因这穿过林梢的炊烟、多彩如梦的余晖显得更加美好。嗅着炊烟的味道，鼻孔里仿佛爬进了一只只小虫子，让我们的鼻子痒痒的，周身有一种说不清道不明的舒服。繁重的田间劳动给人的疲惫因这或弯曲或笔直的炊烟而散去。美感从村庄升起，食欲从腹部上升。那时候，我就想，一辈子也不离开这个村庄了，只为在每天的日升日落中看这炊烟升起又熄灭，熄灭又升起，多好啊！

肩膀上扛着铁锹的父亲笑着说："傻孩子，一辈子窝在这个村庄里有啥出息啊，有本事的人都到城里去工作，吃轻闲的饭去了。哪有像你这样没有上进心的人啊！"

说实话，当时我对父亲的话有点不以为然，在村庄里生活有什么不好呢？吃自己种的粮食蔬菜，看村庄里曼妙舞蹈的炊烟不是很幸福吗？

土地就像是一根宿命的绳子，把他们一辈子拴在土地上，让他们无法脱离那辛苦而又日复一日年复一年的沉重劳动。多年后我离开村庄，在远方的城市里谋生，过上了父亲眼里所谓"喝茶看报动脑筋"的轻闲工作。想到村庄里的乡亲们沿袭着日出而作日落而息的亘古传统，从事永无止境的繁重农活，他们的生活依然很不宽裕，我的心就隐隐作痛。

我知道，父亲当初给我说那番话有他的道理，可以说，父亲看透了生活的本质，当时父亲给我狭隘的幸福定义自有他的苦衷。

有时候，在城市中受了伤，在路上受了挫折，我就想回到村庄，坐在高高的山冈上，对着那见证我年少岁月的炊烟，大哭一场。我知道，我的滂沱泪雨，会被炊烟带走，让我无所牵绊地上路、追求。像一缕空气消失在风中，像一抹炊烟擦干我的眼泪。坐在故乡的山冈上遥望炊烟，我的心会归于平静，城市生活衍射出的所谓计较、竞争、苦痛已不再重要，重要的是从炊烟熄灭又升起的自然景观中汲取继续抬头前行的力量。计较会让自己更加痛苦，竞争会让自己更加疲惫。一切比较、竞争和苦痛，比与我的生命水乳交融的炊烟还轻，我为什么不放下呢？村庄里可以没有高楼大厦，家里可以没有美味佳肴，灵魂的仓库里可以没有金银细软，但村庄里不能没有炊烟，人的精神家园里也不能没有炊烟。应该说，炊烟是村庄里所有人灵魂的导师，她让我们在人生的坐标里找准自己的标尺，时刻保持对生活的信心。

我一直怀念炊烟。远离了村庄的炊烟，我的生命是一条断流的黄河，是一块荒芜的田地，只有炊烟以及村庄里那些与炊烟站在一起的风物，才能让我的生命保持长久的美感、幸福和丰盈。心里空虚的时候，我常常打电话给已经迁居县城的父亲，说我看不到炊烟的落寞。父亲说："孩子，孩子，疲惫的时候，你就跟着炊烟回家。"

通完电话，晚上我就会做梦，梦见炊烟舞动的画面，梦中的炊烟就是一场大雨，湿润我干涸的河床，让我的内心涌起思乡的碧波，一波一波，顺着河流的方向回家。

漂泊的宿命已经不能让我经常回家了，命运把我羁押到远方。一年回一次家，看一次炊烟对我而言，已经是命运的大赦了。我只能在梦里跟着炊烟回家。炊烟是一个村庄全部的重量，是生活在炊烟扎根的土地上的人们的灵魂。对我而言，炊烟的意义就是灵魂的意义。

一个人的灵魂断炊是一件多么可怕的事情，我的灵魂里每天舞动着那么一束束炊烟。

/ 风吹老了什么 /

风就像一个标点，贯穿了我们生命书页的每一天。

年少的时候，我们几个不谙人世深浅的少年常常三五结伴，站在村庄的高台上，等待一阵风。头顶的太阳像一个干烧饼，我们脚下的麦子似乎打了败仗，一副垂头丧气的样子。我们不停地说着脏话，诅咒头顶的太阳。忽然，国锋子指着远处的树梢说："快看，风来了，风来了！"我们欢呼着，揭开衣襟，在阳光下裸露黝黑的胸膛。远处的树梢弯曲着，随风摆动，像一个醉汉，又像一个蹒跚的老人，风由远而近，呼啦啦刮过来。很快，每一缕风似乎都伸出了长长的湿润舌头，舔在我们瘦小的胸肌上，凉飕飕的，舒服极了。我们吼叫着："风来了，真凉快啊，太凉快了！"

我们沉浸在风带来的凉意和酣畅中，一转身，风就跑远了，仿佛被我们的脏话和狂野吓坏了。刚才的凉意陡然消散，风已经把我们抛在身后，自私得像一头受惊吓的牛，奔向远处的田野。我们愣住了，眼睁睁看着这头惊牛跑远。年纪大一点的进红子大声喊："走，追风去！"他手高高一挥，颇像电视里部队的首长。于是他跑在前头，我们跟在后面追风，一边跑，一边喊："追风啦，追风啦，追回这狗日的凉风。"

我们迈过水沟，跨过田头，跳过土丘，连奔带跑，喘着粗气，跑了一程又一程，再也跑不动了，只得坐在田埂上，捂着肚子，眼睁睁看着风在远方蹲下来，撩拨地里青黄相间的麦子、玉米，还有麦地旁不安分的杨柳。

村里年过七十的国祥大爷背着背篓经过我们坐着的麦地，他看着我们满头大汗的傻样，露出豁牙问："你们在干啥？"我们骄傲地回答说："追风！"

"追风？"他很惊讶，觉得很不可思议。他说："我活了一辈子，快入土了，还没有听说过有谁还能跑得过风。傻小子，风是等来的，不是追来的，你们跑不过风的。"

说完他就到水沟边割草去了。我们瞅了他一眼，心里很不服气他的回答。

刘家红说："国祥大爷说得不错，风是等来的，不是追来的，拖拉机都跑不过风，何况我们几个人呢？我们等等吧，说不定等会风就会回来的。"

我们跑不过风，就躲到树荫下。阳光从树叶间洒下来，树叶的罅隙像一把筛子，漏下来的光一粒一粒就像最热的火星子，洒在身上，衣服都感觉到烫。太阳似乎在嘲弄我们，我们继续说着脏话，骂天骂地。

这是多年前的一幕。

写到这里我想起了村里的玉满子。她初中没毕业就到县城里的理发店学理发去了。没过几年，她被城里的几个小青年耍了，村子里的人说，她到城里跟风变成疯丫头了。也就是说她从我们村子带走的风到了城里就歪了，不正了，她被城市的歪风吹病了，原本像马兰花一样美好的女子就这样在村里人的眼里退了色，变了质。她的家人在一个刮风的夜晚，悄悄把她嫁到了很远的地方，没有置办酒席，也没有大红大喜的嫁妆，她被一阵夜晚的风送到了外边的世界。

而我呢？那个曾经追风的懵懂少年，在一个九月，被飘着麦黄、果香、葵花香的风吹到近2000里远的地方。那天，我坐在火车上，看着窗外的风子弹一样飞过，一边体会着第一次坐火车的兴奋，一边翻滚着对村庄的眷恋和不舍。疾驰而过的火车把村庄丢在身后，故乡迅速远去，风依旧，生我的土地依旧，路旁的杨柳依旧，眼泪大颗大颗掉下来，落在手背上。我唯恐邻座的人看见，赶忙扭过头，看着窗外的风如同一个失恋后精神受挫的少女，狂奔，呼啸不止。

为了改变命运，改变那个卑微的农家少年的梦想，我也是去追风的啊，在大城市的校园里。唉，写到这里，仿佛回到了从前，不免惆怅，有一种想流泪的感觉。

几年后，我在异乡的城市安家，每年春节回一次故乡。乘着秋风离开，踏着寒风回去。村庄里的树一天天老了，村庄里的人一天天老了，老家屋檐上的瓦片也被风吹落，路上的泥土少了，少女变成少妇，壮汉变成老人，一些陌生的面孔出现在村子里。她们不认识我，抱着孩子在麦场上晒太阳，惊讶地打量我这个不知从哪里来的外人。

村里的人告诉我，国祥老人去世了，他在一个下雨天给牲口割草时，被一棵大风刮倒的树严重压伤了腰，没过一年就离开了人世。曾经和我一起追风的进红子告诉我，那个悄悄出嫁的玉满子则经常被丈夫酒后施以拳脚。她忍受不了家庭暴力离婚了，回到娘家没多久就疯了，脑子时而清醒，时而混沌。

听到这些消息，悲伤油然而生。那些青春里婆婆自由的风，是村子里美好女子春风得意的花轿啊；那些秋日里被黄昏收拢后归于淡定的风，是村子里历尽人生风雨的老人最耀眼的满头白发。现在，一些人被风带走了，改变了，另一些人正在等待风，抗争风，享受风。

在异乡的城市里混饭的我，每天被不同形式的风熏陶着，考验着，改变着。我到底在风中守住了什么？失去了什么？我想起了国祥老人说过的话：谁也跑不过风的。我明白了，风的力量就是时间的力量。它渗透到我们人生的每个路段，像只兽，有时成全我们，有时伤害我们。风改变了我们的一生，从婴儿到老人，哪个阶段能少了风的力量呢？

我知道，这个霓虹闪烁的都市夜晚，遥远的故乡，风正吹拂着麦子、树木，吹拂着那些被夜色淹没，心情复杂的老老少少。就像抚慰一棵麦子一样，风吹熟了我们的心，年少的肤浅如浮云掠过，风过了，留下的是一颗颗渐渐趋于成熟、稳重、淡定的心。

/ 每一粒麦子里都栖居着故乡 /

要离开故乡了，临走时母亲给我装了几双她亲手绣的鞋垫。父亲站在门口欲言又止，木讷地思量着什么。父母执意要送我到车站，被我拦住了。我说："家离车站这么近，你们歇着，我很快就到了。"别离如针，我怕这针扎在父母脆弱的心上，让和儿子享受短暂相聚欢愉的他们心里生疼。

告别了父母，到了车站，就在我上车的那一刻，我听到身后有人在喊我，扭头一看，是父亲。父亲气喘吁吁地向我挥手，由于患有骨质增生，腿脚不灵便的他连走带跑地扑向即将发动的汽车，手里攥着一个小小的蓝布包，嘴里喊着："等等，等等！把这个带上。"

我停下来，父亲蹒跚着赶过来，把布包塞到我手里。他说："这把麦子你带着吧。"我愣住了，以为听觉失灵，赶紧问："带什么？"父亲说："一把我自己亲手种的麦子。"我感到有些好笑，我在城里工作，又不种庄稼，这么远的路，带一把不起眼的麦子干啥？

父亲似乎看透了我的心思，缓缓地说："想家的时候，可以拿出来看看，闻闻麦子的味道，心里也会舒坦些嘛。"父亲的举动，让我觉得有种不可理喻的拙愚。

车里的乘客都坐满了，司机不耐烦地按着喇叭催促着我赶紧上车。我把麦子装进包里，对父亲说："阿大，你回去吧。你们不要扯心，我到南方后会给你们常打电话的。"

车发动了，我看到父亲还站在车站里的站台上，不停地挥着手，嘴里念叨着什么。汽车渐行渐远，蹒跚前行的父亲一点一点矮了下去，消失在潮水般的人流车流中。

两天后我回到了南方的家里，打开包裹，随手就把那包麦子扔在阳台上。

时间久了，我也忘记了那包带着土腥的麦子。

或许是远离家乡的缘故，每到节假日，我总会莫名地感伤，尽管自己工作生活的环境比起高原的环境好多了，但我总觉得心里缺少些什么。有段时间，由于俗世的牵绊，我的状态不是很好，困顿的时候常常给家里打电话。每次通完电话，父亲总要问他给我的麦子是否放好了，并提醒我经常把麦子拿出来晒晒，不要生霉了。

有次通完电话，想起父亲的念叨，就从阳台上拿出那包麦子，在灯光下铺开。金黄的麦子一粒一粒，仿佛一双双来自远方的眼睛，慈爱地盯着我。这黄，让我想起了父母土地一样的容颜，想起了故乡的大地上，那些埋头躬耕的人们。我捡起几粒麦子放在鼻子下嗅嗅，土腥里和着淡淡的麦香，是太阳的味道、土地的味道，也是父母的味道，有一种说不出的感觉。我突然勾画出这样的一幅水墨简画：虫禽鸣唱，风雨和畅，河流回肠，风吹野旷，霜冷瓦上，月明窗廊，父慈母祥，麦抚肩膀。

顿时，有一种想流泪的冲动，是感伤，亦是幸福。蜗居城市，我还能拥有一把来自故乡的麦子。每一粒麦子里都栖居着故乡。一粒粒麦子就是故乡的版图，弯曲的河流在这版图上不知疲倦地追随着时光奔向远方，像极了我们的父辈一天天走向岁月深处。深蕴其中的风一天天吹着，顺着季节的脉络，吹熟了我们的庄稼，吹老了我们的村庄，吹老了村庄里生息的人们。一茬又一茬的庄稼种了又收，一辈又一辈的人走了又回去。四季的册页里，庄稼是最重要的篇章，为这些庄稼忘我付出的人们还在村庄，而他们的后辈一个个离开村庄，奔赴远方，在城市的屋檐下改变命运的走向。我不知道，在城市的几何形状下，当一缕忧伤卷着麦香，找寻着属于他们的梦想水土，喧嚣的世界里，是否会有一方田垄为他们开怀？

每一粒麦子里都栖居着一颗柔软的心，每一颗心里静静流淌着一条河流。

你顺着河流的走向，用有限的力量改变无垠的时空，那河流的源头有那么几行热泪为你而淌。当暂时的光彩迷醉你的双眼，当城市的灯火映照你忘我的身影，当喧嚣的声响湮没你的乡音，就请你叩拜你盘中的麦子吧。麦子脱掉了锋芒，就像我们的故乡被岁月脱去了盛装；麦子赤裸着给你捧出全部的体香，就像我们的父辈攥紧双手，在艰辛耕耘中给我们全部的爱和希望。

困顿的时候，倦怠的时候，感伤的时候，我就会由衷地想起几年前在故乡的车站父亲给我一包麦子的情景。经历了人世的纷繁，我终于明白，我的父亲，明知道他的儿子在遥远的城市不会顿顿以麦子为腹中之物，还是固执地给儿子一包故乡大地上的麦子。

谁也无法还原从前，而一粒麦子就能让你轻易回到从前。这不仅仅是自然之力。一把麦子，是圣物，也是俗心。俗心解圣物，想必，我在泥土地上生存了六七十年的父亲赠给再也回不到从前的儿子一包麦子，就是让他在审视一把麦子的时候不要忘记感念故乡大地的恩德吧。

世界这么大，尘世这么广阔，一个人的爱只有一粒麦子这么小，我们只能由一粒麦子爱起，然后扩散到整个世界，这或许就是一包麦子给我的人生教义。

/ 麻花背后的故乡 /

每个人身后都有两个故乡，一个是地域概念上的故乡，一个是精神意义上的故乡。我想说的是，如同一个果子，洋溢着色彩和香味的地域故乡只是这个果子的表皮风光，而承载灵魂、种子和血脉的精神故乡才是果核。我们眷恋故乡，首先爱的是流传在那里的风情、文化和生活在那方水土的人们，然后才是蕴涵在地域概念中的水土、草木、风俗。精神情感之核内的故乡像一根射线，贯穿起一个人的生命历程。

故乡的风土人情、牲畜灵物、山川草木、方言土语、谷物蔬菜以其朴素、平常、世俗的一面，在我们情感的射线上散发出温馨而又绵长的光泽，让身在异乡的游子于孤独中有了灵魂的寄托。这些风物如同一道道护身符，护佑着他们走在路上经历风霜，接近自己所要企及和追寻的梦想。

美食最思乡。在特殊的日子里，味蕾最容易勾起游子最温暖美好的回忆。一年的春节，我没能回到2000多公里之外的故乡。过年的时候，对故乡的眷恋，如同不停转动的钟表指针一样，一刻也不曾停止。尽管春节期间，每天酒肉穿肠而过，置身热闹喧嚣当中，我总觉得自己的味蕾所品中少了一种味道，内心深处有一些落寞、感伤。我想念老家大姐油炸的麻花。于是给远在青海的她打电话，让她给我邮寄一些她亲手油炸的麻花。接到电话后，姐姐很高兴，她没想到在城里过着舒适生活的弟弟还和当初一样喜欢老家的面食。

初四那天中午，我正在亲戚家喝酒，姐姐打来电话说："弟弟，麻花已快递给你了，为了防止麻花长毛，我在纸盒子上钻了几个孔透气。在邮局我以为汇费只要三四十元钱就够了，没想到花了120多元。当时我身上没有那么多钱，本想第二天再给你寄，又担心耽搁了，就打电话给附近菜市场卖菜的同行，请她送了点钱，才凑起汇费给你寄出。"

听了姐姐的话，我有点难过。可怜的姐姐，因为要盖新房，欠了几万元的债务，日子过得紧巴巴的。为了弟弟能够吃上家乡的麻花，她竟如此费心。种菜的姐姐，由于菜价不景气，收入勉强过日子。每一元钱对她来说，都很艰辛。有时候种菜所得还不够所付出的成本，只好眼睁睁看着菜烂在地里，或者把菜铲了，要么送人喂猪，要么倒进河里。这是何等辛酸、无奈、痛心的事情。务农的宿命像一根绳子，深深地勒进她的机体，让她终日像个陀螺，围着菜地、市场、家庭、打工的地方不停辗转，没有喘息的机会，而她艰辛的付出，所得到的回报总是那么不尽如人意。

我给姐姐说："姐，我让你费心了，过了春节我给你汇点钱。"姐姐说："千万别汇，千万别，你贷款买了房子，很不容易！作为姐姐，我不但没有帮上忙，反而给你添负担，我很过意不去。你的心情我理解，你汇钱，我心里会更加不安的。"

我说："几百元钱是小数字，这事你不要放在心上。"

挂电话时，姐姐再三强调："你千万别给我寄钱，早知道你会给我寄钱，我就不给你寄麻花了，只等你明年回来，我亲手炸了麻花给你带走。你早点把房贷还了我们就安心了。"

假期过后，我到单位上班，传达室有几家报刊寄来的几百元稿费。当天中午，我就把这些稿费寄给了姐姐。第三天，我收到了姐姐寄来的一纸箱子麻花。箱子被透明胶带严严实实裹了一层又一层，麻花上的油渗透了纸箱，使原本较硬的箱子变了形，软塌塌的。透过胶带，我看到箱子上钻了很多圆珠笔杆大的孔。在邮寄单邮寄物品一栏中，我看到了一个字："馍。"姐姐的字歪歪扭扭，一个"馍"字，让我鼻子发酸眼眶发热，这是多么温情、朴素、久违而又庄重的词啊！城里人只知道面包、汉堡、麦片，有谁能知道"馍"这古老的文字背后所蕴涵的那份艰辛和深情呢？

打开箱子，菜油的香味扑鼻而来。金黄的麻花全部碎了，几乎没有一个是完整的。稍微完整的麻花上有出锅时留下的酥散气孔，仿佛一个个明亮的眼睛，打量着我这个远离故乡的游子内心有多少落寞和感伤。碎了的麻花，里面是雪白的面粉，如同姐姐那洁白的内心。菜油让我想到了金黄的油菜花、碧绿的茎叶，面粉让我想到故乡的雪，想起了姐姐那朴素的心。金黄的麻花，最容易亲近大地，亲近我远离故乡的心。粮食属于大地，属于大地上的故乡。麻花是大地的肤色，让我想起亲人那被高原的太阳晒成古铜色的脸。

看着这些穿越2000多公里地的麻花，我的眼睛湿润了，思乡之情缓缓涌上心头。我翻了翻碎了的麻花，细心的姐姐为了防止麻花上的油渗透纸箱，还特意用几层报纸铺在箱子里边。文化程度不高的她犯了两个常识性的错误：一是报纸更容易吸收油分，让纸箱变软变形，如果用塑料包裹，效果会更好一点；二是她用胶布把纸箱子外面封了个严实，堵住了钻在箱子上的孔，空气不流通更容易让麻花长毛。好在她寄的是快件，不然最起码在路上要七八天时间，麻花闷在箱子里长毛是免不了的。

我当即打电话给姐姐说："姐，我收到了你寄的麻花，又酥又脆，太好吃了。看到麻花，我如同看到了你一样，心里热乎乎的。"姐姐赶忙问："有没有碎掉？我怕邮局的人摔纸箱，再三叮嘱他们小心轻放，不要摔。"我说："没有，全部是完整的，你放心啊。这么多的麻花，足够我吃很长时间了。你炸麻花用不了多少钱，快递费是成本的好几倍啊。"姐姐说："弟弟，亲情哪里还需要计较成本啊！只要你吃了不想家，花多少钱我也愿意。麻花没有碎，我就放心了，我就担心麻花在路上被摔碎。"我说："我给你汇了400元钱，你贴补家里的开支吧。"姐姐叹了口气说："唉，你咋就不听话呢？让你别汇，你就是不听。我吃自己种的菜，不要花钱，你在城里到处都要花钱，你这样，我很过意不去啊。唉！你就是不听话！"

电话里，大姐不停叹息，声音听上去有点哽咽。我赶快挂了电话，我知道，再说下去，她说不定会哭。以前我给她汇钱，她总会自责难过，有几次收到我给她的钱，她还哭过，说她自己命不好，种菜卖不了钱，家里建新房欠了债。作为姐姐不但给弟弟帮不了忙，出不了力，反而拖累了弟弟……

一箱麻花让我所有的情思回到了故乡。距离不是隔断情感的河，也不是割裂伤口的刀。乡愁不因光阴逝，故乡更与风物亲。总有一天，这些麻花会被我贪婪的肠胃消耗光，但我知道，麻花背后的故乡，故乡阡陌里不停奔波的亲人会因这接近大地的食物而在我的心灵深处像冬夜里的油灯一样温暖绵长，十指连心，地老天荒。

/年是一种召唤/

酒水长，田野黄，老树望，糕点香，年关里飘着忧伤。

年就像一个蹲在时间深处的老者，发如雪，须如弦，眼如泉，依偎在村口的老树下，久久守望。

"爆竹声中一岁除，春风送暖入屠苏。千门万户曈曈日，总把新桃换旧符。"春天推着年，在寒风中缓缓前行，由远而近的是熟稔的乡音。道道桃符红光满面，杯杯热酒倾诉衷肠，远走他乡的人，背着行囊，默念着远方亲人的召唤，辗转南北，回到他们久违的家园。没有了羁旅他乡的牵绊，没有了"乡音未改鬓毛衰"的落寞，像一支支箭镞，将乡愁的箭矢精确无误地射向故乡的靶心。

像一张张灵动的红剪纸，安静的故乡有了年的红晕。喜鹊以佛的慈悲心欢喜心，在家门口的白杨树上欢叫、报喜，迎接一个个游子。脱了毛的老狗摇着尾巴，深情的眼眸盛满泪水，伸出长长的舌头，舔着久违的家人的裤脚。听到门的响声，卧在炕角的老花猫跳起来，冲出门，向一别经年的亲人撒娇呢喃。就连那些木讷地反刍甘草的牛羊也不甘落后，停止咀嚼，深情地凝望回家的亲人是否瘦了。

这些生灵，都是我们家族重要的一员。它们站在大地上最先感知亲人到来的讯息。

年，在岁月深处，汹涌成一股潮水，负载着背井离乡的人，穿过远方的河流、人流、山川、田野、站台，顺着故园的呼唤，将酝酿了很久的故园之恋，像酒精一样一次性燃烧。端起酒杯喝干，放下杯箸唱歌，吼一声故乡，泪流满面，叫一声母亲，衷肠百结。所有的愁绪，所有的委屈，所有的欢喜，都盛在

"年"这个被时间打造的情感之杯中。没有顾忌，没有痛楚，端起来尽情分享。

故乡如佛，年关如庙堂，让每一个游走他乡的游子皈依家园，平静、安详、幸福，醉倒在家的胸襟里。只要回到故乡，他乡的秩序、规则、面具统统远去，只有熟悉的脸庞、熟稔的风景、熟透的方言、熟知的故人，一切没有了距离，没有了设防，只有浓如酒、醇如蜜的真情。我一直把故乡当作圣母，当作灵魂的佛门。每当过年的时候，总觉得自己的体内有一股火在燃烧，我知道，那是潜伏在我心灵深处的情感雷达，在时空深处感应着故乡的召唤。只有在这恒久的佛门内，我在尘世间喧嚣孤单的心，才能归于安详，也只有在这圣母光辉的映照下，我多愁的心才不觉得尘世的悲凉，人生的沉重。

年，只是一种文化符号，情感标记，是岁月长河浣洗后让我们回归传统生命的节点。是年，激活了我们压抑在他乡被各种道具、面具覆盖、遮挡的心灵。你可以在异乡将泪水咽下，但顺着年的召唤，回到生你养你的地方，即便你泪水汹涌成河，你也会觉得，这是很幸福的事；即便你孤寂如地下沉默的煤，只要回到你的灵魂和这方水土血脉相连的家园，你的孤寂如煤燃烧，不觉寒冷。

年，是穴居在我们生命深处的一个圣物，它不再是传说中的猛兽，而是一种情感的召唤、文化的召唤、传统的召唤。顺着这声悠长的召唤，你会发现人世间最美丽恒久的爱恋，最温暖宽容的情怀像花蕾一样，被年举在手中，在岁月的长河中，让你生命的原野芬芳遍地，美好丛生。

一声召唤，一腔爱恋；一次回归，一年幸福。"年"是幸福的始发车站，携着眷恋上车，背着欣喜落座，这幸福的回归列车让你挥别尘世烟云，不觉悲凉，温暖久长。

献给行动派

序

从 2007 年起，我每年都在中国人民大学讲授组织行为学，授课对象包括本科生、研究生和 MBA、EMBA。学生常常在上第一节课的时候问我："组织行为学是一门科学吗？""它都在解决什么问题？""学习它对于我的生活、工作有什么样的意义？"

而在课程结束后，我总会收到这样的反馈："组织行为学真的很有趣！""原来可以这样去看身边的世界！""我的视野发生了变化！"其中，印象最深的一件事是，一位企业 HR 在学习完环境对工作行为的影响规律后，马上就对自己公司茶水间的颜色和物品摆放进行了更改，并将员工的反馈记录下来。这种从认知到实践的转化率之高，转化速度之快，不禁令人赞叹。

授课过程中不断涌现出的大量行动者和行动方案，让我加深了对组织行为学的理解，这门学科的魅力也随着外部环境不确定性的增加而日益凸显。在我看来，它既有趣又复杂，既尊重知识传承又紧扣时代变化，背后拥有一整套完备的研究范式和思维逻辑，足以应对宏观和微观环境变化所带来的一系列挑战。这套范式或者逻辑，不仅给我带来了研究上的启发，也重塑了我的底层思考框架。因此我想完成这样一件工作：把这套框架或者底层逻辑介绍给你，把组织行为学给我带来的成长也交付给你，这是我写这本书的初心之一。

组织中没有绝对的真理，因为组织行为学就是要在不断的时代变化中找到影响事物走向的本质规律，这种与时俱进的特征正是该学科最吸引我的一点。为了将这个特征体现出来，我选择在写作时抛开现有经典书籍，直接用最新的学术理论去匹配最迫切的管理问题。跟课程比起来，我在书中增加了对老龄化、数字化和多元化的探讨。写作过程中，针对某个问题，我会向进行过类似研究的同行专家请教，务必做到理论前沿、定位准确而且方案行之有效。

人一生会不断地进行自我管理和对他人的管理，了解人与人之间、人与组织之间、组织与社会之间的基本规律是我们的本能。组织行为学帮助个人摆脱直觉和经验的控制，跳出个体层面的局限，从更高的层面去俯视组织运行的规则，看透人与人之间的关系，用动态思维代替静态思维，从时间的视角去重构自己的世界观。我想，你之所以买这本书，是因为你和我一样，不仅想获得问题的解决方案，还想挖掘问题背后的本质规律，在历史的洪流中能够跃出水面看到大势所向。

在我眼里，你应该是一个随时准备躬身入局的人。这本书的目标也很简单，就是让你不以组织行为学研究为职业，也能拥有组织行为学家的智慧。你要的是豁然开朗、柳暗花明的顿悟，是可以举一反三、学以致用的知识体系，而不是对泛泛的经验主义、成功学说的盲目遵从。你要的是一步一个脚印地扎实学习，最终用科学的逻辑体系武装好自己。

这本书，给你的就是这样一个完整的体系——

它为你讲解组织行为学的基本逻辑，让你从个体 / 群体 / 组织 / 社会的不同角度进行多层次思考，你会发现每一个行为背后都隐藏着时代的烙印、组织的影响和个体自主性的共同作用。

它会告诉你最基本的研究范式，让你在不断变化的外界环境中找到一个稳定的锚，可以对复杂现象抽丝剥茧，找到最关键的那条线索。

它会为你介绍组织行为学的最新研究结果与理论，你会发现这本书比任何一本现行的教科书都解释得更前沿、更深入、更实际也更有趣。

它会给你有效的行动方案。组织行为学的很多理论并不难懂，但想做到时刻应用却很难。我会通过大量的实际例子，用一个个生动的行动派方法去点燃你的行动力，让你融会贯通，自然而然地用组织行为学的方式来对世界做出反应。

它会帮你提升批判思维的能力。我们身边总是不断涌现出新的观点和理论，不论你觉得它们层次如何，你都可以增加见识，并以科学的方式对其进行拆解和辨识。

它会助你变得更宏大、乐观和进取。你将学会把个人发展、组织管理和时代特征合并进行思考（宏大）；你将选择解决问题，而不是动不动就抱怨和指责（乐观）；你将不断地渴望前进，用自己的力量去改变周围的环境（进取）。

你会发现，我们都嵌套在文化、社会、组织和家庭之中，我们的每一次行为都蕴含了复杂的组合因素。探讨个体的行为是独特而迷人的，而探讨组织的行为则是更为有趣和意义深远的。组织有自己的内在逻辑和生命周期，我希望带领你进入这个领域，用一种新的视角去看待世界，选择自己的行动方式去推动变化的发生。

目　录

第三章　重塑组织

第四章　组织发展的挑战与机遇

前　言

　　组织，指的是人们按照一定的目的、任务和形式编制起来的社会性系统。它的历史非常悠久，基本可以与人类社会的历史相提并论。常见的组织类型包括服务性组织，如医院、学校；互益性组织，如工会、俱乐部、政党；公益性组织，如消防部门；以及数量最多的营利性组织，也就是我们常说的商业组织，像工厂、商店、公司、银行等都属于这类。

　　人们对组织的观察与研究，也已经进行了上千年，涉及各个方面，比如专注于研究组织目标、方针和发展方向的组织战略研究学派，从经济学视角对组织的资源配置等进行研究的组织经济学等。而本书要介绍的组织行为学，关注的则是各类组织的行为规律，包括个体、团队及组织三个层面：如何根据员工各自的特点及其共性来安排工作；如何协调组织中人与人之间的关系，实现团队整合效用的最大化；如何设计组织的结构、氛围和文化等，以促进组织中人的发展和组织目标的实现。在这三个层面之外，宏大的社会环境与时代背景也会对组织的行为产生影响。

用实验数据说话

那组织行为学具体是怎么做研究的呢？

2008 年，美国银行遇到了一个特别棘手的问题。管理层发现，电话客服部门的工作人员不但普遍效率低下，工作情绪也不高，直接导致业务成交量大幅下降。同时，客服人员的业务水平也出现了问题，常常无法及时解决客户的问题，客户的不满和抱怨与日俱增。大量客户的流失，让银行损失了不少利益。

为了解决这个难题，美国银行请来了美国麻省理工学院教授、著名的组织行为学家阿莱克斯·彭特兰（Alex Pentland）。以往，教授们都会滔滔不绝地讲授相关理论和实战经验，但这位教授却说：走，我和你一起去现场，咱们来做个实验。

彭特兰带了自己发明的特殊仪器，有点像挂在脖子上的小型蓝牙设备，用来记录佩戴者日常交流的数据：比如和谁说了话、内容是什么、语气怎么样等。他要求，接下来的 6 周，电话客服中心的 3000 名员工在工作时间内都必须佩戴这个仪器。

接着，彭特兰教授把那些绩效相对较好的团队的数据与低绩效团队的数据进行了对比，发现绩效的差异与管理水平、有没有搞团建，甚至团队负责人的个人领导力都没有关系。差异取决于一个再简单不过的因素：大家彼此间非正式聊天的机会多不多。

于是，彭特兰给这个部门支了两招。一是设置更多非正式交流的空间；二是调整倒班时间，让更多人可以一起休息。这样做的目的是让大家有更多的机会可以闲聊："我怎么搞定了一个特别难缠的客户""我哪句话说得不好，惹人生气了""我有一个推销产品的好方法"，等等。

这样一来，有价值的经验就能借由谈话，在咖啡壶或者饮水机边上被传开，被更多人借鉴，从而提高整体效率。同时，那些因为工作产生的负面情绪，也可以被同事间的互相安慰消解掉，员工便可以更好地投入接下来的工作。改变休息时间和沟通空间等做法，为美国银行每年节省了约 1500 万美元。[1]

彭特兰的做法，就是非常典型的组织行为学的方法：在帮组织出谋划策时，不过分遵循以往经验，也不依据所谓的大众认知，而是通过做实验，用事实说话。换句话说，组织行为学走的是实证主义的路子，跟同样以组织为研究对象的传统管理学很不一样，后者依靠的是纯粹的经验主义。

假设现在要帮一家企业解决员工爱迟到的问题，传统管理学家会根据其他企业的案例，也就是依据以往的经验进行归纳判断，从"过往"中找寻解决方案。而组织行为学的学者，很可能会选择做一系列实验，调整一下上班时间，或者增加一点儿奖惩措施，来确定这家企业的员工爱迟到到底是因为什么，再对症下药。

具体来说，组织行为学的研究实验有两大特点，一是抓行为共性和特性，二是强调系统性。任何组织的最小构成单位都是人，

---

[1] 〔美〕阿莱克斯·彭特兰：《智慧社会：大数据与社会物理学》，汪小帆、汪容译，浙江人民出版社 2015 版，第 91—93 页。

而人是最复杂的生物。

正如德国哲学家莱布尼茨所说，"世上没有两片完全相同的树叶"，同理，世界上也没有两个完全相同的人。面对相同情境，每个人的反应可能会不同。甚至，同一个人在不同的情境下也会做出不同的行为。

举个例子。前两年有一个跟管理有关的名词在国内特别火，叫"走动式管理"，说的是管理者不要总坐在办公室里，而应该多去员工的工作场所里走走，这样才能发现问题，解决问题。

但这种方法并不总是有用。比如有的员工并不愿意和老板交流，只想专心从事自己手头的工作，看到老板时时过来走动、问东问西，反而觉得自己被打扰了、被分心了。但有的却恰好相反，会抓住老板视察工作的机会，跟老板聊一下自己最近的工作情况，说不定还会顺着话头提一些意见和要求。

好在，人的行为并不是随机发生的，而是有规律可循的。组织行为学的价值之一，就是从这些看似毫无章法的行为中找到共性和特性，总结其中的规律，从而帮助我们解释、预测、控制和引导人的行为。

像上面提到的"走动式管理"，组织行为学家就通过实验发现，不愿意和老板多交流的，一般都是偏内控型人格的人。这种员工自我掌控感很高，不喜欢老板过问自己的工作，而是喜欢直接交出令人满意的结果。根据这一规律，组织行为学家就可以给领导者提供具体的建议：对于偏内控型人格的员工，领导可以在一定情况下充分授权给对方，并注意在工作进行过程中不要过多干涉；但对于偏外控型的员工，领导则可以提高沟通频率，跟进他们的任务执行情况，并及时给予反馈。

实证主义给组织行为学带来的第二个特点，是强调系统性。这意味着我们在做研究或解决问题时，需要把某个问题看成一个系统，先把这个系统进行拆分，明确它的组成部分，然后确定具体每一步要做什么，一步步地找到答案。

比如，上面提到的走动式管理的例子，组织行为学是怎么确定哪个因素在影响实施效果的呢？首先，组织行为学会找到已经对走动式管理有所体验的员工和管理者，分别就他们的经验和感受进行访谈。这一步是要大致确定走动式管理导致的问题有哪些，可能受到了哪些因素的影响，这些问题和影响因素又分别属于哪个层面或者具备何种性质。

其次，以这些反馈为基础，锁定其中影响最大的因素。锁定的办法有很多，比如实验法、调查法等，具体选择哪种方法取决于实际情况。如果希望对过程进行严格控制，排除对结果可能有影响的内外部干扰因素，可以采用对照实验法：找两家不同所有制类型的公司（如国有企业和私营企业），在每个公司内部分别设置一个对照组和一个实验组。实验组就是让管理者进行"走动式管理"的组，而对照组则无须做出任何改变。然后，根据具体情况确定实验做几次，每次主要考察哪个影响因素，效果的评定指标为何等。就这样一步步往下推进，直到找到问题的答案。

同时，系统性意味着，我们在分析问题时，不但要考虑相关组织中的人、事、物，还要考虑到组织和外部环境的交互作用。这既体现在研究视角的层层递进上，也意味着要对影响组织运作的所有变量进行系统的考量。

比如，"提高团队创造力"的举措有很多，包括制定创新激励制度，给团队放权，营造更轻松的创造氛围，招聘时侧重考察与创造力有关的特质等。但到底哪个最有效？哪个更重要？好像无法一下给出准确的答案。

这时，我们就需要把这些举措所涉及的因素，整合到一个思考体系里，再进行综合考量。

其实，用来提高创造力的这些举措，出发点不外乎三个：员工个体特征、团队特征以及组织特征。个体中的人格特质、员工的情绪、员工的态度和满意度，都是创新的关键影响因素；同时，好的员工离不开团队的支持，团队氛围、团队角色、团队的领导，都会影响创新行为的实现；最后，组织是创新的根本保证，组织要有合适的激励机制、良好的氛围、扁平的架构。而这些不同层次的要素之间，又是相互影响和动态关联的。这样一来，借助系统的逻辑，我们就可以把问题想得更清楚、更有层次，然后再一层一层地排查问题，制定相应的、成体系的解决方案。

既然组织行为学的研究是从实际出发、以事实为基础的，那它最后提供给组织的解决方案，其实就是一份行动指南，既有时效性，也有可操作性。比如，彭特兰给美国银行出的主意，就是两条非常具体的建议：增加非正式沟通空间，调整倒班时间。这有点儿像西餐的食谱，会告诉你炖鸡时，先放 15 克姜，等炖了 30 分钟后再加盐 10 克，很精确，哪怕是厨房小白，也能很快上手。

同样是研究组织，管理学给出的结论就比较模糊，类似于中餐的食谱。比如你要炖鸡汤，大厨会告诉你，你要放盐少许，最后放适量香菜。"少许""适量"具体是多少呢？全靠个人的理解和不断试错，没有统一的标准答案。

简单来说，前者追求的是具体且可操作的结论，而后者追求的则是抽象、简洁、指导性强于实践性的结论。

之所以有这样的差别，归根结底，是研究范式的不同：实证主义讲究因地制宜，也就是权变，以及用科学的方法对理论进行证明和演绎，不断地扩充和发展认识。而经验主义侧重于"归纳推理"，更多是在感性经验的基础之上进行归纳和总结，试图找到普适性的结论，但无法确保这些纯粹来自经验的理论是否适用于所有的组织。

正因如此，世界范围内最权威的组织行为学著作、斯蒂芬·罗宾斯（Stephen Robbins）教授撰写的《组织行为学》，每几年就要重新编写一次，不断完善与组织相关的理论和应用场景。

霍桑实验带来的管理变革

组织行为学实证主义的这一特质，与管理领域的一场革命——霍桑实验——有关。

1929 年，大萧条爆发，经济危机席卷全球，一批又一批企业破产倒闭，工人不但收入骤减，还出现了普遍的心理问题。据说，纽约廉价旅店的服务生见到顾客都要问上一句："您是来休息的，还是来跳楼的？"

反过来，工人的这种精神状态进一步影响了企业的生产。本就单调、劳累和紧张的劳动，加上如此低落的状态，只会使效率越来越低。但另一方面，在如此艰难的市场环境下，管理者期望的则是工人可以效率更高。如此一来，劳资双方的矛盾越来越大，罢工事件频发。

为了帮助企业恢复正常的生产秩序，提高收益，经济学家建议政府进行宏观调控，从整体上解决社会就业和经济发展的问题；管理学家则试图从各个企业找寻经验，总结出一些方法供大家参考；心理学家这时候也行动起来，一些教授走出校园开设诊所，希望借心理疏导来抚慰心灵。但这些措施远远不够，大萧条所带来的问题仍然没有得到解决。

严峻的形势，使得学者们开始探索、尝试更多新的方法和思路。1924 年到 1932 年，乔治·梅奥（George Mayo）教授在美国西部电气公司位于霍桑的工厂开展了一系列实证研究，来具体分析工作的客观环境（如照明条件）和福利对工人生产效率的影响。这就是著名的霍桑实验。

物理、化学实验很常见，但对组织中的人进行实验，梅奥是第一个。他在霍桑工厂的实验分为四个阶段，包括工作场所照明实验、继电器装配室福利实验、访谈实验及群体实验。实验结果与相关分析，随后被梅奥整理为著作《工业文明的人类问题》。

比如，为了弄清楚工资对生产效率的影响，梅奥对一个班组实行了特殊的工人计件工资制度——集体计件工资制度，即根据小组的总产量向工人支付报酬。梅奥设想，这种工资制度应该会使总产量增加，因为只有总产量增加了，组里的工人才能获得高报酬。他还推测，这样一来，产量高的人就会为了获得符合自己产量的工资，而迫使产量低的工人提高产量。可结果显示，工人并不会为了获得更高的工资而去鼓励别人生产更多的产品，相反，他们会故意维持中等水平的产量。也就是说，钱在这里并没有起到激励作用。

通过进一步的分析和采访，梅奥了解到，原来工人会为了维护整个群体的利益、同时避免自己被群体排斥，自愿牺牲部分个人利益，把产量维持在同一个水准上。因为如果产量增加，工厂可能就会提高奖励标准，或裁减人员使部分工人失业。同时，要是太突出自己，可能会导致干得慢的同伴受到惩罚，这样的"异类"会被大家排斥甚至"惩罚"，轻则遭到挖苦谩骂，重则遭到拳打脚踢。从这个例子来看，制约生产效率的关键并不是通常以为的金钱，而是非正式组织的行为规范。

梅奥的这一实验，掀起了一场"从现场实验开始的管理革命"，标志着管理研究从此有了一条新的轨道——实证主义，也为大萧条期间的生产不振问题提供了一条有效的解决途径。

而组织行为学，就是在这一背景下诞生并逐渐成长起来的。可以说，它从一开始，就与经验主义的管理学走上了不同的路。

接下来，学者们又吸收了社会学、心理学等领域的研究成果——这些学科也都带有明显的实证主义风格，社会学研究需要依靠调查取证，心理学也离不开一系列的严谨实验。历经数十年发展之后，"组织行为学"这一学科名于 20 世纪 60 年代前后正式进入大众视野。

从诞生到发展，组织行为学始终坚持着实证主义，也不断吸纳新的实证经验，充实自我。这一特质，使得组织行为学在当下越来越受到组织的重视。随着社会的发展，组织越来越多元化，遇到的问题也越来越复杂化和个性化，自然也就需要更有针对性的实操方案。而这正好是组织行为学所擅长、但其他研究组织的学科所欠缺的。[1]

每个工作党都用得上的行动指南

这本组织行为学讲义是否只适用于组织的管理者呢？当然不是。

---

1 Mischel, W. , *Personality and Assessment*, New York: Wiley, 1968.

不论你身居何职，老板也好，员工也好，只要在组织里，大家遵守的是同一个逻辑。你只要把问题的主语和宾语调换，就可以对自己的处境、面临的问题有更清楚的认识，进而找到更适合的行动方案。

比如，我们可能经常会疑惑：为什么我很努力，公司却不提拔我？为什么那个人业务能力不行，领导却好像很喜欢他？为什么领导要安排一个跟项目"无关"的人进来？

我和一家兵工集团有过合作。它属于制造武器弹药的特种行业，非常强调专业性。但是，它却在每个研发小组里安排了一个财会出身的员工。很多人就不理解，还会鄙视这个岗位：凭啥他能来我们这里，讨论时也不见他说话。

企业领导告诉我，这个人不懂怎么造武器，但他懂成本核算。比如大家设计了一件很好的产品，但材料需要从俄罗斯购买。他就可以快速心算出成本，判断做这个项目值不值得，如果不值，迅速叫停，让大家改一个方向。这个逻辑，普通员工是看不到的。

如果企业里的技术人员能看到这个逻辑，他就不会觉得领导是在瞎指挥，也不会猜测领导是不是对自己这个小组不放心、有意见，要放个"自己人"进来监管。同时，技术人员也不会因此看不起财会，更不会排斥他。有这样的理解之后，再讨论产品，说不定技术人员会主动问财会：你觉得用这个材料，成本上合不合适？就价格来说，你还有其他推荐吗？这远比一个人在那儿瞎揣测更有意义、更能产生价值。

我很喜欢万维钢老师一本书的名字——《你有你的计划，世界另有计划》，放到组织行为学的研究范畴里就是："你有你的逻辑，但是组织另有逻辑。"

如果你能够从群体层面、从人和人互动的层面去解决问题，那恭喜你，你有了管理者的基本思维。如果你继续往上走，不仅能够从个体、群体互动的角度看问题，还能够从组织与社会环境的关系里找答案，那你就具备了高段位管理者、也就是企业家的思维。

一旦掌握了组织各个层次的行为逻辑和规律，你就能站在高处，顺势而为，游刃有余地解决在组织中遇到的各类难题，成为一个积极乐观的行动派。同时，当你了解到的组织逻辑越多，当你越来越习惯转换角色去看待同一个问题时，你就会逐渐具备管理者的素养和视野，从而为你接下来的职业进阶奠定坚实的基础。

因此，这本组织行为学讲义适用于每一个希望职场跃迁的人。

本书的前三章，会分别聚焦于个体、团队以及组织这三个不同的层次，就组织面临的一个个真实问题展开具体的分析讨论，给身处其中的管理者和员工提供行动方法和行动指南，帮助大家搭建起一个系统的组织行为学知识体系。作为一门贴近现实、强调权变的学科，我们还需要关注组织在当下的新机遇、新挑战，所以我选择了近 10 年里最热门的 4 个前沿话题，作为第四章的内容，和你一起探索组织发展的新趋势。

需要说明的是，在各种组织中，商业组织的形式和运作方式最为灵活多样，是组织行为学的研究重点，因此本书在探讨和举例时，基本都以商业组织为对象。当然，总结的经验与方法，也适用于其他类型的组织，只要根据具体情境加以灵活应用就可以了。

无论你是 CEO 还是中高层管理者，是创业者还是希望得到晋升的普通职员，相信你都可以在这本书里找到一份实实在在的行动方法和行动指南，从而跟上组织的节奏，甚至洞察它的模式，超越它的变化，提前制定自己的行动策略。

第一章

————

激发个体

古希腊哲学家泰奥弗拉斯托斯（Theophrastus）曾经很不解："所有的希腊人都生活在同一片天空下，接受相同的教育，为什么性格构成却是多种多样的？"

　　两千多年来，虽然人类学、心理学、社会学等领域的学者，都在用各自的方式探索着其中的关键，但至今还没有定论。而且，随着研究的深入，人们发现，个体间的差异远比之前想的更复杂，这不仅体现在性格上，还体现在能力、价值观、情绪等多个方面。

　　正是这些复杂的、看似难以揣摩的个体，通过连接和协同让组织这个系统运转起来。可以说，个体既是组织这个系统的组成部分，又是其驱动力和驾驶人。因而，个体越复杂，差异越显著，就越需要对其进行了解。因为只有了解了个体的复杂性，才能有针对性地找寻有效的方式，激发组织所需要的个体特质和潜力，也才能进一步了解更高层次的群体和组织，让组织运作得更好，发展得更稳。

　　基于近百年对组织中个体行为和态度的研究，组织行为学形成了关于组织中个体的系统洞察，这为我们解开个体的复杂性，对个体进行有效的激发与管理，提供了理论基础和行动指南。

这一章将围绕个体这一主题探讨三大问题：人的复杂性体现在哪些方面？组织为了管理人可以设计哪些制度？对雇员来说，该怎样更好地认识组织的逻辑？

性格：怎样重塑个体特质？

我曾听一位银行 HR 抱怨，现在招人是越来越难了，不说金融顾问这样的专业人才，连一个合格的综合柜员都很难招到。

所谓"难"，并不是说应聘人数少，毕竟银行业最近几年的热度并没有降低，相关专业的毕业生每年也都有一大把。HR 头疼的其实是招不到合适的、满意的人才。

比如综合柜员这个岗位，在 20 年前，可能只需要有基本的业务能力和亲和力就能胜任。但现在，随着互联网的全面渗透，应聘者还需要对新技术敏感，能玩转营业大厅里的各种自助机器和手机客户端。同时，他还得对银行的业务非常熟悉，有基本的金融知识，能简单解答客户提出的问题。

这既是社会发展的必然结果，也是用人机构实现升级换代的关键。所以，不光银行业，几乎所有行业、所有岗位，包括销售、客服、研发，甚至网约车司机，对应聘者的要求都越来越高。为了筛选出具备相应能力的应聘者，HR 们不但增加了应聘环节，还加大了考核的难度。

2019 年有一则新闻提到，一名程序员应聘一家大型互联网企业，前后共面试了 7 轮，总耗时 3 个月，才拿到了录用通知。[1]

如果花时间、花精力，最后能招到一两个合适的人，似乎也还不错。但问题是，随着工作内容越来越复合化，大多数岗位的职责并不像前面提到的综合柜员那样，用一两句话就能概括。职责如果都说不清，那该怎么来判断应聘者是否合适呢？

HR 通常会提高招聘标准：学历要求是硕士及以上，学校要求是清华北大等名校。在一般的认识里，好的学历不但意味着优秀的专业背景，也代表了一个人的综合素养。

如果说专业背景跟基础技能挂钩，偏向具体的、现有的能力，那综合素养就跟应聘者的性格相关，代表着一个人的潜力，很大程度上也代表了他的未来发展。随着岗位职责越来越模糊，应聘者的综合素养、性格的重要性，也越发凸显，甚至有时候比已经具备的能力更重要。

那么，提高招聘标准的思路看起来没问题，可以在相对节约成本的基础上减少招聘的失误。但尽量减少失误只是权宜之计，并不能保证一定可以招到满意的人才。而且，比起已经付出的时间和精力成本，这样的回报似乎也不划算。

那该怎么办呢？组织行为学认为，完全依赖招聘来获取人才

---

1 数学秒会：《程序员通过 7 轮面试拿到谷歌 offer》，http://baijiahao.baidu.com/s?id=1642443050276644914&wfr=spider&for=pc，2021 年 3 月 31 日访问。

并不可取，在工作情境中重塑员工的特质，使之匹配工作岗位的需求，才更具管理价值。

重塑性格的关键：强情境

人的性格，也就是我们常说的人格，可以简单概括为个体所拥有的比较稳定的心理特性的总和。这也是心理学、社会学等学科的研究热点。不同学派的不同学者针对性格的组成元件及影响其形成的各种因素，提出了各自的看法，但目前还没有统一的标准答案。

人们往往觉得，跟能力相比，性格是非常复杂、甚至难以捉摸的。尤其是成年人的性格，早就定型了，很难改变，更别说"培养"了。HR 也倾向于在招聘时就挑选性格更合适的，一劳永逸。怎么选呢？有看学历的，有专门设置性格考核环节的，等等。

但根据组织行为学的研究，性格事实上是可以改变的。

我所负责的课题组在进行跨区域人格研究时，调查过某大学毕业班学生的人格，从中发现了一个很有意思的现象。来自广州的学生在毕业前，人格测试里开放性得分的均值比来自哈尔滨的学生高，这在一定程度上可以归因于珠三角的国际化程度相对更高。毕业后，来自广州的部分学生去了某国企工作，来自哈尔滨的部分学生去了当时实力很强的外企微软工作。一年后，我们重新对这些学生的人格进行了测试，发现去微软工作的哈尔滨学生的开放性得分均值，大幅反超了去某国企工作的广州学生。

类似的发现还有很多，比如原本缺乏积极性的员工，在领导的鼓励下慢慢变得主动起来；原本谦逊的管理者，可能会因为事业的顺风顺水变得自恋起来。

所以，性格并不是成年后就定型不变了，工作带来的影响，甚至可能高于原生家庭、籍贯以及地域文化的影响。这意味着，招聘时应聘者所具备和表现的性格，参考价值其实没有预期的那么大。可能某人面试时很积极，但干着干着就变得懒散了。更别说，面试期间展露的性格很大概率只是冰山的一角。

那么，促使性格改变的关键是什么呢？是情境。

1968年，美国著名认知学家沃尔特·米歇尔（Walter Mischel）发表论文，提出情境是激发人性格改变的关键要素，这就是著名的行为学理论——情境理论[1]。

所谓情境，指的不是泛泛的工作场景，而是具体动作与环境的互动。例如，首都机场的雷达屏幕和跑道是场景，而空管紧盯雷达屏幕和跑道，唯恐自己错过任何细节导致飞机撞击是情境，因为"恐"和"盯"是对外界的反应。也就是说，场景只是情境的组成部分。除此之外，一个完整的情境还包括角色、物品以及不可或缺的个体对外界的反应。

类似的，客服大厅不是情境，客服坐在椅子上接电话也不是情境，应对顾客的愤怒才是情境；作家拿笔写作不是情境，匆忙

1 Mischel, W., *Personality and Assessment*, New York: Wiley, 1968.

应对交稿的最后期限才是情境；在课堂睡觉不是情境，被发现后心里害怕、连忙道歉想避免惩罚才是情境。

情境具体是怎么改变性格的呢？米歇尔认为，关键不在于情境有多复杂，也不在于情境持续的时间有多长，而在于情境有多强。[1]

军队是公认的个体性格的大熔炉，长时间服役或者上战场，都会让人的个性发生极大的变化。2012 年，华盛顿大学行为学家约书亚·杰克逊（Joshua Jackson）与德国国防部联手，对义务兵进行了为期 6 年的性格测量，试图找出影响性格变化的具体因素。[2]

选择德国义务兵作为考察对象，主要出于两点考虑。第一，德国义务兵只服役 9 个月，符合组织行为学考察的时长要求，毕竟 9 个月对公司来说也不算长。如果在这么短时间内就能重塑性格，相应的时间成本公司是可以承担的。第二，德国军人分为职业兵和义务兵，这一点更为重要。因为职业兵需要上阵打仗，义务兵则类似于军训，并不参与战斗任务，这就免除了战斗创伤对个体的影响，更有参考价值。

1　Mischel, W. , *Personality and Assessment*, New York: Wiley, 1968.

2　Washington University in St. Louis, Military Service, even Without Combat, can Change Personality and Make Vets Less Agreeable, Research Suggests, https://www.sciencedaily.com/releases/2012/02/120217101908.htm, Retrieved March 2021.

杰克逊采用了国际上认可度最高的大五人格模型，用责任心、情绪稳定性、宜人性[1]、开放性、外向性这五大要素来测量人格。测量共进行了 3 次，分别在入伍前、退役当年及退役 4 年后。

对比前两次的结果，杰克逊发现，虽然 9 个月的服役时间很短，但是士兵的宜人性却发生了显著变化：变得更有攻击性了。而且，这种变化还不是暂时的，在 4 年后的测试结果中，士兵们表现出来的攻击性依然高于一般水平。

这引起了杰克逊的高度重视。基于传统的人格理论，宜人性作为人格的一个维度，在成人后的表现是比较稳定的，除非个体经历了重大事件或是遭遇强烈的外界刺激，否则不会轻易发生变化。可义务兵在服役的 9 个月里，只需要承担一些很基础的公差，比如站岗值班、看守电话等，接触不到什么血腥、残酷的场面。那么，这些义务兵的宜人性为什么会在这么短的时间里下降这么多呢？

经过反复排查和推导，杰克逊认为，应该是战术训练导致的，比如射击与刺杀。这类训练虽然非常基础，也很简单，但它营造的情境的强度却极高。

依据米歇尔的情境理论，判断情境的强弱程度可以参照四个维度：明确性、一致性、约束性、严重性。

1　宜人性衡量的是个体秉持的对待他人的态度。宜人性高的个体更加随和友善，愿意帮助他人，富有同情心；宜人性低的个体则相对缺乏同情心，为人冷漠，对他人利益漠不关心。

第一，明确性。并不是越复杂的工作越有利于塑造个体性格，清晰、明确、单一的工作产生的情境反而会更强。杰克逊发现，德国军队里教官的每一个口令都极其明确。比如当义务兵面对一个模拟的敌人（通常是沙包）时，教官不会讲大道理，只会说一个字：刺；或者更明确一点：刺心脏。

第二，一致性，也就是关于工作的指示在多大程度上能互相兼容。比如销售和顾客交流需要随和，但销售之间拼业绩又需要竞争甚至针锋相对，这就属于不一致。而士兵虽然会接受不同种类的战术训练，但它们对士兵性格的要求非常一致，就是绝对服从军令，没有任何需要义务兵怜悯、随和的场景。这一点甚至超越了真实的战场，因为后者还可能出现治疗伤兵、保护群众的情况。

第三，约束性，也就是工作在多大程度上限制了个体的自由。军事训练的约束性极强，甚至完成任务的方法都被严格限定。比如让义务兵用步枪射击标靶，就肯定不能用手枪。

第四，严重性，即个体行为所关联的后果有多严重。军事训练的赏罚非常分明，如果义务兵不执行命令，马上就会被关禁闭，后果非常严重。

因此，杰克逊提出，虽然往往觉得改变军人性格的情境是血雨腥风，但其实很有可能只是简单的军事训练。因为这种训练的情境强度极高，远远超出一般水平。这篇论文后来刊登在美国顶级学术期刊《心理科学》（*Psychological Science*）上，杰克逊给它起的名字非常有意思——《男人造就了军队，还是军队造就了男人？》[1]。

给管理者的锦囊

跟军队比起来，企业作为商业组织，情境强度很难做到如此极端的程度。而且，企业也不需要创造那么强的情境，因为它的目的只是重塑员工的性格，不是训练士兵。但情境强度影响个体行为的这一根本逻辑，以及塑造强情境的四个维度，却是对每个组织都适用的。

那企业具体应该怎么做呢？

首先，综合采用员工汇报、查看工作记录等方式，来收集员工每日的工作内容。注意，这些工作内容都需要是具体的情境。比如财务人员在对接的时候可能产生了疑问，通过数次沟通和反复核对解决了问题；再比如房地产销售人员主动打车接客户看房，以免客户因路途遥远而放弃等。

接着，把这些情境分类，可以分为最耗费时间的／可以快速解决的、最重要的／次要的、需要自发完成的／硬性规定的、突发的／日常的、棘手的／简单的、有标准参照的／需要创新的，等等。比如客服接电话处理顾客投诉，就属于日常的、简单的，并

1　Jackson, J. J. , Thoemmes, F. , Jonkmann, K. , Ludtke, O. & Trautwein, U. , Military Training and Personality Trait Development: Does the Military Make the Man, or Does the Man Make the Military? , *Psychological Science*, 2012, 23(3): 270-277.

且有标准参照的，因为这就是客服的日常工作情境，但如果在处理投诉时遇到了一个非常难缠的大客户，而且还是从来没遇到过的难题，那就属于突发的、棘手的，甚至需要创新的情境。

然后找到最核心的情境（即对工作效率和收益影响最大的那部分情境），分析员工的人格是否会影响这些任务情境的完成，以及影响具体有多大。在此基础之上，找到与人格高相关的那个情境，判断具体与何种人格相关，是冷静、热情，还是严谨、创新或其他。如果是冷静，那该任务情境可能就与情绪的稳定性相关，而热情会更需要宜人性和外倾性。比如财务在对接时的反复核对就是一个核心情境，而且这一情境受人格的影响很大，与尽责性关系密切。

到这一步，我们就成功把任务"人格化"了。根据这些信息，管理者可以开始制造强情境，在明确性、一致性、约束性和严重性上下功夫，帮助员工改善性格。当然，并不需要每次都四管齐下，可以视具体情况来选择与组合。像是上文提到的财务反复核对这一情境，管理者可以通过制定相应的规章制度等手段，来加强财务人员对该情境严重性的认识，让他们了解到如果自己的工作出现纰漏，会对公司和自身的职业发展造成多大的危害。

2011 年，我和某超市合作了一个项目，帮助他们提高收银员的亲和度。经过 3 个月的调查，我们发现，除了收银，收银员最主要的任务情境就是处理冲突，比如排队时顾客之间的争吵，顾客退换商品、质疑价格时可能发生的摩擦等。很明显，这一情境与人格是高相关的，因为处理冲突需要员工保持态度和善，以安抚顾客的不良情绪。也就是说，收银员需要具备较高的亲和度。

所以，我当时给出的建议是：把一名收银员可能遇到的冲突性情境全部列举出来，据此制定统一的、简单的应对规范。比如，不管情况有多糟，都要尽力保持镇定，并维持微笑的表情。同时，我还建议超市把所有的规范都纳入绩效考核，并对员工进行精准的表情训练。

这两个应对方法看似简单，实则包含了制造强情境的多个维度。比如统一、简单的规范就是在强调情境的明确性，而进行考核就是要制造情境的严重性。半年后，这家超市反馈，顾客对收银员亲和度的评价有了显著提升。

既然性格是可以改变的，也有具体的改变方法，那么企业要想获得满意的人才，与其把精力和时间都放在招聘环节去挑选员工的性格，不如用在日常工作中来训练员工的性格，尤其招聘的是应届生时。第一份工作的情境通常自带高强度，个体的选择性很低，因此第一份工作对于个体的约束性更强。如果在培训时方法运用得当，比如任务明确（明确时间、标准等），塑造方向一致（安排的培训内容要相互兼容，不能出现完全对立的培训目标等），再加上适度的奖惩，就很容易在应届生身上塑造出企业需要的性格。

企业管理者可以根据不同岗位的行为特征，对应届毕业生进行有针对性的培训，让他们在熟悉工作内容的同时，培养岗位所需要的性格。比如设计岗位一般需要活力和创意，那就可以在培训时增添很多游戏性的环节，营造轻松自如的环境；而财务岗位需要严谨细致，就要在培训中强调规范，同时加入情绪调节管理、耐力训练以及注意力训练等内容。

在进行高强度情境训练的同时，管理者还可以配合其他手段，来实现对成员性格的重塑，比如心智管理、情绪管理等。

其中，心智管理现在非常流行，实践的效果也很好，这里简单介绍一下。心智通常指心智模式，这一概念来自认知心理学，指的是我们内心对这个世界的运作逻辑的基本认识，它决定了我们如何理解世界上发生的事，决定了我们如何与世界互动。对心智模式的管理，即心智管理。

心智管理可以从六大层次入手，从高到低分别是：愿景、角色、价值观、能力、行为和环境（图1–1）。高层次上发生的改变必将向下"辐射"，在低层次上产生相应的改变——具体表现为组织中的一系列员工工作规范、绩效标准和晋升制度，进而帮助在组织中工作的每一位个体重新塑造性格。既然"愿景"是最高层次，一般来说，改变也都是从它开始的。

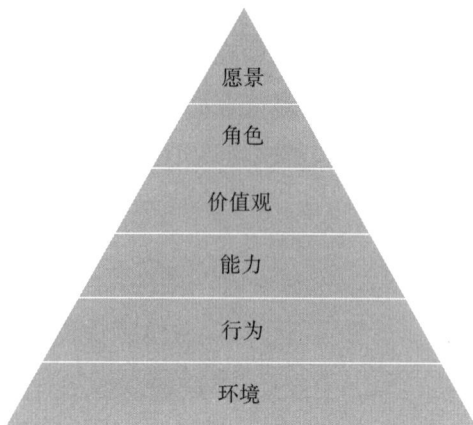

图1-1　心智管理的逻辑层次

　　海底捞的服务员大多数都来自农村。虽然学历不高，但他们一样渴望得到一份有前途的工作，希望和城市居民一样舒适体面地生活。所以，他们也愿意为追逐梦想而努力，想用双手改变命运。

　　海底捞的管理，正好迎合了员工的这种愿景。公司会对刚刚入职的员工承诺，只要绩效好，一定会得到提拔，一定可以和城市居民一样生活得舒适体面。公司在实际运行中也履行了自己的承诺，绝大多数的管理人员，包括店长、经理，都是从内部提拔上来的。

　　通过这种晋升方式，海底捞成功地将员工的愿景与企业的愿景统一在了一起。[1]实现愿景的统一后，企业对员工角色、价值观、

<hr />

1　徐斌，辛愿：《海底捞的心智管理模式创新》，载《中国人力资源开发》，2012年第5期，第58—61页。

能力、行为的塑造也就顺理成章了。

具体来说，员工接受了海底捞的愿景，就会开始定位这一愿景所对应的角色——管理人员。角色目标一旦确定，员工就会有预期，再加上海底捞的晋升政策以及其他人的晋升，他们会开始相信通过自己的双手是可以改变命运的，会更愿意去创造、去展现自己的价值。价值观的这一塑造，又会驱动员工不断学习，提高能力，能力又会转变为行动力，促使他们在服务细节上精益求精，力争做到最好，不断创新服务顾客的手段，以达到更优的绩效。行为上的这些变化，有利于塑造舒适的硬件环境和良好的服务环境。

所以，企业在重塑员工特质的时候，不能只根据企业的需求去改变员工，还需要去了解员工想要什么。只有目标一致的时候，改变才能顺利进行。

否则，就算管理者把任务拆分得再细，再用心制造强情境，如果大家达不成共识，一切也都没有意义。毕竟，企业不像军队，员工也不是军人。员工跟企业只是契约关系，没有强制性，可以随时根据合同解除双方的关系。

情绪：如何让每个人都拥有持续的好状态？

美国管理协会每年都会监测全美员工的工作情况。但从 2014

年开始，他们发现员工，尤其是组织里的明星员工，消极怠工的比例正逐步上升。

同样的情况也出现在中国，越来越多受过良好教育的年轻人对工作并不热衷，他们只想做好手头的工作，并没有为事业奋斗的想法。甚至，有的还会选择裸辞，来一场说走就走的旅行。

这似乎与我们的常识有些不符：普通员工懒惰可以理解，但为什么懒惰也会发生在职场精英身上呢？

组织行为学的最新研究表明，这可能与情绪有关。在长时间的高负荷状态下，许多员工的情绪都会出现问题。情绪的相对不稳定会影响我们的态度、行为与决策。

以前，组织帮助个体放下情绪包袱、保持良好工作状态的方法是授予员工荣誉，或者给予员工一定的奖励，平复员工的心理波动。比如颁发"生产标兵""技术能手"等奖状，或者通过领导对下属的赞美，让下属产生对工作的自豪感，从而对心理资源进行补充。

但这种激励方法带来的效果却很难持久，很多时候甚至是一次性的，下次再出现类似的情绪问题就不管用了。这是因为，"平复情绪"就像是身体不舒服时喝的那杯热水，可能有一些用，但并不属于对症下药，既不能从根上解决情绪问题、也不适合推广开来作为范本。

那情绪的病根在于什么呢？在于对情绪的认识。根据最近20年的研究，学者们认为，情绪不是一种纯个人的、无关紧要的感受，而是一种与外界互动频繁、同时价值极高的资源。既然是资源，自然会被消耗，也需要补充。所以，想让员工拥有持续的好状态、想对症下药，方法就是补充情绪资源。

理解情绪资源的意义

美国心理学教授斯特万·霍布福尔（Stevan Hobfoll）认为，人们总是在积极地保护和构建他们认为宝贵的资源，包括物质、情绪、社会关系等。[1]

在他看来，情绪与金钱一样，也是一种资源。例如，在处理复杂问题时，人们不仅需要借助专业知识，还要集中注意力，努力排除干扰，即调用自身的情绪资源。

基于此，霍布福尔提出了资源保存理论（Conservation of Resource Theory, 简称 COR theory）。该理论认为每个人的情绪资源都是有限的，当情绪资源损失的时候，就必须想办法补充。比如柜台服务这样的工作，对表情是有要求的，需要时刻保持微笑，但员工很难一天八小时都真的处于开心状态，因此这种情绪上的劳动会造成情绪资源的损耗，很容易让员工感到倦怠甚至抑郁。所以在下班之后，员工就很想做些能让自己开心或者放松的事情，比如看个电影，和朋友聚聚餐，来补充自己的情绪。

同时，霍布福尔指出，我们天然地会将情绪资源的损失视为

1　Hobfoll, S. E., Conservation of Resources: A New Attempt at Conceptualizing Stress, *American Psychologist*, 1989, 44(3): 513-524.

一种威胁，失去的速度越快，身体就越倾向于做出反应来避免损失。就像很多人在投入百分百热情到工作上一段时间后，总是会感到精力消逝，疲倦来袭，进入"不想再工作"的状态。这种拒绝和逃避，就是我们对自己情绪资源的一种天然的保护反应。

更有意思的是，我们自身拥有的资源储量高低对资源流失带来的影响是截然不同的：当自身拥有的资源较少时，压力事件带来的资源流失会产生更强的消极影响；当自身拥有的资源较多时，压力事件反而会带来一些积极结果。

这是为什么呢？你可以想一下，如果你最近被告知要升职加薪了，肯定会很开心吧？这时候即使客户那边有些棘手，你应该也不会太过焦虑，因为"升职加薪"这件大喜事能源源不断地给予你积极的情绪，让你可以比较积极地看待客户带给你的麻烦，有劲头去迎接挑战，追求成长。说不定还会在心里想：要是能搞定这个客户，估计很快又可以升职加薪了。

但假如你本来就感觉自己"麻烦缠身"，比如家里有人生病，孩子又被老师批评了，那这件事情就会变成"压死骆驼的最后一根稻草"，让你难以有动力面对。所以说，资源是一个好东西，资源越多，你就越有能力抵御外界的压力。

总而言之，员工的情绪资源是有限的，也长期处于被消耗状态，需要得到及时的补充。但这种补充，仅靠员工自身很难实现，需要企业对其进行引导、规划及鼓励。比如，要是企业一直让员工加班，那员工就是有补充情绪资源的意识，也没法去实践。

而且，补充情绪资源，让员工拥有好状态，也有利于企业的稳定和发展。所以我认为，企业应该把情绪资源的状况作为一个重要因素，纳入管理范畴中。例如，我们都知道大开间的工作场所有助于员工之间的交流，但是有些公司反其道而行之，设置免打扰隔间，方便员工专注工作，目的就是防止过多的交流耗尽他们宝贵的情绪资源。

在管理情绪的过程中，有一类员工需要管理者的额外关注，就是那些"救火员工""明星员工"。他们总是负责最重要的任务，也总是在危急关头帮助团队处理棘手的问题，可能都不知道自己的情绪资源即将耗尽。管理者需要主动替这样的员工考虑，不仅应减少分配给他们的分散精力的事情，更要及时帮助他们补充情绪资源。

举个例子。如果你是一名管理者，现在手下有两个人，A能力强，经验丰富，是骨干；B是新人，欠缺能力和经验。现在有个重要性一般、但有些难度的任务，你会派给谁？

如果从传统管理学的角度出发，不考虑培养新人，大多数管理者会选择A，只要A有时间。但正如前面提到的，现在我们还要考虑他的情绪资源状况，没准派给B是更合理的选择，尤其是对于明星员工而言。长期承担责任的人往往会消耗更多的情绪资源，所以更容易被击垮。这并不是因为他们的能力或者热情不够，而是自身的情绪资源没有得到组织的保护。

2015年到2016年，哈佛大学的几个课题组通过研究发现，工作中获得的成就感，无法有效补充个体的情绪资源。产生这种情况的原因主要在于场景没有发生变化——只要个体还存在于工作场景中，就难以一边消耗，一边补充。

所以，想要补充资源，必须换个场景，这样才能真正给自己"加油"。通过类似家庭生活这样的额外反馈通路，情绪资源可以得到有效的补充。

20 世纪 80 年代，大家都住在单位的大院里，邻居都是同事。假设一名优秀的员工老李，上周被领导叫去临时加了好几个夜班。周末在家休息的时候，邻居小王和他爱人来老李家串门，进门就向老李道谢，感谢老李这几个月在单位对自己这个新员工的帮助。等把客人送走之后，老李的爱人便转头对老李说："嘿，你挺行的嘛，我们家可真是出了个大明星。"

在这个故事里，连续的加班，还都是夜班，必然会让老李的情绪资源有所损失，可能会觉得很累，甚至还会有些小小的不满。但这些损失，很快就通过邻居的反馈和爱人的称赞得到了补充。同时，还形成了一条正向的反馈通路，把工作上的荣誉感传导到了家庭之中。

这一反馈通路之所以能形成，主要在于工作和家庭是打通的。通过相互嵌套的人际网，老李的爱人能够感知到老李的努力，因此更加理解和支持老李的工作。这时，成就感就会转化为家庭的温暖。

如果整个工作园区都知道老李所做的事情，这种成就感还会进一步扩展到社会生活中，老李在园区的地位也会跟着进一步提高。这些，都会转化为情绪资源，让老李在工作中失去的情绪资源得到及时的补充，从而维持一个较好的状态。

所以，让我们情绪稳定、拥有好状态的，不是组织给予的荣誉感，而是家庭生活和工作之间的反馈通路。情绪资源得到补充后，员工一方面会有更好的状态来开始接下来的工作，另一方面也会更愿意投入工作，来获得更多的正向反馈。这其实是企业与员工的双赢。

这一模式，还可以推广至更为宏观的层面，影响一座城市的发展，因为很多城市都是由一个或几个企业成就的。比如，日本的名古屋，这里 80% 的市民都或多或少和丰田、伊藤忠两家大公司有关。美国的底特律，完全可以把它等同于通用、福特、克莱斯勒这三家公司。再比如我国的湖北十堰，整座城市都是因为二汽而建起来的。

但如此良性的循环，在当下却行不通了。如今，市场化的人才流动成为常态。领英 2018 年的调查表明，90 后平均一份工作的工作时长仅为 19 个月 [1]，近两年还有进一步缩短的趋势。人们很难在这么短的时间内，与同事建立起稳定的人际关系，更别说让同事进入自己的生活圈子了。

1　Xin（Sophie）Li：《第一份工作趋势洞察》，https://www.linkedin.com/pulse/ 领英发布第一份工作趋势洞察　职场第一步是你人生的决胜时刻吗 -xin-li/，2021 年 2 月 23 日访问。

同时，商品房迅速铺满了城市，原来依附于组织的生活环境被彻底瓦解。社区虽然还存在，也在发挥作用，但邻里之间却很少再有密切往来。再加上年轻人因为经济状况，多只能选择租房。可能有时候连对门邻居的名字都不知道，就换了租客。这些，都导致工作和家庭正在迅速脱钩。

更麻烦的是，当下移动办公成为新趋势，工作与家庭之间的边界日渐模糊，员工不得不随时处在"备战"状态。这使员工即便物理环境发生改变，心理环境仍然在损耗情绪资源，难以实现"加油"，无法补充自身的心理资源，从而导致员工越来越累，难以保持一个较好的状态。

同时，不同职业之间的壁垒越来越高，荣誉体系完全不同。工作中的专业术语，家人听不懂，解释起来也困难。家庭成员之间难以找到共同语言，使得工作时的意气风发难以传递到家庭之中。

这就导致很多人开始选择下班独处，直到很晚才回家，与家人相处的时间越来越少。一条补充情绪资源的重要路径因此而失去，导致组织原有的荣誉策略不再有效。

组织稳定员工状态的新策略

那么现在，情绪资源的损耗越发严重，以往的补充途径又不再适用，组织怎么做才能让员工情绪稳定，拥有好状态？组织行为学通过研究发现，至少有三条路径可以帮助个体补充情绪资源。

　　第一，用生理资源补充，比如健身、睡觉。

　　研究显示，运动可以让焦虑症状减轻 50% 以上。它可以让人放下忧虑，减少肌肉紧张，增加韧性。另有研究显示，运动在治疗忧郁症方面甚至比主要治疗药物舍曲林（sertraline）更为有效。[1]

　　而有效的睡眠，对于补充生理资源也有很明显的积极作用。长期的高质量睡眠可以削弱日常工作压力对工作投入所产生的消极影响。[2]当生理资源较充足或者长期睡眠质量较高时，即使日常工作压力超过平均水平，员工依然可以保持工作投入程度。相反，一项针对三班倒的员工的问卷调查发现，睡眠不足会加剧员工的情绪耗竭，而情绪耗竭的严重程度直接影响员工的抑郁程度。[3]

　　因此，员工可以自行增加在运动健身方面的投入，同时努力养成良好的睡眠习惯。但光靠个体肯定是不行的，企业如果

1　克里斯汀·波拉斯（Christine Porath）：回应不尊重，最好的办法是营造"成就感"，http://www.hbrchina.org/2017-08-17/5409.html，2021 年 3 月 31 日访问。

2　Sheng, X. , Wang, Y. , Hong, W. , Zhu, Z. & Zhang, X. , The Curvilinear Relationship Between Daily Time Pressure and Work Engagement: The Role of Psychological Capital and Sleep, *International Journal of Stress Management*, 2019, 26(1): 25-35.

3　Hu, Y. , Niu, Z. , Dai, L. , Maguire, R. , Zong, Z. , Hu, Y. , Wang, D. , Dai, L. , Zhao xiang, N. & Da wei, W. , The Relationship between Sleep Pattern and Depression in Chinese Shift Workers: A Mediating Role of Emotional Exhaustion, *Australian Journal of Psychology*,2020, 72(1): 68-81.

一直让员工加班，或者长时间布置超负荷的工作，那个体就算愿意多运动、多睡一会儿，也难以实现。所以，企业也需要参与进来，最直接的方法就是减轻员工负担，合理安排员工的工作强度和上下班时间，以保证员工有足够的时间运动放松和增加睡眠。

同时，企业还可以通过增加一些便利设施或举办一些活动来帮助员工缓解压力，实现"有效率的放松"。比如，有公司购置了睡眠舱，让员工可以在午休时间得到更舒适的休息；有的公司在内部设立健身房和淋浴间，方便员工抽空进行健身。再比如，万科公司举办过乐跑活动，还把员工的健康情况和管理层奖金挂钩，让管理层不得不重视员工的生理资源。[1]这些举措的效果都不错，不但提高了员工的健康水平，还进一步提高了他们的工作效率。

第二，强迫大脑跳出目前的情境，比如冥想。

谷歌从 2007 年开始给员工提供正念课程"探索内在自我"，目前已有数千人从中获益。参与的员工会在修行导师的引领下，从任务、工作、物质、渴望、担忧中脱离，也就是我们常说的暂时放下"七情六欲"。在"上课"的时间里，员工只需要专注于自己的呼吸，用心去感受静谧和安宁。这些课程通过让员工暂时忘却工作和生活中的压力，专注于自身，来重新审视工作与生活。

---

1 新浪体育：《大鹏新年马拉松倒计时 做健康运动的布道者》，https://sports.sina.com.cn/run/2019-12-17/doc-iihnzhfz7237749.shtml，2021 年 3 月 1 日访问。

平日里焦虑不安的员工在上过正念课程之后，大多表示内心变得更加平静，也更耐心并乐于倾听。同时，持续的正念训练，还提升了员工的抗压能力，帮助他们集中精神。甚至有的员工因为上了正念课程，创造力都有所提高。[1]

除了正念课程，谷歌还从 2011 年开始，每月组织一次正念午餐。[2] 用餐时间，任何人都不许说话，员工因此不用在吃饭时焦灼于人际，也免除了来自工作和生活的打扰，可以静下心来享受食物本身，充分感受到食物本身的魅力。此外，谷歌甚至还在公司内修筑了一座迷宫，供员工练习正念行走。这些措施缓解了员工的心理压力和焦虑感，让员工可以精力充沛地投入工作，因此大受好评。[3]

再比如，安泰保险公司（Aetna）在 2010 年研发并推出两个正念项目——瑜伽压力缓解与职场正念。英特尔公司也于 2012 年开始为员工提供正念项目。大部分参与者都表示，压力与挫败感得到了缓解，同时开心和幸福的程度有所增加。[4]

1　FUN 心工作室：《跟着 Google 一起冥想——它不仅关乎内心的宁静，更关乎你的职场未来》，https://mp.weixin.qq.com/s/R1L3tcvLJK8UcmO9dOa1nA，2021 年 3 月 31 日访问。

2　王文周，杨珂：《正念领导力：开发内心的力量》，载《清华管理评论》，2017 年第 4 期，第 74—79 页。

3　同 1 注

4　金伯利·肖芬贝尔（Kimberly Schaufenbuel）：《为何谷歌等大公司都开始要求员工正念冥想？》，http://www.hbrchina.org/2017-07-20/5354.html，2021 年 3 月 31 日访问。

第三，从维护亲密关系的角度出发，保护情绪资源。

在过去 30 年中，选型婚配（assortative mating）的比例上升了将近 25%，即人们更倾向于选择和自己外貌相似、受教育水平和事业心相当的人进行婚配。如今组织雇用 30 岁左右的员工时，其伴侣可能也是极具事业心、处在快速上升期的专业人士。[1]

这为企业管理者提供了一个补充员工情绪资源的新视角：或许给当下新的婚姻模式中加入企业管理者这一变量，可以搭建起家庭生活和工作之间新的反馈通路。

什么意思呢？拿外派工作为例，十年前，家庭结构安排通常是一方"主外"，一方"主内"，也就是说夫妻双方有一个人以发展事业为主，而另一人则主要照顾家庭，或者干脆不工作，全心全意服务家庭。在这种情况下，企业考虑员工晋升发展以及人事变动的时候，一般会认为只要当事员工对职位和薪酬满意，那员工的伴侣只需跟着变动即可。考虑周全一点儿的公司，也许会为员工的伴侣也安排一些企业中非主要的岗位，但大多数可能只会给予一些家庭补贴。所以在过去，员工的另一半是几乎不在企业的考虑范围内的。

可现在情况不同了，选型婚配意味着双方在事业发展上和

1 Petriglieri, J. L. & Obodaru, O. , Secure-Base Relationships as Drivers of Professional Identity Development in Dual-Career Couples, *Administrative Science Quarterly*, 2018, 64(3): 694-736.

对事业的重视程度上都"旗鼓相当"，为对方事业的发展而放弃自己这份工作的情况越来越少。如果公司还秉持原来的态度，可能就会加重员工家庭的内在矛盾，也由此可能会失去得力的员工。所以在当前新的婚姻模式背景下，企业管理者要同时了解并兼顾员工及其伴侣的事业发展规划和需求，不但需要在工作变动和指导员工职业发展规划时考虑到员工伴侣的职业发展，还要从员工的伴侣身上获得关于该员工工作和职业规划的意见反馈。

这是搭建起家庭生活和工作之间新的反馈通路的方式，也是一种维护员工亲密关系的方式，有助于员工、员工伴侣和企业三方的共同成长，同时实现补充心理资源的目的。目前，已经有不少企业在实践了。

我曾经采访过一位互联网行业的中层管理者，她很熟悉她团队成员的家庭情况，并一直跟家属保持着紧密联系。在员工情绪状态不好，或者工作压力过大、需要加班加点完成工作的时候，她会打电话给员工的家人，代表公司感谢他们的理解和对员工的关心及支持，并清楚表明公司和自己对员工能力及付出的认可与感谢。

这样做，不但能让员工明白自己的付出得到了领导的察觉和认可，还能让员工的家属也理解员工工作的不易，能够更加包容员工，进一步增进员工家庭的和谐。最重要的是，企业让员工的家人知道了员工对公司的价值，使其产生对员工的尊重及认可，这令员工就算在工作中受挫，也能够在家人的认可中获得成就感，找到支撑点。

来自家人的认可和理解有多重要呢？举一个反例，远程办公的员工经常吐槽的一点，就是当自己在家中工作时，家人可能不理解自己在做什么。尤其是在互联网企业工作的员工，经常会被父母抱怨：你整天就只是对着电脑敲敲打打，要不就是看视频，浏览网页，好像一直很闲，没见你做出什么有意义的东西。面对这种情况，员工解释不清，就很容易感到失落，时间一长，他的工作热情必然会受到影响。而反过来想象一下，如果家人对你的工作表示欣赏甚至崇拜，那又会是一种什么样的感觉呢？你会不会更有动力去工作呢？

另外，企业还可以倡议员工在休息时多陪伴父母，比如一起逛逛农贸市场等，因为这样的日常活动能帮助补充自身的情绪资源。一来，物理环境的变更让自身脱离了工作氛围，可以更好地"加油"。二来，菜市场中各种蔬菜焕发生机，小摊小贩之间的闲聊充满烟火气息，能够让个体迅速回归生活，放松下来。三来，我们可以多陪父母逛逛街，从与父母的亲密关系中补充自身的情绪资源，保持稳定、良好的状态。

负向激励：怎样培养创造型人才？

做管理的，可能经常会被这样一个问题所困扰：到底是应该经常夸下属，还是应该经常批评下属？这个问题如果用管理学术语来表达，就是到底该正向激励，还是该负向激励？

很多管理学者都对此发表过自己的看法，类似的商业畅销书也有很多，但我们得到的答案似乎是：都有效，没有好坏之分。

支持正向激励的人，很喜欢拿通用集团的传奇 CEO 韦尔奇做例子，因为他特别强调用鼓励的方法调动员工的积极性。而支持负向激励的人，则会搬来天才乔布斯，因为乔布斯爱训斥员工，但他的手下却越骂越强。如果单看这两个案例，确实很难判断哪种激励方式更有效。

而从本质来看，这个问题涉及的，其实是情绪与行为决策之间的关系。激励不管是正向的还是负向的，首先引发的是情绪。受到表扬会高兴，遭到批评会难受，这一点，任何人都一样。

按照传统的解释，人在情绪化过后，会有一个回归理性的过程。有的人能够从正向鼓励中找到动力，然后更勤奋地工作；有的人更善于追问自己到底哪里做得不好，然后做出改善，知耻而后勇。所以从本质来说，正向激励和负向激励没有好坏之分，只是因人而异。

这种解释符合逻辑，也符合日常认知。但它隐藏了一个前提假设，就是人的情绪和行为决策是分离的。而从 20 世纪 60 年代开始，就有学者对这个前提假设提出了质疑。这一变化也带来了组织行为学对于正向激励和负向激励的认识的改变。

脑科学的突破推动认识的变革

20 世纪 60 年代，著名神经心理学家罗杰·斯佩里（Roger Sperry）提出左右脑理论。他指出，大脑的左右半球是有分工的：左半球擅长语言、逻辑，右半球擅长创造、艺术。[1] 斯佩里凭借这一理论，获得了 1981 年的诺贝尔生理学或医学奖。

之后的学者对左右脑理论进行了修正与完善。他们认为，在分工的基础上，左右脑其实都参与了所有的决策过程，只是决策类别不同时，左右脑所起作用的权重会有不同。

到了 20 世纪 90 年代，人们又发现，大脑在产生情绪时，左右半球居然也是分工的。左半球负责处理积极情绪，右半球负责处理消极情绪。支持这个观点最重要的实验，是理查德·戴维森（Richard Davidson）和保罗·艾克曼（Paul Ekman）等几位学者共同完成的。他们让被试者分别观看会让人感到"高兴"的电影片段和容易让人觉得"伤心""难过"的电影片段，然后用仪器测量脑电波。根据测量数据，学者们得出结论：不同的情绪会激活大

1　Sperry, R. W. , Cerebral Organization and Behavior: The Split Brain Behaves in Many Respects Like Two Separate Brains, Providing New Research Possibilities, *Science*, 1961, 133(3466): 1749-1757.

脑的不同区域。[1]

这一发现，不仅有脑科学领域的证据，还有来自理论分析的支撑。有研究表明，大脑半球的差异来源于它们加工信息方式的不同。[2]右半球分析感官信息的早期成分，负责防御。也就是说，接收到信息后，右半球需要判断有没有危险。由于这项评估工作是即时且非自愿的，因此很容易产生负面情绪。而左半球负责的是随后的信息处理，即有意识地解决问题或详细审查信息。因为这时不需要急着下判断，而且有一定的掌控感，是自己主动去处理信息，产生的情绪就相对正面。

这样来看，右脑不但要负责创新思维，还要处理负面情绪。按常理推断，这两个对象的属性如此不同，右脑应该是又细分了不同的区域来承担不同的功能。但是近来的脑科学研究发现，这个推论不成立。学者发现，人类处理创新行为时，大脑被点亮的区域，与处理消极情绪被点亮的区域是重合的，没办法完全分开。[3]

1 Davidson, R. J., Ekman, P., Saron, C. D., Senulis, J. A. & Friesen, W. V., Approach-Withdraw and Cerebral Asymmetry: Emotional Expression and Brain Physiology I, *Journal of Personality and Social Psychology*, 1990, 58(2): 330-341.

2 Silberman, E. K. & Weingartner, H., Hemispheric Lateralization. of Functions Related to Emotion, *Brain and Cognition*, 1986, 5(3): 322-353.

3 Drevets, W. C. & Raichle, M. E., Suppression of Regional Cerebral Blood during Emotional versus Higher Cognitive Implications for Interactions between Emotion and Cognition, *Cognition & Emotion*, 1998, 12(3): 353-385.

虽然根据目前的研究成果，还很难得出一个确定的、翔实的结论，但现有的发现，已足以为我们提供一个理解情绪与行为关系的新视角：负面情绪和创新行为是高度相关的，而且它们会经常相伴出现在同一个过程中。

从事前沿研究的行为学者，在此基础上提出了一个大胆的假设：人的所有决策，都是情绪参与的结果。根据这一假设，我们可以重新分析前面提到的韦尔奇和乔布斯的案例。

韦尔奇是在什么场合提出的正向激励？我们经常听到员工绩效"二八法则"的提法。这一法则其实最早就是被韦尔奇普及的。他说领导者不仅要懂得激励前 20% 的佼佼者，还要学会鼓励、调动其余 80% 员工的积极性。

韦尔奇掌管的通用电气是传统制造业企业。其工作特性不要求绝大部分员工天天处于创新的状态，而是要求他们思维缜密，处理好日常事务。换句话说，要充分激发左脑。在这种情况下，就能理解他为什么强调正向激励了。

相反，再看乔布斯。乔布斯喜欢骂人，他骂的是谁？是身边最具创造能力的前 20% 的员工，是斯蒂芬·沃兹尼亚克（Stephen Wozniak）[1] 这样的天才。而且，苹果公司的性质和通用电气完全不同，它属于那种不创新就要灭亡的公司，很看重对右脑的利用。

这么来看，韦尔奇的正向激励和乔布斯的负向激励，其实是

1　斯蒂芬·沃兹尼亚克是一位天才电脑工程师，与史蒂夫·乔布斯合伙创立了苹果电脑（今苹果公司）。

一回事。当然，"人的所有决策，都是情绪参与的结果"这一假设，还没有被脑科学领域的研究广泛验证，因为人类目前对大脑的探索还比较简单，更强大的、无创伤性的实验手段还有待被发明；但从现实的组织管理实践来看，这个假设是基本成立的。

怎样"负面激励"最有效

既然人的情绪很有可能并不孤立于决策系统：正向情绪和逻辑、推理有关，负向情绪和创新、创造有关；那么，到底是采用正向激励，还是负向激励，就取决于管理者要把下属培养成什么样的人才。

正向激励相对好操作，有很多现成的方法可以借用，至于新的尝试，我会在后面的章节里具体介绍。这里要关注的是，如果想把员工培养成创造型人才，该怎么做？换句话说，该怎么批评员工？

加州大学伯克利分校曾经进行过一个实验，研究人员把 265 名大学生每 5 人分成一组，让每个小组讨论同样的问题：如何解决旧金山湾区的交通拥堵。[1] 显然，这是一个需要调动创新思维的问题。

这些小组需要在 20 分钟内提出尽可能多的方案，但讨论模式被限定为三种。第一种模式最简单，大家可以随意进行讨论，没

---

1 Feinberg, M. & Nemeth, C. , The "Rules" of Brainstorming: An Impediment to Creativity? , *IRLE Working Paper*, 2008(7), http://irle.berkeley.edu/workingpapers/167-08.pdf.

有规则限制；第二种模式是传统的头脑风暴式，遵守"不批评"原则。一般来说，我们会认为，成员一旦得到负面反馈，就会担心想法被嘲笑，从而不敢说话。所以第二种模式为了调动大家的积极性，就规定任何成员都不能对别人的想法提出反对意见。

第三种讨论模式是鼓励争论，规定大家一方面要想出尽可能多的方案，另一方面还要绞尽脑汁去挑别人方案的毛病，当然，要有理有据。研究人员发现，在争论过程中，每个人都会积极参与讨论他人的方案，并充分反思和完善自己的方案。在观点的不断碰撞中，新的、更好的方案也在不断生成，所以相比起来，第三种模式不但给出的方案最多，也更具备可操作性。

实验到此还没有结束。在小组解散后，研究人员又找来了所有被试者进行单独询问："你还有什么新的想法？""随意小组"和"不批评小组"的成员，最多也就能再想出 2 到 3 个点子，但是"争论小组"的成员却可以想出 7 个以上的新点子。

研究人员把第三种讨论模式称为"建设性批评"。他们提出，建设性批评的好处，不仅是让团队的讨论更高效，还能充分调动每一个个体的创造力，让他们爆发出平时没有被激发的潜能。而且，从后续实验来看，这种潜能还会延续到其他及之后的工作中。

这个实验对企业管理很有启发意义。作为管理者，去批评别人，最怕的肯定是起到负面作用：本来想帮他，辅导他，结果闹得人家不理解，最终也没达到目的。但从实验结果来看，这样的担忧其实是没有必要的。相反，批评可能会激发创造力。

研究负向激励的专家蕾切尔（Rachel L. Ruttan）发现，有关负向激励成败的最重要控制因素，是人能否忍受批评引起的短暂痛苦。管理者如果能利用其他手段，比如时机选择、场景选择、方式选择等来分散这种痛苦，就会让激励的正面效果显现出来。[1]

前面提到的加州大学伯克利分校的实验，就是一个很好的例子。

首先在时机选择上，建设性批评模式的讨论会不是专门的一对一谈话，而是一个集体会议。参会者的态度很开放，也没有太多戒备心，是一个比较好的接受批评的时机。其次，批评的场景是头脑风暴会议，自带"对事不对人"的氛围，参与者就会比较容易接受批评，不会因为别人的反对而觉得自己的能力受到了质疑。

同时，在方式上，这种讨论会并不是领导者一个人对某个成员进行批评，每个人都可以发表意见，机会是均等的。被批评的人也可以自由评论别人的方案。这样，成员就不是一个单一的被审视者，处于完全的被动地位。相反，大家都是参与者，既被别人评论，也在评论别人。

批评带来的负面情绪会由此得到一些补偿。这很大程度上是因为，批评带来的负面情绪表明现状是有问题的，暗示着个体需要付出额外的努力来改善现状。因此，在这种情况下，遭受建设

1 Ruttan, R. L. & Nordgren, L. F., The Strength to Face the Facts: Self-Regulation Defends Against Defensive Information Processing, *Organizational Behavior and Human Decision Processes*, 2016, 137: 86-98.

性批评的人反而会付出更多的努力，更加迫切地想要找到真正有新意且有用的想法。[1]

很多人都说，应该让讨论会保持友好的气氛，因为如果大家相互指责，那氛围可就压抑了。但如果目的是培养创新型人才，就应该让讨论会充满火药味，它是采取负向激励的最佳场合。

著名的奈飞公司（Netflix）的开会模式，就类似于上面介绍的建设性批评，它让奈飞公司的员工创意不断，总能想出令人拍案叫绝的方案。要是有兴趣，我推荐你去读一下《奈飞文化手册》这本书，里面有非常详细的介绍。

所以说，批评等看似负面的行为，如果运用得当，反而可以起到激发创造力的作用，达到负面激励的效果。但是要注意，这是有一定条件的。就拿批评来说，只有建设性的批评才能够起到良好的效果，如果只是一味地指责员工，只会让情况更糟，让员工没有动力、也没有心情去创造。因此，千万记住，负面情绪对人的确有积极影响，但不可过度。

除此之外，在国内应用负面激励手段的时候还需要小心一点。由于历史文化的不同，我们一般不太会当面指出别人的不足，因为这会损伤"面子"，影响"关系"。如果在使用批评之类的手段时没把握好尺度，就更容易伤员工的心和自尊。所以，在应用负

---

1 George, J. M. & Zhou, J. , Understanding When Bad Moods Foster Creativity and Good Ones Don't: The Role of Context and Clarity of Feelings, *Journal of Applied Psychology*, 2002, 87(4): 687-697.

面激励手段时，要时刻坚持平等、开放的态度，营造"对事不对人"的氛围。

动机：怎样激发新生代成为主力？

每个时代都会产生一批新人，他们会成长为新生代力量，进入社会，进入职场。那么，当下的新生代员工具体指的是哪批人呢？在西方人看来，新生代员工就是 20 世纪 80 年代以后，伴随着计算机及互联网技术发展成长起来的一代员工；我国则依据时间点，将已经进入职场的"80 后""90 后"一代称作"新生代"。中国的这批新生代员工身上带有明显的时代烙印：多为独生子女，经历过高等教育改革和高校扩张，普遍有留学经历等。

由于成长环境不同，新生代员工通常跟老一代员工在人生态度、思维方式、价值观等方面，存在着明显差异。

所以，一提到新生代员工，管理者都会比较头疼。一方面，管理者开始意识到年轻群体的巨大价值。在以往的人格研究中，有数据显示，新生代员工在开放性上的得分几乎全面超越了上一代，这也就意味着他们潜力巨大；但另一方面，面对跟自己这代人完全不同的新生代，很多管理者又不知道该怎么激发他们的主动性。[1]

我不时会听到管理者对新生代员工的困惑。有一个说："你不带新人真是无法想象，他们每天按时打卡的动力，居然是为了抢到网红店的奶茶。"还有人很纳闷："为什么我给他发任何信息，都只能得到一句'好的'？"甚至有管理者告诉我："他们问我，能不能在办公室里养蜥蜴。我能怎么回答？"

新生代员工的激励问题在行业内争论得最多，因为组织真的不知道他们想要什么。他们的工作目的千奇百怪，看似毫无章法可循。那么有没有可能找到规律，有效激发他们成为工作中的主力呢？

个体才是工作的主角

每个人来到公司工作都有自己的目的，可能是为了赚钱，也可能是为了学习，还有可能是为了实现抱负，组织行为学将这些目的称为"动机"。当我们还是学生的时候，看课本很难坚持20分钟，但是看"哈利·波特"却可以一整天不放手，为什么？虽然都是看书，但是动机不同。同理，即使企业的激励手段很丰富，如果与个体的动机不匹配，也不会发挥任何作用。

企业不知道该怎么激励新生代，并不是新生代出了问题，而是企业没有找准他们的动机，用了落后的理论。

1　Lyons, S. & Kuron, L. , Generational Differences in the Workplace: A Review of the Evidence and Directions for Future Research, *Journal of Organizational Behavior*, 2014, 35(S1): 139-157.

传统上对动机的理解，以经典的马斯洛需求层次理论为认知基础，实施时大多依据另外两个理论（图1-2）。一个是双因素理论，它认为公司所有的奖励手段都可以被分为保健因素和激励因素两种。保健因素指薪酬、工作环境、同事关系等基础因素，它们只能起到安抚作用；如果要点燃员工的工作激情，则需要提供激励因素，比如晋升机会、对个体的尊重等。另一个是需求理论，主要指个体对成就、权力以及亲和的需求。

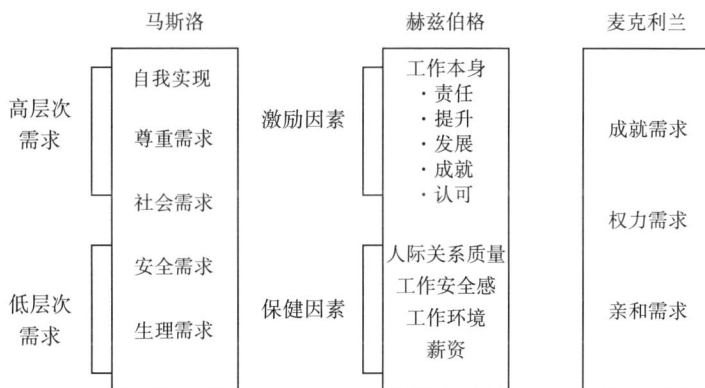

图1-2 关于激励的经典理论

这些观点被绝大部分企业采用，差不多成了共识。它们有一个共同的前提假设，即默认激励手段是外部的、强制的。比如说，组织希望一名员工把产量提高20%，同时它知道这名员工在乎荣誉感。于是，组织便告诉员工，如果达到设定目标，不仅会发奖金，还能在全公司得到表扬。

这个激励看似很合理，既能实现企业的目的，也考虑到了员工的喜好跟利益。但问题是，不管是目标，还是达成之后获得的奖励，都是企业强加给员工的。这就好像在工作中加入一个诱饵，牵着员工往前走。虽然诱饵很大，但是组织始终没有问过员工的感受。

再往深层探究，企业之所以会这么做，是因为传统的动机理论默认组织才是工作任务的主人公，员工只是配角。组织就好像《西游记》里的唐僧，真心取经的只有他，所以他要不断地哄着徒弟们往前走，完成目标。

但是，并非所有个体都甘当配角。社会学家理查德·桑内特（Richard Sennett）在 2008 年出版的《公共人的衰落》一书里提到，自恋是当今时代的新教伦理。[1] 换句话说，新生代的核心生活要义是活出自我。这和组织行为学的调查数据是一致的。组织行为学研究发现，新生代员工最突出的一个特点就是不再愿意当一颗"螺丝钉"，而是想要成为工作的主角。

其背后的原因在这里不做过多探讨[2]，但有一点值得注意。许多社会学家指出，互联网是新生代成长最大的红利。如今这批新生代也是被称为"数字土著"的一代人，社交媒体是他们的第二天性。20 年前，如果一个年轻人说自己要当主播，让其他人都来看自己表演，所有人都会觉得不可思议。但现在成为抖音、快手上

---

1 〔美〕理查德·桑内特：《公共人的衰落》，李继宏译，上海译文出版社 2008 年版，第 418 页。

2 如果你对此感兴趣，推荐你阅读《改革开放的孩子们：中国新生代与中国发展新时代》一文。

的网红，拥有百万粉丝，并不是新鲜事，也不是什么难事。技术的发达，在某种程度上催生了新生代年轻人的全新生活理念，他们比以往更容易实现自己的梦想，更容易成为自己生活的主宰。

出生在 20 世纪七八十年代的人，小时候玩得最多的可能是扔沙包、跳皮筋儿等集体活动。但如果出生在 20 世纪 90 年代以后，童年便多半是和电子游戏相伴的，不管是在游戏中操纵千军万马，还是度过虚拟人生，无一例外，这批 90 后都是主角担当。

主角会让人感受到强烈的自我掌控感，这是融入新生代血液中的内在动机。前面我提到了管理者的一个困惑，说不理解为什么新生代会因为抢奶茶而准时上班。那我告诉你，组织的上班时间，恰好赶上了新生代员工抢奶茶的点儿。现在，这一切是不是就说得通了呢？

早起抢奶茶，是新生代自己的选择，是自我决定的活动时间，而上班时间却是被迫遵守的组织规定。那么自然地，新生代更愿意为了早起抢奶茶而顺便准时上班，而不愿意被规定逼着不得不准时上班。

既然动机是内部的，跟自我感受有关，那么侧重于研究外部因素的传统动机理论自然就不适用了。2000 年以后，组织行为学开始探索适应当代的动机理论，其中自我一致性理论与目标设置理论最为重要。

所谓自我一致性理论，是指当那些能让自己乐在其中的任务变成一种义务的时候，个体的动机就会被破坏。有实验发现，年轻的计算机程序员热爱编程，仅仅是因为喜欢解决问题的快感。但是如果组织给他一个外在的强加标准，比如每天必须写多少行代码，那么就会让他觉得受到了限制，工作的内在动机就会被削弱。在很多实验中，他们甚至会选择直接离职。数据调查也表明，新生代员工更偏爱自由开放的企业文化。[1]

至于目标设置理论，虽然诞生的年代比较早，却是因为近几年谷歌 OKR 工作法的流行才开始有了名气，引起了越来越多的关注。

OKR（Objectives and Key Results），即目标与关键结果法。员工围绕组织愿景设定目标，然后领导参与一起评价可行性并设置可量化的结果，最后由领导负责对结果进行考核。[2]

它依循这样一种逻辑：当领导单方面给你制定一个 KPI 指标时，这个目标更像是组织强加的，潜台词是不得不做。但是如果上级结合组织的战略方向，以讨论共商的形式，与员工共同制定一个愿意挑战的目标，那么这件事就变成了想做的事情。这符合新生代的期待，公司的每个行动都能体现他们的个体价值，他们也能够参与到公司重大事项的讨论中去。显然，这更能激发工作激情，因为新生代员工可以从中感受到作为主角的自我掌控感。

类似的当代动机理论还有很多，和传统的理论相比，它们隐

1　王聪聪：《六成受访 90 后找工作"兴趣至上"》，http://zqb.cyol.com/html/2016-04/11/nw.D110000zgqnb_20160411_1-03.htm，2021 年 3 月 30 日访问。
2　如果对 OKR 工作法感兴趣，推荐你阅读中信出版社出版的《这就是 OKR》和《OKR 工作法》这两本书。

含着不一样的前提假设——个体是工作的主角。如果组织想激励新生代好好工作，让他们打主力，就要把他们当作主角来看待。

把自己当成投资者

具体应该怎么做呢？如果新生代员工默认自己是主角，那老板可不可以把自己当成合伙人，或者投资者？

来看携程的案例。[1] 携程已经成立 20 多年了，但由于每年近千名大学毕业生的加入，90 后新生代员工的占比依然接近 50%。携程的一些部门就把员工分成了一个个"OK 二人组"[2]。"OK"取自 NBA 黄金组合奥尼尔（O'Neal）和科比（Kobe）的首字母。

和传统团队相比，这个二人组更像一个创业组合。其中 O 是小 CEO，K 是小 CTO，也就是首席技术官，他们可以自行决策。上级领导则充当教练和投资人的角色，做投资决策。其他领导作为外援，补充信息和思路。

除了组织结构，OK 组的任务执行过程也很有特点。携程有个投名状计划，OK 组成员可以与投资人，也就是上级领导，共同商讨任务周期和目标，比如新产品在一定时间内要盈利 100 万元。之后，OK 组成员就会投资一个数额，比如说 5 万元。值得注意的

1　纪一禾，焦晶：《携程：三个"等式"造就最佳雇主》，https://www.hbrchina.org/2018-1030/6796.html，2021 年 3 月 31 日访问。
2　《OK 制、OKR、投名状——携程地上交通业务群高效创业三利器》，https://www.hbrchina.org/2018-11-12/6958.html，2021 年 3 月 31 日访问。

是，这笔钱会从 OK 组成员的基础收入中扣除。

如果最终业绩不到 100 万元，没达标，那投资就算亏掉了。要是业绩在规定的时间内达到 100 万元，则可以拿回投资的 5 万，不亏不赚。业绩每超过预期的 10%，投资回报就会多一倍。也就是说如果盈利 110 万，员工就可以拿回 10 万元，赚 5 万。如果做到预期的 2 倍，那最后可以拿回 10 倍的投资额，50 万元。投名状计划的效果非常好，催生了很多具有突破性的创新产品，推动了业务的高速增长。

从关系来看，OK 小组其实相当于创业合伙人，他们与上级的关系可以看作公司与投资人之间的关系。而投名状，就是典型的金融投资手法——对赌。这些方法之所以能够用在管理上，是因为激励新生代打主力最好、最简单的方法，就是把他们当成投资对象、合作伙伴来看待。

除了携程外，其他公司也在为新生代员工设计与之匹配的成长计划。比如，普华永道每年招收约 8000 名应届毕业生，员工极端年轻化，为此公司制定了许多新的政策来适应这些新生代员工的需求，激发他们的工作激情。

经过调查，普华永道得知新生代员工非常渴望参与公司重大事项的讨论，以体现自己的价值。所以，公司就推行了许多可以让所有员工都参与进来的项目，让他们充分了解公司未来的发展考虑，并倾听他们对公司发展方向的意见。

再比如，为了满足新生代员工探索职业发展多样性的要求，公司为他们提供了接触不同岗位的机会，允许他们申请更换和尝试新的职位，满足他们对于新鲜事物的好奇心。除此之外，普华永道"讨好"新生代的政策，还包括量身定做精神奖励与成长机会，提供让他们感到自豪的社会责任项目等。[1]

企业"放下身段"去不断满足求职者需求，尤其是在互联网、高科技企业中，成为一种新现象。这意味着管理者要为新生代员工做出调整和转变，其背后的原理是企业从过去的"结果导向管理"转为"过程管理"，开始注重对新生代员工的投资。

在微软，有一个"组建职能交叉专家小组"策略准则。管理者会把那些具有鲜明特征的 PC 程序员组合在一起，他们都不喜欢被大量的规则、组织、计划束缚，也强烈反对官僚主义。于是，公司就授权特定的部门去定义他们的工作，还会根据新出现的工作内容对他们进行培养。没有太多的官僚主义规则和干预，也没有过时的正式培训与"职业化"管理者，微软因此成了新生代员工心中的"最佳雇主"。[2]

根据这些理论和案例，我们可以总结一些比较通用的做法。比如，与新生代员工一起制定目标；给予必要的协助和信息，也是投后管理；为新生代员工制作个人的资产负债表，进行成本核

1　鲍勃·莫里茨：《普华永道董事长：激励有方，90 后也可以很敬业》，https://www.hbrchina.org/2014-12-01/2575.html，2021 年 3 月 31 日访问。

2　《新生代员工的幸福诉求》，https://www.hroot.com/hcm/243/249677.html，2021 年 3 月 30 日访问。

算。当然最重要的是把他们当成主角，鼓励他们说出完成任务所需要的资源。

从这个角度来看，新生代员工提出养蜥蜴的要求也就不奇怪了。如果养了蜥蜴，他就能很好地完成任务，那就尽管让他养，甚至养恐龙都没问题。

至于传统行业，由于目前它们也都在向互联网化和数字化方向发展，所以在激发新生代成为主力的问题上，也可以采用上述的经验和方法。

主动性理论：为什么现在更容易丧失工作的意义感？

2019 年 4 月，德勤公司发布了《2019 年全球人力资本趋势报告》，有 47% 的受访者都表示自己感受不到工作的意义，这让当下世界各地的管理者都头疼不已。我在和国内企业打交道的时候，对这一点也深有感触。很多员工认为他们做的工作不重要，没有价值，也就是觉得工作缺乏意义。这些员工会很容易厌倦工作，疲于应对工作中的大小事情，不愿意对工作多付出一点自己的时间和精力。

我认为，意义感的缺失，甚至已经成为员工离职的第一诱因。为此，我采访过很多企业里的管理层，他们普遍认为问题主要出在员工身上。现在的员工心比天高，要求太多，不容易满足，也不够踏实，所以才每天把没有意义挂在嘴上，想以此为借口偷偷懒。

可事实上，员工普遍感觉不到工作有意义，与现在的社会化分工和组织管理密不可分。越来越严密、细致的专业化分工，全面精准的自动化管理，还有"996""福报"的倡导等趋势，都让员工难以找到工作的意义，也缺乏寻求意义的空间和时间。

为了让员工感受到工作的意义，提高工作的主动性，管理者做过很多努力，比如搞内部宣讲，让员工接受企业的价值理念；再比如帮助员工制定个人目标；还有诸如奈飞的做法：直接给员工看资产负债表，让他们了解自己的工作起了多大作用。

这些做法看起来都挺好，但只在刚开始能起到一些作用。比如宣讲企业的价值理念，随着时间流逝，员工对于宣讲内容和当时感受的记忆会越来越模糊，被讲师点燃的热情也会逐渐消散。随之而来的，就是恢复如常——该佛系佛系，该倦怠倦怠，热情和积极持续不了几天。为什么使了劲儿也没有成效呢？原因很简单，他们搞错了"敌人"。

主动性理论

2010 年，组织行为学家莎朗·帕克尔（Sharon Parker）提出了一个疑问：企业总希望个体能够明白自己工作的价值，提高主动性，但环境在这其中又起了什么作用呢？沿着这个思路，她总结了一个模型，命名为主动性动机理论。在帕克尔看来，如果想让个体在工作中感受到高度的意义感，主动工作，那就必须满足两个边界条件：

（1）外部环境要能给个体提供宽容的价值评价体系；

（2）个体要能从外部获得进步的榜样，最好是一道努力的阶梯。[1]

表 1-1　工作意义感的结构维度 [2]

研究者	研究样本	研究内容
Chalofsky（2003）	文献总结	自我感觉、工作本身、平衡感
Morin（2006）	加拿大 4 个组织 1087 名员工	发展和学习、工作效用、工作关系质量、自主性、首先正确性
Rosso（2010）	文献回顾总结	自我联结、个性化、联合、贡献
Steger 等（2012）	美国某大学 370 名职工	工作积极意义、工作创造意义、至善动机
Soohee Lee（2015）	文献总结	工作中积极的情绪体验，工作自身的意义，工作中有意的目的，目标，工作意义是生活意义的一部分
Lips-Wiersma 和 Wright（2012）	新西兰 167 名员工	发展和成为自我、充分展现潜能、联结他人、服务他人、平衡紧张、受到鼓舞、承认现实
陈佳乐和孙健敏（2016）	中国企业 466 名员工	团队凝聚、正视事实、展现真我、内心满足、发挥影响、个人自主维度、生活保障
Bailey 和 Madden（2016）	文献回顾总结	组织的意义、工作的意义、任务的意义、互动的意义

1　Parker, S. K. , Bindl, U. K. & Strauss, K. , Making Things Happen: A Model of Proactive Motivation, *Journal of Management*, 2010, 36(4): 827-856.

2　宋萌，黄忠锦，胡鹤颜，綦萌：《工作意义感的研究述评与未来展望》，载《中国人力资源开发》，2018 年第 9 期（第 35 卷），第 85—96 页。

简单来说，就是企业在解决员工主动性不足这一问题的时候，不能总在个体身上找原因，而是要看大环境，也就是真正的"敌人"——社会的变化。

她的研究在学界引起了轰动，因为在那以前，组织行为学的词典里很少出现"工作意义"（Job Meaning）[1] 这个词。因为工作意义曾经被认为是天然存在的，不需要讨论。

那么我们的社会到底发生了什么重要的转变，使得工作意义这一概念开始进入讨论范畴？

答案是：职业在短期内变得超级繁荣。

"繁荣"是组织行为学采用的一种说法，可以理解为更多元。职业繁荣就意味着社会分工更复杂，而分工的复杂，又会进一步导致每种职业距离社会评价体系的远近会变得不同。所谓社会评价体系，即社会对现有职业的一套评价标准、评价指标、评价制度和评价方法等。职业的成熟程度越高，它在社会评价体系中的位置就越靠近核心，大众对该职业也就越熟悉，比如教师、司机等。而新兴职业所处的位置就比较边缘，社会对其也不太了解。

---

1 斯蒂格（Steger, M. F.）等学者将工作意义分为三种结构——积极意义、工作创造意义和更良好的动机。积极意义直接反映人们是否能从所从事的工作里感到价值与意义；工作创造意义是指通过工作，人们可以加深对周围世界的认知，促进个体成长；更良好的动机强调工作是否可以给他人带来社会价值。——Steger, M. F., Dik, B. J. & Duffy, R.D., Measuring Meaningful Work: The Work and Meaning Inventory, *Journal of Career Assessment*, 2012, 20(3): 322-337.

举个例子。一家服务大众交通出行的公司，设计了一款抢票软件。身处互联网行业的人，会把它看作程序员、交互设计师、UI 设计师、流程管理者等不同职业分工的人共同合作的成果。但请你想一想外行会怎么看。他们可能会觉得："这是个程序，那就应该是程序员的工作成果。"

这就说明，程序员以外的这几个职业距离社会评价体系比较远，社会对它们的价值还没有形成共识，更谈不上认可。那么，从事交互设计师等职业的员工，就算一开始觉得自己的这份工作很有价值，但如果迟迟得不到社会的认可，这种价值感就难以得到彰显和提升，他们能感受到的自己工作的重要性和影响力也会随之降低。

这就是社会发展带来的第一个影响：外部评价变得不宽容。员工很难再因为得到一份工作而自动感受到相应的价值感。

不仅如此，职业繁荣还带来了一个副产品，就是谁也没法独占工作成果。你没法说我为大家做了哪些贡献，只能说，团队或者企业为大家做了哪些贡献。那么，价值感又会进一步降低。以程序开发为例，一个程序的代码可能是由好几个开发人员共同编写的，那么你要如何告诉别人你对工作的贡献呢？我编了一千行代码，他编了五百行，所以我的贡献就更大？但每个人编写的代码的难易程度和针对的问题的复杂性往往都不同，光说数量可能没法完整体现你的贡献。再加上，除了开发人员，程序的落地还需要 UI 设计、测试人员、运维人员等的参与，这就更难说清楚你的工作贡献有多大了。一旦无法分清，团队成员的个人成就感和价值感，或者说感受到的自己对于这个项目的重要性，就会被稀释。

根据帕克尔教授的模型，想让员工主动工作，要满足的第一个条件就是给予个体宽容的外部价值评价体系。但现实却刚好相反。

第二个变化，是我们的职业生涯从简单的阶梯式路径，转变为一条总体向上、但没有明显节点的弧线路径。在学术上，这叫作职业阶梯的丧失。

职业阶梯，就是职业发展路径，比如大学教授的职业阶梯就是从讲师到副教授，再到正教授。传统的职业阶梯其实是一个价值参照系。你是高级工程师，他是中级工程师，那么大家对你们俩的认可程度就会不同。同理，你是一个总监，他没有头衔，那认可程度也不同。

但这个参照系，如今已经变得越来越没有共识，因为每个企业都有各自的结构体系，相互之间的差别很大。比如私企的部门经理、银行的客户经理、游戏项目负责人、技术总监、保险销售经理，看名字都属于高层，但这些岗位在各自公司所对应的权力、影响力、公司职位等级中的高度、管辖的业务和人员范围并不一样。银行的客户经理可能应届毕业生就能当，只负责自己的业务而无须管理他人；而项目经理就得管一个几人的小团队，需要对整个项目的构建和运营负责，并协调和处理各项工作。甚至很多企业里干脆就没有设置职业阶梯，比如在去中心化的组织里，大家都没有头衔。这种情况下，个体很难在短期内找到一个清晰可见的方向去努力。主动性理论的第二个边界条件——个体最好能从外部获得一道努力的进步阶梯，也发生了动摇。

这里，我们总结一下，员工之所以更容易缺失工作意义感，并不是他们自己出了什么问题，而是这个社会发生了改变。职业的繁荣让很多工作得不到应有的社会评价；职业阶梯的消解，也让大家失去了短期的努力目标。这就意味着，我们不能在默认工作本身有价值的基础上，通过宣讲等手段去激发员工的主动性，因为这一前提已经不存在了。

工作重塑

以往的方法不可用，但缺少价值感、缺少主动性的问题却依然存在，甚至越来越严重，那管理者应该如何解决呢？坦白告诉你，虽然组织行为学的学者们在努力尝试解决这一问题，但目前还没有形成完整的方案。不过，其中有一个方法已经被实践证明了效果，很多企业也开始在管理中运用它，那就是"工作重塑"（Job Crafting）。

简单来说，"工作重塑"指的是员工为了使自己的兴趣、动机和激情与工作相一致，而自我实施的一系列使其工作任务及关系边界发生改变的积极行为[1]。这一方法的重点，在于借助主动行为的力量，去搭建个人职业和社会意义之间的桥梁，通过调整工作的某些方面来获得更强的意义感和满足感。也就是说，它是由员工主动发起的对自己工作的"变革"，没有任何外在的强加标准，只要自己认为这么做有意义，就可以这么做。

比如，你觉得工作中有很多任务没必要花时间处理，你就可以选择搁置这些事情，只做你认为核心的工作。又或者，你认为你的工作还应该包括一些更有趣的内容，比如和更多的同事交往沟通，在力所能及的范围内更多地承担一些设计工作等，那你都可以去尝试。

组织行为学者贾斯汀·贝尔格（Justin Berg）、简·达顿（Jane Dutton）和埃米·弗热斯涅夫斯基（Amy Wrzesniewski）的研究表明，在用个人感觉有意义的方式对工作进行重新设计后，人们会变得更高效，也更富有想象力。[2] 当然，放权给员工也要有度，必须把高效完成目标作为底线，不然会适得其反，影响正常的工作进度。

除了工作重塑之外，我们还可以从员工丧失意义感的源头出

1 Wrzesniewski, A. & Dutton, J. E. , Crafting a Job: Revisioning Employees as Active Crafters of Their Work, *Academy of Management Review*, 2001, 26(2): 179-201.

2 安迪·莫林斯基：《再平凡的工作，你也能从中找到满足感》，https://www.hbrchina.org/2017-07-20/5350.html，2021 年 3 月 31 日访问。

发来激发员工的主动性。既然职业阶梯的消解和缺少社会认可是员工无法获得意义感的根源，那么我们可以想办法增加员工获得的职业认可，并帮他们建造新的职业阶梯。

首先，针对职业认可，管理者可以通过建立"透明"的企业，来弥补某些职业和社会评价体系之间的距离。很多经济领域和商业领域的专家都谈过企业的透明化问题，但他们往往觉得这是一种公关手段。比如，企业对外披露相关的财务信息和内部情况，可能只是为了塑造一个公开、透明的企业形象。

其实，"透明化"指的是把组织的内部运作过程、工作内容、文化价值以及战略发展方向等展示给组织内部或者外部的利益相关者，旨在让他们更好地理解组织，为之后的互动打下良好的基础。得到公司的管理者在这方面就做得很好。每周二，他们都会直播全公司的例会，告诉用户跟员工，公司上周发生了哪些大事，有哪些经验教训可以总结，以及接下来公司又有什么新的计划。甚至得到公司的年会也会进行公开直播。不同岗位的优秀员工，会登台介绍自己的工作。

在这些信息"透明化"后，得到 App 的用户就能了解到，原来自己每天听到的这些课程，是由分工如此细致的团队来完成的。了解会带来理解甚至认可，从而拉近得到员工工作内容与用户所熟悉的社会评价体系之间的距离，对得到员工的贡献给予合理的评价，让员工在用户的认可中感受到自己工作的社会价值。同时，员工也能从每周的工作总结里了解同事的努力和贡献，相互之间给予价值认可。一旦感受到用户和同事的认可，员工就能体会到工作的意义，在日后的工作中就会更为主动。

西方的很多企业也在尝试做类似的事情。它们会特意把员工的工作过程开放给社会和媒体。我曾经和一个迪士尼影业下属的公司交流过。他们说，原来电影结束后，会在黑黑的背景上打上工作人员的名字。虽然这体现了公司对这些员工工作的认可，但实际上几乎没有观众会特意留下来看这些名字，员工也不会因此感受到自己被重视了。为了让观众意识到这群幕后人员的存在和价值，也为了让员工体验到工作意义，现在公司通常在电影还没结束，或者片尾彩蛋出现时，就开始滚动字幕，而且必须加上工种的介绍。这也是一种凸显职业价值的方法，可以缩短某些职业和社会评价体系之间的距离。

其次，管理者可以考虑在企业里重建一套类似阶梯的评价体系。阶梯式的职业路径很好理解，就是设置与技术或者管理能力有直接关系的不同层级的职级或者头衔，通过从低到高的纵向阶梯体现出不同职级的员工在企业中的不同地位和价值。而阶梯式的评价体系，就是能够促使员工在职业阶梯上不断上升的考核体系。

如果想让这套阶梯式评价体系发挥提升员工意义感的作用，最重要的一点就是这套体系不能只是摆设，而是必须得到员工的充分认可，这就需要企业用相应的制度来落实它，使员工切实地把这一阶梯式的评价体系作为自己在组织中的发展目标，愿意为之付出努力。

现在很多公司都在推广 OKR，这是个很好的方法。但执行过程中有的就变得形同虚设，并不能帮助员工感受到工作的价值，更没法提高员工的工作主动性。不过，出现这一问题的原因并不在员工身上，而是因为公司没有用好 OKR。

按理说，OKR 反映的是企业以及个人的目标，但很多公司给员工提供的，基本上只有企业目标；或者在进行阶段性评估的时候，只考察企业目标部分，不考察个人部分。这些做法都表明，企业对个人价值的关注只是纸上谈兵，并不是真的想让员工参与到目标制定中，也并不是真的在乎员工的个人意愿。

比如，公司希望加大企业的推广力度，具体的指标之一是每个月要产出一篇高质量的公众号文章。而员工的目标是在实现公司目标的同时，提高自己的专业知名度和文案撰写能力，因为这些能力可以帮他在职业阶梯上再上一个台阶。如果公司要求员工用"流行"内容和固定模板来完成这项工作，那么员工就只能实现企业的目标而无法实现个人目标，工作起来自然不会有太大的动力。

其实，OKR 中的个人目标是非常严肃的，它代表了企业的一个态度，就是我要帮员工找到工作的意义，找到短期内可以努力达到的目标。所以，在执行 OKR 时，别忘了 OKR 与 KPI 的根本区别之一就是，OKR 会让员工参与目标的设定，更充分地发挥他们的主动性，让员工设立自己觉得有价值、有意义的目标，从而让员工愿意为之而努力。如果不严肃对待这件事情，那就失去了搞 OKR 的目的，还不如搞回 KPI。

角色：如何处理工作与生活的冲突？

2018 年，英国求职网站 Totaljobs 做了一个大数据调查[1]，对比了过去和现在人们在时间分配上的差异。

过去，我们对一天时间的分配非常规律，公私分明；现在，我们上班时会网购，看视频，与朋友聊天，夜晚休息时则会被老板发来的信息提示音吵醒，打开电脑加夜班。每天的时间被拆分成了杂乱无章的碎片，生活工作难以分开。长此以往，员工抱怨工作侵入了他们的生活；企业也喊冤，认为员工占了企业的便宜。最终，员工与企业都没有获得好处，还都对彼此不满。

这一局面并非不可化解。在组织行为学看来，可以通过角色管理，在一定程度上解决工作与生活之间的冲突。

不要用时间划定界限

我曾在交流会上听一位企业家侃侃而谈，讲自己如何通过多

1　Totaljobs: How the Modern Workforce is Changing the Rules of Work-Life Balance, https://www.totaljobs.com/insidejob/work-life-balance/, Retrieved March 2021.

付一点钱让员工周六也来上班。"支付 1.5 倍的钱,让员工付出 2 倍的努力,收获 3 倍的成长",这条常被提及的管理经验在具体实践时得到的结果往往相反,因为在企业收获 3 倍利润的同时,员工的工作倦怠也翻了 3 倍,工作效率和成就感也随之大幅降低。长久下去,企业可能得不到什么好处,甚至还不如不让员工加班。

为何会如此?原因就在于,企业没有突破传统做法,仍在用时间算账,企图通过划出一条更好的时间界限来应对员工工作与生活的冲突。确实,过去有过时间与劳动成果可以等价衡量的时候。比如,在福特汽车的工厂里,由于流水线的速度固定,工人工作 8 小时,企业就可以准确地计算出这 8 小时工作时长所产生的价值,并依此付给工人薪水。

但现在,我们已经全面进入知识经济时代,用时间评估成果变得越来越困难。一方面,工作是以任务为基本单元的,时间只是任务的一个要素;另一方面,工作与生活在时间上已经不可避免地发生了融合。因此,如果企业还用时间算账,那将是一笔永远算不清的糊涂账。

既然用时间划定界限已不再成立,那么企业可以依据什么来重新划定工作与生活的这条界限呢?我认为,是角色理论。

借用莎士比亚的一个比喻:"世界是一个大舞台,每个人都是舞台上的演员。"可以说,社会群体中的所有成员都在扮演特定的角色,比如企业里的一位经理可能是一位父亲,同时还是某跑马俱乐部的会员。

　　当时在斯坦福大学任教的教授菲利普·津巴多（Philip Zimbardo）曾做过一个实验[1]——他和同事在办公楼里办了一座临时监狱，雇了 24 名经过人格测试显示情绪稳定、并且身体健康的大学生参加实验。这些学生被随机分配了两种角色：一部分人当"看守"，另一部分人当"犯人"。实验刚开始不久，受试者们就已经钻入了社会对于这两种角色的刻板印象中。看守"粉碎"了"罪犯们"的一次越狱，而"罪犯们"从此变得唯命是从。随着实验的进行，看守甚至会虐待"罪犯们"，让他们打扫厕所，互相谩骂，而在这个过程中没有任何人站出来说："不许这样，我们都是学生，这只不过是一个实验。"

　　这就是著名的斯坦福监狱实验。它表明，我们每个人一旦扮演了某个角色，就会自然而然地按照对这个角色的期待来规划自己的行为。

　　那如果我们同时、无差别地承担了许多个角色，又会如何呢？答案是，由于期待各不相同，我们有可能会行为错乱。英国广播公司组织过一档真人秀节目，重现了津巴多教授的实验，结果却大相径庭。"看守"对"罪犯们"说话客气，甚至发号施令时还不忘加上一句"麻烦了"，而"罪犯们"也更有反抗精神。这是因为，镜头的加入让参与者无意之间又扮演了另一个角色，即演

1　Haney, C. W. , Banks, C. & Zimbardo, P. G. , Interpersonal Dynamics in a Simulated Prison, *International Journal of Criminology & Penology*, 1973, 1(1): 69-97.

员。这样，就产生了角色冲突。

这两个实验的不同结果，其实很好地阐释了角色理论的几个基本内涵：角色所要求的行为大部分是固定的；个体知道应在何时扮演何种角色，知道他人对其行为的期待；同一角色的具体表现会因文化支持、文化评价、接触社会的程度和情境的偶然性而有所不同，也就是会受到情境的影响。[1]

很快，这一心理学理论被应用到了其他学科，尤其是组织行为学领域。罗伯特·卡恩（Robert Kahn）教授在此基础上，提出了重叠角色组模型。[2]他认为，每个人在组织中都承担着某种角色，为了完成角色任务，我们既是需要发起合作、与其他人产生联系的"中心人物"，同时也会作为上下级、同事参与到他人的"角色组"中。

组织就是由许多这种重叠相连的角色组构成的。这种交错，会不可避免地带来潜在的冲突。比如，一个喜欢决断、喜欢把控全场的人擅长承担"中心人物"的角色，但在另一个需要承担后勤角色的任务中，此人就要转变行为方式。由于角色转换极其耗费认知能量，因而人们在一段时间内，需要把其中某个角色当作

---

1 〔美〕杰弗里·A.迈尔斯：《管理与组织研究必读的 40 个理论》，徐世勇、李超平等译，北京大学出版社 2017 年版，第 199 页。

2 Kahn, R. L., Wolfe, D. M., Quinn, R. P., Snoek, J. D. & Rosenthal, R. A., *Organizational Stress: Studies in Role Conflict and Ambiguity*, New York: John Wiley & Sons, 1964.

中心，保证自己单一的角色认同，这就是"角色中心性"。只有这样，才能保证个体自我认知的稳定，保证各角色组工作的顺畅。

具体来说，就像那位在企业做经理的父亲，同时也是跑马俱乐部的成员，对他来说，这三个角色是同时存在的，但在不同情境下，每个角色的需要程度是不同的。比如在和孩子玩耍时，就不能摆出在公司作经理的处事派头，而是要以父亲的角色为主，把父亲的工作做好。在跑马俱乐部和朋友交流时，自然也要以俱乐部成员的角色为中心，这样才能沉浸在关于跑马的讨论中。也就是说，要根据具体情境的不同，选择与之匹配的中心角色，确保不同角色之间互不干扰，避免产生冲突。

对员工进行角色管理

卡恩教授的这一模型，可以延伸到组织之外，帮助我们更好地理解员工工作与生活之间矛盾的实质。其实每个员工都天然具备家庭角色和工作角色这两个身份。当个体优先关注工作领域的需求，首要解决工作任务，而把家庭福祉放于可以弹性处理的次要地位时，他在工作领域的角色中心性就更高。反之，则在家庭领域的中心性更高。

如果这种中心性可以在一段时间里保持稳定，员工不需要频繁转换角色，那自然不会产生太大的损耗，也可以让员工更专心在当下的状态之中。

但事实上，家庭角色和工作角色的转换却很频繁。比如正在备课的时候，突然收到家里询问晚饭的短信，那么回短信的时候，就需要转换角色。再比如，在家里工作的时候，父母突然让你帮忙拖下地；或者在开电话会议的时候，孩子让你给他讲道数学题。

角色转换得越频繁，角色之间的冲突就会越凸显。因此，当一个工作者频繁地从工作领域转换到家庭领域时，其感受到的工作与家庭的冲突也就更强。

换句话说，工作与生活之间的冲突本质是角色冲突。要解决这一问题，最好的方法就是帮助个体进行角色管理。如果组织能够把个体角色进行分离，使员工在某一时段内只专注一个角色，就能帮助员工减少负担。即使员工回到家后依然要工作，但只要这时候承担的工作角色不是很重要，对其生活的干扰就会降低许多。如此，不但可以提高工作效率，还能增加员工对组织的满意度。

具体可以怎么做呢？这里介绍三种最常用的方法。首先，企业可以识别并分离员工在工作领域耗费个体精力最多的角色，即"中心人物"，让员工在上班时间优先做好这个角色。

以无印良品为例。[1] 这个公司曾经加班现象非常严重，不论从企业层面还是个人层面来看，这都不是件好事。员工过长时间地工作不仅降低了工作效率，削弱了公司的生产力，更严重的是影响了员工的生活质量，减少了为公司带来的创新能量。总裁松井

1 〔日〕松井忠三：《无印良品管理笔记》，刘格安译，北京联合出版公司2017年版，第146—151页。

忠三为缓解这一状况，一度把每周三强行定为"不加班日"。实施一段时间后，效果很差，有些员工为了按时交付未完成的工作，会先假装回家，然后又偷跑回来工作。

松井反思后发现，在时间上下功夫治标不治本。因为关键并不在于工作时间的长短，而在于工作内容主次不分。对员工来说，工作有像树干一样的任务，也有像枝叶一样的任务，树干任务往往是自己主导的，枝叶任务往往是配合别人的。应该在上班时间把枝叶挑出来，加以简化或者干脆略去。于是，松井要求部门领导帮助员工把工作区分为树干和枝叶，并要求所有员工在公司只做树干任务，其他的任务则放到回家后或者有空时再做。长此以往，无印良品的加班状况得到了很大的改善。

第二个方法，设置统一的交流时间，分离员工与他人协作的合作者角色。

我们知道，角色的突然转换非常影响工作效率。比如我们常会遇到的类似情况：有时候正在全身心地干活儿，突然领导宣布开会，打断了思路，等开完会，脑子已经很难与之前接上。对此，有些公司会把开会时间统一安排到一周当中的某一天，以使全公司的员工在这一天里都只承担合作者的角色。

除"中心人物"与合作者角色外，企业也可以根据自己的情况，分离对员工来说消耗较大的其他角色，并优先保证员工在工作时间里处理好这些角色的任务。这样一来，员工回家后就能更好地承担单一的家庭角色，比如一位好父亲或者好儿子的角色。

对于工作量较大、难免要占用员工生活时间的企业，我们给出第三个方法：主动帮助个体减少其承担家庭角色的压力。

举个例子，企业销售部门的员工经常需要应酬，应酬意味着有可能喝酒，过多的应酬就可能导致员工产生健康问题，从而影响其家庭角色的承担。山东一家能源企业的应对方法是，要求所有员工戒酒，并规定员工所住大院里所有小卖部都不允许卖酒。按理说，喝酒与否是员工的私事，但这家企业就要管，不仅要管，还管得很彻底：一旦发现员工喝酒，就扣其工资。如此，员工的健康得到了保证，员工的家人就能少操点心，员工家庭角色的负担也就减轻了。

职业承诺：如何让优秀的员工稳定工作？

我有个在咨询公司做 CEO 的朋友，曾经被人问过这样一个问题："当老板的人什么时候最被动？"他认为，最被动的时候不是他们去拉投资的时候，也不是在市场上被竞争对手打压的时候，而是内部的骨干员工找到他，心平气和地说："老板，我要离职。"那一刻的他只能故作镇定，然后飞速思索，这半年来公司哪里亏待了这位员工？是钱没给够？还是职位没给到位？

人才流失，已经成为近年来最让 CEO 和 HR 头疼的事之一。美世的《2020 全球人才趋势报告》显示，相比于 2017 年，高管对于人才流动的顾虑上升了 10 倍，从 4% 上升到了 2020 年的 38%。同时，根据前程无忧人力资源调研中心推出的《2021 离职与调薪报告》，2019 年的全行业离职率高达 18.9%，部分行业的离职率甚至超过了 21%；2020 年因疫情的影响，全行业离职率有所降低，但也有 14.8%。

人才是整个公司的输入，人才的质量决定了产品和服务的质量。但要是优秀员工心态不稳定，天天想着辞职，人员流动的概率就会加大。这不但会造成组织经验的流失，而且也给组织未来的构建提出了更大的挑战。那么，如何才能让优秀员工保持稳定？

关键就在于理顺个体和组织的关系。在组织行为学看来，维系组织和员工的，不仅是感情，更是彼此的需要。从长期来看，优秀的员工更忠于职业发展而不是雇主关系，因此，企业必须转变思路，让自己成为商品，帮助员工成为更优秀的人。

从组织承诺到职业承诺

组织行为学有一个专业术语——组织承诺（Organizational Commitment），它最早由霍华德·贝克尔（Howard Becker）在 1960 年提出，指的是员工向组织不断投入、最后只能在组织中发展下去的心理现象[1]。30 多年后，学者约翰·梅耶（John Meyer）

---

1 Becker, H. S., The Concept of Commitment, *American Journal of Sociology*, 1960, 66: 32-42.

和纳塔莉·艾伦（Natalie Allen）将组织承诺发展成了一个多维的概念，包括情感承诺、持续承诺和规范承诺三个维度，它们共同影响着员工是否会继续在组织中工作。[1] 总的来说，组织承诺，意味着员工贡献给组织的忠诚度，也是以前企业千方百计想要从优秀员工那里争取到的东西。

为了提高员工的组织承诺，企业想过很多方法，比如按照年限和资历定岗定薪，签订无固定期限的劳动合同等。然而，这些方法仅对 30 年前的员工有比较明显的效果。因为当时，国内几乎所有组织都是终身雇佣制的国有企业，单位就是另一个家，个体会把自己的未来全都寄托在组织身上。只有在员工重视组织这一前提下，组织承诺才能起到对员工的激励作用，终身雇佣制等手段才能产生留住优秀员工的效果。

比如曾经出现过的"办事员"，是一个什么都干、专门给领导解决问题的职务。这个职务本身没有什么吸引力，毕竟含金量不高，但要是 30 年前有家大型石化企业聘你做办事员，估计你以及你全家，都会觉得这是一件值得骄傲的事情，会十分愿意接受这份聘请。因为在那个时代，一个人具体做什么工作不重要，在哪儿工作才重要，也就是说，组织自身的情况对个体来说是最为重要的。

1　Meyer, J. P. & Allen, N. J. , Commitment to Organizations and Occupations: Extension and Test of a Three-Component Model, *Journal of Applied Psychology*, 1993, 78: 538-551.

而 30 年后的今天，企业的平均寿命越来越短。调查显示，我国中小企业的平均寿命只有 3 年左右。[1] 同时，随着环境的不断变化，岗位的淘汰和迭代也在不断发生，工作越来越不稳定。再加上，与以往对"铁饭碗"的看重不同，新生代员工相对来说并不介意换工作，甚至大多数人都没想过要在一个公司干到老。领英发布的数据显示，职场人第一份工作的平均在职时间呈现出随代际显著递减的趋势。70 后的第一份工作平均超过 4 年，80 后是 3 年半，90 后只有 19 个月，95 后更短，他们平均会在工作 7 个月后就选择辞职。[2]

所以，作为组织，能和员工一起走的时间，平均来说就只有几年。既然命运没有和组织绑定在一起，员工自然不会如 30 年前的人那样看重组织，提高员工组织承诺的方法也因此不再有效。

从世界范围来看，这一变化其实早就发生了。为了应对这一现象，组织行为学提出了一个新概念：职业承诺（Career Commitment）。这个概念最早是由学者加里·布劳（Gary Blau）在 1985 年提出的[3]，其发展历史虽然只有三十余年，但已经成为职业心理学的一个重

1　中国人民银行，中国银行保险监督管理委员会：《中国小微企业金融服务报告 2018》。

2　Xin（Sophie）Li：《第一份工作趋势洞察》，https://www.linkedin.com/pulse/ 领英发布第一份工作趋势洞察　职场第一步是你人生的决胜时刻吗 -xin-li/，2021 年 2 月 23 日访问。

3　Blau, G. J. , The Measurement and Prediction of Career Commitment, *Journal of Occupational & Organizational Psychology*, 1985, 58(4): 277-288.

要研究领域，并代替了组织承诺，成为新近流行的用于提高员工稳定性的重要理论。职业承诺主要反映个体对所从事职业的忠诚度和认同度，以及个体愿意为之投入时间和精力的多少。简而言之，就是个人对职业的认同、依赖和追求。

表1-2　组织承诺和职业承诺

组织承诺（约翰·梅耶和纳塔莉·艾伦，1993）[1]	反映个体和组织间关系的某种心理情况，体现了员工是否会在组织中继续工作。	持续承诺	比起离开组织，员工认为在组织中继续工作能够获得更多的经济利益。
		情感承诺	员工在组织中产生了情感依赖或认同组织的目标、价值观等。
		规范承诺	受到道德伦理因素的影响，员工产生在组织中继续工作的责任感。
职业承诺（加里·布劳，1985）	个人对于专业或者职业所表现出的态度情况，在面对当前职业的时候所产生的预期以及对于当前职业产生的偏好。		

　　现在的每一个人，在和公司笔头上签订纸质合同的同时，也都在内心和自己所从事的职业签署了一份"心理"合同。客观环境（包括经济形势、市场竞争、技术革新等）的不确定、组织发展的不稳定，以及工作长期保有和薪酬保障的缺乏，都使得个体不再抱有在组织中待一辈子的期望：无论是主动离职还是被迫出走，个体都不再把未来寄托在组织身上。

1　Meyer, J. P. , & Allen, N. J. , Commitment to Organizations and Occupations: Extension and Test of a Three-Component Model, *Journal of Applied Psychology,* 1993, 78: 538-551.

员工现在更看重的，是职业发展的赛道，而不是组织。毕竟，在某一个特定的组织中，个体不一定能走得很远，但在自己的职业赛道上，却有可能一直保持前进。所以，比起组织的发展，有追求的员工更在乎自己的职业发展：自己三年后会成为什么样的人？自己可以在自身所处的领域达到一个怎样的地位？自己能不能跳到更好的公司，拥有更好的工作环境和更棒的工作伙伴？

从这个角度上来说，个体不仅是组织的雇员，也是组织的用户。为了在人才竞争中脱颖而出，企业必须设计人们想要的岗位和职业生涯，并为员工的职业成长投资，让员工知道他们的工作与企业的使命紧密相连，并且可以对社会产生积极的影响。反之，如果企业没有意识到自己必须变成一种商品，那就会陷入之前那位 CEO 的窘境——什么都给了，但员工还是要走。因为该公司留住人才的政策还是沿用组织承诺的思路，一直围绕薪酬和职位打转，忘记满足"员工用户"的新需求，忘了对现在的员工而言，组织不是最重要的，职业才是。所以在当下，比起提高员工组织承诺的旧有方法，帮助员工成长、提供职业发展机会的思路更可取，比如提供详细的职业发展路径，提供更多的培训机会，提供能让员工有所成长的工作任务，等等。

先把员工培养成最优秀的人

维珍集团创始人、亿万富翁理查德·布兰森（Richard Branson）是个传奇人物，他曾驾驶热气球飞越太平洋，还曾组建摇滚乐队，甚至曾在英吉利海峡旁裸跑，以至于很多人以为他是个娱乐明星。事实上，他是英国最成功的企业家之一，商业帝国覆盖航空、化妆品、电器、铁路、唱片等多个领域，曾经被乔布斯视为偶像。

布兰森之所以这么成功，秘诀就在于他给了员工职业承诺。他说："聪明的老板，总会先努力把员工培养成最优秀的人，然后再想办法留住他。"这也是组织行为学的观点。现有研究表明：职业承诺是预测个体离职行为的有效变量。[1] 优秀的人之所以优秀，是因为他有明确的发展方向和目标，既然员工忠于职业，那组织就帮助他，在做好薪酬福利和感情体验这些基础的前提下，还要让他意识到这家公司是他职业发展的关键一环，他在这里可以不断进步。

所以，如今要留住人才，企业得先改变理念，从提供薪酬、职位这些具体的奖赏，转变为帮助员工实现自己的职业发展，培养员工成为该领域的杰出人才。

那具体应该怎么操作呢？日本的茑屋书店给我们提供了三大绝招。

现在很多年轻人去日本旅游时，茑屋书店都是必到的打卡胜地。东京的代官山分店，甚至被评为全球最美的 20 家书店之一：

---

1 褚茜茜，丁贺，萧鸣政：《青年人才职业成长与离职倾向研究——基于核心自我评价与职业承诺的串联中介作用》，载《现代管理科学》2019 年第 10 期，第 73—76 页。

在艺术区，抬头就可以看到书里提到的油画复制品，就像身处画廊；在料理区，要是看到一本意大利食谱，可能就会在旁边发现书里提到的意大利面和酱料；而生活区的座位一定是朝向落地窗的，坐在那里抬头就能享受阳光，还能观看窗外的风景与各色行人。

为什么要打造这些细节？因为茑屋想打造的不是书店，而是"生活提案"的体验馆，让每一个来书店的人都感受到生活方式的更多可能性。要实现这一目标，离不开超一流的设计师。所以，在创始人增田宗昭看来，茑屋的重中之重就是培养人才。

为了留住员工，很多日本企业采用"年功序列"制度，也就是根据年资设定标准化的薪水。只有在公司里多熬年头，员工才能拿到高薪。这样一来，员工自然舍不得积累下的工作年数，不会轻易离职。而茑屋没有这么做，但奇怪的是，它的员工离职率并不高，甚至比那些采用了"年功序列"制度的企业还要低。这背后的原因，就在于茑屋通过满足员工的职业承诺，成功地让自己成了一家"被选上"的公司。

首先，比起产量，最优秀的设计师更在乎自己下一件作品是否有突破。但突破就意味着风险，可能会带来亏损甚至安全问题。很多企业为了保险起见会更倾向于沿用已有的思路。但茑屋不一样，它非常看重在设计上的突破。比如修建代官山分店时，一名外籍员工希望使用一种由玻璃钢筋混凝土制成的镶嵌板，这是一种新材料，他不确定公司会不会允许。而且，当时刚刚地震过，新材料的供货渠道也不稳定。但是创始人增田第一时间就同意了该方案,这让整个团队兴奋不已。

为了鼓励创新,茑屋甚至还规定:如果一个方案照搬已有的思路,不能给团队带来进步,即便可以盈利,也绝不能通过。这是茑屋设计评判法则的最高标准。这就让每个设计师,在完成任何一个项目后,都能获得成长。如果你去日本,会发现各地的茑屋都不一样。有遍布绿色植物的,也有极简主义的,还有青春时尚的。我们完全可以想象,这背后设计师成就感的积累有多丰厚。

其次,越是优秀的人,越是在乎自己正在和谁共事,越是在乎自己能不能从其他人身上学到东西。对于茑屋的设计师来说,这一点完全不用担心,因为他永远不知道下一秒会遇到哪路神仙。参与音乐区设计的员工,曾经自己举办过二百多场音乐会;参与女性区设计的员工,拥有自己的化妆品品牌;参与旅游区设计的员工,是游历过上百个国家的背包客。

增田让更多其他领域的顶尖人士参与到设计工作中来,不仅仅是为了激发设计师的灵感,更是想让员工感受到这样一种氛围:我在和世界上最优秀的人一起工作,我可以不断学到新东西。

最后,为了更好地让员工成长,茑屋还鼓励他们走出公司,走向世界。比如,茑屋曾经派遣美食区员工前往美国探访"从农场到餐桌"运动的发起人,获取关于农产品方面的经验。

以上三条有一个核心理念，就是鼓励员工在工作中遇见"未知数"，目的是让他们感受到成长，感受到茑屋作为一件"员工商品"起到的作用。但这也会产生一个新问题：如何保证招来的人恰好很在乎这些东西？如果组织忙活了半天，却发现员工并不在乎这些，怎么办？

茑屋书店的例子告诉我们，要想激励和留住优秀人才，首先要确定对象，即优秀人才。事实上，不管是组织承诺，还是职业承诺，针对的对象从来都不是所有个体，而是"最优秀的员工"这个群体。这是因为，最优秀的员工往往是企业里最能创新、也最有活力的员工。比起普通员工，他们更敢于迎接挑战和承担风险，他们的存留和努力意愿，在很大程度上决定了企业是否能实现长久的发展。

接着，需要锁定这些优秀人才的需求，并配以相应的方案进行满足。不同企业的具体发展方向和具体方法都是不同的，因为不同行业、不同特点的个体，想要的成长是不一样的。有人渴望职业的专业技能提升，有人渴望见多识广、全面发展，而有人会希望发展第二技能，成就第二职业，很难一概而论。但有一点是确定的：不要试图让组织成为员工的全部，也不要把"让员工无法离开自己"作为组织的目标，而是要努力铺就员工的职业道路，让员工不愿意离开。

工作嵌入：传统激励方法失效了还可以怎么办?

在组织管理的发展历程中，企业开发出了各式各样的激励手段，比如给员工升职加薪、提供额外的福利、充分放权等。在以往的实践中，这些传统的激励方法都达到了不错的效果。例如华为每年会根据员工的岗位及级别，分给员工不同数量的五年股票期权，来激励员工更努力地工作。华为的业绩因此得以迅猛发展，员工也获得了丰厚的收益。而且在得到正向反馈之后，员工还会继续增加投入，长久以往，企业发展和员工获益之间就能形成一个正向循环，有助于企业的稳定成长。

企业之所以要绞尽脑汁地去激励员工，是因为很少有员工可以一直全身心地投入工作，即使这份工作是自己热爱的，也极有可能产生倦怠感，甚至想逃避。更何况，对大多数人来说，工作只是人生的一部分，而不是全部。所以，在员工看来，这份工作不行，还可以换下一份；某份工作可以喜欢，也可以不喜欢，不需要对工作有那么大的热情，能完成就行。只有高效的激励，才能让员工始终对工作保持热情，增加投入，不断创新。可以说，企业能否得到"好员工"，很大程度上要看它能不能有效地激励员工。

然而，传统激励方法也有失效的时候。

A 企业的旷工问题

中国企业 A 的主要业务是生产、销售重型机械。这家企业在巴西、德国、美国等很多国家都设置了生产基地，需要雇用大量外籍员工。文化的差异，使企业在员工激励上遭遇了新的挑战。

一般来说，企业进入一个全新的环境，管理上遇到问题非常正常。A 企业在进入非洲之前，也对战略、营销等方面可能遇到的障碍都做了详细的预案。但没想到，他们实际上遇到的问题比预期的要低级得多——当地员工不能准时上班。这个问题的影响非常大：只要流水线上的一个员工没按时上班，整个机器就转不起来。

中国人从小就被教育要守时，但是非洲没这个传统，当地人的时间观念相对较差。公司要求 8 点上班，但往往到了 10 点人还不齐。与员工深入交流后，管理层发现，一些家住贫民窟的工人居然根本没有看钟表的习惯。

为了解决这个问题，A 企业的管理人员首先开始尝试做思想工作，告诉当地人守时是一种美德，但没有效果。然后他们寄希望于物质激励，规定对按时出勤的员工发放奖金，居然还是没有效果。进一步分析原因后，他们发现，当地的消费场所很少，满足基本需求后，多出来的那一部分收入对于员工的吸引力非常弱。而且，奖金发放有预算限制，如果给员工更多奖金，公司就会亏本。管理层也考虑过裁员，但是非洲政府规定，为了解决当地就业问题，外国公司必须雇用一定比例的本地人，这一方法也行不通。

不过 A 企业很有趣，遇到困难的时候，特别愿意相信"中国特色"的解决方案，它采用了一个国人无比熟悉的招数：评劳模。每个季度，A 企业会评一次劳模，员工按时上班，就给他发大奖状、大红花，颁发仪式还十分隆重。A 企业会请当地政府领导把奖状送到劳模家里，送奖队伍声势浩大，进村就大造声势，试图把村民全都引出来。等到劳模的父母从屋里出来，领导就会立刻迎上去握紧他们的手说："感谢您生了个好儿子啊。"

这个办法给了劳模员工一家足够的面子，同村的人虽然不知道奖状上写的是什么，但都能感受到这个人肯定很厉害，因为村里从来没有人能获得政府奖励。不仅如此，企业还把"洋劳模"的照片放在官网上，请当地媒体去报道。厂里甚至建造了一座名人堂，当地人去参观，一进门就能看到劳模笑得无比灿烂的头像。

这个制度刚施行的时候，达标的人还不多，但 A 企业坚持了下去。一段时间后，达标的人多了起来，大家开始准时上班了。2018 年，A 企业靠着劳模制度基本解决了员工的旷工问题。而这一制度的设计理念，就是接下来要讨论的工作嵌入理论，也是最新的激励策略。

工作嵌入理论

管理学、组织行为学经过半个世纪的研究，基本穷尽了个体希望在工作场所获得的所有东西。但没有人规定，组织只能在工作圈定的范围内和个体进行交易。走出工作场所，进入员工的生活，我们会发现，组织能帮员工解决的问题其实还有很多。而这些工作之外的帮助，都是组织可以打的牌。

如果上文提到的 A 企业只在工厂里给劳模发奖状，那就属于传统激励方法。创新的关键不在于发奖状这个行为，也不在于荣誉本身，而在于授予荣誉的过程，因为它恰巧提高了员工的社会地位。

不论是在非洲的乡村里，还是在现代化的公寓楼中，主体人群本质上都是由相互关联的人构成的群体。这个群体的活动范围，在社会学上称为"社区"。我们每个人的生活，都是由社区、家庭、工作三部分组成的。回想一下，从学习到报考专业，再到找工作、选择生活的城市，你有多少决定受到了家庭的影响？你的情绪是否不时会因社区的事情或者邻里关系有所波动？我想，没有人能否定社区和家庭对个人的影响。那么，组织自然也可以利用社区和家庭来激励员工。

2001 年，美国组织行为学家特伦斯·米切尔（Terence R. Mitchell）研究发现，有些员工明明不满意现在的工作条件，却仍然选择为组织服务，之所以存在这样看似不公平的交易，是因为组织和员工在工作环境以外的场景进行着我们看不见的利益交换。[1] 也

1　Mitchell, T. R., Holtom, B. C., Lee, T. W., Sablynski, C. J. & Erez, M., Why People Stay: Using Job Embeddedness to Predict Voluntary Turnover, *Academy of Management Journal*, 2001, 44(6): 1102-1121.

就是说，组织越过了原来管辖的边界，把自身的影响力扩展到了员工的社区和家庭中，给他们带来了额外的利益。

米切尔把这归纳为"工作嵌入"理论。"嵌入"就是跨过边界的意思，我觉得这个用词非常准确。米切尔提出，"工作嵌入"是一种隐性的、强大的激励手段。具有高度嵌入性的人有许多紧密的社会联结，就像是一张网，使人不得不陷入其中。通俗来讲，工作嵌入指的是使员工留在组织中的影响力的总和。

在上文的案例中，A 企业表面上没有付出太多东西，无非是多印了几张奖状，邀请了一下领导，疏通了电视台关系。但当"评劳模"给员工带来的荣誉感被社会关系网放大后，它能产生的效果，恐怕是工作里多给一倍报酬也达不到的。当然，除了让员工不再迟到这个效果外，A 企业的这一做法还增加了员工对企业的认同和归属感，让员工更愿意为这份工作投入时间和精力，这是更核心、更长远的影响。

因此，根据"工作嵌入"理论，对个体来说，社区和家庭是影响力最大的两个非工作因素，那么企业就应该把它们纳入激励政策的设计中，尤其是在传统激励手段失效的时候。

用工作嵌入理论指导激励模式的创新

那么具体该怎么设计呢？社区因素和家庭因素包括方方面面，做什么性价比最高？接下来，我就以 A 企业的另一个案例，来介绍工作嵌入理论在具体实践里的运用。

A 企业在德国组建研究所时，需要招聘一批当地的人才。这一方面是因为不可能所有的员工都从国内派遣，成本太高；另一方面是因为德国是世界有名的技术强国，A 企业想从当地的人才那里学习他们的技术和经验。但那时 A 企业刚走出国门，没什么知名度，德国工程师根本看不上它，纷纷表示："你们企业太小，我不想去你们那里工作。"

为了解决这个问题，A 企业起初采取了传统的激励手段：砸钱。当时他们的竞争对手是著名的西门子公司，西门子出多少钱，他们就翻一倍。但这样做，到头来却适得其反。原来，德国人对自己的薪水是有基本预期的，超出太多，他们会觉得这个公司根本不懂市场，注定要被淘汰。

了解到这一情况后，A 企业连忙改变策略，开始游说德国工程师："西门子是老古董，员工在那里很难出人头地。我们公司是朝阳企业，发展空间大。"但这样的游说，对德国人而言根本没用，因为他们不相信中国企业可以做到西门子的规模。

前文提到，A 企业特别喜欢"中国特色"的解决方案。于是，这次在游说失败后，他们又来了个"曲线救国"：工程师说不通，还可以做工程师家里的工作。于是，他们找到工程师的太太，让对方开条件：怎么样你才能帮我们做说客？

这招可谓出奇制胜。大部分德国工程师都住在乡镇，很多太太提出，她们想去柏林生活，想让孩子念柏林的学校，但是在柏林不认识人，希望 A 企业能帮她们解决这个问题。

于是 A 企业花了大力气疏通关系，找到所有在柏林的人脉一起调集资源，找房子，找学校。不仅如此，他们还为员工家属建立了一个涵盖医疗、教育、社会福利保障的网络，成立了专门处理家属事宜的部门，只要家属有需求，马上就有人来带他们办好所有事。

这么一番折腾下来，很多工程师虽然还是不太乐意，但是有太太做工作，又想到孩子能有好的教育，最终还是答应了加入 A 企业。这些人才，对 A 企业后来在德国站稳脚跟起到了重要作用。

总体来看，无论是"敲锣打鼓送奖状"，还是"游说工程师太太"，背后都是企业对于员工社会网络关系的主动嵌入。工作嵌入理论的核心启示就是，企业要走出公司，走进员工的家庭和社区，将企业对员工的影响力辐射到工作之外的场景上。

根据上述案例，工作嵌入的具体要点可以简单归纳为以下两点：第一，企业要发现员工的社会关系并寻找切入点。换言之，就是要明确能够影响员工的社会关系网络具体是什么，找到隐含在这网络之中的需求或是困扰。可以是家庭的需求，如孩子的教育问题；也可以是获得社会尊重的需求，比如从邻里和家人处获得荣誉感和自豪感等。

第二，企业要根据这些需求或困扰，思考自己能做些什么，从而让企业逐步走进员工的生活。具体的嵌入方法有很多。有些公司会在招聘员工的时候为其家属也提供相应的岗位，会设立企业幼儿园来帮助员工照顾孩子，还会举办公司联谊会，解决单身员工的情感问题，等等。此外，举办家庭活动日也是一个不错的方法，可以让员工的家人有机会了解员工的工作内容，增加对员工的理解和认可。

不过，在实施这些嵌入方法的时候要注意，企业嵌入员工生活越深，员工对企业的依赖就越大，这的确会让员工不再轻易选择离开企业，有效降低离职率，但是同时，工作嵌入深也意味着工作和生活联系过于紧密，可能会降低员工的边界感，容易出现角色模糊、工作与生活冲突加剧等情况。所以，企业在嵌入时一定要弄清楚员工的个性和喜好，不能想当然，否则可能会起到完全相反的作用。比如某个员工并不希望社区的人知道自己在做什么，但企业却大张旗鼓地替他宣扬，你觉得，这个员工是会更有工作动力，还是会开始考虑远离这种企业文化呢？

彩虹理论：人力成本越来越高怎么办？

人力成本，始终是悬在企业上方的一把达摩克利斯之剑。从宏观来看，中国劳动力成本的增长速度已经连续多年超过经济增长速度。这意味着企业在人力上付出的费用（比如薪酬）越来越多，但生产额和盈利相对而言却越来越不乐观。长此以往，可能使用人成本增加，岗位紧缩，中小企业难以持续，市场经济的宏观增长结构也会受到影响。从微观来看，资本的流动会促使一些企业像哄抬物价一样，用不合理的薪酬吸引人才，造成其他企业被迫跟进的局面。这种人才市场上的"内卷"，使得很多企业因为无法承担高额的员工薪酬而被迫退出。

中国人民大学劳动人事学院的就业市场调查显示，中国劳动力成本存在持续走高的趋势，而且短期内不会改变。[1]在这种情况下，企业可以采用什么对策来应对不利的局面？

开发人力资源领域的"新能源"

解决人力成本问题最简单的方法就是"节流"——少用人，或者降低每名员工的待遇。但是对于快速发展、用人缺口大的公司来说，这种饮鸩止渴的做法是根本行不通的。

"节流"的方法不行，不妨尝试一下"开源"。

纵观历史，广义上的能源并没有真正耗竭过，因为人类一直在不断"开源"：煤炭最先被使用，后来由于成本上升等因素，石油开采应运而生；随着石油的价格不断增长，开采天然气又成了替代方案；现在，综合考虑环境因素以及由资源稀缺程度决定的价格因素，新能源又广受青睐。人类总能及时调整能源结构，找到替代方案。如果我们把人才当作另外一种广义上的能源，那通

---

1 来自中国人民大学就业研究所所长曾湘泉教授 2018 年 1 月 7 日在中国人力资源管理新年报告会上的演讲实录，演讲题目为《变化中的中国劳动力市场 挑战、趋势及展望》。

过调整能源结构来开发"新能源"也是有可能的。

EverYoung 是一家韩国互联网企业。与其他互联网企业一样的，是工位上一个个背影和键盘的敲击声；不一样的，是所有员工看着都比较年长，甚至有不少头发花白的老人。EverYoung 偏好雇用 55 周岁以上的员工，这听起来很不可思议，也不符合互联网企业的年轻化特征，但并没有阻碍这家公司的正常运转。公司在 2013 年创建之初只是一个十几人的小公司，到现在，已经是一家拥有四百多名员工的中型名企了。

EverYoung 有两条主营业务线，一条是图像和视频的编辑处理，另一条是审查敏感信息，偶尔也会承接一些更复杂的任务，比如对 IT 产品进行测评。无论哪项业务，对员工的互联网技能要求都不低。这就让人不禁好奇，该怎么保证爷爷奶奶们具备相应的技能呢？

在大多数人的固有观念中，老年人的学习能力并不强。既然公司一定要雇用老年人做互联网生意，那就只能选择相应岗位的退休人员。但 EverYoung 的选择反其道而行之：团队中有人曾经是牧师、公务员，还有人是退伍军人。甚至有一次在综合考虑各种情况后，公司拒绝了一位计算机工程教授，选择了一名家庭主妇。

为了解决由此产生的专业能力问题，EverYoung 内部专门成立了一个学院，向员工提供包括 Office 软件基础操作、电子邮件、智能手机、SNS 等在内的系统互联网教育。同时，公司规定新入职的员工只有通过业务能力测试，才能顺利"毕业"，开始正式工作。

除此之外，公司还会为员工提供哈佛大学、牛津大学的网络课程，并且定期组织讲座。公司还安排了大量专业训练，比如编程训练，还有团队指导员工如何拍电影，做视频剪辑。换句话说，EverYoung 始终在努力引导作为员工的老年人"现学现卖"。

好些人并不看好这一模式，甚至认为 EverYoung 不是在办企业，而是在办老年大学。因为企业是要盈利的，而如此高投入的培训对比大多数老年员工相对低绩效的产出，势必会使人力成本问题更加尖锐。

那 EverYoung 是怎么降低人力成本、保证企业稳步发展的呢？这其实跟老年员工这一群体的心理需求有关。

彩虹理论[1]：角色退出带来的机遇

美国著名的组织行为学家唐纳德·萨柏（Donald E. Super，也有译为唐纳德·舒伯）为组织行为学开辟了一个新的研究方向——职业生涯规划，即我们每个人到底应该遵从怎样一条职业发展路径。

萨柏把每个人的一生概括为一条彩虹（图 1-3）。彩虹有两个维度：一个是长度，即年龄；另一个是宽度，即生活的广度，更具体地说，是每个人在一生中都会扮演到的六个不同角色，包括公民、休闲者、子女、学习者、工作者跟持家者。

---

1 Super, D. E. , A Life-Span, Life-Space Approach to Career Development. *Journal of Vocational Behavior,* 1980, 16(3): 282-298.

外部环境因素：
社会结构
时代特征
经济水平
就业现状
学校
社区
家庭

维持阶段

建立阶段　30　35　40　45　50　55

探索阶段　20　25　　　　　　　　　　　60

持家者　　　　　　　　　　　　　65　退出阶段

工作者　　　　　　　　　　　　　　70

成长阶段　15　公民　　　　　　　　　　75

生命阶段：　　10　休闲者　　　　　　　　80

年龄：5　学习者　　个体特征因素　　　　死亡阶段

子女　　　　自我认知
　　　　　　态度
　　　　　　需求和价值导向
　　　　　　成就动机
　　　　　　能力
　　　　　　遗传

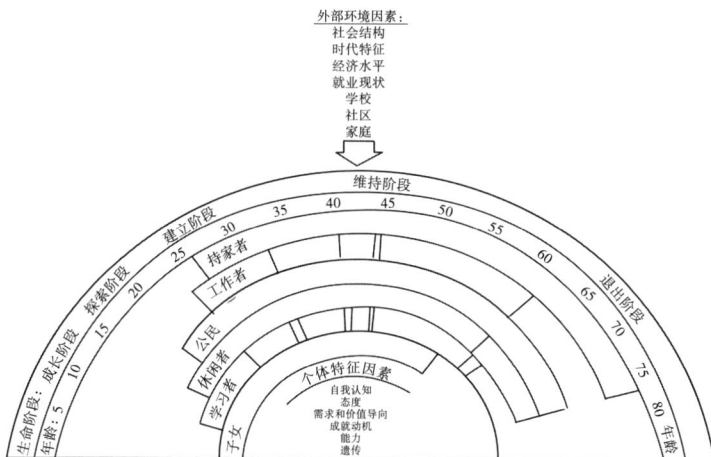

图 1-3　职业生涯彩虹图（个案分析）[1]

　　萨柏发现，一个人扮演几个不同的角色，比扮演相似的角色会产生更多的满足感。30 岁左右，一个人基本要承担所有角色，他的生活空间被填满了，彩虹的宽度最宽，生活最充实。而且，总有一个角色是生活关系中相对重要的角色，萨柏称之为"显著角色"。比如对于俗称的工作狂来说，工作角色就是"显著角色"。

　　但是人到老年往往会面临角色缺失的问题。当一个人 65 岁时，他基本会丧失子女、工作者这两种角色，并且部分丧失持家

1　图片来源：Super, D. E., A Life-Span, Life-Space Approach to Career Development, *Journal of Vocational Behavior*, 1980, 16(3): 282-298。作者翻译。该图反映的是某白人男性的具体情况，同样的，我们每个人都可以依据萨伯的理论绘制出属于自己的彩虹图。

者和休闲者的角色。行为学家朱迪思·布鲁（Judith Blau）把这种情况称为"角色退出"[1]。

老年期的角色退出，尤其是工作者和持家者这两个人生最主要社会角色的退出，会让老年人心理失衡，郁郁寡欢，从而损害其健康状况。因为这一时期的角色退出与中年期不同，它不是角色的变换和连续，而是一种不可逆转的角色丧失和中断。就工作者这一身份而言，基本上退休就意味着彻底离开工作领域。因此，从社会学角度来说，老年人适应衰老的途径，一是正确认识角色变换的客观必然性；二是积极参与社会，寻求新的次一级角色。

为了弥补缺失的满足感，个体就会寻找并且强化新的"显著角色"。而对于老年人来说，这个替补角色就是学习者。萨柏发现，一个人的学习欲望在65岁时会出现一个基本上相当于18岁时水平的高峰，甚至远高于上大学时的水平。这个年龄的人会产生"此时不学，更待何时"的感觉，迫切渴望新奇的经验。这都是"角色退出"带来的影响。

根据萨柏的彩虹理论，我们再来审视 EverYoung 的案例。它的大部分员工生活条件都非常好，而且有儿女支持，因此这些老年员工最想要的不是高水平的薪酬，而是学习的机会。公司最大的一名员工已经83岁高龄，当被问到继续工作的原因时，他说：

---

1 Coser, R. L. , Blau, J. R. , Goodman, N. & Berger, B. M. , Social Roles & Social Institutions : Essays in Honor of Rose Laub Coser, *Contemporary Sociology*, 1992, 21(6): 873.

"我想跟上时代的步伐，我渴望学习新的 IT 技能。"

对年轻员工来说，企业提供培训的目的是为了缩短其达到熟练程度的时间，因此严格来说并不是一项福利待遇。但是对老年员工来说，学习在很大程度上是上班的主要目的，这时的培训才是真正意义上的、员工认可的福利待遇。对公司来说，一次支出完成了员工培训和员工福利两项任务——这正是 EverYoung 减少人力成本的关键。这样也能更好地解释，为什么公司会招聘家庭主妇、牧师、退役军人而不是退休的计算机工程教授，因为对前几类人来说，他们更有动力去学习计算机的相关知识，会觉得培训是福利，而不是任务。

因此，EverYoung 的平均薪水很低，只略高于韩国最低工资，但这并没有制约员工激励的效果。正如它的创始人所说："教育是我们公司人力政策增长的引擎。"

以全新视角审视人力成本问题

我们很容易陷入一个误区，即用员工的平均年龄来衡量一个企业。其实每个年龄段的员工都拥有不同的价值。浪费式的用人政策不值得提倡，而且这样做也会哄抬年轻员工的人力成本，这必然是每个企业都不希望看到的结果。

前面提到过，降低人力成本的思路，是开发"新能源"。如果我们把人的一生都看成可利用的资源，那其他人不看重的，不就是我们的"新能源"吗？根据彩虹理论，不同年龄段人的核心需求是不同的,资金并不是唯一,如果在某一年龄段,有别的东西可以代替钱来激励员工,不是刚好可以达到降低成本的目的吗?

我们可以根据员工现阶段所处的职业生涯位置和其承担的具体角色,来寻找开发人力资源的切入点。一般而言,可以大致遵循以下思路:

首先,在大约 22 岁之前,人们要为"工作者"的角色做好铺垫,那企业针对这个年龄段的员工,应该以培训和开发为主,帮助他们更顺利地步入"工作者"的角色。现在很多企业和高校合办学院,就是为了有针对性地培养学生,实现学习者到工作者的过渡。此外,招聘优秀的实习生,对他们进行锻炼和培训,然后择优转正,也是出于同样的目的。

其次,在 30~65 岁,员工承担的角色最多,需要解决的问题、肩负的责任也最繁重。这个时候,想让员工做好工作者的角色,就要帮助员工在其他角色上实现减负。比如为 45 岁左右的员工解决父母养老、子女教育问题,帮助员工解决职业瓶颈问题等。此外要注意,在大约 30~35 岁这一阶段,员工的学习需求和工作压力会同时达到高峰,组织需要为员工做好职业规划,安排和提供相应的学习资源,减少员工需要在这些方面耗费的精力。而针对 45~65 岁的员工,组织可以多关注一下其健康问题,为其提供医疗服务(比如增加定期体检,提供优惠的理疗活动)等。

最后,企业可以对 65 岁及以上的员工进行人才资源的二次开发,通过丰富员工的角色意义来进行激励。就像前面提到的

EverYoung，正是充分利用了这一点，发现了宝贵的人才资源，节约了自己的人力成本。

启动效应：如何改善工作环境？

苏联解体后，很多东欧国家开始走向衰落，其中包括阿尔巴尼亚。这个国家原来是一个计划经济国家，进入 20 世纪 90 年代后才引入了市场经济，但市场经济在这里运行得并不好。基础设施破败，没有投资人愿意来到这里，再加上司法体系不健全、腐败等因素，民众对国家也不抱有信心。2000 年，阿尔巴尼亚的 GDP 是 114 亿美元，仅相当于 2020 年中国西藏自治区的十分之一。如果当时你去过阿尔巴尼亚，看到国民的状态，肯定会觉得这个国家已经没有希望了。

恰恰在这个时候，一个名为埃迪·拉马（Edi Rama）的人当选了阿尔巴尼亚首都地拉那的市长。他不是一个政治家，而是一位画家，在世界很多地方举办过画展，还拿过大奖。我们知道，激活一个市场需要的是资源，可拉马手里什么都没有。当时的市财政系统甚至拿不出修理下水道的钱。面对这种情况该怎么办？拉马选择了自己熟悉的方式——画画。他的画布很特殊，是城市里楼房的外墙。拉马要从粉刷楼房开始，拯救阿尔巴尼亚。

但这个方案才进行到第一栋楼房时，一个法国基金组织就提出了否定意见，说拉马选择的粉色不符合欧盟标准，会给市场带来错误的信号。拉马的回答很幽默：请你看看周围的一切破烂儿，它们都不符合欧盟标准。

拉马不仅给各种灰头土脸的房屋涂上了鲜艳的颜色，还画上几十米高的涂鸦。一开始他亲自动手，后来又发动大专院校成立了"涂鸦"小组。就这样，美化城市运动一开展就是八年，规模越来越大，将城市变成了五彩斑斓的调色盘。与此同时，拉马还从国际组织那里借钱，用来修建广场，清理违章建筑，等等。他后来把自己的政策总结为两条：恢复公共空间，并且用色彩点燃城市。

看到这儿，你肯定有个疑问，这能起作用吗？事实证明，它真的起了作用。从 2000 年到 2008 年金融危机前，由首都带动，阿尔巴尼亚的 GDP 增长了 4 倍。2013 年，拉马高票当选阿尔巴尼亚总理。他后来接受 TED 邀请，做了一场演讲，名字叫作《用颜料夺回城市》。[1]

阿尔巴尼亚的案例对社会学、经济学来说都很有价值。因为经济通常和很多因素有关，但这个案例非常特殊，拉马几乎就做了改善环境这一件事，干扰因素并不多，所以它是一个研究基础设施对市场促进作用的完美案例。

市场是由人组成的，激活市场，其本质也是在激活人的创造力、想象力以及热情。这一节要关注的，就是环境改变是如何实

---

1 埃迪·拉马（Edi Rama）：《用颜料夺回城市》，https://www.ted.com/talks/edi_rama_take_back_your_city_with_paint?language=zh-cn，2021 年 1 月 30 日访问。

第一章 激发个体 | 091

现这一点的,其背后的逻辑又是什么。

启动效应

态度、情绪、人格等要素,都会对人的绩效表现产生影响。但又是什么因素在影响它们?答案就是组织行为学领域经常提及的词——认知。认知是个体和外界接触时的感受和判断过程,是个体和环境互动的起点。

比如,在赤道附近生活的人,风险偏好低。这是因为他们不需要承担过多风险,就可以轻易获得食物。长期以来对环境的认知,造就了他们低风险偏好的性格。这说明认知会影响行为偏好。不仅如此,我们还可以把认知通俗地理解为大脑长期以来形成的信息处理回路。人显然不只拥有一条大脑回路,所遇到的场景不同,大脑启动的回路也不一样。

职场中也有类似的例子。企业中的会议一般有两种,一种是需要大家畅所欲言的会议,另一种是不需要大家发言,坐在那里听的会议。一个成熟的职场人,肯定形成了对这两种会议的认知,可以针对不同的会议采取不同的策略。

但如果事先不知道这是一个什么会议,如何保证一开始就能判断对?很简单,如果会议室里摆着一张长桌子,而桌子的尽头有一把显然是领导坐的椅子,那这多半就是第二种会议。如果是一张圆桌,那就应该是第一种。

在职场工作久了,这样的判断是可以自动生成的。一旦进入会议室，不用刻意去想，就能准确判断会议的种类。有人甚至开玩笑说，有的员工都能嗅到会议的"味道"。这种大脑帮助做判断，却又没告诉你的过程，被行为学概括为潜意识行为。通过潜意识来启动某个认知模式，在组织行为学中被称为"启动效应"。

启动效应这一理论最早诞生于医学领域。有人发现，失去记忆的人会因为环境的改变而突然想起某些事情。这样的情节在电影里十分常见，最近的研究也发现，启动效应其实是广泛存在的。虽然学界对潜意识的存在形态还有争议，也需要更多证据支撑，但它确实可以用来解释很多匪夷所思的现象。心理学家发现，个体会因为对某种刺激（信息）的接触而影响对后面刺激（信息）的反应，这种心理现象也被称为启动效应。[1, 2]

英国学者在 2014 年发现，有些公司仅仅是利用绿色植物来装饰工位，就可以让员工的工作效率提高 15%。[3] 按照以前的解释，绿色植物可以产生更多的氧气，促进员工的身体健康。但那点氧

---

1 Weingarten, E. , Chen, Q. , McAdams, M. , Yi, J. , Hepler, J. & Albarracín, D. , From Primed Concepts to Action: A Meta-Analysis of the Behavioral Effects of Incidentally Presented Words, *Psychological Bulletin*, 2016, 142(5): 472-497.

2 Bargh, J. A. & Chartrand, T. L. , Studying the Mind in the Middle: A Practical Guide to Priming and Automaticity Research, in Reis H, Judd C ed. *Handbook of Research Methods in Social Psychology*, New York: Cambridge University Press, 2000, 1-39.

3 Nieuwenhuis, M. , Knight, C. , Postmes, T. & Haslam, S. A. , The Relative Benefits of Green Versus Lean Office Space: Three Field Experiments, *Journal of Experimental Psychology*, 2014, 20(3): 199-214.

气真的能够起到如此大的作用？显然不符合常理。引入启动效应后，就很好解释了。

而在 2000 年前后的阿尔巴尼亚，除了粉刷墙壁外，拉马还干了另一件大事。当时的首都市政府在处理民政事务上存在严重的腐败现象，于是拉马决定向世界银行借钱，修建一座宽敞的民政接待大厅。接待他的德国裔官员很不理解：处理公务员腐败，为什么要大兴土木工程，而不把钱花在培训和思想教育上？拉马的解释是，现在的接待室是一个密闭的小亭子，墙上开着黑乎乎的小口。民众把厚厚的资料从小口里递进去，然后忐忑地等待着需要的东西从里面递出来，经常在外面排起长队，刮风下雨也没办法。这种环境下，即便一周换一次工作人员，也还是会存在收黑钱、搞腐败的问题，恐怕换成素质高的德国人也是一样的结果。这无关道德、基因与血统，而是因为这里的环境根本没有激发任何神圣的感觉，外面的人也体会不到尊重。

但要是有个宽敞的民政接待大厅就不一样了。一方面，干净、明亮的空间会让人不自觉地变得严肃起来，会更认真地对待自己的工作；另一方面，空间开阔后，公务员处理事务也可以公开化、透明化，客观上也让他们不敢贪污腐败了。虽然不知道拉马是否学习过组织行为学，但显然，他实践了前面介绍的启动效应。

再比如前面提到的会议类型。如果在会议室看到方桌，我们就会意识到接下来需要三缄其口了，这也是因为某个认知模式被启动了。

前面提到的绿植、接待大厅、方桌，以及赤道附近人生活的场所，都属于环境。环境可以启动我们的认知模式，而认知模式又会进一步影响我们的行为，短期表现为态度、情绪，长期表现为性格，以及之前讲到的创新、职业承诺等。在阿尔巴尼亚粉刷墙壁的案例里，色彩短期启动了人的积极情绪，长期则启动了各种创造性的行为。

如何改善工作环境

启动效应对公司的管理者又有哪些启示呢？组织可以利用环境来激活个体的特定认知模式：当企业需要员工严肃对待问题时，就不能让氛围太过轻松随意；当需要员工充满斗志时，就需要狼性文化的刺激，不能制定太多非竞争性的制度。

具体来说，组织可以从以下三个方面来着手改善工作环境，发挥启动效应。

第一，环境对行为的激发效果，不是加成，而是直接决定有无。因此，一家搞创意设计的公司和一家搞法律咨询的公司，办公环境肯定是不能一样的，因为员工需要启动的认知模式完全不同。搞创意设计的公司需要的是员工的灵感和创造力，所以像腾讯、网易等互联网公司的办公环境总是配色丰富，注重时尚和新奇的感官体验，这样的视觉冲击能够充分激发员工的创新动力和思维。而法律咨询公司则通过气派、考究、简洁的环境设计，来激发员工的责任感和严谨细致的工作态度。

　　第二，需要经常合作的员工，应该共享同一个办公环境。因为共享环境对建立共享心智[1]很重要，它能启动大家相似的认知模式。这也是为什么远程办公[2]没法成为主流办公模式的原因之一。

　　所谓共享心智，就是团队成员之间享有差不多的知识框架，包括对技术设施（团队所需要的设备或技术、现有设备的局限等）的认识，对团队任务（目标、情境、完成程序、策略等）的认识，对团队交互作用（沟通渠道、角色职责、相互关系、互动模式等）的认识，以及对队友（知识、能力、习惯、爱好等）的认识。只有大家对上述几个方面的认识及理解都基本一致时，才能进行有效的沟通和协同。[3]

　　因此，相较于传统的办公室办公而言，远程办公因异步沟通和社交距离问题，天然地在共享心智上处于劣势的位置。然而受数字化时代的推动，远程办公已然成为未来的一大办公趋势，所以我们就要思考如何尽量解决远程办公带来的心智共享不足的问题。在这里，跟大家分享我的三个建议：首先，指定交流沟通的同伴，组成一对一小组，并在一定时期后采取更换同伴的方式来进一步加强团队之间的联系，快速提高团队成员之间的熟悉程度和了解程度；其次，制定具体的协同工作程序，形成规范有效的

1　关于共享心智的其他内容，可参阅本书第三章。

2　关于远程办公的其他内容，可参阅本书第四章。

3　Cannon-Bowers, J. A., Salas E. Reflections on Shared Cognition, *Journal of Organizational Behavior*, 2001, 22: 195-202.

互动网络，保持联系的频率和效率；最后，定期就团队使命和任务目标做出沟通，形成共同愿景。

有助于发挥启动效应的第三个方法，是企业可以有意识地去挖掘与高绩效相关的环境信息来改善办公环境。其中，最常被挖掘的环境信息是颜色。表 1-3 是目前受到广泛认可的颜色与情绪的对应关系示意图。

表 1-3　颜色与个体认知的对应关系 [1]

颜色 & 情绪	
红色	热情、危险
橙色	欢迎、能量、创新
黄色	幸福、积极、活力
绿色	和谐、治愈、成长、冷静
蓝色	平静、放松、忠诚、智慧
紫色	豪华、浪漫、抱负
黑色	权力、优雅、神秘
白色	纯洁、真理、简单
棕色	可靠、友好

比如，微软中国的苏州分公司为了通过环境设计来吸引人才，就在中庭采用了明亮而丰富的色彩，用黄色、绿色和蓝色形成渐变的楼梯装潢，使员工心情舒畅的同时，也试图激发大家的工作

1　资料来源：https://carmenrealestate.com/color-affects-employee-performance-morale/。作者翻译。

活力。[1] 再比如，搜狐畅游大厦的每层楼都是不同的色调，有红色、粉色、橙色、绿色、蓝色和紫色。这家游戏设计公司的员工在不同楼层之间穿梭，就仿佛行走在彩虹之中，鲜艳而丰富的颜色可以让他们感觉自己充满活力，灵感自然也就随之不断出现了。

除了颜色，组织还可以利用标语这一环境信息。我的一个同事在实验里发现，如果让人思考一些难以选择的问题，比如，"人是否有自由意志？"或者生活化一点的问题，"夫妻该把钱存到一起吗？"那么人的辩证思维就会启动，他会在之后的工作中更加理性，情绪也更加平和。

如果你管理的企业很注重理性决策，我建议你不妨试试把这种简单的问题做成标语或图片，挂到办公室里，说不定会很有效果。

另外，办公室的空间格局对员工的认知和行为也有很重要的影响。比如封闭式办公室可以凸显办公室的私密性以及领导者的权威；而开放式的办公空间则有助于拉近同事和上下级之间的距离，促进沟通交流和日常的人际互动；至于半封闭半开放式的空间格局，则可以让员工在人际距离上保持一定的灵活性，感觉更自在。

---

1 《微软苏州研发中心 / PDM International》，https://www.archdaily.cn/cn/881495/wei-ruan-su-zhou-yan-fa-zhong-xin-pdm-international?ad_medium=gallery，2021 年 3 月 31 日访问。

第二章

———

经营团队

所谓团队，就是一个个隐形的领导力关系。根据不完全统计，国际顶级期刊发表的关于团队研究的文章中，超过 70% 都与领导力有关，可见"领导力"的重要性。

领导力具体指的是什么呢？

前几年有一本畅销书叫《任天堂哲学》，它是著名商业记者井上理跟踪采访任天堂总裁宫本茂多年的成果。

书中提及，2006 年，任天堂历史上最重要的一款游戏《塞尔达传说》上线前的几个月，宫本茂突然要求产品做出重大调整。他认为，在当前的版本中，玩家在新手村里练习的时间太长了，应该从原本设定的 3 天缩减到 1 天。别看只是调整一个天数，但因此要改的基础设置可不少。由于临近上线，时间表都是按天规划的，突然调整会打乱所有安排，甚至导致产品延期上线。团队必须加班加点，拿出几十倍的战斗力，才能完成任务。

但是，所有的团队成员都没有抱怨。因为对他们来说，这种事情很常见。宫本茂是那种不管日程多么紧张，只要产品还存在改进的空间，就会随时叫停的人。任天堂内部将他的这种风格称为"撤走饭桌"：就好像碗筷、食物都摆好了，大家准备开始用餐，宫本茂却把桌子撤走了。而事后的成绩证明，宫本茂的考虑总是正确的。比如，经过修改的《塞尔达传说》投放到市场后就收获了大量好评，因为玩家可以快速进入游戏主线，沉浸到游戏的核心玩法之中，而不用在新手村消耗过多时间和精力。

这个案例看起来充分展现了宫本茂"只做正确的事"的执念，凸显了他作为领导者的个人魅力。但我认为，它更重要的是证明了领导与团队成员和谐关系的重要性：即便老板临时撤了桌子，他们依旧愿意跟着干，也能跟着干，从而保证项目的成功。

这很好地阐释了组织行为学关于领导力的认识：领导力不仅仅是团队领导者的个人特质，更是一种存在于他和成员之间的互动关系。

因此，第二章讲团队这一层次，我选择了"领导团队"而不是"领导者"作为关键词。接下来，我会从组建团队、团队融合、提高凝聚力、有效领导、做好决策这几个环节，来依次分析如何才能经营好一个团队。

这里需要提前说明一点，就整个公司而言，由于各自的组成形式和具体情况都不尽相同，有的会显得比较松散，更像是 N 个团队的集合体，而有的虽然内部也有很多小团队，但它们同时又组成了一个有机的整体。

前一类公司的领导者，一般不会具体管理每一个成员，更多的是统筹不同的团队以及管理各团队的领导者，因此，这一章讲团队经营，涉及的对象主要是公司内部团队及第二类形成有机整体的公司团队。

匹配：怎样能一直招到最合适的人？

第一章讲个体性格的时候，我提到，公司 HR 与其在招人时花费大量时间和精力来筛选性格合适的应聘者，不如招进来后在工作中重塑他们的性格，使之与岗位需求匹配。

但这并不意味着招人这一环节就不重要了。不管是要组建内部团队，还是从公司整体的团队建设出发，招聘都是必不可少的第一步。而且，如果能在不增加成本的前提下，筛选出更合适的应聘者，之后再对他们进行技能培养、性格重塑等，也会事半功倍。

传统的招人思路，是进行人–岗匹配，也就是考察应聘者与岗位要求之间的匹配度。除了看简历、设置面试考核外，一般还会根据试用或轮岗情况进行考察。但随着现代企业的发展，这一思路已经不能再承担组建团队的重任了。比如前面提到过，岗位需求越来越难以准确描述，这无疑会大幅削弱人岗匹配的效果。针对"人–岗匹配"的不足以及新的形势，组织行为学提出了三种新的匹配思路：人–人匹配、角色匹配和潜力匹配。

人－人匹配

中国有句古话，物以类聚、人以群分。人－人匹配的逻辑，就是根据以往的经验，找出某岗位最优秀的那个人，然后在招人时考察应聘者和他们的相似度。

这一逻辑的优势在哪儿？传统的"人－岗匹配"包含两个部分，"识人"与"知岗"。也就是说，一方面需要建立一套综合的分析模型来对人才的技术、知识结构、性格特征等进行全方位的画像，另一方面还需要建立另一套模型来解构和分析岗位特征及要求，用来评估人才和岗位的匹配度。而"人－人匹配"，从头到尾只需要分析人，也只需要建立一个模型，从而更节省成本。

同时，当领导者向外公布自己关于某个岗位的"理想型"时，前来应聘的人除了可以先进行一番自我筛选外，还可以借此来判断这个工作符不符合自己对同事、对团队的想象和要求，因为个体天然更喜欢与相似的人在一起工作。

此外，如果按照"人－人匹配"的方式招聘，公司团队的现有成员也会对应聘者更为期待，因为这些最终进入团队的应聘者很可能会与自己非常"合拍"。这种期待可以为之后的团队协作打下良好的基础。

比如，谷歌在招聘时就会让应聘者了解他将一起共事的优秀人才，并邀请团队成员一起加入对应聘者的面试评估过程中，并充分尊重团队成员的意见。因为他们才是要一起朝夕相处的人，相互之间是否匹配很重要。采用这样的方式，就可以完成团队和应聘者之间的双向筛选与匹配，让应聘者可以如愿加入自己认可的团队，团队也能招到自己满意的人才。[1]

角色匹配

"人－人匹配"这一思路，虽然能帮助领导者招到合适的人才，但它不是万能的，也不是唯一的好方法。如果只用这一种方法的话，容易让团队的人才类型变得单一，不利于多元化发展。所以，组织行为学还给领导者提供了第二种思路，叫作"角色匹配"。

传统的"人－岗匹配"，默认要找到最适合该岗位的个体。然而现在，大部分任务都是由团队合作完成的，岗位的定义变得模糊。"角色匹配"的概念，就很好地考察了应聘者能否承担相应的团队角色。[2]

前言中提到的那家兵工企业，除了给每个团队配置一名财务人员，帮助他们进行项目取舍外，还对团队角色进行了设计安排。其中有一类工作组的人数是 8 人，共包含 4 种角色类型。

第一种，是"实干家"，主要负责图纸创作，占 3 个名额。领

1 〔美〕拉斯洛·博克：《重新定义团队　谷歌如何工作》，宋伟译，中信出版社 2019 年版，第 86 页。

2 角色的分类可以参照贝尔宾团队角色表，详见 Belbin, R. M. , *Management Teams: Why They Succeed or Fail*, Oxford: Butterworth-Heinemann, 1981.

导者在招聘时会优先选择那些基本功扎实、获过行业大奖的人。

第二种，是"创新者"，负责提供灵感，也占 3 个名额。招聘时会优先考虑那些拥有跨产品研发背景的人，因为他们擅长知识迁移。比如一个研发火炮的团队，领导者会很愿意招聘有军用卡车研发背景的成员，目的是方便日后顺利进行车载改装，形成产品系列。

第三种，是"协调者"，起黏合剂的作用，占 1 个名额。招聘时会优先考虑那些人际关系好、擅长沟通的人。

第四种，也是最有意思的一个角色，是"熟虑者"，也只占 1 个名额。对这个角色，领导者只有一个核心要求：性子慢。为什么？因为武器研发过程中的第一方案往往不够完美，考虑不周全，这时就需要一个慢性子来拖延进度。只有这样，大家才有可能冷静下来，发现方案里的不足。

当然，性子慢并不意味着不懂基本知识，只是对这名员工的性格有特殊的要求。

在这个案例中，对人才的考察不是按照岗位的需求，而是按照团队角色的需求。类似的管理思路在谷歌公司里也出现过。谷歌发现，在创新绩效高的团队里总存在几个在创新上能力不足但对团队来说不可或缺的人员。在对公司内部各大高创新绩效团队进行反复追踪研究之后，谷歌选择在招聘技术岗位时，不一味地重视精通某一专业领域的专家，而是同时聘用通才（即在专业技术方面未达到专家水平，但通晓领域较为全面的人才），让通才和专家的数量达到平衡。在保证专业化的同时，用非专家的想法来激发团队的灵感、弥补团队发展中的不足。[1]

除了可以推动团队的多元化发展，"角色匹配"在招人上还有一大优势。以前企业需要去找一张完整的脸，现在则只需要去找合适的鼻子、眉毛、眼睛，难度一下子就降低了。不仅如此，当团队中走掉一个人时，企业也仅仅需要再找一个眼睛或鼻子，精准度要比去找一张完整的脸高很多。

潜力匹配

传统的"人–岗匹配"思路还存在一个弊病，就是它有一个隐藏的前提假设：组织的目标是招到高绩效员工。但问题是，高绩效一定意味着高潜力吗？

2018 年，美国企业领导力委员会（Corporate Leadership Council）对它监控的五百多家企业做了一个数据调查。[2] 委员会发现，一旦工作岗位的要求发生变化，只有 29% 的高绩效员工可以继续维持自己的高绩效表现。也就是说，高绩效并不等于高潜力。当环境改变、战略规划调整的时候，以前合适的员工，现在可能就不合适了；另一方面，这项调查还显示，高潜力人才中有高达

---

1 〔美〕拉斯洛·博克：《重新定义团队　谷歌如何工作》，宋伟译，中信出版社 2019 年版，第 70—72 页。
2 　张谷雄：《发掘高潜力人才的两把金钥匙》，http://www.hbrchina.org/2018-07-05/6177.html，2021 年 3 月 31 日访问。

93% 的人可以在未来表现出高绩效。

换个角度来看，你要是去问 HR 招哪种人才最好，得到的答案肯定是高潜力人才。在当今这个高速发展的时代，组织中没有什么是恒定不变的，工作内容、工作要求、工作职责、工作方法都会随着环境变化而不断变动，只有高潜力人才，才能更好地适应不断变化的场景，始终保持绩效增长，因为潜力意味着有更多的可能性，也意味着具备更强的学习能力。从长远来看，高潜力人才能给企业带来更稳定、更高效的收益。所以近些年，组织行为学又提出了第三种招聘思路，即"潜力匹配"。

如何判断一个人的潜力？全世界的行为学家及咨询公司都在研究这个问题，也提出了许多有价值的模型。这里我要给你介绍的，是美国合益咨询公司（Hay Group）提出的一个模型，它在当下使用率较高，也是我个人比较认可的。合益的模型是用四个维度来判断一个人的潜力。

（1）学习的积极性，尤其是，是否愿意学习当下用不到的知识；

（2）眼界的宽度，是否具备比较完整的知识结构；

（3）理解能力，是否拥有"共情"的能力；

（4）成熟度，是否擅于把别人的反馈和工作的难题看作自己成长的机会。

在对高潜力人才有一个基本的判断后，就可以进行匹配了。这一步的关键，是看应聘者与组织在未来的发展战略是否匹配。

举个例子。几年前，我曾合作过一家金融企业，它是从国有企业改制而来，内部联系非常密切，团队感特别强。这家企业在招人时，主要看的是候选人是否有类似的工作经历。但其 HR 负责人，一位快退休的老先生，却破例招了一批符合上文标准的高潜力人才，如某某研究院的研究员、知名大学的金融系博士生，等等。这些人既没有实战经验，短期内难以直接上手工作，也无法在公司内找到合适的岗位。

可以想象，一家拥有国企班底的企业招入这样一批人，肯定备受争议，但是老先生顶住了压力。两年以后，随着中国成功加入世贸组织，这家企业面临着许多前所未有的难题。这个时候，老先生招来的那些"预备役"就起了作用，凭借他们的潜力帮企业渡过了难关。

这位老先生告诉我，他这辈子做的最自豪的一件事就是招了一批对的人。虽然老先生没有任何人力资源的教育背景，但是直觉告诉他，市场会发生翻天覆地的改变。未来的某一天，企业一定会调整战略，那个时候，这样的一群人一定会发挥作用。

但是，老先生的这个直觉是可遇而不可求的。有没有什么更具操作性的方法呢？我们可以借鉴谷歌的做法。谷歌对于高潜力员工的识别和聘用过程非常系统，投入也相当巨大。在对内部高绩效团队的特点进行研究之后，谷歌找出了自己所看重的高潜力人员的几个特征，分别是一般认知能力（意味着聪明、学习能力强等）、领导力、"似谷歌人一般的"（比如谦逊、享乐、尽责等）

以及具备职务所需的相关知识，这四个特性与合益咨询公司的高潜力人才模型有共通之处。以此为基础，谷歌更新了面试问题，并要求面试官在给出面试反馈意见时，要重点针对这四项特性分别做出评价。同时谷歌还规定，这一过程的完成需要至少两名面试官独立进行，以防止主观偏差。这样招聘得到的人才，在进入公司后，基本都有比较突出的表现，并在公司战略变动时展现出更强的适应能力和领导能力。[1]

此外，为了找到更多对公司发展有帮助的潜在人才，谷歌还建立了自己的人才库——谷歌招贤纳士网站（Google Careers, https://careers.google.com/），所有曾向谷歌申请过职位的人员的相关信息都会储存在其中。在申请人允许的前提下，谷歌会和许多虽然当前自己不需要但未来可能用得上的人保持联系。与高潜力人才的密切联系，以及对他们职业发展的时刻跟踪，使谷歌在战略需要的时候可以迅速争取这些人才的加入。[2]

所以，如果你也想招聘高潜力人才，不如仿照谷歌，建立自己的人才库，确定符合公司战略发展的高潜力人才特性，然后进行"潜力匹配"。

以上介绍的三种匹配思路，是组织行为学家在"人-岗匹配"模型不能完全胜任现代企业招聘工作的前提下建立起来的。第一

---

[1] 〔美〕拉斯洛·博克：《重新定义团队 谷歌如何工作》，宋伟译，中信出版社 2019 年，第 100—103 页。
[2] 同上注，第 82 页。

种"人－人匹配"的思路，是用优秀的人吸引优秀的同类；第二种"角色匹配"的思路，如同"乐高的积木块"，用来降低招聘难度；第三种"潜力匹配"的思路，是基于战略做人才储备，让现在为未来服务。

在实际招聘中，是用"人－人匹配""角色匹配"，还是"潜力匹配"，要根据公司的实际情况来"权变"地考虑。但大体上可以参照以下逻辑："人－人匹配"的使用场景一般建立在团队中已有优秀人才标杆的基础上，也就是说现在团队里是否有"理想型"的人才很重要。如果没有或者不确定，就不适合用这种招聘方式。"角色匹配"更适用于项目比较成熟或者团队要求比较明确的情况，因为只有到这个时候，管理者才能确定团队需要的角色类型有哪些，各需要几个人。还有一种情况也可能用到"角色匹配"，就是当团队出现一定问题、处于发展停滞期时，因为此时可能需要新的角色来催化团队的发展和革新。至于"潜力匹配"这一思路，相比于中小企业，具有一定规模和基础的大公司用起来可能更为稳妥。因为潜力匹配是为长期战略服务的，很可能"养兵千日，用兵一时"。换言之，高潜力人才作用的发挥需要时间，也需要企业的精心培养。而对中小企业而言，如果太致力于为未来发展招募人才，很可能会导致当下成本负担过重，得不偿失。

合群：怎样让新成员快速融入工作群体？

在招到合适的人后，随即而来的挑战就是如何让新员工快速地融入群体，这在组织行为学中被称为"合群问题"。

合群很重要。一群互不熟悉的人无法组成一个高效的团队，这正是仅靠远程邮件联系的虚拟组织很难在实战中取得成功的主要原因。换句话说，组织内要想形成团队，首先要形成群体。那要怎么做，才能让新加入的员工和其他成员迅速建立起默契呢？

有个办法大家一定很熟悉——团建。这个概念自 20 世纪末传入中国后，一度在管理实践中非常流行。每逢春节招新季，团队领导就会把新人统一拉到郊区的训练基地，开展一些拓展活动。发展到现在，团建的环节越发丰富，形式也越发多样，甚至有专门的咨询公司提供团建设计服务。但实际上，团建往往投入很多，但最后的效果却并不理想，即效费比很低。因此近年来做团建的队伍越来越少。问题的关键，就在于团建没有抓住促使个体合群的真正逻辑。

现在，我们先暂时跳出团建，来看一个发生在我身边的小案例，然后我再告诉你，领导者到底应该怎么做，才能让新员工快速融入群体。

小型社会网络

我所在高校的一个学院，每年都有新同事加入，其中很多新老师是学术出身，不太擅长社交。学院为帮助这些新老师融入集体，组织过很多活动，比如篮球赛、乒乓球赛等。由于这些活动本身有一定的门槛要求，老师们的参与意愿也不高，因此效果并不是很好。

后来，学院把一间闲置的屋子改造成了休息室，置备了一台咖啡机、几把椅子，并且每月单独批一笔资金购置咖啡豆和茶叶等。这间屋子不大，两人坐挺宽敞，挤着坐可以容纳四人，关上门就是一个相对私密的空间，虚掩着门，路过的人听见了推开门加入聊天也不会尴尬。

很快，这个小屋的使用率就跃居全楼第一，超过了办公室和会议室。新教师尤其喜欢在那儿聊天，老教师对新人的认识也几乎全都来自那间屋子里的闲谈。大家都明显感受到这届新员工的融入速度比以往都快。更有意思的是，由于这间屋子太过紧俏，为了不让老师白跑一趟，学院就把它放进了预约系统里，线上预约成功后才可使用。然而这么做之后，使用率很快就降低了。几经变动，最终这间小屋又回归到了最初的状态，不用提前预约，大家想去就去。这下，使用率迅速回温，又成了全楼第一。

把这个案例和团建结合来看，我们会发现，团队就相当于一个社会网络，合群其实就是个体加入社会网络后被接纳、被认可的过程。团建某种意义上是想加速这个过程，但其逻辑断点在于它忽视了小型社会网络的作用。

2009 年，时任剑桥大学教授的马汀·奇达夫（Martin Kilduff）

通过对照实验发现，新员工并非一蹴而就地被所有人接受，而是先和群体中的某一个或者几个人配对，组成相对整个网络而言的一个小型网络，然后再靠这个小型网络打入大群体，最终完成合群的过程。[1] 更为神奇的是，人类能在很短时间内自主判断出与谁组建这种小型社会网络的效果最好，可能是爱好相同，也可能是性格相似。

回想一下，你刚加入团队时，是不是经历过下面这个过程？先在办公室里找到一个聊得来的同事成为朋友，向他学习工作流程，八卦公司情况，然后再慢慢通过他认识与熟悉其他同事，最终获得大家的接纳。至少我刚进入中国人民大学做老师的时候，就是这么融入劳动人事学院这个团队的。

这位教授在实验中还进一步发现，建立这样的小型社会网络有两个条件：一是必须由个体自发启动，组织不能强制"结对"；二是所处环境得是非正式的，不能让个体感觉到这是一个严肃的活动。而团建往往无法满足这两个条件。不论是带大家做一个需要配合才能完成的脑力或者体力任务，还是各自为战打个真人CS，团建一般都是"官方组织"的列入预算的正式活动，且形式和内容带有"非自愿"性，难以调动新员工的主动性。

反观学院里的这间小休息室，恰恰因其面积不大、半封闭等各方面条件，营造出了一种"非正式"的氛围。性格腼腆的员工在休息时可以把门关上，如果有人进来也没有陪聊的"义务"。要是这

---

1 Kilduff, M. & Brass, D. J., Job Design: a Social Network Perspective, *Journal of Organizational Behavior*, 2010, 31(2/3): 309-318.

个时间段来休息的员工刚好都是热情活泼的性格，那他们就可以随意闲聊。总之，没有标准，也没有要求，一切都随缘。相反，一旦这个休息室的使用需要进行预约，那它在个体的认知中就不再是一个能够建立小型社会网络的场所，而是与会议室类似的正式场所，需要预先规划时间，甚至还会下意识地去配合或避开某些同事的使用时间，因为可以提前知道大家的安排，使用率自然就降低了。

非正式组织

"小型社会网络"其实是一个偏社会学的名词，组织行为学一般会用另一个相似的概念——"非正式组织"——来指代它。上文所讲的马汀·奇达夫的实验，其最大价值就在于指出了非正式组织在个体融入组织过程中承担了重要的中间人任务。这篇论文后来发表在组织行为学领域在世界范围内影响因子最高的期刊 JOB（*Journal of Organizational Behavior*）上，引起了很多学者和组织管理者对团队融合中非正式组织作用的关注。

那么，在成本不能太高且介入痕迹不能太明显的限制下，团队应如何利用非正式组织来帮助新员工快速融入呢？

过去，个体融入团队的过程基本上是自然发生的，很难去进行人为干预。直到进入互联网时代，线上社交网络的出现让领导者可以用较小的成本介入并加速新员工的合群过程，组织行为学才开始关注这个现象，学者也才开始研究其中可以具体应用于管理实践的方法。换句话说，互联网技术为建立非正式组织提供了便利。基于这一趋势，我推荐下面这两个方法。

第一个方法与相亲有异曲同工之处。团队虽然不能乱点鸳鸯谱，但可以帮助新人熟悉同事的特点。以我曾接触过的一个企业为例，他们要求员工在微信名称后面加上一长串标签，且越详细越好。要是员工本来的微信名叫"Tom"，那到了这家企业就得改为"Tom 瑜伽 漫画 小提琴 足球"，甚至最好详细到喜欢哪个足球队。这个要求虽然是强制性的，但"结对"却是完全自发的。在微信后缀的帮助下，新员工可以根据自己的情况，很快找到兴趣相投的同事。此外，这家企业还鼓励员工建立各种跟工作无关的微信群，如养猫群、养狗群、健身群、晒娃群、夸夸群等，新员工可以按照兴趣随意加入。这些措施可以让合适的"一对对"实现自主匹配，据群里的小伙伴反映，经常要不了几分钟，他们就"聊得火热"了。

第二个方法来自我学生工作的企业。他们每年要招几百名员工，企业就让技术部开发了一个名为"雅典娜广场"的小程序。广场上有代表每名员工的小人，如果一个人恰巧不忙，那么小人的头像上就会显示闲逛状态，其他员工就可以点击这个小人与他聊天。如果这个小人是个新员工，那么系统就会在全体员工的桌面上发弹窗提醒大家。为鼓励老员工与新员工多交流，企业会根据新员工每周在"闲逛"时被点击进行交流的次数，推选 7 个人作为"本周之星"，而老员工每成功和一名新人聊天就会获得积分。同时，新人还会就交谈的质量给对方打分，进一步折算成积分返给老员工。

请注意，这一切都是非正式的。对于新员工来说，他们不需要进行积分的积累，这就避免了整个过程被视为一种任务。另外，聊天界面还有个"阅后即焚"按钮，员工可以清除聊天记录，从而淡化被监控的感觉。而对于老员工来说，积分与组织绩效并不挂钩，唯一的用途是去企业内部的购物网站兑换商品。这就好像之前那个学院的休息室，不能太大，不能上锁，不能预约，时刻保持一种非正式的状态。我的学生告诉我，公司里许多好朋友都是在这个"雅典娜广场"上认识的，这大大加速了新员工融入群体的进程。

这就是线上社交带给团队的新选择。很显然，第一个方法是零成本的，第二个方法开发的成本可能很高，但考虑到可以持续使用的年限，其性价比也是很高的。

那要是新加入的员工不喜欢闲聊，而是更喜欢独立思考，又该怎么办？有学者研究发现，这些人并不是什么社交都不喜欢，而是只喜欢明星式的社交。[1] 也就是说，他们珍惜自己的时间，更希望和有成就、有思想的人交流。那领导者就得把这样的人悄悄推到他们身边，这一动作的技术含量绝不低于设计一次复杂的团建。

为此，很多公司会建立自己的内部论坛或技术交流社区平台，以供员工们交流与学习。员工可以挑选自己感兴趣的话题和领域创建帖子，或是跟他人在某一帖子里交流探讨，从而形成知识、

---

1 Goldberg, A. , Srivastava, S. B. , Manian, V. G. , Monroe, W. & Potts, C. , Fitting In or Standing Out? The Tradeoffs of Structural and Cultural Embeddedness, *American Sociological Review*, 2016, 81(6): 1190-1222.

思想、技术方面的交流和碰撞。渐渐地，原本"独立"的个体就能相互熟悉，逐渐实现与团队的融合。

总的来说，这些方法的本质就是三个字：非正式。管理者需要下功夫，花心思，把好意隐藏起来，才能发挥最大的效果。

相对剥夺：怎样让团队快速产生凝聚力？

经典电视剧《兄弟连》讲述了这样一个故事：1942 年，一群年轻人从四面八方来到美国佐治亚州，加入了 101 空降师 506 团 E 连。他们要在这里接受训练，从平民百姓变成听指挥、懂合作的精锐空降兵，参加第二次世界大战。

负责训练的教官叫索伯。他第一次出场的时候，昂着头，眼神朝天，标准的藐视新兵蛋子的教官形象。接着，索伯给大家来了个下马威："所有人忘掉周末有休整这回事，在这里，每天都是训练日。"

索伯对新兵的态度已经不能用蛮横来形容了，简直是辱虐。裤脚有褶皱，头发太长，枪擦得不够亮……不管犯的错有多小，都会被体罚。而且，新兵夜里不准睡觉，要练习夜跑。有士兵跑步时偷喝了水，索伯当即命令他灌满水，再跑 12 公里。发现有名士兵的枪托生锈了，他便大骂道："你的武器像狗屎一样，你以后的名字就叫狗屎，明白了吗？"

新兵们对索伯恨之入骨，互相之间却变得越来越团结，因为他们要联合起来对抗索伯。有一次，索伯体罚一名士兵跑步 50 分钟，结果全连的战友自发陪他一起跑。终于，就在上战场的前夜，索伯被大家排挤走了。而 E 连也成长为了一支团结而训练有素的队伍。

后面的故事大家都知道了，他们大杀四方，但这和索伯已经没有了关系。影片在最后一集给索伯设计了一个小返场：E 连的士兵立功受奖、升为军官后，在接收德军俘虏时偶然又遇到了索伯。这时，他们的军衔已经高过了索伯。想起原来在训练场上受的气，他们让索伯给自己行礼。索伯没有不满，也没有拒绝，而是向原先的下属、现在的长官行了一个标准的军礼。

我讲这个故事，不是让你感受快意恩仇、报应循环，而是想告诉你，其中暗含了一个可以帮助组织迅速产生凝聚力的有效手段——相对剥夺。

何谓"相对剥夺"

带过团队的人都知道，成员之间彼此熟悉还远远不够，要想形成战斗力，成员还要像麻绳一样拧成一股力量。这在组织行为学上称为"团队的凝聚力建设"。

提高团队凝聚力的方法有很多，奖励集体成绩，提高荣誉感，团建，甚至很多餐馆早上还会把员工拉到门前喊口号，这些都是符合一般管理规律的正常手段。

但是有另外一种组织，千百年来一直在采取与之相反的手段来打造凝聚力，那就是军队。索伯的行为，在军人眼里稀松平常，组织行为学给这种领导风格起了个名字：辱虐管理[1]。长久以来，不管是在学术界还是在企业实践中，辱虐管理都被认为是完全负面的。

因为其"政治不正确"，辱虐管理背后隐藏的逻辑价值很容易被忽略。但最近十几年，组织行为学又开始研究它，因为学者们在实践中发现，它虽然负面，但却有效。而传统方法面临着越来越多的局限性，需要花费大量的时间和精力循序渐进，无法在短期内形成高强度的凝聚力。当然，企业不可能把军队管理的方法直接拿来用，但是搞清背后的逻辑，可以帮助我们完善原有的管理体系。

为什么索伯能把士兵打造成凝聚力超强的兄弟连？真的只是靠打骂等表面手段吗？

有人看到邻居家买了一辆新车，本来和自己没什么关系，但就是觉得自己也应该有一辆。没有，就说明社会不公平。类似的现象在现实生活中很常见。社会学家塞缪尔·斯托弗（Samuel Stouffer）把这种"我们有权享有，但并不真正拥有"的感觉，称为"相对剥夺"。他说，个体一定是通过与他人进行比较来确定自己的地位和处境的。如果比较后发现自己是弱势的一方，就会体验到被剥夺的感觉。这也是为什么要加上"相对"两个字。[2]

1　Tepper, B. J. , Consequences of Abusive Supervision, *The Academy of Management Journal,* 2000, 43(2): 178-190.

2　Stouffer, S. A. , Suchman, E. A. , DeVinney, L. C. , Star, S. A. & Williams, R. M. , *The American soldier: Adjustment during army life*. Princeton: Princeton University Press, 1949.

随着研究的深入，学者们发现，相对剥夺的一些副作用很有意思。其中最让组织行为学家感兴趣的，是它大大促进了"内群体"的凝聚力。什么叫"内群体"呢？

加拿大魁北克地区生活着两类人，一类以法语为母语，一类以英语为母语，说法语的人相对较少。有研究发现，如果当地政府的政策倾向于以英语为母语的群体，那么法语群体就会变得更团结，具体体现在内部政治分歧减少、集会增多等方面。这个时候，一起感受到剥夺感的法语群体就被称为"内群体"，因为他们都把英语群体当作了参照群体。[1]

回看《兄弟连》的例子，在索伯苛待新兵的同时，新兵也在进行比较。一是和外界比：如果不当兵，该有多么自由；二是和其他连队比，比如夜跑时就有人感叹过，其他连队都在安心睡大觉，自己却跑得又累又臭；三是和索伯本人比，那么无疑，士兵全是受压迫的人。

这种比较带来的相对剥夺感，让他们把彼此视为共患难的兄弟。军队正是以这种剥夺新兵部分权利的方式，辅以艰苦的训练，最终加速了团队凝聚力的形成。

1　Guimond, S. & Dubé-Simard, L. , Relative Deprivation Theory and the Quebec Nationalist Movement: The Cognition-Emotion Distinction and the Personal-Group Deprivation Issue, *Journal of Personality and Social Psychology*, 1983, 44(3): 526-535.

如何快速加强团队凝聚力

如今市场竞争越来越激烈，企业常常要正面迎击突然爆发的"战争"，从不同部门抽调员工组成临时团队。比如，2009 年左右，中国曾经爆发了液晶屏市场大混战。各大企业都组建了临时攻坚团队，但不可能通过正式的、长期的团队建设来增强团队凝聚力，因为当时企业推出一款产品，可能只领先对手几天时间。

这就使得"相对剥夺"理论越来越受到组织行为学家的重视。当然，我们不能照搬军队的做法，作为商业组织，我们也没有这样的权力。而且很明显，相对剥夺有很多负面作用，必须掌握好剥夺的尺度，否则适得其反。

为了进一步了解有限的相对剥夺如何对团队凝聚力产生促进作用，并且进一步验证"相对剥夺"的假设，2015 年，我带领团队在一家高新企业做了一个为期三个月的实验。选择这家企业的原因，是他们的员工之间信息交流相对频繁，对任何待遇上的差异都能马上察觉到，容易诱发"相对剥夺感"。基本的做法就像理论所说的那样，通过差别对待让员工转换参照群体，把自己和伙伴当作被剥夺部分权利的"内群体"。

在三个月的时间里，每个星期一，团队领导会把成员叫到一起开会。团队都是临时组建的，之前没有合作过。领导会对某些人态度冷淡，并且毫不留情地指出其工作中的错误，不容反驳。

被冷落的员工就会与级别差不多的团队或者原来所在的团队

进行比较:"为什么以前的领导那么善解人意,而现在这位则是个'臭'脾气?"

通过对比,我发现,只有当大家被冷落的次数差不多时,团队凝聚力才会提高。也就是说,遭遇不公平待遇的人数至少要达到总数的一半,才会开始形成"内群体",否则员工只想快点离开这个团队。

由此,我得到了第一个结论:想达到"剥夺"的效果,领导者可以在待人的态度上有所区别。不过,剥夺一定要讲究"公平",要引导成员去和别的团队进行比较,而不是在内部制造差异,更不能只对少数人进行剥夺。

实验中,我还特意加入了一个对照组,就是在薪资待遇上对员工做到差别对待,采用比较苛刻的绩效计算方法。但效果非常不好,团队氛围和团队业绩都下降了。以至于实验过后我还特意对相关员工进行了解释,并且补齐了因为做实验而扣发的奖金。

所以我的第二个结论是:对员工的相对剥夺,一定要限制在自尊心、荣誉感这种精神层面的东西上,而不能与绩效直接相关。

第三个结论,是关于如何平复相对剥夺的负面作用的。最好的方法,是在相对剥夺的同时给足团队成员所需的资源。换句话说,对待员工的态度可以严苛一点,但是要为他们提供全方位的辅助。对于要完成任务的员工,需要什么就给他们什么。这种情况下,员工就会把负面感受归咎于领导者的个人风格,而不会对组织产生怀疑,从而避免怠工、离职这样的负面效果。

请注意,一旦采用相对剥夺的方法打了胜仗,一定要让团队成员切实感受到胜利，得到应有的回报。

总结一下，利用相对剥夺来提升团队凝聚力，有四个要点：

（1）领导者可以在待人的态度上做到有所区别；

（2）剥夺的是自尊心等无形的东西，绝不能和绩效有关；

（3）剥夺要讲究"公平"；

（4）为了把负面效果降到最低，要给足团队成员必要的辅助与资源。

最后，我想提醒的是，相对剥夺属于非常时期的非常手段，通常只适用于企业面临紧急任务或需要跨部门组建团队时。它绝不能被当作办公室阴谋论的一部分。这个策略对领导者本身也具有杀伤力。企业恐怕会牺牲掉领导者在团队成员中的部分形象。所以对于企业来说，事后也要注意保护领导者，该向员工解释的，一定要解释到位。

领导风格：怎样获取团队认同？

谈到什么样的领导更容易被团队成员认同，大家一般会给出这样几个关键词：果敢、大方、自信、聪明。越是完美，别人越愿意追随你。但现实生活中，很多备受喜爱和推崇的领导却并不是这样的理想型。有些领导者明明脾气很差，但大家就是愿意追随他；有些人缺点很多，但还是能够快速获得团队的认同。

比如，乔布斯的脾气很臭；埃隆·马斯克（Elon Musk）作为 SpaceX 和特斯拉汽车的 CEO，被圈内人评为最没有人情味的老板；英国维珍集团的董事长理查德·布兰森爵士（Sir Richard Branson）特别容易害羞。

看起来，这三位都不够完美，而是缺点明显，但这并没有影响员工对他们三位的认同，甚至比起那些"完美领导者"，更愿意追随他们。这是为什么？

自恋型人格的崛起

"尽可能完美表现自己"，几乎是从前所有领导者对自己的要求。它的逻辑很简单：如果领导有缺陷，就意味着跟着他干会有风险，作为追随者，员工自然会希望负责决策的领导越强大越好。

领导够"完美"，当然是件好事。但问题是，"完美"并不是永远都能带来"认同"。其中包含着一个前提，就是你领导的人要默认自己的角色是纯粹的服从者。换句话说：你指哪儿，他打哪儿。

近十年来，虽然在团队里负责决策的还是领导，员工的定位也还是追随者，但员工不再像原来那么循规蹈矩，遵守纪律。相反，他们变得特立独行，愿意主动表达意见，甚至有点我行我素。

分享一个有趣的案例。有一家保险公司去哈尔滨某高校做校招演讲，本来按照流程走就可以了，结果现场有几名年轻员工突然跑到台上跳起了舞，引发了一阵骚动。好在最后效果还不错，带动了现场气氛，也让学生对公司更有好感，更感兴趣，其中很多都因此投了简历。但这并不是这家公司有意安排的。事后上级领导问那几名员工："为什么这么干？"他们说："我们特别喜欢跳舞，觉得那个时候上台可以活跃气氛，帮到公司。"

如果用一个词来概括这几名年轻员工的心态，那就是"自恋"。圣地亚哥大学心理系教授简·腾格（Jean Twenge）和佐治亚大学心理系教授基斯·坎贝尔（W. Keith Campbell）做过一个持续 26 年的研究。从 1982 年到 2008 年，他们对全美超过 1.6 万名大学生进行了调查，观察他们在学校各类组织中的表现。结果显示，2002 年，有关学生自恋水平的评分有一个显著提高，而且之后逐年增加。[1]

这些年，我们听到关于年轻员工最多的吐槽，就是他们喜欢自己做主，把兴趣甚至独特的脑回路用在工作中。而且有意思的是，他们非常自信地认为这样能给组织带来好处。

这些案例、研究和见闻，都指向了同一个趋势：年轻一代越来越自恋。原因是什么？专门关注社会领域的美国著名记者保罗·罗伯茨（Paul Roberts）根据自己多年的观察与分析，总结出了四个原因：

（1）父母在培养孩子时，越来越看重他们的自尊心；

（2）贷款更方便了。从前，经济条件对人有巨大的限制，而现在，没钱了有信用卡，有各种理财 App，年轻一代很容易从过度消费中获取一种自我认同；

---

1 〔美〕简·腾格，基斯·坎贝尔：《自恋时代》，付金涛译，江西人民出版社 2017 年版，第 26—30 页。

（3）媒体上的节目，尤其是真人秀节目，时刻在给年轻一代传递自我肯定的文化；

（4）有了微信、微博这样的互联网社交软件，年轻一代可以随时展示自我，也可以轻易屏蔽掉别人，拉黑不喜欢的人。

让追随者觉得自己很厉害

既然作为追随者的人特质变了，获取他们认同的方法自然也不能再跟从前一样。怎么改变呢？很简单，既然大家变得"自恋"了，那就不要逆潮流去努力让员工承认领导者很厉害，而是反过来让他们觉得自己很厉害。

具体该怎么做呢？肯定不是一味地夸员工，也不是不顾客观现实，承认员工做的都是对的，而是领导者要学会暴露自己的缺陷，让团队成员感受到，"leader 总体还行，但是也有搞不定的地方，得我来"。

2016 年，我在某家创业不久的金融公司做调研。创始团队有 4 个人，都很年轻。我去的时候，他们刚刚吸纳了一位新的合伙人分管财务。我记得有一次开会，因为有个数字算错了，团队中的老大突然对着财务大吼，责备她这点小事都做不好。财务后来和我抱怨：有什么话不能好好说呢？

我也很困惑，在人前责骂下属是大忌，这位领导者难道不知道吗？出于好奇，我去问了其他 3 个人的想法。他们说："我们几个人早就知道他有这毛病，就是控制不住情绪。但是你放心，这不会影响他做决策，而且事后他也会反省。"接着他们还告诉我："正因为他的这个缺点，我们才有了存在的价值。李老师你放心，我们不会让他单独和别人开会的。一旦他失控了，我们会立刻顶上去。"

这个答案让我印象非常深刻：领导者有缺陷，情绪不稳定，反而给大家留出了空间。大家愿意认同他，因为那样就是在认同他们自己。这家公司后来发展得非常好，那位新加入的合伙人也很快适应了老大的风格，5 人团队一直很稳定。

但如果这个老大把他的坏脾气隐藏起来，表现得很完美，团队还会这么认同他吗？不一定。领导者要是将自己塑造成无懈可击的形象，那就等于随时随地都在发射"我自己就可以搞定一切，不需要你们"的信号。这样一来，自恋的下属会高兴吗？领导者暴露缺陷，之所以能获取团队的认同，根本原因是这样做可以使追随者更容易获得自我认同。

暴露缺陷的技巧

那么，作为领导者，该如何暴露自己的缺陷呢？是不是可以为所欲为？组织行为学在这方面，可以提供两个非常重要的技巧。

第一个技巧，叫作"合理利用情境暴露缺陷"。组织发展理论的大师沃伦·本尼斯（Warren Bennis）提出，好的领导者，其实都很会表演。[1]

如果你对一名演员说："请您演一位正在等孩子的母亲。"你觉

---

1 〔美〕沃伦·本尼斯：《成为领导者（纪念版）》，徐中、姜文波译，浙江人民出版社 2016 年版，第 269—270 页。

得她会怎么演？我告诉你，她不会演，而是会问你："情境是什么？是在幼儿园门口还是在考场外面？是晴天，还是雨天？我手里拿着什么？我和她爸爸的关系怎样？我多久没看到女儿了？"等等。

这些问题，其实就是在建构情境。有了情境，表演才有真实感，才会打动人。因此，情境也是领导表演的关键。具体怎么做呢？

在这方面，无印良品的掌门人松井忠三（Tadamitsu Matsui），很有经验。日本人喜欢去居酒屋，松井也喜欢带下属去喝酒。等酒过三巡，气氛变得放松，人也松弛下来后，他会在"无意间"脱口而出一些真心话，比如："哎呀，这周本来要休息几天的，结果七天全在工作，我真的撑不住了，想回家。"在工作一天后，员工这时往往也会感到疲惫，听到领导这么说，就会觉得原来领导和自己一样，也会觉得累。这样，无形之中就拉近了员工和领导的距离，同时也能让员工更理解领导，认可领导付出的努力。松井曾经说过，如果在恰当的时间、恰当的地点，让人看见领导者有点难堪的背影，那才是领导艺术的魅力。

什么才是恰当的时间和恰当的地点呢？想象一下，如果项目正处在艰难的攻坚时期，松井忠三在会议讨论时突然说他累了，想回家，那效果就会适得其反：让员工跟着泄气不说，还可能让员工质疑他的能力和决心。所以，用来暴露不足的情境很重要，例如可以把互诉衷肠留在放松的氛围里，把大发雷霆留在办公室里，把害羞敏感留在重要决策场合之外。当然，我在这里很难一一列举哪种情境适合哪种行为，因为得看具体要暴露的不足是什么，领导本身的风格是怎样，以及当时都有哪些备选的情境。但有一点一定得记住，那就是"自我暴露"不是目的，依托情境激发员工更加努力才是。

第二个技巧：暴露的是情绪缺陷，而非能力上的不足。

谷歌公司在 2017 年做了一个有趣的实验。[1] 他们选择了若干个创新团队作为样本，并将这些团队分为三组。第一组，谷歌让领导者在工作中完美地展现自己。第二组，谷歌让团队每周开一次会，领导者要在会上透露自己的痛苦，比如："兄弟们啊，我最近很头疼，这个项目弄得我非常累"。但注意，他不能说"兄弟们啊，我是真不会"，也就是不能暴露能力上的缺陷。第三组，领导者同样要在开会时暴露缺陷，只不过这次要表达自己在业务上的无能。一段时间后，谷歌考察三组团队的创新绩效，他们发现，第一组绩效平平，第三组最差，第二组的绩效是最高的。

为什么会出现这样的结果？我们可以从组织理论中找到答案。组织理论认为，领导者有五种权力：法定权力、强制权力、奖惩权力、专家权力及参照权力。[2] 这五种权力保证了成员对领导者的认同。暴露情绪缺陷，可以让领导者的形象更丰富、更立体，增

---

1 谷歌实验的具体情况见 Larry Kim, The Results of Google's Team-Effectiveness Research Will Make You Rethink How You Build Teams, https://www.inc.com/larry-kim/the-results-of-googles-team-effectiveness-research-will-make-you-rethink-how-you-build-teams.html。本书对该实验结果进行了延伸解读。

2 〔美〕斯蒂芬·罗宾斯，蒂莫西·贾奇：《组织行为学（第 16 版）》，孙健敏、王震、李原译，中国人民大学出版社 2016 年版，第 326—327 页。

加他们的"人情味",使其获得更多的参照权力,也就是俗称的魅力。但如果追随者发现领导者的能力有缺陷,就会影响到专家权力(个体基于自身拥有的专业知识和技能在组织中获得的影响力),追随者内心的不信任感会大大压倒从中获得的自我成就感。这就是为什么作为领导只能暴露情绪缺陷的原因。

但是要注意,情绪暴露也要适度,因为过度的情绪缺陷暴露会让员工质疑领导者的能力。举个例子,如果领导者总是愤怒、动不动就"借题发挥",员工可能就会认为领导者根本无法控制情绪,在这方面的能力上有所缺失,甚至还会怀疑领导这么做是在试图掩饰自己工作上的无能。再比如上文提到的谷歌实验,领导表露痛苦本身没问题,但要是过度表露痛苦,或者表露得过于频繁,那员工就很容易会认为领导者根本无法胜任这一职务,从而对其失去信心。

团体决策:如何提高质量,降低风险?

在大多数人的认知中,集体决策的质量应该是高于个人决策质量的。因为一个人考虑问题难免有疏漏,但是很多人一起考虑问题,成功率会相对提高。但组织行为学的发现却刚好相反:集体决策质量低于个人决策质量的情况,其实很常见。

更让学者感到意外的是,造成这种现象的原因并不是团队成员不团结。事实上,团队成员越团结,出现集体决策失误的概率反而越大。

那到底要怎样决策，才能提高质量、降低风险呢？

"团体迷思"

如果团队决策的失误不可避免，那么，精英团队的失误会不会相对小一些？

1959 年，美国策划让士兵假扮流亡者在古巴猪湾登陆，占领机场，然后用电台发报求救。这样美国就能以响应民众请求为理由，堂而皇之地入侵古巴。

指挥团队由肯尼迪总统亲自牵头，下辖四位部长级人物，还包括三名白宫智囊，其中两位是哈佛教授。可以说，这是美国精心挑选的最强团队。而且他们都是肯尼迪的支持者，有几位甚至是从总统竞选时就舍命跟随他的老人。

但众所周知，就是这样一支"梦之队"，之后却频频做出各种低级决策，最终导致被送上古巴滩头的 1000 余名雇佣兵在 3 天内就被全部围剿。

导致这次行动失败的原因是多方面的，其中一个是不折不扣的低级错误。本次行动的关键之一，是不能让人发现幕后主使是美国，必须制造古巴人民自愿反抗的假象。但肯尼迪团队居然派出了 8 架大型运输机、14 架轰炸机及十多艘军舰参与，而伪装手段只是在机身、舰身贴上古巴国旗。

正常的流亡者根本不可能拥有这样的实力，因此各国媒体很快就发现是美国政府冒充"流亡者"策划了这次闹剧，苏联媒体甚至把飞机、军舰所属的部队番号都贴在了报纸上。行动瞬间演变成外交危机，使得这一策划刚开始就结束了。

精英团队犯下与自己水平不相称的错误，这在商业组织里也很常见。

得到公司曾经计划推出"全通卡"，让读者可以在一年内浏览App内所有产品。这个想法刚刚被提出来的时候，团队非常兴奋，因为这样不仅可以简化财务系统，也有利于改善用户体验。当时，技术团队斗志昂扬，已经协调好了集中研发需要的各种资源。

所有的团队成员都没有察觉到，这个想法其实存在着明显的弊端：开设全通卡意味着得到要把满足用户对于产品数量的需求放在首位，而这势必会影响单个产品的质量，与企业重质的战略完全不符。这是一个非常明显的逻辑漏洞，但居然在数次讨论中都被大家忽视了。好在，没过多久，有人给他们指出了这一点，团队便及时止了损。

结合肯尼迪和得到的案例，我们会发现，精英团队也会决策失误。为什么呢？

美国著名心理学家欧文·贾尼斯（Irving Janis）通过实证研究发现，封闭的团体讨论会产生简单化和模式化思想。在团队做决策的过程中，由于成员倾向于使自己的观点与团体一致，不能进行客观分析，会造成团体决策缺乏智慧。这种现象就是"团体迷思"[1]。

社会心理学之父、美国著名心理学家库尔特·勒温（Kurt Lewin）[2]进一步指出，造成"团队迷思"的罪魁祸首是内聚动力。简单来说，内聚动力指的是吸引团体成员并使其留在团体的各种内力的总和，也就是把大家"团结"在一起的团队内部力量。

团结的积极影响，大家都很熟悉，包括减少内耗，降低沟通成本等。但团结的消极影响，往往被我们忽略了。例如，团结会使团队只重视大多数人的意见和大多数人都关心的问题，而忽略少数人的意见和个性化的考虑；或者团队成员会为了团队和谐而放弃提出反对意见。这些消极影响都会导致团队在决策过程中的讨论不够充分，比如遗漏一些重要信息或观点，从而造成决策纰漏。

比如，得到团队的错误决策中就有团结在起作用。全通卡作为一个新想法被提出来时，团队的激情被点燃了。这时如果团队不是特别团结，可能就会有人站出来泼冷水，提出另外的可能。然而实际情况是得到团队太团结了，"全通卡"带来的激情也因此传递到了每个成员身上。得到创始人回忆说："新想法的好处被无限放大了，大家陷入了一种循环论证的状况，结论就是这么做一

1　Janis, I. L. , *Victims of Groupthink: A Psychological Study of Foreign-Policy Decisions and Fiascoes*, Boston: Houghton Mifflin, 1972.

2　Lewin, K. , *Principles of Topological Psychology*, New York: McGraw-Hill, 1936.

定可行，所有问题我们都能克服。"

得到团队当时表现出的，其实是一种过度团结。而这，正是造成"团体迷思"的关键。

解决之道

那该怎么来判断自己的团队有没有陷入过度团结呢？贾尼斯总结了过度团结的三大表现。

第一类叫作"对自身的高估"。

首先是团队成员共享一种坚不可摧的假象："因为我们团结在一起，所以我们一定会胜利。"得到团队的案例中，成员就产生了这种想法。

其次是大家对自己的正义性、内在美德深信不疑："我们是在为客户、为整个社会做有意义的事情，所以我们一定会成功。"

第二类叫作"封闭保守"，也包括两点内容。

首先，在面对质疑时，成员不仅不进行思考，反而选择共同辩解，从而坚持之前的决定。得到案例中循环论证的过程，其实就是在不断使自己的想法合理化。来自外界信息的挑战越大，他们的信念就越坚定，这就不知不觉走进了封闭保守的陷阱。

其次，是对竞争对手持有刻板印象，认为他们邪恶、愚蠢。比如一个团队不假思索就得出结论："对手公司就是一群赚快钱、短视的笨蛋，他们的管理一片混乱。"这也是一种封闭保守。肯尼迪团队就对古巴抱有这种偏见。

第三类叫作"寻求一致"，这一类最不容易被发现，产生的后果往往也格外严重。

首先是团队成员都倾向于通过自我审查来避免对小组共识的任何偏离。精英团队最容易出现这种情况：当自己的意见与大家不一致时，先想想自己是不是错了。每个人都抱有这种想法，不同意见就会变少。

其次，大家坚信只要大多数人赞成，就是对的。不仅如此，任何提出反对意见的成员，都会感到自己的意见与大家的期许背离，因而无法坚持自己的观点。

最后，团队出现了"信息保镖"，即自动屏蔽了可能会对决策有效性产生不利影响的信息源。比如在猪湾登陆中，肯尼迪团队从来不看古巴的报纸，认为上面没有有价值的信息。其实只要我们愿意多去了解一些信息，很多错误都是可以避免的。

综上所述，对自身的高估、封闭保守，以及寻求一致，是团体迷思的三类表现形式。一般来说，精英团队更容易出现这样的问题，因为这样的团队有过很多成功的经验，也做过很多正确的决策，更容易出现盲目自信的情况。加上精英团队的成员之间共享过很多荣誉，也一起完成过很多困难的任务，所以关系和联结会更强，往往容易陷入寻求一致的圈套。

如果自己所在的团队出现了任何一种状况，都应该及时寻求解决方案。既然团体迷思的问题在于过度团结，那么，制造一些"不团结"自然就成了可以尝试的解决方案。所以，组织行为学提出的方法，都是围绕减少"内聚动力"展开的。[1]

第一，质疑可以带来反思，但自己反驳自己的难度太高，所以领导者可以私下指定一个人，专门提供反对意见。虽然不能"为了反对而反对"，但有这么一个人的存在，就能起到带头作用。毕竟，在团队里提出不同想法是需要勇气的，现在有人打头阵，其他成员的心理负担也会小一些。如果能以此为突破口，点燃团队成员批判性思考的热情，就可以进而避免"寻求一致"的死循环。

例如，在决策讨论会之前，领导可以找一个在团队中说话比较有分量，但地位又不是最高的成员，让他来专门负责提出反对意见。这样，提出的反对意见既不会被忽略，也能避免把团队完全带着跑、变成一次"唱反调"的派对。同时，领导需要提醒，大家提出的反对意见一定要有依据。观点之间的碰撞，只有建立在充足且合乎逻辑的证据上，才能真的激发团队去思考不同的可能性，不至于陷入循环论证。

第二，团队可以在同一个问题上设立若干独立的评估小分队，每个小分队在不同的领导者带动下单独商议，然后再汇总。

当然，这种方法的沟通成本比较高，规模较小的团队很难照搬，但可以对此进行改良，比如引入外部视角。得到团队的案例中，"全通卡"项目之所以能及时止损，是因为好未来的创始人

1　Sunstein, C. R. & Hastie, R. , *Wiser: Getting Beyond Groupthink to Make Groups Smarter*, Boston: Harvard Business Press, 2015.

白云峰刚好来得到交流。听说得到的"全通卡"计划后，白云峰马上用线上教育行业的经验教训说服了得到团队。白云峰告诉得到，让学生一次性购买全部课程的后果是，听课量越来越少，因为学生的需求并没有那么多，这样做只是增加了他们学习的成本，潜意识里觉得自己有 N 多待学课程，反而降低了学习热情。如此一来，买过课的学生体验不好，也不会去向别人宣传、推荐，甚至会影响整个平台的口碑，从而导致后续的购买量越来越少。

由此可见，外部视角不仅可以帮助团队更加理性地看待问题，还能带来被团队成员忽视或者屏蔽掉的信息。当然，得到团队获得的这一外部视角有偶然性，比较常见也比较可控的寻找外部视角的方法，是主动找外部专业人士交流，让外部专家来评估团队的讨论结果。比如我所带领的团队在做研究时，通常会把研究的内容和想法通过会议、研讨会等方式与外部的学者进行交流，以避免团队内部的想法过于一致、忽略其他的可能性。

当然，外部视角同样适用于大规模团队，可以和设立评估小分队这一做法一起使用。至于在具体操作中要不要双管齐下，要的话以哪一种为主，则需要根据团队问题的重要性、评估成本，以及对团队内部解决问题的可能性估计等因素来进行综合考量。

第三，处于团队结构中心的人物应该做到公正无私。团队中心包括两种类型，一种是权力中心，一种是专业技能的中心，二者都是发表意见的强势者。例如开会时，只要领导或者专家发言，大家对某个问题的争论就会戛然而止。持反对意见的团队成员可能是被说服，也可能是被迫保持意见一致。因此，在讨论时，要弱化强势者的地位：既要让领导者后发言并且多表现出聆听的态度，又要注意淡化成员的头衔和资历。例如在开会时，不要重点介绍某一成员的专家地位，也不要说"请某某专家进行讲解"之类的话，最好是直接叫名字。另外，座位的分派建议随机，并采取圆桌会议的形式，这样会让参会者觉得大家都是平等的，更愿意发言，也更不容易被中心人物的发言给"吓到"，以至于不敢反驳。

关系活力：怎样让团队从解体中获益？

常常有人问我，领导者在任务完成后如何有效地解散一个团队，或者说要采取什么步骤来确保团队顺利解体。当然，他们问的都是公司内部的团队，而不是公司这个级别的团体。后者的解体会涉及很多政策上和经营上的问题，比较复杂，而且很难一概而论，因此本书暂不涉及。

至于公司内部团队，一般包括两类：常设的职能类部门（比如会计团队、人事团队等）和临时的项目团队。二者相比，前者的解体比较少见，而随着经济的不断发展和技术环境的快速变化，应变能力越发成为企业制胜的关键，灵活性更强的项目制团队因此越来越多，甚至成为很多企业内部划分的主要形式。所以这一节讲团队解体，主要针对临时项目团队这一类。

导致团队解体的原因很多，有可能是业务重组使得项目团队解散或分拆，也可能是因为团队的目标发生了变化，或者只是因为项目交付完成。但不论是哪种原因，领导者都必须意识到，团队成员可能为这一项目做出了巨大的贡献与牺牲。

如果在团队解体阶段，成员没有得到妥善反馈及安置，他们的目标缺失感和情感缺失感，甚至职业发展缺失感，都可能会被放大。造成的结果就是，他们会带着怨气进入下一个项目团队，从而对新团队的发展产生负面作用。

此外，如果对已结束的项目缺乏回溯分析，没有对既有知识、经验、资源的总结与沉淀，也会不利于企业的后续发展。

那么，团队解体到底该怎么解呢？

贯穿团队生命周期的"维生素"

组织行为学认为，想要有效地解散团队，甚至让团队从解体中获益，管理者需要提前为团队注入贯穿其生命周期的"维生素"——"关系活力"（Tie Vitality）。[1] 它的作用是，衡量个体与团队建立的关系，在多大程度上可以使个体在团队解散后仍与其他成员保持联系。

---

1 Maloney, M. M. , Shah, P. P. , Zellmer-Bruhn, M. & Jones, S. L. , The Lasting Benefits of Teams: Tie Vitality after Teams Disband, *Organizational Science*, 2019, 30: 260-279.

也就是说，如果你所在的某团队解散了，但团队成员与你建立的良好关系可能使你们在今后再次合作，就意味着你与前成员之间具有很强的"关系活力"。

2018 年 4 月，谷歌推出新的电子邮箱产品 Gmail，同时宣布旧产品 Inbox 停止服务，Inbox 开发团队随之解散，大部分成员被整合进 Gmail 团队中，继续开发新服务，改善 Gmail 的产品性能，打造电子邮件的最佳使用体验。[1] 虽然 Inbox 团队已经不存在了，但原 Inbox 团队成员之间的默契合作和高配合度被他们带进了新的 Gmail 团队，使得他们很快就适应了新的工作环境。同时，他们以往在 Inbox 团队里总结的经验教训甚至讨论过的好点子，也随着他们进入了 Gmail 团队，可以让新团队少走一些弯路，帮新团队和组织节省不少时间和精力。这种业务上的联系，让这些解体团队成员进入新团队后不至于太迷茫——不至于找不到努力的目标和自己的价值。

这么来看，"关系活力"强，不仅可以让解体团队的成员获益，也能让新团队、甚至组织获益。那么，既然项目制团队的解体不可避免，如果想让各方都从其中获益，团队管理者可以努力增强现团队的关系活力。

1　Dieter Bohn, Google's Inbox App is Shutting Down in March 2019，https://www.theverge.com/2018/9/12/17848500/google-inbox-shut-down-sunset-snooze-email-march-2019，Retrieved March 2021.

如何增强"关系活力"

具体怎样增强关系活力呢？研究指出，团队成员必须了解前成员及前团队所能提供的资源，并认同同事的能力和品行。同时，索取资源有可能带来人际关系风险，如暴露自己知识的不足等，因此在团队解体前，成员之间需要建立足够的信任，让成员在团队解体后索取资源时感到安全，相信这些资源会被提供。最后，团队成员的责任感越强，就越会觉得有义务互相帮助，也就越有可能在团队解散后还愿意为对方提供资源。

据此，我总结了三个增强关系活力的方法。

首先，做好知识管理。在团队解体前，汇总整理各种项目文件和报告，提炼项目成功或失败的经验教训，评估解决方案，并充分保证团队成员对资源的访问权限。比如上文提到过的，谷歌Inbox 项目的很多成员在团队解散后加入了 Gmail 团队，他们会和新队友交流自己从前一个项目中得到的经验和教训，还会分享Inbox 项目的相关资料，以更好地推进新项目的研发。

其次，确保信任持续。相互信任的团队成员会分享更多的信息，公司给予的信任氛围可以进一步地促进员工之间的信任。

以音乐服务平台 Spotify 为例。Spotify 专门设置了一个橱柜，用于存放键盘、电缆、电池等物品。[1]员工有需要时可从橱柜中直接拿取，不需要自己花钱去订购、也不需要找领导获得授权。同时，Spotify 的员工还可以在任何时候、任何地点部署软件的绝大部分内容，每个人也都可以随意浏览项目进度和团队收入目标，并有权访问大部分的文档。这些举措都体现了公司对员工的充分信任，营造了强烈的信任氛围。在这样的大环境下，员工会切身感受到信任给自己带来的便利，感受到信任所包含的认可，自然更容易互相信任，把公司对自己的信任延伸到自己与同事之间。所以即使 Spotify 经常不断创建新团队，解散旧团队，员工们在变换团队后也依然与之前的团队成员互相信任，在需要的时候相互帮助，相互提供资源，实现共同发展。

第三，让员工从共享领导中获益。共享领导，是指管理者与员工共同分享领导权力并一起承担领导职责，这可以有效提升团队成员对团队的责任感，促进团队成员之间的互相指导和资源分享。仍以 Spotify 为例，这家公司的大小团队都没有创建正式的经理角色，而是让团队成员共同负责任务的推进，团队里的每个成员都需要对团队负责。在责任感的驱使之下，Spotify 的团队成员会充分共享资源和知识，互相帮助以发挥团队的最大效力。即使在团队解散后，遇到原来的队友向自己求助，他们依然很乐意帮忙。

---

1 Kniberg, Henrik & Ivarsson, Anders, Scaling Agile @ Spotify with Tribes, Squads, Chapters & Guilds, https://blog.crisp.se/wp-content/uploads/2012/11/SpotifyScaling.pdf, Retrieved March 2021.

第三章

重塑组织

如果说团队是一个个隐形的领导力关系，组织就是将很多很多小的领导力关系放在一起，组成大的领导力关系。那这一层面的建设，是该先定战略再搭班子，还是该先搭班子再定战略呢？

所谓搭班子，就是把和人有关的事情定下来，比如高管团队包括谁、各自负责什么部门，等等。而定战略，指的是要定好企业的长期规划和发展方向，描绘出清晰的未来版图。

这个问题在企业圈内争议很大，许多商业大佬也都对此发表过看法，谁也说服不了谁。但如果从组织的自身逻辑来看的话，答案其实很清楚：一定是先搭班子，再定战略。

组织行为学的很多研究表明，任何变革的成果都有一定的滞后性。而搭班子涉及的人事变动，必然会带来领导关系的变化。从以往的经验来看，要形成一个稳定的、有战斗力的组织结构，一定是需要时间的。

因此，通常 CEO 有了某个构想后，会先组建高管团队，给每个高管匹配队伍，优化结构，等班子搭好后，再一起制定具体的实施方案，也就是战略。

这个搭班子的过程，就是组织的变革过程，也是这一模块的主要内容。接下来，我会从变革的引导者——CEO 和高管团队——开始讲起，为你提供组织重塑的行动指南，帮你抓住组织变革的先机。[1]

结构：去中心化组织里谁更重要？

在第一章讨论个体的时候，我提到了去中心化的趋势，意思是企业取消层级，将员工拉平。传统的层级结构随着组织规模的扩大，容易面临臃肿、官僚、信息传递滞后等弊端；而去中心化的组织结构，可以方便员工之间进行沟通和信息共享，从而有利于增强组织的创新活力和柔性（应对动态变化的适应能力和自我调整能力）。

以往，公司内部都会具体分成好几个固定的部门，每个部门配置一个经理，部门下面又设有小组，小组的领导人是组长。这些组长、经理就是一个个中心。而去中心化，就是不设置这些职位，让组织更加扁平。正如《商业词典》所定义的，去中心化是"决策权的转移以及对结果的责任分配，伴随而来的是将适当的权力下放给组织各级的个人或单位，甚至包括那些远离总部或其他

1　组织文化也属于组织层面的建构，包括组织共同持有的价值观、信念和行为准则等。但由于组织文化的内核反映在组织的各个层面，涉及范围很广，很难汇总到一起来介绍，因此本书不设章节单独讲解，只在本章有所提及。

权力中心的个人或单位"[1]。

著名游戏公司维尔福（CS、DOTA2 的发明者），就是典型的去中心化组织。[2] 在维尔福，核心管理层下面不再设任何层级，也没有固定的部门和小组。每个工程师都可以发起自己感兴趣的项目并招募队员，项目团队在完成任务后就解散，大家再去参加或发起其他项目。在这里，每个人都没有固定的职位，今天是领导者，明天可能就是队员。甚至，为了方便员工间的沟通，方便他们随时组成新团队，维尔福还给每个员工的办公桌安装了滑轮。

但是，去中心化也存在问题。其中最麻烦的，就是将员工拉平后，企业无法再像从前那样，围绕一个个"中心"来配置资源。那么，在已经完成或正在去中心化的企业，我们应该如何判断队伍里谁更重要，从而实现资源的合理配置呢？

节点人物

组织行为学提供的思路，是寻找节点人物。

我在前言里提到过麻省理工的彭特兰教授，他和同事一起发

---

1 *Business Dictionary*: https://www.dictionary.com/browse/decentralization?s=t.

2 橙皮书:《杀死"公司"：坚持不融资不上市的 Valve，是如何颠覆企业组织架构的？》，http://www.woshipm.com/chuangye/1872840.html，2021 年 3 月 31 日访问，转引自 http://blogs.valvesoftware.com/economics/why-valve-or-what-do-we-need-corporations-for-and-how-does-valves-management-structure-fit-into-todays-corporate-world/#more-252。

明了一款叫作"计量徽章"的可穿戴传感器。这个仪器和手机差不多大，内置了摄像头、麦克风及分析芯片，可以测量交流活动中的各种数值，比如话语转换频率、语气、语速，以及相对视角——即你是在倾听，还是在发表意见。[1]

彭特兰和他的同事借由这个传感器所获取的信息，可以总结出每个想法在团队里被加工的轨迹，然后经过计算，最终得到一张展现互动模式的社会网络图（图3-1）：图中的人和人因为交流而相连，连接线条的粗细表示信息交流的多少。

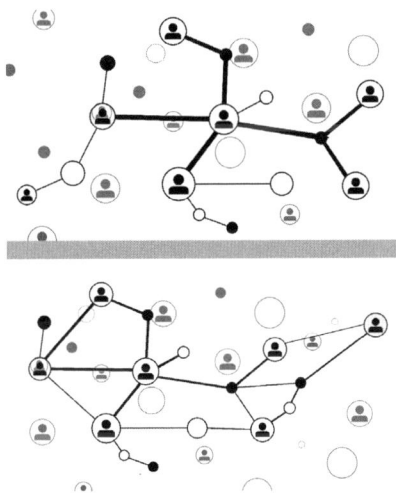

图3-1　中心化组织（上）与去中心化组织（下）社会网络示意图

---

1 Choudhury, T. & Pentland, A. : The Sociometer: A Wearable Device for Understanding Human Networks, Conference on Computer Supported Cooperative Work, 2002.

图上方是一个传统中心化组织的互动网络图。可以看到，有一个人身上发出的线条都特别粗，这说明他和其他人的互动很频繁，而其他人之间的互动则很少。很明显，这个人一定是部门或小组的领导。

图下方是一个去中心化组织的互动网络图。虽然没有明显的中心，但有些人身上发出的线条，还是比别人粗一点，而且他们往往和更多的人有连接。也就是说，虽然部门经理和小组组长的职位消失了，但从信息传递的角度来看，组织内成员的贡献依然是不平均的。

这些贡献更多的成员，在互动模型当中处于节点的位置。[1] 他们往往是想法的发起者以及重要的传递者，流经他们身上的线条又粗又多。彭特兰把这类人称为"节点人物"，并总结了他们的三大特点：

（1）他们喜欢率先发起协作，组织讨论，但又不发表主宰性的意见，而是鼓励想法像河流一样继续往前流动；

（2）除了团队内部，他们的作用也体现在团队之间，比如推动想法跨越小组的界限，把"讨论圈"的边界向外扩展，以及分享外部情报等；

（3）他们擅长制定规则，总是能保证推进的方向不发生严重偏离，并且为信息传递保驾护航。

1　Pentland, A. , *Social Physics: How Good Ideas Spread-The Lessons from a New Science*, New York: Penguin Press, 2014.

很明显，"节点人物"就是推动组织产生更多有效互动的关键。而互动对于组织来说极其重要，这一点我在前言里具体介绍过，有兴趣的话，可以再去了解下彭特兰教授在美国银行做的那个实验。

因此，"节点人物"就应该是去中心化组织中最重要的人，资源就应该围绕他们来配置。

如何找到节点人物

那怎么才能找到这个节点人物呢？彭特兰教授的方法我们没法仿效，因为"计量徽章"这个仪器并没有量产，只是实验工具而已。所以，企业需要借助其他手段来搜集数据。

2018 年，我和一家创业 5 年的公司（员工总计 150 人左右）合作，做了一个类似的实验。我当时采集了以下四类数据：

（1）员工收发邮件、发起讨论的次数；

（2）员工主动召开会议并制定讨论规则的次数；

（3）企业微信等平台上员工沟通交流的次数；

（4）工作系统中，员工对创意进行加工或者驳回的次数。

我给这四类数据设置了不同的权重，同时还采用了灵活的记分策略。比如一个人在讨论中提出主宰性意见而让别人没法说话，就会被扣分。当我把最终的报告拿给公司老板看时，他很兴奋，因为结果和预想的基本吻合，同时他还额外收获了几个平时没有注意到的优秀员工。图 3-2 是我根据这次实验结果制作的一张测量图，其中的"大圆点"代表的就是"节点人物"。

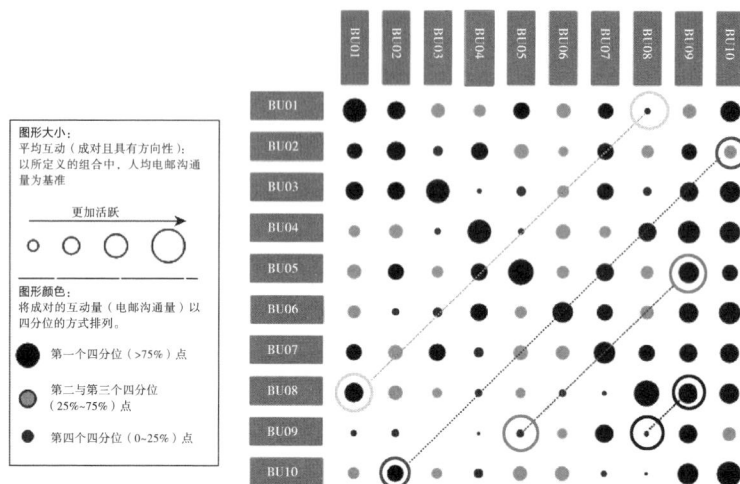

图 3-2 密度矩阵举例——某部门间的合作协同指标

如果组织已经完成了去中心化的改造，但一时不太清楚谁更重要，就可以用类似的方法去找出"节点人物"。需要注意的是，上面我列举的四类数据是根据那家公司的具体情况设置的，因此在具体操作中，要基于自己组织实际的工作内容和互动方式来确定反映自己组织"节点人物"的衡量指标和权重。这一步的核心要点是，确定的指标得有助于追踪组织中的有效互动。

所谓"有效"，指的是指标相关的互动必须是对组织的核心发展有所助益的。比如有些互联网公司的内部知识论坛非常火爆，有些员工在里面非常活跃，无论发的是技术帖还是意见帖，都有很多人响应。这些交流和碰撞，可能会促成新产品、新技术的诞生，因此互联网公司很乐意看到大家去论坛上互动。相应地，论坛的发帖数以及内容分类、热度等因素就可以作为这类公司"节点人物"的评价指标之一，来找出哪些人在论坛上的有效互动最多。

这样找到的"节点人物"，你才会有信心把资源主要配置给他，以便让有限的资源发挥出最大的效用。

权力：怎样防止授权走样？

几年前，一个刚进入职场的学生跟我分享了她的喜事。她告诉我，她的上级把一个很重要的项目交给了她，由她来决定策划和执行方案；同时，还给她配了两个人，让她带领这个小团队。这让她很兴奋，因为公司此前从未有过让年轻人挑大梁的先例。

但我并没有顺着话头去恭喜她，而是给她泼了三盆"冷水"。我问她：第一，上级是否明确规定了你的责任边界？第二，上级是否给你提供了必要的辅导？第三，上级是否说明了谁来承担工作失败的风险和后果？当她给出的答案都是否时，我提醒她，这可能并不是件毫无风险的好事。

领导者赋予下属更多的自主权，让他们去完成任务目标，组织行为学称之为授权。充分合理的授权能减轻管理者的负担，帮助管理者把更多的时间和精力投入到企业发展中。同时，这么做还能激发员工的主动性与创新性，培育并引导员工成长。但如果在具体实践中做不好，就会导致授权走样，好心反而办了坏事，就像我那个学生的上级一样。

授权走样会产生怎样的结果？组织又该如何预防呢？

巴林银行的破产

1995年2月23日，巴林银行（Barings Bank）倒闭了。这家银行创建于1763年，拥有二百多年的历史，业务链条遍布全球。倒闭的原因，是一名叫尼克·李森（Nick Leeson）的交易员利用银行资本，越权进行期货股权投机，致使巴林银行出现巨额亏损，等到发现时，银行已无力回天。

与其他银行一样，为了处理交易过程中因疏忽而造成的差错，巴林银行专门设置了一个清算部门，地点在伦敦。后来，为了提高效率，总部开始委派员工到各分公司自行处理当地的清算工作。被派往新加坡分行的就是李森。

1992年，李森来到新加坡后，利用自己负责清算的职责之便，做起了期货股权投机的买卖，简单说，就是用公司的钱去投资。然而，在市场反复波动的行情影响下，李森的投资从略有盈余到小额亏损，直至最后陷入了巨额亏损的境地，到1994年底，亏损已高达5000万英镑。在此期间，李森一直通过做假账的方式来掩盖亏损。1995年1月，日本神户发生大地震，东京期货指数巨额震荡，李森被彻底击垮了。这也导致了公司的全面崩盘，一个月后，巴林银行宣布破产。

表面看起来，这是一个关于个人职业道德的案例，提醒企业加强内部的监控体系。但多年后，李森在《我如何弄垮巴林银行》一书中披露的更多细节，让人们开始意识到，巴林银行倒闭的背后，是授权走了样。

首先，巴林银行安排李森在新加坡分行兼任清算部门及期货与期权交易部门这两个部门的负责人。显然，总部是既希望他能清算银行的坏账，也期望他能帮银行套利赚钱。

如果李森只负责清算部门，那么他便没有必要也没有机会为交易失误瞒天过海，也就不会造成不可收拾的局面。而巴林银行给了李森两个角色，交易员是为了赚钱，而清算部门负责人的主要任务是发现交易过程中的问题，有种既让李森当选手又让李森当裁判员的感觉。这就使得李森感知到的责任边界和目标非常模糊，难以在实际操作中平衡这两个角色的权责。于是，在目标不清晰的情况下，李森逐渐把赚钱当作了唯一目标，甚至为此不计后果，借清算部门负责人这一角色的职务便利来隐瞒亏空，把希望寄托在未来的某次大翻盘上。

其次，在授予李森这么大权力的同时，总部却并没有对他进行相应的培训和指导。在被委派到新加坡分行前，李森仅是一名业绩出色的交易员，对于如何管理分公司这么大的一个摊子毫无经验。他的第一笔亏损仅为 2 万英镑，前期各种亏损的加和接近170 万英镑，相比最终亏损的 5000 万英镑来说，算是小数目。如果这期间，总部提供了辅导，是不是有可能避免亏损这么多呢？

最后，总部从来没有明确告诉过李森，如果通过股权期货交易套利失败，责任由谁承担。巴林银行在破产前的两个月，甚至还在全公司的总结会上称赞李森是银行的英雄，为其帮助银行套利赚钱的努力报以长久热烈的掌声。这使得李森在心理上一直怀有只许赚不许亏的巨大恐惧。

类似的情形并不少见，当领导说"都交给你干，怎么干我不管，但是一定要干成"时，员工常常会因此承受很大的压力，干出一些不够理智、欠缺考虑的事。

李森的这个案例，就是一种典型的授权走样：领导把任务委派给下属，然后就放任不管了，既没帮下属内化目标，也没法让下属从这种授权里感受到效能感和控制感。这就使得看似被巴林银行授予很大权力的李森，在心理上其实并没有感受到被完全信任，反而会认为自己仅是一个帮助银行赚钱的工具。心理层面授权的零体验，迫使李森铤而走险，通过做假账来掩饰亏损，一步步让自己变成"骗子"。

与此相对应的另一种授权走样，是领导管得太细，表面上将决策权交给了下属，实际上却根本不放心，每天跟在下属身边。这么做，下属也谈不上有什么目标、控制感和效能感，因为都得听领导的。

组织行为学研究发现，能够提升绩效的，并不是授权行为本身，而是被授权者的心理体验，即个体感受到的被赋予权力的程度，这被学者称为"心理授权"[1]。而影响心理授权的主要因素，就是上文提到的目标的内化、控制感和效能感。

当然，心理授权的好处，不仅仅是可以提升下属的绩效，事实上，它还可以提高员工的满意度、组织承诺、敬业度等。如果上级愿意对下属委以重任，赋予清晰的权责边界，并给予适当的指导，下属就能感受到领导对自己能力的认可，知道领导有心培养自己。如此一来，下属一方面会觉得自己的努力得到了回报，另一方面又能感受到领导对自己的用心以及自己在组织中的重要性，自然会更愿意、更努力做好这份工作，对职业发展充满期待，组织承诺和对组织的满意度也都会因此而有所提高。

如何合理授权

要让个体在心理上感受到授权，实现目标内化，同时还要有控制感和效能感，这可不容易。组织首先需要认识到，授权走样本质上是犯了一个错误，就是组织把授权的目的搞错了。

在巴林银行的案例中，总部授权李森去新加坡负责当地的清算以及期权与期货交易两项任务，授权的对象是事。对于那些能力强的领导来说，授权是很痛苦的，因为他必须看着一个能力比自己差的人做事情，要看着他走弯路，甚至要看着他把事情搞砸。

1　Thomas, K. & Velthouse, B., Cognitive Elements of Empowerment: An "Interpretive" Model of Intrinsic Task Motivation, *The Academy of Management Review*, 1990, 15(4): 666-681.

因此，如果授权的目的是办好某件事，其实不如让领导者自己解决。但是，领导者并没有足够的时间处理每一件细枝末节的事情，他必须让更多人具备解决问题的能力。

所以，授权的真正目的是培养下属，授权的对象应该是人。

我们回看巴林银行的案例，如果总部授权李森的目的是培养他，那么，公司自然会给予李森适当的培训，并清楚地告知李森赴新加坡的目的。例如向李森介绍新加坡分公司的发展情况、战略地位，让他在赴任之前先心里有个底；同时规范责任边界，清楚定义他在新加坡分公司应该扮演的角色；最后，公司还可以通过集中培训或是安排有经验的相关人员，来提高李森的工作能力。如此一来，李森就能清晰地知道自己在新加坡分公司的责任和权力，并且懂得如何利用其实现分公司的发展目标。这些其实都是培养人才的基础手段，但巴林银行却几乎什么都没做。不得不说，巴林倒闭的根源其实是公司自身，而不是李森。

至于另一种授权走样的形式，即领导天天跟在旁边，员工一旦做错就马上指出，也不是在培养员工。以人为对象的授权所反馈的不应该是具体的做法，而是对人能力增长的评价。

举个例子。在印度非常著名的车企塔塔（这家企业帮助印度跻身有能力造汽车的国家行列），员工如果有一个新想法，可以申请立项，获得授权，由自己负责团队组建和项目推进。为此，员工需要明确目标达成的时限和标准，并列出项目执行中所需要的部门或资源支持，确定每项任务的对接人（需进行前期沟通，获取对方同意），然后申请公司进行审核。

审核通过、项目开启后，塔塔的创新委员会对项目进行阶段性评估，包括项目的产出情况、目标的完成程度、员工在执行项目过程中的能力增长，尤其是核心创造力的增长，并及时提供所需的能力培训或指定专家对团队进行指导。具体怎么评估呢？塔塔的创新委员会将针对员工的创新行为，设纵坐标为评估分数，横坐标为时间，描绘出员工的变化柱状图。这一方法关注的不是员工事做得好不好，而是员工的能力有没有提高，所以塔塔的评估是为了更好地培养员工，而不是监视员工。

同时，如果委员会发现某个项目在推进过程中出现了严重的问题，它会立刻叫停，及时止损，避免团队抱着侥幸的心态继续"错"下去，造成更大的损失。也就是说，塔塔在授权的同时，并没有彻底撒手，把责任全推到团队身上。在塔塔，每个项目推进或终止的最终决定权属于创新委员会，而不是项目团队自身。

那怎么保证委员会的决定是相对客观、公正的呢？怎么避免公司给委员会的授权走样呢？关于这一点，塔塔并没有公开细节，但北京某 IT 企业参照过塔塔的模式，根据我对该企业的观察可知：塔塔创新委员会的委员必须是来自不同层级、不同部门的代表，每个决议的支持人数必须达到总代表人数的三分之二才可通过。同时，评估标准也不是委员会自行确定、秘而不宣的，而是由专门的工作小组结合企业核心战略和核心业务设定，待委员会审核通过后告知公司全员。这一模式，进一步明确了不同员工、不同角色的责任分配，可以有效地避免授权走样。

可以说，塔塔的授权方式从培养个体出发，充分满足了心理授权的三个因素（清晰的边界与目标，充分的培训与指导，明确的责任分配）。

总之，组织如果想要防止授权走样，不管是管得太少还是管得太多，最简单的方法就是转变思路，以培养个体作为目的，自然也就能做好之后所有的事情。

冲突：怎样避免组织内耗？

如何判断一个组织内耗大不大？有人可能会说，看冲突的数量多不多。如果经常发生冲突，那内耗一定很大。然而，在组织发展的某些阶段，冲突数量的增多，反而会降低内耗。这是为什么？冲突和内耗到底是什么关系？到底该怎么避免组织内耗？

抵制冲突反而导致内耗

很多人都持有这样一种观点：冲突没有了，内耗就没有了。其实不是，恰恰是抑制冲突导致了内耗。

作为华尔街的老牌银行，摩根大通（J. P. Morgan Chase & Co）在 2012 年发生了罕见的巨额亏损：一名叫布鲁诺·伊克希尔（Bruno Iksil）的交易员错判了产品风险，导致公司一次性损失

62 亿美元，布鲁诺也因此被戏称为"鲸鱼"[1]，再加上事情发生在伦敦，所以这件事被大家叫作"伦敦鲸"事件。

提起"伦敦鲸"，几乎所有人关注的都是它背后的金融因素，但在我看来，其中包含的管理问题也很值得深究：布鲁诺在整个过程中一直试图隐瞒损失，并且会有意误导上级的判断。这看似是个人品德问题，然而，美国参议院银行委员会（The Senate Banking Committee）通过详细调查发现，如果深究的话，罪魁祸首其实是"避免冲突"的企业文化。

布鲁诺隶属于首席投资办公室，这是一个贡献了摩根大部分绩效的部门。他们负责提供方案，然后交给价值控制小组，也就是另一个风险控制部门来审核。调查发现，每当这两个部门产生分歧时，CEO 杰米·戴蒙（Jamie Dimon）并不会去帮忙解决矛盾，而是会直接抑制冲突。比如，有一次首席财务官把两个部门的冲突报告递交给戴蒙，但是遭到了戴蒙的严厉斥责。甚至根据记载，戴蒙在斥责时还故意提高了音量，借此让大家知道自己对冲突的否定态度。

调查发现，在看到同事因为争议报告而遭到指责后，首席投资办公室的经理们就开始想办法隐瞒问题，避免冲突。价值控制小组这边也是一样，提出意见就意味着公开冲突，那就睁一只眼

1　关于"鲸鱼"这一称号的来源有两种说法，一种是说布鲁诺持有头寸很高（拥有的特定商品、证券、货币等的数量很高）；另一种旨在暗示布鲁诺的这一失误就如鲸鱼在海中的跳跃，掀起了巨大的波浪。

闭一只眼。久而久之，价值控制小组作为摩根大通的风险控制部门，不再给出自己的意见，而是基本听从首席投资办公室交易员对市场的看法，首席投资办公室指定的交易方案也因此大多都可以轻松过关。

同时，摩根大通还有另外一种企业文化："有问题自己解决"。如果你是布鲁诺，现在问题摆在那儿，提出来会被斥责，那你会怎么办？既然老板鼓励自己解决问题，最简单的方法当然是隐瞒。

"伦敦鲸"事件过后，有一次戴蒙接受《福布斯》（Forbes）的采访。他没有多谈金融决策的失误，而是说："我学到了一件事，就是克服自满，大胆提出问题，而不是规避冲突。"因为问题永远存在，逃避冲突，问题就将以另外的方式展现出来，比如隐瞒、欺骗，从而产生内耗与外部损失。

摩根的这个案例，代表了一种组织中很典型的内耗——欺瞒上级，此外还有一种同样典型、但后果更严重的内耗：权谋政治。学者罗纳德·博特（Ronald Burt）1992 年出版了《结构洞：竞争的社会结构》，书中提到社会学领域一个非常著名的概念："结构洞"（Structural Holes）。

所谓"结构洞"，是指社会网络中的某个或某些个体与有些个体发生直接联系，但与其他个体不发生直接联系，这些无直接联系或关系间断的现象，从网络整体来看，就好像网络结构中出现了洞穴，因而被称作"结构洞"（图 3-3）。[1]

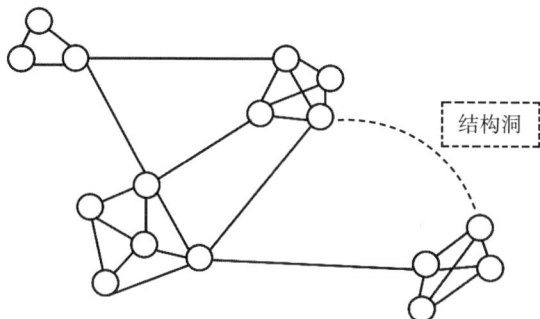

图 3-3　结构洞理论示意图

结构洞在组织中也存在。比如，财务团队通常不和研发团队直接打交道，他们之间就存在结构洞，在执行组织目标时就有可能会产生冲突。这会带来什么问题呢？博特指出：在经济组织中，竞争优势不仅是资源优势，更是关系优势。[2]当企业过分强调和谐文化、避免冲突时，就会有人占据结构洞之间的连接位置，取得较大的关系优势；与此同时，他们会努力保持结构洞的存在，阻挠部门之间产生过多联系。

所以一味抑制冲突，就会使得一部分人致力于寻找关系网络中的可乘之机，慢慢地，这就会演变成一种权谋政治、一种内耗。就拿前面提到的财务团队和研发团队来说，倘若它们对研发费用

1　Burt, R. , *Structural Holes: The Social Structure of Competition.* Cambridge, MA: Harvard University Press, 1992.

2　同上注。

的审批和规划产生了分歧，各有各的想法，不愿意开诚布公地解决，那么可能就会有人试图周旋于研发和财务部门，靠自己的私人关系来左右财务在费用审批方面的决定，并让研发部门发现自己的价值。如果研发部门没忍住，开始向这个人寻求帮助，就有可能形成惯例：只要跟财务有分歧，就去找他。在这不断的来来往往中，那个占据结构洞的中间人就会从中获得大量好处。为了维系自己的优势，这个中间人必然会努力维持财务跟研发之间的冲突。最终，中间人得利了，两个部门看似损失也不大，但对组织来说，这会助长利用潜在关系、不走规定程序的不良风气，最终导致组织的规章制度和程序流程都沦为摆设，权谋斗争成为主流，从而造成严重的内耗。

权谋政治之所以非常恐怖，是因为它能直接拖垮组织。现实生活中，甚至还有人为了在冲突中谋取利益，专门挑起部门冲突，如果没控制好，可能会导致整个公司都毁掉。而挑起冲突的人自己却攒了一拨人脉，在废墟上重起高楼。

不让冲突个人化

作为最典型的两种内耗形式，隐瞒上级和权谋政治都证明了，当冲突被抑制时，问题并没有得到实质解决，它会以内耗的方式，在看不见的地方生长起来。

那么，组织到底该怎么做才能避免内耗呢？

从组织行为学的角度，冲突可以被分为三类[1]：

（1）任务冲突，即在工作目标和工作内容上有分歧，比如团队成员对于各自该完成哪些部分、该何时完成有不同的想法；

（2）关系冲突，即人际关系产生问题，比如团队中有两个人不喜欢对方，一见面就互相攻击，时常产生摩擦；

（3）程序冲突，即授权与角色之间发生冲突。比如摩根大通的案例中，一个方案是否可行，首席投资办公室与价值控制小组各有诉求。它们承担了不同的角色（前者负责提供方案，后者负责审核），但价值控制小组无权拒绝首席投资者的方案，一旦提出异议又会发生冲突，惹得 CEO 不快，所以就基本选择放任通过，这属于程序冲突。

请注意，这三类冲突中，只有关系冲突是恶性的，而且不易被察觉，任务冲突和程序冲突都是在帮助组织发现问题。为什么这么说呢？来看任务冲突的例子，某研发团队中 A 和 B 因为软件的界面设计问题产生了分歧，这种分歧会推动他们就界面的美观度、舒适度等方面进行讨论，从而完善软件的界面设计。

程序冲突也是如此，它会让组织重新审视工作中程序存在的问题，进而建立更完备的工作流程和体系。比如 A 公司的采购部按照采购合同订货付款时，需要填写付款申请，并提交给自己的部门经理及财务负责人审批。但在实践中，公司发现有的员工会

---

1 〔美〕斯蒂芬·罗宾斯，蒂莫西·贾奇：《组织行为学（第 16 版）》，孙健敏、王震、李原译，中国人民大学出版社 2016 年版，第 353 页。

跳过经理审批这一步，直接找财务负责人审批，而财务负责人有时一看数量、金额等信息都没错，就直接通过了，没有让申请人去找经理补签。

看起来，公司没有因此遭受什么损失，毕竟信息都是对的。但这么做会带来授权和角色之间的冲突，经理起不到监督的作用，无法规范和把控采购部的工作，长久下去可能就会有人钻空子给自己谋利了。于是，为了解决这一问题，公司重新制订了付款申请流程，要求财务负责人收到付款申请后，必须检查申请单上是否有部门经理的签字，如果没有则退回申请，不予审批。

然而，关系冲突却有百害而无一利，因为关系冲突的本质是把冲突个人化了。换句话说，有关系冲突的双方或者多方在合作或是遇到问题时都是"对人不对事"，难以理智、客观地推进工作，反而会不断激化问题和矛盾。

回到"伦敦鲸"事件。如果 CEO 戴蒙愿意公开讨论对立意见，那么在讨论中，各方有很大可能达成一致方案，这就对公司有利，冲突也能被控制在程序冲突范围内。但是如果冲突被抑制，它就成了像布鲁诺这样的员工的个人问题，即演变成了关系冲突。结构洞问题也与此类似。

所以，组织避免内耗的关键，是不要让正常的冲突（任务冲突和程序冲突）转变为关系冲突，也就是不要让冲突个人化。

具体有哪些方法可以用呢？下面介绍我最推荐的三种。

第一种方法：为了不让冲突个人化，组织可以把它公开化，并且制定详细、明确的处理程序。说俗一点，就是公开"吵"，按规矩"吵"。

桥水基金就是这么做的，而且它在公开化上做得很彻底，每次都会让所有员工"旁听"，甚至参与其中。有一次，桥水的前CEO和一名员工产生了分歧，员工认为对方盛气凌人，不尊重自己提出的意见。这么下去，员工对CEO的不满可能会导致他选择消极对待CEO的各种决策，从而产生内耗，同时给全公司带来不好的示范。

于是，桥水基金决定把他们的分歧发电邮给全公司，由所有人来判断谁是谁非。当然，这种讨论的规则是被严格约束的，比如分歧双方必须在发言前进行准备的充分。只有这样，讨论才有意义，不至于陷入没有内容的争执甚至对骂中，避免冲突个人化，由此得到的结果也才能被大家所认可。

桥水对冲突的公开化做法，有两点很值得我们借鉴，也是公开冲突时需要格外注意的。一是要有严格的程序（包括公开、透明的评判流程），这样一来，即便某一方在冲突中落败，他也不会把它归结为人际关系的矛盾，而会认为这是一个公平的结果。二是要求双方做好准备，这不仅是为了让这顿"吵"更有内容，能真正解决分歧，也是为了让双方在准备的过程中看到分歧背后的更多事实，由此对问题或任务展开更深入的思考，为日后的工作积累经验教训，这对双方来说都是有益的。

第二种方法：引入外部第三方评判。换句话说，就是给组织找个裁判。

过去十年，石油企业的改革力度非常大，都是重组级别的，引发了不少组织和员工之间的冲突。有些企业就引入了第三方干预机制，比如召开听证会，找来双方都信任的专家、记者，坐在一起解决问题。

有的企业甚至会让用户来做第三方。比如在汽车研发中，不同部门之间经常产生冲突。比如，设计师提出的方案会被工程师拒绝，因为双方的诉求点不一样，设计师是为了好看，而工程师可能要考虑留给油箱的空间够不够。大众汽车就经常面临这样的问题，而且一直没有找到很好的解决方法，于是高层就决定引入用户参与机制，让潜在的购买者来评判，到底该听谁的。

这么做的好处在于，冲突一下子变成了设计师、工程师和用户三者之间的矛盾，而没有人会拿用户的意见不当回事。同时，三方参与的这个讨论，目的不再是为了说服对方（设计师／工程师），而是要让用户满意，这就有效避免了冲突向个人化方向发展。一般来说，三方讨论的结果并不是取一否一，而是共同确定一个能兼顾多方意见和考虑的新方案。

第三种方法比较激进，即组织可以人为"制造"冲突，解决矛盾。还是大众的例子，总裁卢卡·德·梅奥（Luca de Meo）入主公司后发现，虽然是造同一辆车，但很多部门的员工竟然从没有面对面接触过。这导致发生冲突（比如对某个系列的市场定位、配置要求、预期成本有不一样的意见）时，他们根本无法产生互信，也就是他们很难判断对方提出这些意见，到底是真的有不同看法，还是只是想故意为难自己。于是，德梅奥决定，定期把大家聚到一起"吵一架"。他组建了一个"协同设计实验室"，不同部门的员工会定期在这里聚会，利用两天时间提出各自的需求，并展开充分争吵。交锋并不会带来最终方案，但是通过这个过程，合作中天然存在的矛盾被释放出来，使双方都熟悉了对方的利益诉求点。

因此，虽然"协同设计实验室"给大众制造了更多的冲突，但这些冲突都被控制在了意见不合的层面，没有扩大到关系冲突层面。不过要注意，这些冲突都必须是真实存在的（潜在的）问题，只不过暂时还不够明显或者还没挑明。切忌无中生有，为了吵而吵。

所以我建议，只有在双方都有（潜在）分歧，但又缺少开诚布公的机会时，才考虑使用这种方法。在使用的时候，最好与上文介绍的第一种方法配合起来，有对事不对人的公开氛围做依托，"争吵"会更可控，也会更有效果。

办公室政治：如何尽量控制政治手段带来的负面效应？

我们都知道办公室政治不好，但似乎又无法杜绝。表面上看，办公室政治就是人和人之间的事，问题肯定是出在个体身上。这是最简单的逻辑，也是早期很多学者研究的方向。因此，很多 HR 在招聘非应届生时，都会去做背景调查，了解应聘者从上一家公司辞职的原因，分析其是否有热衷于参加办公室政治的倾向。如果发现有，就要在面试环节否掉他。

也有学者认为，办公室政治的问题出自组织，是工作流程的不够规范为办公室政治行为提供了温床。相应的解决办法，就是做更严密的制度建设，比如制定更加详细的员工手册等。

这两种思路都有一定道理，但它们都把办公室政治看得太简单了，并没有抓住真正的核心要点。否则，办公室政治早就被这些方法给解决了，不需要我们再来讨论了。那办公室政治到底有多复杂？我们又该怎么来处理呢？

为什么会出现办公室政治

查克·豪斯（Chuck House）是惠普公司的一名高级工程师，他开发了一种新型监视器，但是在内部竞标中落败了，原因是营销部门认为风险过大。但豪斯坚信是公司的判断出了错，所以试图靠自己的"办法"来说服高层。

　　豪斯利用出差的机会，未经许可去拜访了数量众多的下游公司，也就是潜在的客户，向它们展示样机。但天下没有不透风的墙，这种行为很快就被发现。

　　豪斯并不死心，越级把调查资料送到了公司年度大会上。按照规定，这本来是不被允许的，但公司的报批系统并没有在技术上制止这种行为，所以惠普的高层看到了这份方案。经过讨论，他们给了豪斯与营销部门辩论的机会，而且按照大会的规矩，豪斯可以到场亲自演示。

　　这是一个难得的露脸机会，因为以豪斯的级别，本来根本享受不到这么高的待遇。经此一役，他被许多高级客户经理认识了。可惜方案还是没有通过，营销部门用充足的理由证明，把有限的成本投入到该项目上，打水漂的可能性极大。最终，老板戴维·帕卡德（David Packard）拍板说："我明年不想再见到这个计划了。"

　　老实讲，换一个人，这也就是最终的结局了。但豪斯居然还没放弃。老板的原话是"不想再见到这个计划"，既可以理解为"这个计划是垃圾"，也可以理解成"快点做，别让我催第二次，明年我就要看到计划变成现实"。豪斯自然选择了第二种，把老板的话从否定变成了"尚方宝剑"，告诉同事老板通过了自己的计划，借此获得对方在工作上对自己的支持。

　　因为之前很不顺利，豪斯决定铤而走险。首先，他把开发成本隐藏在其他项目的预算下，避免被发现。其次，为了让产品能够顺利投放到市场上，他搞起了拉帮结派的把戏：先搞定几个潜在客户，然后以此游说之前结识的几个高级经理，承诺为他们完成绩效目标，条件是替自己公开辩护。

这招为豪斯赢得了时间。当案子再次摆在老板帕卡德面前时，监视器已经占有了一定的市场份额。帕卡德了解整个过程后，态度也转为了支持，这一监视器的市场表现也果然如豪斯如料，极受欢迎，给惠普带来了很高的收益。[1]

你觉得，豪斯的做法应该是被鼓励，还是应该被抑制？好像很难回答。他的成功很大程度靠运气，如果每个人都这么搞，企业一定会陷入混乱，所以肯定不能鼓励；但是如果要抑制，他的行为又确实促进了创新，带来了绩效。甚至还有人会觉得，豪斯是个英雄。

之所以要讲这个案例，首先是因为它非常真实。我们平时提起办公室政治，总会比较轻易地做出一个非黑即白的价值判断。但像豪斯这种游走在"可与不可"之间的行为，才是办公室政治的常态。

其次，它很清楚地说明了一点：办公室政治很难彻底根除，不是因为人与人之间有矛盾，也不是因为组织与个人之间有矛盾，而是因为组织与资源之间有矛盾。也就是说，资源有限才是办公室政治出现的本质原因，而这正是组织行为学的观点。

---

1 陈国海：《管理心理学（第3版）》，清华大学出版社2017年版，第301页。

豪斯之所以要搞办公室政治，就是因为公司没有给到他足够的预算与空间去发展。有这样一种说法，权力的游戏就像分大饼，饼如果足够大，没人会费心思和别人争抢。就是因为饼不够大，大家才会勾心斗角，想出各种拿不到台面上的招数。

但问题是，资源总是有限的，也不存在让所有人都满意的资源分配方式。因此，办公室政治注定很难根治。那么，作为管理者，与其试图避免，不如想办法去控制，把办公室政治维持在一个可控的范畴内，从而保证组织始终都运行在正确的轨道上。

如何控制办公室政治的负面效应

怎么控制办公室政治的负面效应呢？如果仔细分析豪斯的所有行为，我们会发现，产生负面效应的主要有三类：

（1）故意违规的行为，比如未经许可外出调查，还有越级汇报；

（2）对上级的指示作出对自己有利的解释，进而拉帮结派，争取支持。案例中，豪斯向同事传达老板的命令时，玩的就是这种手段；

（3）排除异己，甚至使用贿赂的手段，比如案例中，豪斯用绩效贿赂产品经理。

这三类基本上涵盖了办公室政治的典型行为。其中，毫无疑问，第三类的负面效应最大，因为它已经产生了实质的、不正当的利益交换，对组织来说是一种严重的内耗和风险。所以，对于管理层来说，避免办公室政治出现负面效应的关键，就是把员工的行为严格地控制在前两项上，坚决不让实质的、非正当的利益交换（如贿赂等）出现。

具体怎么控制呢？

我在某家公司进行管理层访谈时，恰好遇到过一次高层内斗。一位高管小 T 和公司的 CFO 小 F，就某一个产品是否投放市场产生了分歧。本来他们公司有处理类似分歧的制度。但这两位都不遵守，而是选择继续争吵。过程中，小 T 越来越觉得小 F 是针对他，而不是针对这个产品，因此开始把问题归结到小 F 个人身上，甚至觉得小 F 不应该参与组织战略决策。

那 CEO 对此的应对措施是什么呢？知道内斗的情况后，他分别去找两人聊天。一边聊一边拿一个小本记录，记录两个人给出的哪些理由是和企业目标一致的，哪些实际上是为了实现个人目的。为了让他俩说真话，CEO 甚至故意去激化他们之间的矛盾。比如，在聊天的时候，CEO 通常都很沉默，但只要说话，一定会用最简单的语言去刺激当事人。比如"你这么说，我倒觉得他反而是对的了"。

CEO 的煽风点火，使得对抗迅速白热化。同时，CEO 也借此把自己变成了这场对抗里最重要的筹码：双方都想获得他的支持，以此证明自己都是在为公司着想，没有私心。这样一来，他就可以掌控局势的发展了。

随着斗争的深入，CEO 发现 CFO 小 F 真的生气了，准备切断项目的资金链，并且开始在同级中拉帮结派，企图用利益绑定来获得更多支持，同时对高管小 T 进行人身攻击。这是对组织利益产生切实影响的事情，所以他及时叫停了内斗，当即拍板把产品投放市场，也就是站到了高管小 T 的那一边。

事件过后，CEO 亲自出面向所有高管解释，组织为什么采用了高管小 T 的方案。每条理由都很充分，而且都是就事论事。比如高管小 T 在这段时间里一直试图找到问题根源，去跟不同的人沟通推进，不断完善产品方案，得到了更多的支持；再比如，针对新产品进行的调研显示，市场对该产品有很大的需求，等等。如果不知道内情的话，绝看不出半点政治斗争的痕迹。

根据这个案例，我总结了几点有助于避免实质的、非正当的利益交换出现的方法：

（1）办公室政治无法避免，每个人最开始展开政治行为都是为了获得权力，服务于个人目标。随着权力的增加，他会越来越多地兼顾组织目标。管理者要做的第一件事，就是判断其中的比例，如果个人目标比例过大，损害了组织的利益，就坚决要叫停这种行为。

（2）管理办公室政治，最重要的是评估风险，缩短它的作用时间。所以领导者不能置身事外，而要让自己变成最重要的权力砝码。

（3）管理者应该先通过沟通消解矛盾，如果不能消解，宁可激化，选择一个方向敲定，也不要让它无休止地运行下去。如果斗争演变成了人身攻击，或者是出现了隐形的利益交换，就伤害了组织的利益，必须快速解决。在这个案例里，CFO 打算切断资金链就是一个无比危险的行为，是一个明显的警告信号。

（4）管理层还要做好善后工作。基层员工容易对组织政治进行错误归因以及盲目模仿，所以事后解释一定要跟上。这时不能渲染矛盾，而要回归到决策本身，就事论事。

以上四种方法，如果能运用得当，基本上就可以控制办公室政治的负面效应了。

共享心智：怎样管理组织的知识资产?

在农耕时代，人类生产需要储存种子；在工业时代，生产需要囤积燃油和钢铁；而在当下，对企业来说，最重要的原材料一定是知识，而不是设备或资本。这是因为，有了知识人们才能运用设备和资本，才能创造更多、更新的价值。

因此，"知识管理"也成了如今商业领域的热门话题，它探讨的是企业该如何把员工的知识、经验、教训归纳起来。

知识地图

绝大多数公司在进行知识管理时，采用的做法是"记"：委派人力资源部或信息部负责人，组织全体员工填表，把好的经验、好的做法收集起来；之后建立一个电子系统，用来储存这些文字资料，并且鼓励员工随时补充。一般来说，再经过两三个月的不断迭代，就能形成一套初具规模的知识管理系统。

但从组织行为学的角度来看，这个方法并不值得提倡，原因有三：

第一，以半强制的方式"索取"知识，容易让员工产生抵抗情绪。由于担心其他人掌握知识后会替代自己，员工往往不愿意汇报核心知识。

第二，很多不能用文字准确表述和转载的隐性知识会成为"漏网之鱼"。例如，某个销售人员如何通过微表情来判断客户的内心想法，就是无法用文字准确表述或转载的隐性知识。而很多企业的核心经验基本上都属于隐性知识，无法以文字的形式进入知识管理体系。

第三，任何知识和经验一旦被转化为文字这一单一形式，就会变成没有商量余地的规矩，吸收效率反而会因此降低。例如，企业下发很多文字材料后，员工通常并不会仔细阅读。

当然，有一类知识可以用文字资料的形式进行管理，就是基础的企业管理规范。这类知识对实用性要求很低，直接把相关要点整理汇总成一本员工手册就可以了。因此，本书在讨论"知识管理"的时候，指的都是对灵活性、实用性高的知识的管理。

正因为存在以上弊端，所以企业希望找到更有效的知识管理方法。

那具体应该怎么管理呢？既然以文字形式、半强制地向员工"索取"知识会遇到问题，不如反过来——不索取，让知识一直保留在员工手里。换句话说，与其追求全体员工随时都能看到一本"知识字典"，不如保证每名员工在遇到问题时都能找到拥有专业知识、可以答疑解惑的人，给他们一份精准的"知识地图"。沿着这份地图，每个人都能找到对的人，同样可以很好地学习，很好地解决问题，达到知识管理的目的。而要想制作这样一份"知识地图"，需要组织成员之间实现心智共享。

实验：手术团队的心智共享

具体怎么实现呢？通常，大型手术都需要很多人共同完成，主刀医生、助手、麻醉师、第一护士、第二护士等缺一不可，手术过程中经常会面临大出血、心率衰竭等复杂情况。此时如果出现争执，就会浪费手术时间，可能造成难以挽回的严重后果，甚至危及病人的生命。因此，团队成员之间必须要有足够的默契，在遇到问题时能够马上产生共识，并且知道什么问题该听谁的。

理想情况下，团队的成员最好是固定不变的，这样随着一起工作的时间增多，默契就会自然而然地产生。然而实际上，就算医院有心组建固定团队，但总会遇到需要组建临时团队，或是由值班医生替代某个固定成员的情况。这时该怎么办呢？

为了解决临时团队内部互相不熟悉，以及临时抽调人员与固定成员之间缺少默契的问题，国内一位组织行为学领域的学者与某医院的外科手术团队合作，组织该团队成员做了三件事：

第一，由团队领导牵头，发动团队成员分享经验。每次领导都会提前确定好时间、地点，然后隆重地邀请每个人轮流上台，把各自的看家本领以演讲的方式分享给其他成员；

第二，没有重大任务时，团队成员会被随机分成不同小组，模拟完成一台手术。成员之间还会互换角色，医生可能变成麻醉师，麻醉师可能变成护士，护士变成主刀医生……借岗位角色的互换来熟悉其他工种的工作内容和需求，培养默契；

第三，团队要在真实的手术后进行复盘，并且邀请团队外成员旁听。复盘的重点是手术过程中出现的不尽如人意的情况。例如，全体成员没能按预定时间完成手术，或者麻醉剂的用量比预想的要多等。复盘会上，所有成员都需要参与讨论，一起剖析原因，并从中总结可以作为前车之鉴的经验。

经验分享和模拟演练的频率很高，每周至少要进行一次。半年后，研究者发现了几个显著的变化：

第一，因为每次演讲的仪式感很强，如果不拿出真本事，会被大家认为无能或故意隐藏，因此所有成员上台前都会精心准备，这就降低了大家隐藏知识的可能。[1]并且，这种分享的形式不拘泥

1　对组织而言，它当然不希望员工隐藏知识，但员工为了保持自己的核心竞争力必然会有所隐藏，因此共享心智并不要求员工分享所有的知识，只希望员工可以尽量多地分享与团队目标达成密切相关的那部分知识，以保证团队绩效。

于文字，可以借助视频、图片等手段来帮助大家更好地理解要点。同时，演讲结束之后的提问互动，可以有效提高成员对于知识的吸收效率。也就是说，心智共享在一定程度上解决了传统知识管理无法避免的三大弊端。于是，半年下来，每一位成员对其他成员的能力范畴都有了更清晰的认知，每个人都了解在某个领域出了问题该向谁寻求帮助。

第二，因为经常互换角色进行模拟手术，并且对真实手术中的失败进行复盘，所有成员对彼此解决问题的思路和各自的心理状态都了如指掌。同时，每个人也都能站在对方的角度考虑问题，对其他人掌握的经验有更为深入的了解。

就这样，这个团队逐渐实现了共享心智，"绘制"出了一份清晰且得到成员普遍认可的"知识地图"，不借助任何文字系统，就实现了知识管理的目的。

如何建立共享心智

上文的实验是组织行为学关于"共享心智"的一个非常经典的案例，提供了很多有启发的心智共享思路。从中，我归纳了实现共享心智的四个要点：

（1）组织高频率、仪式感强的知识分享活动；

（2）保证相关人员的参与度，建立对他人知识结构的认知；

（3）帮助员工进行换位思考，理解他人行动背后的思维逻辑；

（4）重视关于失败、妥协、变通经验的分享。

　　考虑到不同组织的具体情况各有不同，除了掌握以上四点外，在实际操作中，我们还要具体问题具体分析。下面介绍三个情况各异的案例。

　　第一个案例来自餐饮行业的海底捞。海底捞建立"心智共享"的方法主要是"传、帮、带"：每天工作结束后，组织老员工给新员工传授经验，帮助徒弟提升服务水平，推荐徒弟参加海底捞的内部培训。我在调研时参加过一次海底捞的"传、帮、带"，对一位老员工的话印象特别深。他对新人说："让客人开心的关键点，不是点头哈腰，而是要记住他们的长相和名字。为什么？你们想，是恭恭敬敬地问一句'您想点什么'好，还是说'罗总您来啦，今天吃点啥'，客人更高兴？"这段经验分享，有具体的场景，有服务的"秘诀"，既直切要点，又通俗易懂，新员工可以立刻就用起来。同时，主管坚持不把这些经验落实成文字，因为大多数新人学习员工手册的效果都不如这样口传心授的收获大，这种方式可以更好地引导新员工领悟、变通。

　　第二个案例是汽车行业的上汽通用五菱。[1] 他们的主要员工群体是技术工人，有一定文化水平，愿意分享经验，但是不擅演讲，不知道该怎么分享。针对这一情况，在建立传统电子知识库的基础上，公司还把优秀的知识经验做成海报，然后选定日期策划有趣的"知识集市活动"：知识贡献者会站在自己的海报旁边，如果

1　sukey：《四家国内企业知识管理案例分享》，https://zhuanlan.zhihu.com/p/36899100，2021 年 1 月 10 日访问。

来逛集市的员工对贡献者的经验有疑惑或是好奇，他可以当场有针对性地进行解答。这样，知识贡献者不仅能获得荣誉感，还可以通过交流不断改善自己的方法，说不定还能"换"到别人的好经验、好方法，尝到甜头后，他们自然会更愿意分享经验。

第三个案例是金融领域的桥水基金。[1] 桥水基金的团队是典型的精英型组织，安排大家做分享不是难事，难的是让大家贡献出看家本领。总裁达里奥（Dalio）想出了一个很巧妙的积分策略：

（1）员工不论在任何场合分享观点和经验，都会被记录在案；

（2）公司会通过员工投票或事后检验的方式，来判断这条经验的可信度；

（3）每个人都有一个可信度权重得分，这是对员工不同领域的技能、创造力以及整合能力的评判。如果经评判，该成员贡献的经验是错误的，或者价值不够，他的得分就会降低。

这样做一方面有利于鼓励员工贡献出自己的核心经验，因为只要分享就能挣得代表能力的分数，而这一分数还与实际的评奖评优挂钩。另一方面，可信度得分是公开的，可以让大家都了解到每名员工在不同领域的能力及潜力，有利于团队成员了解自己的伙伴到底是哪个领域的专家，而专家身份恰恰是组织中个人权力和影响力的重要来源之一。

---

1 财富规划师：《财富私塾｜雷·达里奥——从"我是一个混蛋"开始的不败传奇》，https://www.sohu.com/a/202174990_99913630，2021 年 1 月 5 日访问。

上述三个案例针对的是不同情况的组织，你可以结合自己的行业特征来借鉴、尝试。比如，服务业的组织不妨试试海底捞的思路，因为像餐馆、商店等场所的服务标准相对比较固定，老员工可以通过示范直接进行知识共享，实现共享心智。再比如，要是组织里的员工都是技术流，对文字、对说话不怎么擅长，策划"知识集市活动"也许是不错的选择。但不管具体采用的方法是什么，一定别忘了前面总结的心智共享的四大要点。

高阶理论：企业怎样成功度过变革时期？

目前，商业管理领域似乎存在这样一股风气：很多企业把自下而上推动变革，比如内部创业，奉为一种"政治正确"，而管理者自上而下推动变革，则常常被贴上"一言堂""落后"的标签。畅销书排行榜上，名列前茅的也都是激发个体、自组织方面的著作。

那这股风气是否就是组织发展的新方向呢？答案是否定的。在组织行为学看来，变革必须从上而下。

高阶理论：微软的崛起

20世纪80年代初，学者们一直试图建立最为合理的企业战略模型，致力于搞清楚CEO需要具备哪些能力才能引导企业走上正确的道路。但是，大量的统计研究却发现，即便把所有变量都纳入考虑，依然不足以预测成败。

是哪里出错了吗？一名哥伦比亚大学的博士生——唐纳德·汉姆布里克（Donald Hambrick）——发现了现有研究中缺失的东西。他在撰写毕业论文时，看到了《财富》杂志上的一篇文章，里面有一份当年 500 强企业 CEO 的个人资料表，内容非常详细。除了年龄、任期这样的基本信息外，还包括宗教信仰、家乡、性格、第一份工作，甚至至交好友是谁等。

这份资料表让汉姆布里克意识到：这些最高领导者的决策往往决定了一家公司的命运，所以管理学、组织行为学一直讨论的，是他们要怎么做才是对的；但最高领导者也是活生生的人，也有自己的喜好、价值观和偏见，这些都会影响他们对信息的获取与理解，影响他们的决策。

汉姆布里克将这份资料以及自己的想法告诉了导师菲利斯·梅森（Phyllis Mason），并与导师一起完成了研究。他们最终发现，公司中的重大决策，与 CEO 的个人特质和选择偏好关系极为密切：

（1）企业成功转型的案例，虽然做法各不相同，但无一例外都走了一条与 CEO 内心意愿高度吻合的道路；

（2）想要变革成功，光激发员工还不够，还得让被激发的员工及整个组织都坚决执行 CEO 的个人想法。

汉姆布里克和梅森的发现被命名为"高阶理论"（图 3-4）。
"高阶"有两层含义[1]：

（1）在组织处理重大决策时，高阶层的人影响更大。换句话
说，如果公司出现了大问题，大概率是高层的问题；

（2）成功的变革大概率是自上而下的：CEO 要先影响高管团
队，高管团队再去影响中层，中层影响普通员工，普通员工收到
后才会坚决执行。

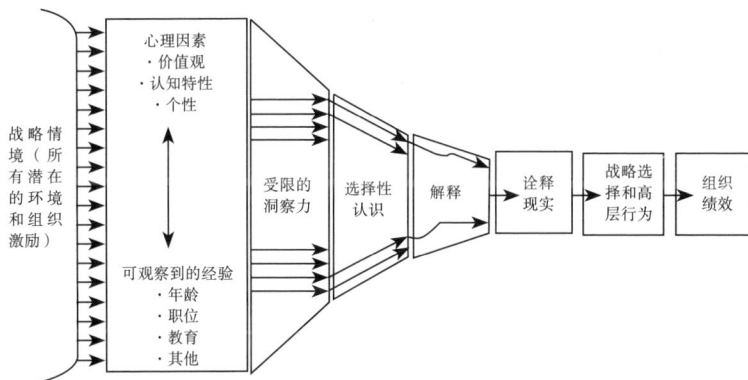

图 3-4 高阶理论的研究框架[1]

从 1984 年到现在，高阶理论一直在发展，有不少新的研究成
果。比如，CEO 的宗教信仰不同，他们对社会责任的态度就不一

1 Hambrick, D. C. & Mason, P. A., Upper Echelons: The Organization as a
Reflection of its Top Managers, *The Academy of Management Review*, 1984, 9(2):
193-206. 作者翻译。

样，企业履行社会责任的程度也随之有所差异；[1]有研究指出，如果 CEO 的价值观不是金钱至上，企业走对路的可能性更大，因为领导者不会轻易被短期利益迷惑；[2]另一研究还发现，CEO 的第一份工作对他的选择偏好影响极大[3]。

总而言之，变革必须从上而下，因为对于这样的重大决策，高层管理者的立场往往对组织的影响最大。

最具代表性的例子就是微软。2014 年，微软任命萨提亚·纳德拉（Satya Nadella）为企业新的 CEO。经过几年大刀阔斧的改革，纳德拉成功带领微软走上云计算领域的前沿，开展 To B 业务，并且彻底改变了上一任 CEO 史蒂夫·鲍尔默（Steve Ballmer）在任时的企业文化。

正是纳德拉的远见和魄力，让微软成功转型，重回巅峰。在获得成功之后，纳德拉出了一本自传，名为《刷新：重新发现商

1　Alazzani, A. , Wan-Hussin, W. N. , Jones, M. & Haniffa, R. , Muslim Ceo, Women on Boards and Corporate Responsibility Reporting: Some Evidence from Malaysia, *Journal of Islamic Accounting and Business Research*, 2019, 10(2): 274-296.

2　Palmer, J. C. , Holmes Jr, R. M. & Perrewé, P. L. , The Cascading Effects of CEO Dark Triad Personality on Subordinate Behavior and Firm Performance: A Multilevel Theoretical Model, *Group & Organization Management*, 2020, 45(2): 143-180.

3　Seaver, D. J. , Coleman, A. Y. , Jews, W. L. , Kane, D. A. & Vaughn, E. D. , Examining the CEO's First Year on the Job: Coping with Change. Interview by Walter Wachel, *Healthcare executive*, 1991, 6(6): 11-15.

业与未来》，被许多人拿来分析微软的再次崛起。但遗憾的是，这本书并没有提到比尔·盖茨。事实上，如果没有盖茨的两次关键抉择，微软可能不会有机会再次崛起。

2013 年底，作为董事长的盖茨免除了鲍尔默 CEO 的职务。虽然无法知道他内心的想法，但这显然是一个非常艰难的决定。

首先，鲍尔默是微软的第 30 号员工，资格老，对企业非常了解，而且能力突出。他 1980 年就以销售专家的身份加入了公司，是盖茨三顾茅庐从斯坦福大学亲自请来的。Windows 的销售奇迹，功劳主要归在他的名下。而且鲍尔默从 2002 年开始，就已经在实际履行 CEO 的职责了，经验丰富。这意味着，再找一位同样有实力、有资历的 CEO 很难。

其次，鲍尔默和盖茨私交非常好。微软为哈佛大学建造过一栋电脑科学大楼，用于培养重要人才。这座楼的名字，是由他俩各自母亲的名字组成的，可见二人的亲密程度。

最重要的是，公司还存在其他问题，比如员工的平均年龄偏大、氛围僵化等。在这种时候，是否一定要撤换 CEO？这在公司整体层面并没有达成共识。按照常理分析，撤换是阵痛最剧烈的选项，就好像赌桌上的 All In，会带来权力结构的颠覆性变动，不宜使用，更不用提鲍尔默自己其实并不想离开。

但盖茨还是把老朋友赶下了台，因为他相信这是胜率最大的选项。盖茨很清楚，解决微软问题的关键不在下面，而在上面：鲍尔默的特质不适合现在的微软。盖茨的这一决策及背后的考虑就体现了高阶理论。

鲍尔默是销售出身，更喜欢在产品上搞创新，但智能手机革命恰恰是技术推动的。鲍尔默自己是个极度敬业的人，他强调责任，强调岗位边界的清晰，而一名程序员不需要思考客户，那是产品部门的事情。他的这种特质和风格，虽然大大增强了微软的执行力，但却让企业少了一股创业的劲头，不适合微软当时的大方向。

第二个关键决断是，2014 年，盖茨主动辞去了董事长的职务。这意味着他放弃了对公司的很大一部分控制权，该举动在当时引发了诸多争议。然而作为微软创始人的盖茨认为，"技术公司一直在持续变化，无论你的创意，在十年前五年前有多棒，现在都不适用了……一个公司不是靠一个人可以支撑的"。[1] 所以，他并不打算一直控制公司，而是希望微软能够不断得到革新，辞任董事长也是为了微软能够有更大的自由度去接受新的领导者制定的新战略和新想法。如此一来，新任 CEO 就可以放手一搏，拥有更多推动变革的空间，能够没有任何顾虑地、坚定地执行自己的想法。

高阶理论的启示

那么，根据微软的这一经典案例，我们在进行企业变革的时候，具体应该怎么做呢？

首先，在确定变革方向后，企业需要考虑当前 CEO 的个人特

---

1 hyljava：《博鳌亚洲论坛 央视记者何岩柯与比尔·盖茨对话》，http://www.blogjava.net/hyljava/archive/2013/04/12/397773.html，2021 年 4 月 16 日访问。

质是否符合新的方向。这是因为，从现有案例来看，成功的企业变革大多是自上而下展开的。1981 年的通用公司虽然依旧处于行业领先地位，但是过多的管理层级和冗余的部门制约了其进一步发展的可能。因此，打破官僚体制，就成为当时通用的改革方向。但这并不容易，一方面原本的制度过于僵化，已经习惯的员工们，尤其是高层，不易接受新的理念；另一方面，很多人都认为变革只是说说而已，不会真的实施。然而，这一年新上任的 CEO 杰克·韦尔奇是个说一不二的领导者，面对根深蒂固的官僚体系，韦尔奇凭借其自信和坚定，排除一切困难，全力推进变革，精简了大量业务，最终成功地让"群策群力"代替管理制度成为通用影响至今的组织文化。

接着，确定好变革掌舵者后，组织应该赋予他更多的权力，让整个组织都跟着掌舵者的意愿走。2017 年，百度的 COO（首席运营官）这一职位在空缺多年后，迎来新的主人——陆奇，由他来引领百度接下来的变革。在交接工作的时候，董事长李彦宏规定，从此百度的各业务群组及负责人都直接向陆奇汇报工作，以确保陆奇的绝对权力和在集团的中心位置。这为陆奇任职期间百度的快速发展奠定了坚实的基础。但一年之后，做出很大贡献的陆奇却突然离职了，有传言说是因为陆奇在百度的权力受到掣肘。而百度在陆奇宣布离职之后，股价一度跌逾 6%。可见，掌舵者需要有足够的权力来完成自己的战略预想，一旦权力受到限制，变革就无法继续，组织的利益也会因此受损。

最后，想要变革落地，必须坚持自上而下的顺序。《刷新：重新发现商业与未来》这本书用整整一章的篇幅详细描述了纳德拉是如何让他的理念落地的。在微软变革的第一年，纳德拉做的最重要的工作不是向所有员工喊话，而是经常把高管拉到僻静的度假村，连续开上几天的务虚会——不说具体工作，只说理念，让高管了解自己怎么看待公司所面临的挑战，又是怎么规划公司未来发展的。在微软变革的第三年，纳德拉开始把自己的工作重心转移到150名中层身上，试图转变他们的理念。在这之后，才是全体基层员工。[1]

纳德拉之所以这样操作，是因为只有高层表示支持，理念才能更顺利地向中层传递；也只有在中层领导都认可改革理念后，基层员工才能在他们的带领和管理下，在日常工作中根据新的理念做出改变，从而实现企业的整体变革。许多畅销书都喜欢夸大基层个体的作用，但从组织行为学的角度来看，这是本末倒置的，组织必须重视高层领导者的作用。

利他惩罚：为什么企业一定要承担社会责任？

以往谈到高管团队，基本上讲的都是前几节讨论的组织结构、授权等问题，很少会关注社会责任。

1 〔美〕萨提亚·纳德拉：《刷新：重新发现商业与未来》，陈召强、杨洋译，中信出版社2018年版，第43—76页。

社会责任，很好理解，就是为社会、行业做贡献，比如像得到公司那样面向全行业发布内容品控手册等。组织行为学把这种利他的、不以直接获得报酬为目的的行为称为公民行为，为了方便大家理解，本书统一使用"社会责任"这一说法。

利他惩罚

企业，尤其是大企业，为什么要反哺社会、反哺行业？再把标准降低一点，企业为什么不能做坏事？或者说为什么企业做坏事就没有好下场？传统认知将其归因于国家层面的各种控制手段，比如法律、媒体宣传、税收制度等。但在组织行为学背景下，有两个现象没法用这些道理解释：

第一，如果企业做了有违社会道德的事，那么即便薪资水平没有变动，员工的离职倾向也会变高。

2018 年，Facebook 的泄密事件成为商业界最大的丑闻之一。根据《华尔街日报》的报道，Facebook 每年会对 29000 名员工做内部调研，调研结果显示，2017 年 84% 的员工表示短期内不会辞职，但在泄密事件后，这一数据降低到 52%。与此同时，至少有 7 名 Facebook 的高管在 2018 年宣布离职。尽管其中有部分高管最终保留了与公司的合作关系，同时扎克伯格也努力在各种场合表示公司的人员调整都在计划内，但没有人相信这些变动跟泄密事件毫无关系。

第二，企业承担的社会责任越多，员工表现出的组织公民行为就越多。换句话说，如果企业是一个合格的社会公民，那么员工也就更可能成为一个合格的组织公民。所谓组织公民行为（Organizational Citizenship Behavior，OCB），指的是员工无私帮助其他同事、服务团队的行为。[1]组织公民行为是有利于企业的，员工的互帮互助可以促进信息分享和团队合作，而且公司不用为此支付额外的薪水。

这两个现象说明，企业承担社会责任的动力不仅来自外部压力，也来自内部。如果不遵守这个"潜规则"，那么企业这座大厦很可能会首先从内部坍塌。这种说法有依据吗？

2002 年，苏黎世大学的恩斯特·费尔（Ernst Fehr）教授提出了一个假设：人类有一种不自觉的偏好，即宁可自己蒙受损失，也要去惩罚那些扰乱公平正义、占集体便宜的人，甚至当我们预期个人成本得不到补偿时，也仍然会这么做。[2]

举个例子，一个无私奉献的人与一个喜欢占便宜的人，按理说，后者的竞争优势更大，因为他可以用较少的付出占有别人的劳动成果，所以相对于无私奉献的人可能拥有更多的生存资源。但是，由于前者的行为会让整个群体受益，因此在原始社会，前者所在的部落相对来说可以得到更好的进化和发展，不会轻易被

1　Organ, D. W. , Organizational Citizenship Behavior: It's Construct Cleanup Time, *Human Performance,* 1997, 10: 85-97.

2　Fehr, E. & Gächter, S. , Altruistic Punishment in Humans, *Nature*, 2002, 415(6868): 137-140.

自然淘汰。为了保持这一优势，部落内部必须进化出一套机制，来保护无私奉献的人不被其他人占便宜，否则久而久之，就没有人愿意奉献了。

这种机制，就是"利他惩罚"。我们无法让所有成员都成为无私奉献的前者，但可以让所有人都讨厌爱占便宜的后者，并对其进行不计后果的惩罚。这样一来，就可以减轻奉献者的压力，在一定程度上保证组织内部的公平。

几年后，费尔用最先进的脑科学技术，找到了漫长进化在个体层面留下的痕迹，从而证明了自己的假设。[1] 他的实验很复杂，简单说来，就是当群体中出现了破坏公平正义的人时，其他人就会对他产生惩罚愿望，而当这种愿望得到满足时，个体就会享受到极大的愉悦感，大脑相关区域的活跃程度明显高于平均水平。这也是为什么我们在看到坏人被惩罚时总会感觉很爽的原因。

但关于利他惩罚的研究并没有就此结束，这只是个开始，接下来，学者们开始关注拥有利他惩罚倾向的人占比有多少，并提出了各种假设。

其中现实证据最充分的是：我们都是潜在的利他惩罚者，只不过表现不同。这一假设，也和组织行为学观察到的现象吻合。学者们发现，即便一个群体最初并没有利他惩罚机制，在一段时

1　Knoch, D., Pascual-Leone, A., Meyer, K., Treyer, V. & Fehr, E., Diminishing Reciprocal Fairness by Disrupting the Right Prefrontal Cortex, *Science*, 2006, 314(5800): 829-832.

间后也会慢慢形成。

回到最开始的话题，为什么 Facebook 的员工要辞职？

部落战争早已不存在了，群体里的公平正义演化成了社会道德，并且由法律等手段保证实施，但人类身体里残存的利他惩罚机制并没有消失。

当员工发现企业破坏了社会的公平正义，做出了有违道德的事情时，员工就产生了惩罚企业并以此获得快感的冲动。最严重的惩罚行为是什么？当然就是辞职，彻底地分道扬镳。反之，当员工发现企业在承担社会责任，做一个无私奉献者时，利他惩罚机制就会起反向作用：员工会以企业为榜样，贡献更多的组织公民行为去帮助他人，服务团队。这时，企业付出的人力成本不变，利润却得到了提高。

这种效应的影响能有多大？密歇根大学曾针对 IBM、微软这样的大企业做过一个涉及面很广的调查，发现有 75% 的新员工在挑选雇主时会把企业履行社会责任的表现列为首要标准之一。著名商业调研公司 CEB 发现，在他们的研究数据里，企业通过增加社会公益事业的投入，最高能使员工的跳槽率减少 87%，团队效能提升 20%。

再比如，大家特别熟悉的可口可乐公司，从 2013 年开始便与中国一些公益组织合作建立灾难救助体系。有人认为可口可乐这是在增加曝光度，这么理解自然没错，但这也是符合利他惩罚机制的行为，可以从内部给企业带来好处。比如，在 2013 年到

2015 年间，可口可乐有 4000 多名员工参与各种社会救助活动，自发地与他人合作，接力完成各种工作，这在无形之中不断提升着企业的社会形象。而好的形象，自然会反映到社会大众的购买选择上，企业因此获得了不少收益。

所以说，企业承担社会责任会带来看得见以及看不见两个层面的好处。看得见指的是外部效益，比如名气、口碑的提高；看不见是指内部效益，也就是增加员工的组织公民行为，同时增加员工对组织的认可度，稳定内部。

因此，高管团队应该主动承担社会责任，自上而下地引导企业内部对社会责任的态度，鼓励员工多参与相关项目及实践。

怎么承担社会责任?

在这里，我要分享四个具体操作上的要点：

第一，把承担社会责任提高到战略制定层面。上一节介绍了高阶理论，强调了自上而下这一顺序对于企业变革的重要性，企业对社会责任的履行其实也是如此。我建议组织把承担社会责任作为一项企业规划写进自己的发展蓝图里，制定相应的鼓励政策，并设置专门的部门和人员来负责相关项目的推进。

比如，腾讯在 2010 年就成立了专门的企业社会责任部，主要负责制定和实施腾讯的企业社会责任战略，各个部门和地区还有专门的企业社会责任联络员，以方便相互之间的协同配合，共同推进腾讯的社会公益事业。除了设立专门的公益平台，腾讯自

2015 年起，每年都会发起"99 公益日"，为数以万亿的公益项目筹集资金；同时，腾讯发起了伙伴共创计划，为其他公益组织提供培训和资金支持，助力公益慈善组织的发展。

第二，培养员工的社会责任意识。企业承担社会责任，最终还是要落实到员工身上。因此，企业可以通过发挥领导者带头作用、制定个人社会责任考核等措施来培养员工的社会责任意识。比如，腾讯在 2019 年提出的新的使命愿景"用户为本，科技向善"，就旨在引导员工产生履行社会责任的使命感；恒大集团许家印在疫情期间捐款数亿元，便属于发挥领导者的带头作用，为员工树立承担社会责任的榜样。

第三，在能力范围之内，多参与社会公益事业，比如可以定期带领员工从事一些社区义工活动，利用公司的业务免费为周边居民提供服务，等等。

最后，企业不能忘记社会责任还包括内部维度，需要通过政策福利等手段来保障员工的权益、关心员工及员工家人。比如，为员工提供一些医疗福利，关心员工身心健康，为员工家人提供节庆福利，送员工婚育礼金等。

第四章

组织发展的挑战与机遇

今天，组织的内外部环境都在发生巨大的改变。

人口老龄化的趋势下，组织中员工年龄越来越大，同时一批又一批"有个性的"新生代员工源源不断地进入组织。兼具新生代和老生代的组织会遇到什么新的挑战？各类技术迅速发展，远程办公、大数据、人工智能又给组织带来了哪些新问题和新机遇？

这些变化与趋势，正在逐渐打破组织已有的规则和形态，推动组织管理迈向新的阶段。你，准备好了吗？[1]

劳动力多元化：如何避免冲突，促进合作？

劳动力多元化，指的是员工在年龄、性别、种族、文化、性取向等方面的多样性。它可以给企业带来更全面的思考、更多的

---

[1] 因为本章讨论的多是正在发生、正在面临的挑战与机遇，很多问题目前还没有公认且明确的解决思路和方法，也缺少经过验证的组织案例，所以部分讨论仅涉及问题分析或初步建议。

思想碰撞、更多的创新以及更多的发展可能性，但也可能带来碰撞、冲突和对立。

比如在晋升空间和工作内容上，目前不少企业都还存在对性别的刻板印象，"玻璃天花板"[1] 和日益凸显的男女对立成为阻碍组织持续健康发展的隐患。再比如年龄方面，新生代员工开始进入职场，代际之间的认知和价值观差异，让双方在相处时都感到头疼不已。同样是离职，60后员工可能会问什么是离职，70后员工好奇的是为什么要离职，80后员工则会说收入不高我就离职，90后员工的想法又不一样，觉得领导骂我我就离职，95后员工会说感觉不爽我就离职，至于00后员工的想法则是：领导不听话我就离职。另外，不同代际的人在工作主动性上的表现也不一样，这一点我在第一章讲"动机"的时候分析过。

2019年的《世界人口展望》指出，当年全世界老龄人口（年龄大于65岁）占世界总人口（77亿）的9.1%，预计到2050年，这一数字将上升到16.7%。这意味着组织因多元化而面临的碰撞、冲突与对立会越来越多。

那么，该如何对多元化带来的差异进行管理？在这里，我要分享三个目前最通用、也最有效的解决思路，帮你在管理中避免冲突，促进合作。

---

1 "玻璃天花板"象征的是横亘在职业女性晋升道路上的无形壁垒，组织中存在的性别偏见常常导致有能力、有资格的女性无法晋升为高层管理人员。

明确多样化需求，提供灵活管理

美世咨询（Mercer）在《2019 年全球人才趋势调研报告》中提到，不同群体面对同一工作要素有着迥然不同的选择倾向。例如，从性别角度来看，男性往往更看重工作中的意义感与具有竞争力的薪酬，女性更倾向于能提供健康福利待遇和灵活工作时间的工作。从代际来看，X 世代（1965 年—1980 年出生）的员工更看重工作的稳定度与职位的晋升空间，Y 世代（1980 年—1995 年出生）则非常注重休息时长以及工作时间的弹性，他们通常会把家庭工作的平衡放在首要地位。这些，都是我们在管理时需要"听见"的不同声音。

为了满足这些多样化的需求，就要给员工提供更多的选择空间和灵活性，最常见的做法有三种：

（1）很多公司现在都开始实行弹性福利套餐，也就是提供多种福利种类，供员工自由选择，包括休假、旅行、健康体检等。这么做的目的是实现福利效用的最大化——公司投入的金额跟以前差不多，员工的满意度却高了不少，因为现在他们可以在福利菜单中自由选择更适合自己、更符合个人偏好的福利，而满意度的提高会带来员工忠诚度以及工作积极性的提高。

（2）采用福利平台的方式，发放给员工可在平台上购买相关产品和服务的"购物卡"。一般来说，发放的购物卡除了金额和使用时间有限制之外，不会限定购买的类别和具体品牌，给予员工充分的选择空间。

（3）在工作安排方面，为了满足员工平衡工作与家庭的需求，许多公司推行了"弹性工作制"。例如腾讯不要求员工上下班打卡，只要能完成规定的工作任务，工作时间和工作地点都可以自由选择。如此一来，需要处理家庭事务或者觉得在家办公更为享受的员工可以选择在家办公，而喜欢办公室工作氛围的员工则可以随时到办公室工作，从而更大程度地满足不同员工群体的多样性要求。

寻找最大公约数

劳动力多元化，容易使得团队中出现利益小团体，从而导致团队的断裂。所谓团队断裂，是指团队成员在多个属性上的差异就像一条虚拟的分割线，把团队分割成一个个自群体。

举个例子，团队 A 拥有 6 个人，团队构成是 3 个白人男性、3 个黑人女性；团队 B 也是 6 个人，但构成不一样，有 2 个白人男性、1 个黑人男性、2 个黑人女性及 1 个白人女性。从多元化的角度来看，两个团队之间没有太大的差异，性别和种族这两个属性在团队里的分布都相对平均。但从团队断裂的角度来看，A 团队就很容易出现子群体，因为通常来说，属性（种族、性别等）重叠得越多，就越容易形成稳定的子群体（白人男性 - 黑人女性），从而将团队割裂开来。[1] 比如，A 团队里的 3 个黑人女性，性别和肤色属性一致，所以很容易形成黑人女性这个子群体，但 B 团队里的女性则既可以属于女性这一子群体，也可以属于黑人／白人的子群体，甚至还可以属于黑人女性／白人女性。

当然，现实中团队成员身上所具有的属性的种类，可比这个例子要复杂得多。比如，除了种族和性别，常见的属性差异还包括团队成员的心理因素，如个人的价值观、个性、责任心等，这些因素更加难以测量和识别。

团队断层会带来持续的、潜在的和隐蔽的冲突，从而导致成员之间的不信任、沟通成本的增加以及团队凝聚力的削弱。

从目前组织行为学的研究和时间来看，解决团队断裂最好的方法，是寻找最大公约数。既然团队断层的出现是因为属性的割裂，那为了弥补属性上的差异，管理者就需要做好共识管理，促进团队信息深化。换言之，就是要在各个属性之间搭建桥梁，通过创造其他非正式交流的机会，让属于不同群体的员工自发去寻找共同点，以减少割裂，促进融合。

比如鼓励部门自发组织团建活动，或者由公司统一组织培训，例如华为给新员工的第一课就是"军训"。除了锻炼员工的意志力和宣传企业文化之外，"军训"还可以加强员工之间的信赖和交

1 Lau, D. C., Murnighan, J. K., Demographic Diversity and Faultlines: The Compositional Dynamics of Organizational Groups, *Academy of Management Review*, 1998, 23(2): 325-340.

流，形成集体荣誉感，有利于打破属性壁垒。此外，企业还可以选择搭建易于员工产生交流的环境，比如现在的大型企业基本上都会在公司内部设置健身房、咖啡厅等，以促进非正式沟通的产生。随着相互间交流的增多，成员会逐渐建立对团队多样性的积极认知，减少团队成员间的敌意和误会。

用企业制度和文化推动多元融合

近些年，越来越多的领导者认识到，如果想启用多元化人才，打造优秀的异质性团队（即多元化团队），组织需要以多元且包容的文化和制度作为基石，单靠个人层面的干预，是无法从根本上解决问题的。

2020 年，阿里内部系统隐藏了序列职级（P1–P14），员工在通过邮件、内网进行交流时，再也看不到对方的职级，只能看到其所属的集团部门。[1] 这一做法引起了社会的广泛关注，阿里对隐藏职级的回应是："阿里从来不靠职级管理。但阿里永远要直面未来管理的多元性"。意思是说，比起靠"权"和"级别"这样的上下级关系进行管理，阿里更鼓励凭借实力和平等的沟通来实现高效管理。而隐藏职级有助于淡化权威，提供更加平等、自由的交流场景，让沟通更充分。这是阿里对于评价体系和激励系统的结

1　36氪：《阿里内部隐藏"P"序列职级，"高P"光环或成为过去式》，https://baijiahao.baidu.com/s?id=1676068570415963327&wfr=spider&for=pc，2021 年 3 月 31 日访问。

构性变革，也给劳动力多元化的管理提供了新思路。

传统的凸显序列职级的设置，使得员工被级别划分为"三六九等"，高等级对低等级的员工有绝对的主导权，这就使得多元化的思想难以在企业中被充分展现，抑制了多元化劳动力的自我表达和贡献。同时，序列职级一般而言都是对过去表现的评定结果，而不是对现在和未来表现、价值、能力的衡量。有些公司受组织结构的限制，晋升空间小，且高级职位几乎均被"公司元老"占据，在这样的组织里，如果只以职级来定义一个人的价值，那对于具备实力但尚未有机会晋升的员工来说，是不公平的，而且也会抑制这些员工的"发声"，让团队的异质性逐渐消失。

而隐藏序列职级可以淡化级别和权力身份，聚焦个人价值，更好地包容员工多元化的发展和价值贡献。这意味着组织不再根据头衔或职级，而是根据个人对项目的洞察、责任心和执行能力，来判断一个人的意见是否值得听取，判断谁可以主导项目的前进方向，从而更大限度地发挥劳动力多元化的优势，给组织带来更多的思想碰撞、活力与创新。

所以，面对劳动力多元化这一挑战，企业需要在制度上更具灵活性，给予员工更多空间；帮助员工互相了解，促进团队融合；同时淡化权威，聚焦个人价值。

灵活用工[1]：如何平衡"效率"与"保障"？

1984 年，当时在伦敦经济学院任教的教授安东尼·阿特金森（Anthony Atkinson）提出"弹性企业模型"理论，指出企业可利用弹性及多样性方式取代传统单一化的人力雇佣，以适应内外环境压力，这是关于灵活用工最早的理论雏形。灵活用工，约等于"灵活派遣"，是指由派遣公司承担全方位的法定雇主责任，在派遣人数、派遣周期、派遣人才的筛选方面都非常灵活的一种用工形式。派遣单位只负责招聘和管理职工，不使用职工；相应地，用人单位使用职工，但不招聘和管理职工——即"用人不管人，管人不用人"。这种用工方式，是劳动力短缺和用工成本上升问题的有效解决方法。

20 世纪初，由于经济结构调整，美国企业不得不大规模裁员，这使部分企业在业务比较繁忙的时候会出现临时和短期的用工需要，同时被裁减的员工也有赚取工资的需求，于是以劳务派遣为主要用工模式的灵活用工首先在美国出现。随着时间推进、经济全球化和互联网技术的发展，灵活用工开始在法国、德国、日本等发达国家生根发芽，多种形式的灵活用工模式就此不断出现，如平台型用工、共享员工等。

2020 年，突如其来的新冠疫情给世界各国的政治经济造成巨

1　面临这一挑战的组织主要为企业。

大冲击，国际货币基金组织（IMF）于同年4月14日发布的《世界经济展望报告》显示，预计当年全球GDP增速为–3%，为20世纪30年代大萧条以来最糟糕的经济衰退，严重程度显著高于2008年—2009年的全球金融危机。伴随着经济萎缩而来的是全球失业大潮。在此背景下，灵活用工作为一种新型用工模式，可以在社会治理和资源配置方面起到稳就业、促发展的积极作用。[1]

近两年，灵活用工在国内也越来越流行，渐渐成为诸如服务、餐饮、新零售、新物流、互联网等众多行业的主要用工模式。其中，外卖员、滴滴司机、直播平台主播的雇佣模式几乎都是灵活用工。

除此之外，在中国，灵活用工还是产业结构转型升级、人口红利消失以及劳动者个性化需求萌发共同作用下的产物。比如，2020年的两会期间，李克强总理提到，新业态经济蓬勃发展，零工经济大概能够容纳2亿人就业。零工经济指的是时间短、用人方式更灵活的新经济形态，常见的零工工作包括咨询顾问、自由职业者等。从业者可以灵活运用自己的时间、资源和技能来创造价值，赚取收益，这其实正是灵活用工员工的工作方式。因此，零工经济的持续发展，必然会不断促进灵活用工的发展。

然而，在快速发展的同时，灵活用工也开始滋生难题，最常见的是劳动者在用人企业中的权益保障问题、灵活用工的及时性

1 亿欧网：《星星之火可以燎原——2020年灵活用工行业研究报告》，https://ishare.ifeng.com/c/s/7zSSJVYQ9qK，2021年3月31日访问。

问题以及员工的技能素质问题。甚至，部分灵活用工模式还诱发了企业、员工和消费者三者之间的矛盾。2020 年 9 月初，一篇名为《外卖骑手，困在系统里》的文章一石激起千层浪，将灵活用工带来的员工权益保障以及制度矛盾问题（外卖平台制度与外卖骑手、消费者利益不一致等问题），第一次摆在了社会公众的视野之中。

那么，如何才能有效地保障灵活用工人员的合法权益？企业又该如何找到并留住合适的人才？

纳入企业战略体系

企业可以把灵活用工员工这种劳动力资源纳入企业发展计划，建立劳动者职业规划体系。具体怎么做呢？

第一，明确灵活用工员工在企业的价值地位。比如，外卖骑手和网约车司机等灵活用工员工都是直接接触顾客的一线员工，其服务质量的好坏会直接影响企业的口碑和品牌形象，进而影响企业的利益。同时，这些员工的服务质量还直接决定了用户的利益能否得到保障，有保障才能留住用户，才能实现企业的持续稳定发展，所以，这类灵活用工员工充当着企业与用户之间的"桥梁"，是用户价值的直接创造者。当然，有些灵活用工员工在企业中只负责处理简单重复的业务，不直接影响企业的形象和企业服务对象的体验，他们的价值主要体现在帮助企业减轻业务高峰时的压力。

第二，根据灵活用工员工价值定位的不同，企业需要分别建立与之相配套的人力资源管理培训计划、招聘渠道、招聘方法及计划，以更好地规划灵活用工的长期发展，控制用工节奏。比如，企业需要规划好在不同时期所需的灵活用工员工人数。一般来说，外卖骑手和滴滴司机这类员工的数量需求可能与企业的增长和市场扩张战略计划相关，而处理临时性简单业务的员工人数需求可能与企业业务的淡旺季相关。同时，企业还得清楚地知道自己需要的是具备何种技能和知识的人，把人招进来后是否要进行统一培训等。在此基础之上，企业可以建立和完善大数据平台，以优化招募流程，加强对第三方企业和灵活用工员工的资质审查，建立标准、完整的背景信息档案，从而实现及时、精准的供需匹配。

安全感知

灵活用工员工虽然不同于传统用工方式下的正式员工，但其忠诚度依然需要组织的关注。灵活用工员工的忠诚度，主要由他们在企业中所获得和感知到的安全感决定。

滴滴平台上的一名司机曾经对我讲过，相比于其他出行平台，他们还是觉得滴滴出行更好。在发生事故后，比如剐蹭、车祸等，滴滴会第一时间出面解决这些问题，甚至直接垫付赔偿款，让司机先从事故里抽身出来，不因调查而耽误工作，至于后续的详细调查，也主要由公司负责。这就让滴滴平台的司机觉得很有安全感，愿意继续在滴滴平台服务。由此可见，灵活用工模式下的安全感建设十分重要。在这方面，组织行为学认为，建立合理的风险分担机制或许是不错的选择。

风险分担机制可以尽可能地保护灵活用工员工的权益，同时减少企业可能承担的风险。以外卖配送平台为例，它们可以通过给骑手购买超时险，来应对外卖订单配送超时的风险，同时降低配送超时对骑手收入造成的剧烈波动，缓解超时对骑手个人带来的负面影响。另外，这类企业还可以选择与保险公司合作，提供有针对性的保险保障灵活用工员工的权益。比如 2020 年，饿了么平台就上线了兼具雇主责任险和个人意外险功能的"骑手险"，为外卖骑手"保驾护航"——在出现意外的时候，骑手可以及时获得赔付。当灵活用工员工感知到自己要承受的风险有所降低时，他们的安全感自然会随之增加，从而更愿意在该平台长期工作下去。

除了建立风险分担机制，平台还可以基于服务质量、配送效率和安全保障等因素，建立多属性、多层次的绩效评估体系。这不是为了更多地限制灵活用工员工的活动，而是为了更灵活、更均衡地评价他们的绩效，以避免他们为了单一的绩效目标而不顾规则和安危。比如，外卖平台在评估骑手工作的时候，可以进一步加入对违章记录、交通安全规章遵守情况的考核。这不是为了惩罚，而是为了让外卖骑手多注意安全问题，所以企业可以用制度告诉骑手：即使偶尔有配送超时的情况，但只要你在遵守交通法规方面表现良好，你的最终绩效是不会被影响的。不过，配送时间和其他绩效评估指标的具体权重设置，还需要在实践中继续探索，收集更多的数据及案例进行分析。

"共享员工"

目前，灵活用工还出现了一种新的趋势——"共享员工"。这一用工方式在 2020 年疫情期间得到大力推广，因为当时有很多员工无法从老家到工作所在城市办公，一些企业只能通过互相"借调"员工来共渡难关。这些企业因此感受到了共享员工这一趋势在增强人力资源配置灵活性、提高企业用工效率以及降低成本方面的潜在优势。所以，在疫情稳定之后，许多企业和学者都希望共享员工可以成为一种长期采用的用工方式。

企业与企业的关系近些年已经从传统的零和博弈变为共创价值，协同建立生态发展体系。在这一背景下，共享员工这一新的灵活用工模式如果可以固定下来，会大大增强企业之间的合作，成为价值共创的新途径。不过，若稍有不慎，则会出现"剪不断，理还乱"的烦恼纠葛，因为作为一种新兴的用工方式，共享员工不但可能面临上文提到的灵活用工风险，还可能存在很多新的问题。

首先，法律法规还不健全，比如共享员工的社保缴纳和工伤认定该如何操作，"出借"员工是企业之间的无偿合作还是金钱交易等。如果没有统一的强制性规定与标准，放任企业自行决定，那可能会给员工和企业都带来很大的风险。

其次，企业"借"员工的方式也尚未形成规范：是该由企业自行牵头，以战略互助的"私交"方式实现（即疫情期间的主要形式），还是该由政府 / 龙头企业出面约定行业规范、打造一个自由但有规章制度的员工共享市场？

另外，如何激励共享员工，如何增强他们对企业的认同和组织承诺，也都是棘手的难题。员工如果长期在不同的公司间频繁"流动"，很容易缺少归属感，慢慢地会觉得自己不像是任何一家公司的员工，对企业的认同和承诺都会有所降低。甚至有的会开始考虑离职，跳槽去其他更稳定、更能提供归属感的企业，导致共享员工的企业离职率不断升高。

最后，企业之间共享员工，可能还会面临商业机密、行业道德等方面的潜在威胁。

以上罗列的这些问题，截止到本书成稿，基本都还没有具体而明确的解决思路，需要在不断探索中进行解决和完善。

远程办公：如何保障工作效率？

互联网技术的诞生与发展，对组织的管理方式产生了深刻的影响，其中最受瞩目的，就是衍生出了远程办公这一新的办公模式，包括在家办公、异地办公、移动办公等多种形式。远程办公带来了很多好处，比如它在工作时间和地点上的灵活性，大大减轻了双职工父母的时间负担；在省下通勤时间的同时，它还有助于降低个人上下班通勤的碳排放，有利于空气质量和交通拥堵的改善。此外，远程办公也让企业精简机构、降低办公成本有了可能。

2020 年，一场疫情让许多人不得不"禁足"在家，许多企业因此不得不采用远程办公这一模式：我国线上办公人数从 2020 年以前的 500 万迅速增长到 3 亿，接受远程教育的人数也从 2.32 亿增长到了 4.32 亿。换句话说，新冠疫情加速了办公模式的变革和新模式的渗透。

"如何扛住远程办公的考验""疫情期间，如何高效地远程办公""远程办公是利大于弊还是弊大于利"等话题，始终稳居疫情期间各大平台的"热搜榜"。这些问题的实质，都跟远程办公的"效率"有关。

那么，远程办公具体会怎样影响效率？我们又该怎么应对呢？

效率问题

从工作设计的角度来看，相比于线下办公，远程办公具备低社交支持性、高自主性要求等特点。这些特征会直接影响员工在工作中的心理和行为，继而影响到工作效率。

人类是一种社会动物，根据马斯洛需求层次理论，我们有社会需求、尊重需求等基本需求。可远程办公意味着大家不再处于同一个办公空间，日常的互动和交往也就随之减少。像是咖啡间的闲聊或是走廊偶遇的问候，都不可能在远程办公的情况下发生。社会需求如果得不到满足，可能会给远程办公的个体带来譬如孤独等负面情绪，从而降低员工的工作投入和工作效率，甚至影响到员工的身体健康。

同时，远程办公对个体自主性有更高要求。没有领导的监督，也没有同事共同努力的工作氛围，有些自控力差的人就会没有办法集中精力工作，可能会不时玩玩手机，累了还会去床上躺一会儿。如果是在家中办公的话，可能还会有来自孩子、父母、伴侣或室友的干扰。工作和生活的相互渗透，既分散了精力，又模糊了界限，导致工作效率大幅降低。

此外，远程办公也给管理者带来了不小的挑战。当看不到员工在做什么，无法及时掌握和控制员工的工作进度时，管理者的担心便会接踵而至。在这种情况下，很多管理者会选择让员工天天打卡汇报，甚至通过早中晚视频会议的方式来减少自己的不安。问题是，远程办公最大的优势就是可以给员工更大的自主性，而领导者的过度监督恰恰是在消耗这一优势。所以，管理者们都很头疼，到底该怎么管理这些远程办公的员工？

除了对个体有影响，远程办公还会大大降低团队沟通和协作的效率，而沟通和协作，恰好是团队作战的重要抓手。比如，在外贸公司，遇到需要核对发货数量和商品规格的事项，如果是在公司办公，我们可以直接跑到对方的工位上去问他，立马就能得到回复；但要是远程办公，我们就需要给对方发微信，对方不一定能及时看到，看到后也可能会因为手头在忙而没法及时回复。本来确认之后就可以立刻安排下一步工作，现在却需要花更多的时间等回复，然后才能进入下一阶段，大大增加了工作成本。

另外，线上沟通会显著地降低信息质量。面对面沟通的一个好处，是能够即时且同时获得语言和非语言信息，后者包括对方的表情、神态、动作等，这些都是能够增加信息丰富度的线索，对于有效沟通至关重要。比如在讨论项目方案的时候，面对面沟通让我们可以通过对方的语调和表情来揣摩对方是否满意自己提出的方案，是否还有疑惑，如果有不满，是对自己刚才提到的哪一点不满。有了这些信息，我们就可以迅速进行调整优化，甚至提出新的方案。而线上沟通时，很多人可能不会明说，即使说出来，通过语音和视频，我们也很难准确且及时地把握对方的语调和表情，以及其他非语言信息，从而无法及时了解对方对这个问题的重视程度和真实态度，导致很多需要共同商讨的内容被草草略过，或者必须就某一问题进行多次沟通才能达成一致。

除此之外，远程办公的线上沟通也容易受到干扰，比如说网络出现问题，信号不好，视频会议开到关键时刻有人掉线等。一旦出现这些情况，要么受干扰的个人得在会议结束后找同事了解自己错过的内容，要么大家就得重新讨论，不管采用哪种处理方法，都会花费额外的时间和精力，降低工作效率。

个体、团队、组织的三位一体

就员工个体而言，组织行为学认为，员工可以主动学习如何恰当地设置工作与家庭的边界，保证灵活且高效地工作。比如，在家办公的员工可以规划一个"工作时间"，在这个时间段里与一切"家务事"保持距离，同时努力让自己有上班的状态，比如严格要求自己不闲聊、不看手机等。如果条件允许的话，还可以为自己单独辟出一块办公场所，比如书房等，只要走进这个空间，就提醒自己接下来是办公时间，并关上门暗示家人在此期间不要打扰。

除此之外，个体还要学会给自己设立目标，进行项目管理，定期监督和控制自己的工作进度，同时不断进行调整。最简单的做法，就是列出工作进度的关键节点，然后根据节点来检查自己工作的完成情况。在列节点的时候，最好可以备注该项任务的对接人，给自己增加外部监督的维度。比如项目初步计划书这个完成节点，在设立目标的时候，除了设截止时间外，还可以标明时间到了要交给谁/跟谁进行讨论。这样，就不太会出现拖延的情况，因为已经跟别人约好了时间，不好反悔，而且就算别人不介意，错过时间也可能没空对接了，因此只能督促自己一定要按时完成。

从这个意义上来说，远程办公优化效率的过程，其实也是自我领导策略建立和调整的过程。因为在受限较少、更为自由的情境下，员工只有做好自我监督和自我规划，实现"自己管理自己"，才能保证远程办公的效率和质量。

至于管理者，跟员工相隔千山万水，就靠着"一张网"保持联系，又该怎么实现有效管理呢？这就涉及组织行为学中的信任问题、领导风格问题以及授权问题等。考虑到远程工作更看重的是结果而非过程，相对而言，目标管理和授权管理是更为适合的手段。

例如，许多管理者为了减少不确定性，纷纷加大了监督管控力度，导致员工生活家庭边界模糊的问题进一步加重，同时也剥夺了一部分员工在工作安排上的自主性和灵活性。但不这么做，管理者又怕员工会太过自在，影响效率和工作成果。

针对这种情况，我建议管理者可以尝试授权管理和目标管理。授权好理解，就是充分给予员工空间，让他们根据自己的实际情况自行进行时间安排。同时，为了防止员工过于懈怠，领导者需要给员工设定目标，进行目标管理。目标，可以是一个个工作任务进度的节点，也可以是绩效考核标准。通过定期监督员工完成目标的情况，就可以在授权的同时，确保员工的工作进度和积极性。

最近，组织行为学还新提出了一种时间型领导风格，即从时间视角对员工的工作进度进行有效管理，与目标管理有异曲同工之处。简单来说，就是要给员工指定工作完成的时间节点，给予员工明确的时间进度安排，并定期检查和监督员工的工作完成情况，在发现问题时及时调整。此外，时间领导也体现在远程办公的沟通效率方面。只要不是紧急情况，在正式会议中，管理者应该做好"时间规范"，比如提前告知会议时间和预计时长，做好会议安排，并按照安排事项快速有效地进行，以避免线上会议耗时太长让员工感觉疲惫，降低效率。

此外，针对远程办公影响团队沟通和协作效率的问题，管理者可以规范团队成员工作对接的流程和责任，比如规定每天几点之前必须对今天的工作信息做出回复，每周必须开一次视频会议等。同时，管理者还可以将工作完成的责任分担到需要对接的具体成员身上，以促使员工为了及时完成任务，积极进行沟通和协作。

除了员工和管理者各自的努力外，我认为，组织也需要利用组织文化来帮助员工更好地适应远程办公。比如，工作和家庭，到底是该鼓励员工努力融合，还是该让员工学会分割？虽然工作和家庭会互相干扰，但鼓励员工在两者之间设置边界并不是唯一的解决途径，得视情况而定。如果员工偏好工作和家庭的融合，也就是说偏好工作和家庭的事一起处理，并且擅于同时处理，也很享受这种工作和生活不加区分的状态，那就该鼓励员工努力融合两者。目前，很多企业在处理工作与家庭冲突的问题上，都比较灵活，不搞一刀切，遇到喜欢融合的员工，也能接受他们在工作到一半的时候处理家里的事情。在这样的组织氛围之中，员工对于这一冲突也就没有那么抵触了，选择适合自己的就好，不会一边按掉家人打来的电话，一边无心工作，而是会放心地拿起手机接听。

另外，组织还可以通过制定或改善规章制度、流程政策以及技术体系，来打造支持远程办公的底层建设，解决线上沟通容易受到干扰等问题，提高普通员工及管理者的工作效率。比如谷歌就为此开发出了一系列基于云端的办公软件，为员工远程办公提供了充分的技术支持，有助于提高线上办公效率。同时，福利政策上的保障也很重要，比如远程办公期间加班费该如何算等问题，都需要组织提前给出明确的条款来安定人心。另外，考虑到可能会出现的工作家庭问题，以及因远离办公场所而产生的对职业发展的担心和恐惧等情绪，组织还可以建立相应的咨询机制，对员工进行及时的疏导和指导。比如为员工提供专业的心理咨询服务（最好由外部专业公司或人士提供，以免员工有所顾忌，不愿意说出真实想法），等等。

个体、团队、组织这三个层面如果可以一起"携手"努力，远程办公可能导致的问题，基本上就能迎刃而解了。

大数据和人工智能：前沿技术会怎样改变组织？

近年来，以大数据和人工智能为代表的前沿信息技术及其应用，备受各界关注，相关领域的风投、创新和创业始终热度不减。根据新闻报道，国际数据公司（International Data Corporation，

IDC）预测，到 2021 年，全球在人工智能系统方面的投入将达到 522 亿美元。同时，波士顿咨询公司（Boston Consulting Group，BCG）和《MIT 斯隆管理评论》的联合研究报告《赢在人工智能》表明，人工智能将在未来五年内对所有行业产生重大影响。

那大数据和人工智能会给组织带来哪些挑战和机遇呢？

人力资源管理的变革和思考

数字化技术的应用，可以大大降低组织的运行成本，释放更多人力。举个例子，中国平安保险集团每年需要招聘超过 19 万的正式员工，光简历就要接收 400 多万份。而且，由于平安拥有涵盖金融业各个领域的 30 多家子公司，业态条线复杂，即使是同一个岗位，不同分公司需要的人才也是不一样的。要完成如此巨大的工作量，需要不少人力。即使平安财大气粗，可以聘请足够的人力资源员工来负责招聘，也可能出现提问随意、评分不客观、流程不固定、面试周期长等问题。在这样的现实下，AI 面试的诞生与应用成为必然的趋势和选择。

2018 年，平安推出了历时四年研发的创新智慧人事一体化平台——HR-X，它的一大亮点是配备了 AI 面试官。

HR-X 平台的 AI 面试官集成 3 大智能引擎，嵌入全球领先的 6 大 AI 技术，包括声纹识别、语音识别、情绪识别、语音合成、文本机器人、语义情感分析等。通过海量、多元数据模型训练，AI 面试官可通过前端对候选人进行提问、追问，甚至反问、答疑等语音互动；同时，后端可以做到同步直播，实时评分，并通过声纹识别等技术防作弊；面试结束后，HR-X 平台会立即生成面试报告，为部门主管提供全面、客观、准确的录用建议。针对中高层职位，HR-X 的 AI 面试官还可以实现与真人面试官同步面试，提供最佳面试问题清单和注意点，辅助真人面试官做出更专业的用人决策。

平安把 AI 面试官这一系统设计得非常灵活、智能，涵盖了 1200+ 考察因子，6000+ 面试问题，以及 15 万面试评价规则，同时还搭载了智能模型超市。各分公司可根据各自的需要，自由组合考察因子，形成定制化面试模型，以支持不同岗位、不同层级的面试需求。

最重要的是，AI 面试官能以最快的速度，准确有效地解决复杂的招聘需求，把 HR 从繁杂的初步筛选工作中解放，减轻其负担，减少面试过程中主观判断的影响，实现"问得好""评得准""选得优"。当前，这一技术已经在平安的 30 多家子公司全面上线，用它选到合适人才的概率超过了 90%，比人工面试高 60%。

请注意，并不是所有数字化技术的应用都只带来好处，也有部分数字化的应用过于背离人性，甚至成为压榨劳动力、激化劳资矛盾的新工具。

2019 年 4 月，亚马逊被曝光构建了一套用于深度自动化跟踪和解雇的 AI 系统。该系统可以跟踪每个员工的生产力，在无主管意见的情况下，自动生成有关质量或生产力的警告或解雇命令。它甚至可以跟踪"休息任务"，工作人员如果长时间不扫描包裹，就可能会面临解雇。2019 年，美媒 The Verge 披露，亚马逊已经有 900 多员工被 AI 监工解雇，理由都是"工作效率太低"。在无法完成 KPI 和系统监控的双重压力下，很多员工不敢喝水，也不敢上厕所。因为厕所太远，来回一趟可能需要 10 分钟，会超出规定的活动时间，很多人因此选择在走廊里用塑料瓶解决生理需求。

大数据驱动的时代，用自动化系统监控员工的企业越来越多。高德纳咨询公司（Gartner）在 2018 年进行的一项调查显示，全球各行各业的组织中有 22% 都在记录员工的活动数据，17% 在监控员工工作电脑的使用数据，16% 在使用员工邮件或日程数据。

这意味着越来越多的员工背负起"机器枷锁"，在严密的监控和限制之下谨小慎微地工作。原本目的是促进人类发展和提高人类福祉的数字化应用，反而成了对员工的新剥削。部分企业应用数字化带来的这一结果，与其应该承担的保障员工福利的社会责任背道而驰。所以，企业建设数字化，一定要注意在追求工作效率的同时，保障员工的基本权益，提高员工的幸福感，促进人与机器的和谐发展，不能顾此失彼，为了效益而忽略了自身应当承担的社会责任。若是反其道而行之，长久以往，组织必定会遭到员工和社会的抵制，无法得到长足发展。

人与机器的关系

人工智能给组织带来的另一挑战是，如何处理人们对于"失业潮"的恐慌。普华永道 2017 年的一份报告指出，在未来的 15 年里，英国将有 30% 的工作面临着被人工智能取代的风险，日本有 21%，美国则有 38%。而在中国，根据北京大学市场与网络经济研究中心和腾讯研究院的合作研究报告，未来将有 70% 的职业受到人工智能的冲击。

但我认为，大家不用太过害怕。机器的确有超出人类的优势所在，它可以记住输入的每一个数据和建立的每个模式，也有能力快速处理大量的信息。但要想实现大数据的全部潜力，光靠机器是不行的，人工智能只能利用已经学过的知识，不能创造新的知识或创造有效的新科学情境。没有人类创建必要的数据结构和训练程序，并将重要的信息传递给它，机器的识别能力很难自行增强。

同时，在机器无法独自操作的实时危机的最佳处理中，人类也是必不可少的。举个简单的例子，大多数商用飞机都会使用自动驾驶仪，当意外出现时，虽然机器会检测并尝试解决问题（例如，标记一个机械错误），但它只能根据提前写入的信息进行尝试，而对实地情形和环境信息缺少了解，需要人类飞行员介入决策。更何况，机器还有可能在危机中出问题，这时候能依靠的就只有人类飞行员了。比如电影《中国机长》的原型故事川航事件，

3U8633 航班从重庆飞往拉萨，但是在起飞后 40 分钟左右，驾驶舱玻璃突然破裂，仪表盘脱落，自动驾驶失灵，机长只能靠自己的判断，手动维持飞行，最终成功地带领全机组人员和乘客脱离险境。

在管理领域也是如此。人工智能可以给管理者提供数字化技术决策和分析，但最终的判断还是要由管理者自己来。因为目前的数字化技术无法涵盖并处理所有要素，比如公司文化、个体情绪、社会态度等，而且从长远来看，即使技术在未来有所发展，也很难做到这一点。换句话说，人工智能不会取代管理者的工作，它只会补充管理者的工作，帮助其比以往更高效地完成工作。正如马夫罗马蒂斯（Mavromatis）所说："人工智能加上人类等于未来。"

比如 IBM 借助人工智能构建的智慧供应链，可以通过快速整合和关联分散在不同流程和系统中的大量数据，实时分析、查看和管理库存，并联系天气等可能会影响到供应链的信息，帮助管理者做出供应链优化决策，及时解决中断风险，优化供应链绩效。再比如，京东开发的 YAIR 人工智能平台（Y AI Platform for Retail），可以为商家搜集并分析大数据，提供针对库存管理的精细化、智能化、自动化决策支持。

与此同时，技术的革新也带来了大量新的工作岗位和服务项目，对企业提出了新的要求。例如人工智能工程师、人工智能测试人员以及机器训练师等新职业的出现，涉及诸多新的工作内容和岗位职责，因此企业需要制定新的管理规范和培养方案。

　　总的来说，人工智能和大数据对组织行为的影响是一个庞大的、尚未有系统结论的领域，需要学者、管理者以及员工在接下来的实践中继续进行探索。不过，在探索中，企业和个人需始终牢记：机器只是辅助人类决策和工作生活的工具，而不是人类生活和工作的决定者，人类始终要自己做出决定。只有坚持这一底线和原则，企业和个人才能从数字化技术的发展和应用中获益，避免技术的反噬。

致　谢

　　我仍然清晰地记得第一次和陆音老师在中国人民大学见面的情形。他坐在我对面，不断地告诉我"组织行为学"是得到公司多么重视的一门课程，而他们团队认为我就是那个最合适的主讲人。彼时我在这个领域已经有接近 20 年的研究经验，讲课也不下几百次了，自觉这是件可以完成的任务，甚至谈不上挑战。我主动提出可以借鉴我给博士研究生授课的思路，摆脱教材，将最新的理论与最迫切的管理痛点相结合，用知识去呼应组织需求，用前沿研究去回答当下的问题。这一原则贯彻至今。随着写作的推进，我和团队成员面临了前所未有的挑战和压力。一方面我们发现组织中大家的问题和需求太多了；另一方面，研究领域不断涌现出新的理论和新的现象分析，整合二者的确是一项庞大的工作。选择"攀爬"模式，不断将新的理论纳入读者的思考框架，用科学逻辑去对抗不断变换的环境，是我们躬身入局的方式。

　　感谢我的合作者们，在求知的路上与我同行，给我宝贵的建议。感谢学界前辈的无私帮助、学院领导的大力支持和企业界朋友的积极回应。

感谢得到公司的罗振宇、脱不花，你们让我见证了什么叫作"优秀的人还比你更努力"，你们饱满的工作热情和极度的敬业精神是我学习的榜样；感谢宣明栋、孙筱颖、陆音，你们在每一次课题讨论会上带给我的脑力激荡，激发我以全新的视角去审视组织内部的现象及其本质规律；感谢得到公司图书团队的白丽丽、李知默和出版社的各位编辑老师，你们的严谨、认真和强大的执行力，推动我完成了这本书的写作。

感谢我的学生们：梁骁、陈美伶、李楠楠、白新、王彬、查怡帆、陈佳颖、韩雪、薛嘉欣、冉茜、吴博、孙博文、霍亚东。从 2019 年与得到 App 合作课程，到 2021 年，你们中有的已经毕业分布在不同的城市，有的刚刚加入，但是每一位年轻人身上都充满了让我惊叹的韧性和洞察力。感谢你们在资料整理上做的大量工作，尤其是陈佳颖同学对本书的内容进行了细致的校对。

感谢得到 App 的用户们，你们每天都用大量精彩的留言拓宽我的视野，让我鼓起勇气不断地把学科前沿理论纳入当下的管理热点中，实现学术和实践上的微妙平衡。

感谢我的家人对我工作的全力支持，并以我为骄傲。

最后，感谢作为读者的你，选择了将这本书作为你开启组织行为学的钥匙，希望书中的知识能够为你在组织中的行动增添力量，指引方向。

拓展阅读资料

第一章　激发个体

性格：怎样重塑个体特质？

1. Damian, R. I. , Spengler, M. , Sutu, A. & Roberts, B. W. , Sixteen Going on Sixty-Six: A Longitudinal Study of Personality Stability and Change Across 50 Years, *Journal of Personality and Social Psychology*, 2019, 117 (3): 674-695.

2. Green, J. P. , Dalal, R. S. , Swigart, K. L. , Bleiberg, M. A. , Wallace, D. M. & Hargrove, A. K. , Personality Consistency and Situational Influences on Behavior, *Journal of Management*, 2019, 45(8): 3204-3234.

3. Hudson, N. W. , Briley, D. A. , Chopik, W. J. & Derringer, J. , You Have to Follow Through: Attaining Behavioral Change Goals Predicts Volitional Personality Change, *Journal of Personality and Social Psychology*, 2019, 117(4): 839-857.

4. Mischel, W. , The Interaction of Person and Situation, In D. Magnusson & N. S. Endler (Eds.), *Personality at the Crossroads: Current Issues in Interactional Psychology*, Hillsdale, NJ: Lawrence Erlbaum Associates, 1977: 333–352.

情绪：如何让每个人都拥有持续的好状态？

1. Matta, F. K. , & Van Dyne, L. , Understanding the Disparate Behavioral Consequences of LMX Differentiation: The Role of Social Comparison Emotions, *Academy of Management Review*, 2020, 45(1): 154–180.

2. Farny, S. , Kibler, E. & Down, S. , Collective Emotions in Institutional Creation Work, *Academy of Management Journal*, 2020, 62(3): 765–799.

负向激励：怎样培养创造型人才？

1. Sperry, R. W. , Cerebral Organization and Behavior: The Split Brain Behaves in Many Respects Like Two Separate Brains, Providing New Research Possibilities, *Science*, 1961, 133(3466): 1749–1757.

2. Davidson, R. J. , Ekman, P. , Saron, C. D. , Senulis, J. A. & Friesen, W. V. , Approach–Withdraw and Cerebral Asymmetry: Emotional Expression and Brain Physiology. I, *Journal of Personality and Social Psychology*, 1990, 58(2): 230–241.

3. Drevets, Wayne C. & Raichle, Marcus E. , Suppression of Regional Cerebral Blood During Emotional Versus Higher Cognitive Implications for Interactions Between Emotion and Cognition, *Cognition & Emotion*, 1998, 12(3): 353–385.

4. Feinberg, M. & Nemeth, C. ,The "Rules" of Brainstorming: An Impediment to Creativity? , *IRLE Working Paper*, 2008(7), http://irle. berkeley.edu/workingpapers/167–08.pdf.

5. Ruttan, R. L. & Nordgren, L. F. , The Strength to Face the Facts: Self–Regulation Defends Against Defensive Information Processing, *Organizational Behavior and Human Decision Processes*, 2016, 13: 86–98.

动机：怎样激发新生代成为主力？

1. Anderson, H. J. , Baur, J. E. , Griffith, J. A. & Buckley, M. R. , What Works for You May Not Work for Me: Limitations of Present Leadership Theories for The New Generation, *The Leadership Quarterly*, 2017, 28(1): 245–260.

2. Venkatesh, V. , Windeler, J. , Bartol, K. M. & Williamson, I. , Person–Organization and Person–Job Fit Perceptions of New IT Employees: Work Outcomes and Gender Differences, *MIS Quarterly*, 2017, 41(2): 525–558.

主动性理论：为什么现在更容易丧失工作的意义感？

1. Parker, S. K. , Bindl, U. K. & Strauss, K. , Making Things Happen: A Model of Proactive Motivation, *Journal of Management*, 2010, 36(4): 827–856.

2. Dutton, W. J. E. , Crafting a Job: Revisioning Employees as Active Crafters of Their Work, *The Academy of Management Review*, 2001, 26(2): 179–201.

3. Bindl, U. K. , Unsworth, K. L. , Gibson, C. B. & Stride, C. B. , Job Crafting Revisited: Implications of an Extended Framework for Active Changes at Work, *Journal of Applied Psychology*, 2019, 104(5): 605–628.

角色：如何处理工作与生活的冲突？

1. Kahn, R. L. , Wolfe, D. M. , Quinn, R. P. , Snoek, J. D. & Rosenthal, R. A. , *Organizational Stress: Studies in Role Conflict and Ambiguity*, New York: John Wiley & Sons, 1964.

2. Biddle, Bruce J. & Edwin J. Thomas. *Role Theory: Concepts and Research,* New York: John Wiley, 1966.

3. Mintzberg, H. , *The Nature of Managerial Work*, New York: Harper & Row, 1973.

4. Belbin, M. , *Management Teams: Why the Succeed or Fail*, London: Heinemann, 1981.

5. Biddle, B. J. , Recent Developments in Role Theory, *Annual Review of Sociology*, 1986, 12(1): 67–92.

6. Ashforth, B. E. , Kreiner, G. E. & Fugate, M. , All in a Day's Work: Boundaries and Micro Role Transitions, *Academy of Management Review*, 2000, 25(3): 472–491.

7. Matthews, R. A. & Barnes–Farrell, J. L. , Development and Initial Evaluation of an Enhanced Measure of Boundary Flexibility for the Work and Family Domains, *Journal of Occupational Health Psychology*, 2010, 15: 330–346.

8. Matthews, R. A. , Barnes–Farrell, J. L. & Bulger, C. A. , Advancing Measurement of Work and Family Domain Boundary Characteristics, *Journal of Vocational Behavior*, 2010, 77(3): 447–460.

9. Bruning, P. F. & Campion, M. A. , A Role–Resource Approach–Avoidance Model of Job Crafting: A Multimethod Integration and Extension of Job Crafting Theory, *Academy of Management Journal*, 2018, 61(2): 499–522.

职业承诺：如何让优秀的员工稳定工作？

1. Lapointe, É. , Vandenberghe, C. , Mignonac, K. , Panaccio, A. , Schwarz, G. , Richebé , N. & Roussel, P. , Development and Validation of a Commitment to Organizational Career Scale: At the Crossroads of

Individuals' Career Aspirations and Organizations' Needs, *Jounrnal of Occupational and Organizational Psychology*, 2019, 92(4): 897–930.

2. Eisenberger, R. , Rockstuhl, T. , Shoss, M. K. , Wen, W. & Dulebohn, J. , Is the Employee–Organization Relationship Dying or Thriving? A Temporal Meta–Analysis, *Journal of Applied Psychology*, 2019, 104(8): 1036–1057.

工作嵌入：传统激励方法失效了还可以怎么办？

1. Mitchell, T. R. , Holtom, Brooks C. , Lee, T. W. , Sablynski, C. J. & Erez, M. Why People Stay: Using Job Embeddedness to Predict Voluntary Turnover, *Academy of Management Journal*, 2001, 44(6): 1102–1121.

2. Felps, W. , Mitchell, T. R. , Hekman, D. R. , Lee, T. W. , Holtom, B. C. & Harman, W. S. , Turnover Contagion: How Coworkers' Job Embeddedness and Job Search Behaviors Influence Quitting, *Academy of Management Journal*, 2009, 52(3): 545–561.

彩虹理论：人力成本越来越高怎么办？

1. Super, D. E. , A Life–Span, Life–Space Approach to Career Development, *Journal of Vocational Behavior*, 1980, 16(3): 282–298.

2. Heslin, P. A. , Keating, L. A. & Minbashian, A. , How

Situational Cues and Mindset Dynamics Shape Personality Effects on Career Outcomes, *Journal of Management*, 2019, 45(5): 2101–2131.

启动效应：如何改善工作环境？

1. Bargh, J. A. , Chen, M. & Burrows, L. , Automaticity of Social Behavior: Direct Effects of Trait Construct and Stereotype Activation on Action, *Journal of Personality and Social Psychology*, 1996, 71(2): 230–244.

2. Elliot, A. J. , Maier, M. A. , Moller, A. C. , Friedman, R. & Meinhardt, J. , Color and Psychological Functioning: The Effect of Red on Performance Attainment, *Journal of Experimental Psychology: General*, 2007, 136(1): 154–168.

3. Woolley, K. & Fishbach, A. , A Recipe for Friendship: Similar Food Consumption Promotes Trust and Cooperation, *Journal of Consumer Psychology*, 2016, 27(1): 1–10.

第二章　经营团队

匹配：怎样能一直招到最合适的人？

1. Aguinis, H. & O' Boyle, E. , Star Performers in Twenty–First Century Organizations, *Personnel Psychology*, 2014, 67(2): 313–350.

2. Huselid, M. A. , The Impact of Human Resource Management Practices on Turnover, Productivity, and Corporate Financial Performance, *Academy of Management Journal*, 1995, 38(3): 635–672.

合群：怎样让新成员快速融入工作群体？

1. Mayo, E. , *The Human Problems of an Industrial Civilization, Abingdon*, Oxon, UK: Routledge, 2003.

2. Kilduff, M. & Brass, D. J. , Job Design: A Social Network Perspective, *Journal of Organizational Behavior*, 2010, 31(2/3): 309–318.

3. Kilduff, M. & Brass, D. J. , Organizational Social Network Research: Core Ideas and Key Debates, *Academy of Management Annals*, 2010, 4(1): 317–357.

4. Goldberg, A. , Srivastava, S. B. , Manian, V. G. , Monroe, W. & Potts, C. , Fitting In or Standing Out? The Tradeoffs of Structural and Cultural Embeddedness, *American Sociological Review*, 2016, 81(6): 1190–1222.

相对剥夺：怎样让团队快速产生凝聚力？

1. Tepper, B. J. , Consequences of Abusive Supervision, *The Academy of Management Journal*, 2000, 43(2): 178–190.

2. Stouffer, S. A. , Suchman, E. A. , DeVinney, L. C. , Star, S. A. &

Williams, R. M. , *The American Soldier: Adjustment during Army Life*. Princeton: Princeton University Press, 1949.

3. Peng, A. , Schaubroeck, J. & Li, Y. H.[1], Social Exchange Implications of Own and Coworkers' Experiences of Supervisory Abuse, *Academy of Management Journal*, 2014, 57(5): 1385–1405.

领导风格：怎样获取团队认同？

1. Staw, B. M. , DeCelles, K. A. & de Goey, P. , Leadership in the Lockerroom: How the Intensity of Leaders' Unpleasant Affective Displays Shapes Team Performance," *Journal of Applied Psychology*, 2019, 104(12): 1547–1557.

2. Harari, D. , Swider, B. W. , Steed, L. B. & Breidenthal, A. P. , Is Perfect Good? A Meta-Analysis of Perfectionism in the Workplace, *Journal of Applied Psychology*, 2018, 103(10): 1121–1144.

团体决策：如何提高质量，降低风险？

1. Lewin, K. , *Principles of Topological Psychology*, New York: McGraw-Hill, 1936.

2. Keuschnigg, M. & Ganser, C. , Crowd Wisdom Relies on Agents' Ability in Small Groups with a Voting Aggregation Rule, *Management Science*, 2017, 63(3): 818–828.

1　即本书作者李育辉——编者注。

关系活力：怎样让团队从解体中获益？

1. Tuckman, B. W. , Developmental Sequence in Small Groups, *Psychological Bulletin*, 1965, 63: 384–399.

2. Tuckman, B. W. & Jensen, M. A. C. , Stages of Small-Group Development Revisited, *Group Facilitation A Research & Applications Journal*, 2010, 2(4): 419–427.

3. Maloney, M. M. , Shah, P. P. , Zellmer-Bruhn, M. & Jones, S. L. , The Lasting Benefits of Teams: Tie Vitality After Teams Disband, *Organization Science*, 2019, 30(2): 260–279.

第三章　重塑组织

结构：去中心化组织里谁更重要？

1. Pentland, A. , *Social Physics: How Good Ideas Spread-The Lessons from a New Science*, New York: Penguin Press, 2014.

2. Pentland, A. , *Social Physics: How Social Networks Can Make Us Smarter*, New York: Penguin Books, 2015.

权力：怎样防止授权走样？

1. Thomas, K. & Velthouse, B. , Cognitive Elements of Empowerment: An "Interpretive" Model of Intrinsic Task Motivation,

The Academy of Management Review, 1990, 15(4): 666–681.

2. D'Innocenzo, L. , Margaret, M. , John, E. L. , Mathieu, M. , Maynard, T. & Chen, G. , Empowered to Perform: A Multilevel Investigation of Influence of Empowerment on Performance in Hospital Units, *Academy of Management Journal*, 2016, 59(4): 1290–1307.

3. Chen, G. , Smith, T. A. , Kirkman, B. L. , Zhang, P. , Lemoine, G. J. & Farh, J.-L. , Multiple Team Membership and Empowerment Spillover Effects: Can Empowerment Processes Cross Team Boundaries? , *Journal of Applied Psychology*, 2019, 104(3): 321–340.

冲突：怎样避免组织内耗？

1. Burt, R. , *Structural Holes: The Social Structure of Competition*. Cambridge: Harvard University Press, 1992.

2. Van Bunderen, L. , Greer, L. L. & Van Knippenberg, D. , When Inter-Team Conflict Spirals into Intra-Team Power Struggles: The Pivotal Role of Team Power Structures, *Academy of Management Journal*, 2018, 61(3): 1100–1130.

办公室政治：如何尽量控制政治手段带来的负面效应？

1. 陈红，胡远哲，刘霄：《企业员工组织政治行为呈现形式及影响因素——男女有别吗？》，载《商业研究》2016 年第 7 期，第 165—172 页。

2. Christie, R. & Geis, F. L. , *Studies in Machiavellianism*. New York: Academic Press, 1970.

共享心智：怎样管理组织的知识资产？

1. Klimoski, R. & Mohammed, S. , Team Mental Model: Construct or Metaphor? , *Journal of Management*, 1994, 20(2): 403–437.

2. Kude, T. , Mithas S. , Schmidt, C. T. & Heinzl, A. , How Pair Programming Influences Team Performance: The Role of Backup Behavior, Shared Mental Models, and Task Novelty, *Information Systems Research*, 2019, 30(4): 1145–1163.

高阶理论：企业怎样成功度过变革时期？

1. Rule, N. O. & Ambady, N. , The Face of Success: Inferences from Chief Executive Officers' Appearance Predict Company Profits, *Psychological Science*, 2008, 19(2): 109–111.

2. König, A. , Graf-Vlachy, L. , Bundy, J. & Little. L. M. , A Blessing and a Curse: How Ceos' Empathy Affects Their Management of Organizational Crises, *The Academy of Management Review*, 2020, 45(1): 130–153.

利他惩罚：为什么企业一定要承担社会责任？

1. Bowles, S. & Gintis, H. , The Evolution of Strong Reciprocity: Cooperation in Heterogeneous Populations, *Theoretical Population Biology*, 2004, 65(1): 17–28.

2. Fehr, E. & Gächter, S. , Altruistic Punishment in Humans, *Nature*, 2002, 415 (6868): 137–140.

3. de Quervain, D. J. , Fischbacher, U. , Treyer, V. , Schellhammer, M. , Schnyder, U. , Buck, A. & Fehr, E. , The Neural Basis of Altruistic Punishment, *Science*, 2004, 305(5688): 1254–1258.

4. Fehr, E. &Fischbacher, U. , Third–Party Punishment and Social Norms, *Evolution and Human Behavior*, 2004, 25(2): 63–87.

5. Gintis, H. & Fehr, E. , The Social Structure of Cooperation and Punishment, *Behavioral and Brain Sciences*, 2012, 35(1): 28–29.

第四章　组织发展的挑战与机遇

劳动力多元化：如何避免冲突，促进合作？

1. Tang, N. , Wang, Y. & Zhang, K. , Values of Chinese Generation Cohorts: Do They Matter in the Workplace? , *Organizational Behavior and Human Decision Processes*, 2017, 143: 8–22.

灵活用工：如何平衡"效率"与"保障"？

1. Mulcahy, D. , Will the Gig Economy Make the Office Obsolete? , *Harvard Business Review*, 2017, 3: 2–4.

远程办公：如何保障工作效率？

1.Bailey, D. E. & Kurland, N. B. , A Review of Telework Research: Findings, New Directions, and Lessons for the Study of Modern Work, *Journal of Organizational Behavior*, 2002, 23(4): 383–400.

2. Gajendran, R. S. & Harrison, D. A. , The Good, the Bad, and the Unknown about Telecommuting: Meta–Analysis of Psychological Mediators and Individual Consequences, *Journal of Applied Psychology*, 2007, 92(6): 1524–1541.

大数据和人工智能：前沿技术会怎样改变组织？

1.〔英〕维克托·迈尔·舍恩伯格，肯尼思·库克耶：《大数据时代》，盛杨燕、周涛译，浙江人民出版社 2013 年版。

图书在版编目（CIP）数据

李育辉组织行为学讲义 / 李育辉著 . -- 北京：新星出版社，2021.5
ISBN 978-7-5133-4513-2（2023.7 重印）
Ⅰ . ①李… Ⅱ . ①李… Ⅲ . ①组织行为学 Ⅳ . ① C936

中国版本图书馆 CIP 数据核字 (2021) 第 084116 号

李育辉组织行为学讲义

李育辉　著

责任编辑：白华昭
策划编辑：李知默　张慧哲
营销编辑：吴　思　wusi1@luojilab.com
封面设计：李　岩　柏拉图

出版发行：新星出版社
出 版 人：马汝军
社　　址：北京市西城区车公庄大街丙 3 号楼　100044
网　　址：www.newstarpress.com
电　　话：010-88310888
传　　真：010-65270449
法律顾问：北京市岳成律师事务所

读者服务：400-0526000　service@luojilab.com
邮购地址：北京市朝阳区华贸商务楼 20 号楼　100025

印　　刷：北京盛通印刷股份有限公司
开　　本：880mm×1230mm　1/32
印　　张：8.25
字　　数：163 千字
版　　次：2021 年 5 月第一版 2023 年 7 月第三次印刷
书　　号：ISBN 978-7-5133-4513-2
定　　价：69.00 元